LA FEMME PARFAITE

DU MÊME AUTEUR

La fille d'avant, Mazarine, 2017 ; Livre de Poche, 2018
Mensonge, Mazarine, 2019 ; Livre de Poche, 2020

J.P. DELANEY

LA FEMME PARFAITE

THRILLER

traduit de l'anglais (États-Unis)
par Jean Esch

MAZARINE

Cet ouvrage est la traduction intégrale,
publiée pour la première fois en France, du livre de langue anglaise
(États-Unis) :
THE PERFECT WIFE
Édité par Ballantine Books, New York

Cette traduction est publiée en accord avec Ballantine Books,
marque de Random House, division de Penguin Random House LLC,
New York

ISBN : 978-2-863-74521-2
Dépôt légal : octobre 2020

En voyant la manière dont se comportaient ces femmes, Pygmalion fut dégoûté par les nombreux défauts que la nature avait instillés chez le sexe faible, et il vécut longtemps célibataire, sans épouse pour partager son lit.

OVIDES
Métamorphoses

Qu'est-ce que l'amour, sinon un autre mot pour renforcement positif ?

B.F. SKINNER
Walden 2 : communauté expérimentale

1

Tu fais encore ce même rêve, dans lequel Tim et toi êtes à Jaipur pour la fête de Divali. Où que tu regardes, des lanternes, des bougies et des guirlandes électriques sont suspendues aux portes et aux fenêtres. Les cours des maisons sont devenues des étendues de flammes tremblotantes, bordées de sculptures colorées et complexes, en pâte de riz. Des tambours et des cymbales palpitent et grésillent. Cédant au vacarme et à la confusion, tu traverses un marché en suivant le déferlement de la foule. De tous les côtés, des marchands te tendent des plateaux de confiseries. Sur un coup de tête, tu t'arrêtes devant une échoppe où une femme dessine sur la peau de superbes motifs hindous ; l'odeur de bois de santal de ses pinceaux se mêle à la cordite âcre et salée des pétards et aux arômes du kaju katli, un plat à base de noix de cajou grillées. Pendant que la femme orne ton corps, avec dextérité, un groupe de jeunes hommes passe en dansant, les visages teints en bleu, torses nus et musclés, puis ils reviennent sur leurs pas et dansent rien que pour toi, d'un air pénétré. En guise de touche finale, la femme trace un Bindi sur ton front, entre les yeux, en t'expliquant que cette marque te désigne comme une femme mariée, qui possède en elle tout le savoir de l'univers. « Mais je ne suis pas mariée », protestes-tu, avec un léger mouvement de recul, craignant de violer une coutume locale. Mais tu entends le rire de Tim et tu le vois sortir une petite boîte de sa poche. Avant même qu'il mette un genou à terre, au milieu de ce vacarme, de cette pagaille, tu sais que le moment est venu, il va le faire, pour de bon, et ton cœur explose de joie.

« Abbie Cullen, commence-t-il, depuis que tu as fait irruption dans ma vie, je sais que nous sommes faits l'un pour l'autre. »

C'est alors que tu te réveilles.

Tout ton corps te fait souffrir. Surtout tes yeux. La lumière vive transperce ton crâne, la douleur qui irradie dans ton cerveau se connecte à la raideur de ton cou, les courbatures se répandent le long de ta colonne vertébrale.

Autour de toi, des machines bipent et bourdonnent. Un hôpital ? Tu as eu un accident ? Tu tentes de bouger les bras. Tes membres sont ankylosés, tu peux à peine plier le coude. Tu parviens, douloureusement, à palper ton visage.

Des bandages entourent ton cou. Oui, tu as sans doute été victime d'un accident quelconque, mais tu ne te souviens de rien. Ça arrive, te dis-tu. Des gens reprennent connaissance après un accident de la route sans se souvenir du choc, ni même d'être monté en voiture. Le plus important, c'est que tu sois en vie.

Tim se trouvait-il dans la voiture, lui aussi ? Conduisait-il ? Et Danny ?

À l'idée que Danny ou Tim aient pu trouver la mort, tu manques de pousser un cri d'effroi, mais tu en es incapable. Toutefois, un changement survenu dans la machine qui fait bip a alerté une infirmière. Une silhouette féminine enveloppée d'une blouse bleue passe devant toi pour régler quelque chose, mais le simple fait de lever les yeux est trop douloureux.

« Elle est tirée d'affaire, murmure l'infirmière.

— Dieu soit loué », répond la voix de Tim.

Il est vivant, donc. Et il est là, à ton chevet. Le soulagement t'envahit.

Puis son visage apparaît au-dessus de toi. Comme toujours, il porte un jean noir, un T-shirt gris et une casquette de baseball blanche. Mais son visage est émacié, ses rides si creusées que tu crois bien ne l'avoir jamais vu ainsi.

« Abbie... *Abbie.* »

Ses yeux sont brillants de larmes, ce qui t'inquiète. Tim ne pleure jamais.

« Où suis-je ? »

Ta voix est éraillée.

« Tu es en sécurité.

— J'ai eu un accident ? Danny va bien ?

— Oui, il va bien. Repose-toi. Je t'expliquerai plus tard.

— J'ai subi une opération ?

— Plus tard. Promis. Quand tu auras repris des forces.

— J'ai suffisamment de forces. »

C'est vrai. La douleur reflue déjà, le brouillard se dissipe dans ta tête.

« C'est incroyable », dit Tim, en s'adressant non pas à toi, mais à l'infirmière. « Stupéfiant. C'est *elle.*

— J'ai rêvé, dis-tu. Du jour où tu m'as demandée en mariage. C'était très net. »

Sûrement l'anesthésiant, songes-tu. Ça rend tout plus intense. Tu songes à cette réplique dans cette pièce de théâtre. C'était comment, déjà ? Les mots se dérobent, mais soudain, dans un effort presque douloureux, un *clac*, ça te revient.

Je pleurai du désir de rêver encore.

De nouveau, les yeux de Tim s'emplissent de larmes.

« Ne sois pas triste, lui dis-tu. Je suis vivante. C'est le plus important, non ? On est vivants tous les trois.

— Je ne suis pas triste, répond-il en souriant. Je suis heureux. Les gens pleurent aussi quand ils sont heureux. »

Tu le sais bien. Mais, malgré la douleur et les médicaments, tu devines que ce ne sont pas des larmes qui veulent dire « Tout va bien ». As-tu perdu tes jambes dans l'accident ? Tu essaies de remuer les pieds et tu les sens réagir – lentement, avec raideur – sous le drap. Dieu merci.

Tim semble prendre une décision.

« Il faut que je t'explique quelque chose, mon amour, dit-il en te prenant la main. C'est très dur à entendre, mais il faut que tu le saches, maintenant. Ce n'était pas un rêve. Mais un téléchargement. »

2

Tout d'abord, tu penses que tu hallucines, que c'est cette scène, et non pas le rêve dans lequel il te demande en mariage, qui est factice. Comment est-ce possible ? Ce qu'il te raconte – ce flot de détails techniques où il est question de dossiers mentaux et de réseaux de neurones – n'a aucun sens.

« Je ne comprends pas. Tu es en train de me dire qu'il est arrivé quelque chose à mon cerveau ? »

Tim secoue la tête.

« Non, je t'explique que tu es une créature artificielle. Intelligente, dotée d'une conscience… mais fabriquée.

— Je vais très bien, insistes-tu, décontenancée. Tiens, je vais te dire trois choses sur moi, au hasard. Mon plat préféré est la salade niçoise. L'année dernière, j'ai enragé pendant des semaines parce que des mites avaient bouffé ma veste en cachemire favorite. Je vais nager presque tous les jours… »

Tu t'arrêtes. Ta voix, au lieu d'exprimer ta panique grandissante, est un flot monocorde, enroué. Une voix à la Stephen Hawking.

« L'histoire de la veste, c'était il y a six ans, répond Tim. Mais je l'ai gardée. Comme tout le reste. »

Tu le dévisages, tu essaies de comprendre.

« Je crois que je m'y prends mal », dit-il.

Il sort une feuille de sa poche.

« Regarde… J'ai rédigé ça pour nos investisseurs. Peut-être que ça t'aidera. »

FAQ

Q : Qu'est-ce qu'un cobot ?

R : Le mot cobot est la contraction de « compagnon » et de « robot ». Des études menées avec des prototypes suggèrent qu'un robot peut soulager la douleur due à la disparition d'un être cher en apportant un réconfort, une présence, un soutien émotionnel durant la période de deuil.

Q : En quoi les cobots diffèrent-ils des autres formes d'intelligence artificielle ?

R : Les cobots sont conçus spécifiquement pour éprouver de l'empathie.

Q : Chaque cobot est-il unique ?

R : Chaque cobot sera personnalisé afin de ressembler fidèlement à l'être cher. Ses contributions sur les réseaux sociaux, ses textos et d'autres documents seront rassemblés pour créer un « dossier neuronal » qui reflète sa personnalité et ses traits de caractère.

Il y a encore un tas d'autres choses, mais tu es incapable de te concentrer. La feuille te tombe des mains. Seul Tim peut penser qu'une liste de questions et de réponses factuelles va t'aider dans un moment pareil.

« C'est ton métier, dis-tu. Tu crées des intelligences artificielles. Mais tu travailles pour les services clients… tu t'occupes des chatbots…

— Exact. Je *travaillais* dans cette branche. Il y a cinq ans. Tous tes souvenirs datent de cette époque. Quand je t'ai perdue, j'ai compris que la question du deuil était beaucoup plus importante. Il m'a fallu toutes ces années pour t'amener à ce stade de perfection. »

Tu mets un certain temps à assimiler ses paroles. *Le deuil.* Tu viens de comprendre ce qu'il essaie de t'expliquer.

« Tu es en train de dire que je suis morte. Que la vraie Abbie est morte il y a quoi, cinq ans ? Et que tu m'as… ressuscitée. »

Tim ne répond pas.

Tu éprouves des émotions partagées. De l'incrédulité, évidemment. Mais aussi de l'effroi en imaginant son chagrin, ce qu'il a dû endurer. Au moins, tu n'as pas eu à subir ça.

Les cobots sont conçus spécifiquement pour éprouver de l'empathie.

Et Danny. Tu as manqué cinq ans de sa vie.

En pensant à Danny, une tristesse familière t'envahit. Tu la repousses avec fermeté. Cette double réaction – la tristesse, mais aussi son refus – te paraît si normale, si ordinaire, qu'elle émane forcément de tes propres émotions intimes.

Non ?

« Je peux bouger ? demandes-tu en tentant de te redresser dans le lit.

— Oui. Tu vas te sentir un peu ankylosée au début. Doucement… »

Tu as juste essayé de poser les pieds par terre. Tes jambes partent dans toutes les directions, comme un bébé qui apprend à marcher. Tim te retient à temps.

« Un pied après l'autre, dit-il en t'aidant à avancer jusqu'au miroir… Oui, c'est mieux. »

Chaque cobot est personnalisé afin de ressembler fidèlement à l'être cher.

Le visage qui te regarde au-dessus du col de la blouse bleue est bien le tien. Il est enflé, comme tuméfié, et tu remarques une fine cicatrice sous le menton, semblable à la jugulaire des casques que portent les soldats lors des défilés. Mais, aucun doute, c'est bien toi. Et non pas une créature artificielle.

« Je ne te crois pas », dis-tu.

Tu ressens un calme étrange, mais la conviction s'installe en toi que rien de ce que dit ton mari – ton mari brillant, épris de toi, et sans aucun doute obsessionnel – ne peut être vrai. Il est devenu complètement fou. À force de se surmener, de repousser ses limites, il a fini par craquer.

« Je sais que ça fait beaucoup de choses à assimiler, dit-il avec douceur. Mais je vais te le prouver. Regarde. »

Il glisse la main derrière ta tête et tripote tes cheveux. Il se produit un bruit de succion, suivi d'une étrange sensation de froid, et soudain ta peau, ton visage – ton visage ! – se décollent comme une combinaison de plongée qu'on retire, laissant apparaître un crâne en plastique blanc et dur.

3

Tu t'aperçois que tu n'arrives pas à pleurer. Malgré l'effroi qui t'habite, tu es incapable de verser une larme. C'est un problème sur lequel ils travaillent encore, précise Tim.

Tu regardes, interdite, la créature hideuse que tu es deve nue. Un mannequin de crash-test ou de vitrine de magasin. Un paquet de câbles pend à l'arrière de ton crâne, semblable à une queue-de-cheval grotesque.

Tim tend le masque en caoutchouc sur ton visage et tu redeviens Abbie. Mais le souvenir de cet horrible faciès en plastique lisse reste gravé dans ton esprit.

Si tant est que tu possèdes un esprit. Et non pas un « réseau de neurones », ou quel que soit le nom qu'il utilise.

Devant le miroir, tu ouvres grand la bouche, sans bruit. Tu sens, sous ta peau, de minuscules moteurs qui bourdonnent pour transformer ton expression en un rictus de désarroi. Et en y regardant de plus près, tu t'aperçois que ce visage n'est qu'une approximation du tien, un peu floue, comme si on avait imprimé une photo de toi sur les contours exacts de ta tête.

« Rentrons à la maison, dit Tim. Tu t'y sentiras mieux. »

À la maison. Où donc ? Tu ne te souviens pas. Et puis… – *clac* – un souvenir s'enclenche. Dolores Street, dans le centre de San Francisco.

« Je n'ai pas déménagé, ajoute-t-il. Je voulais rester là où tu avais vécu. Où on avait été si heureux. »

Tu acquiesces docilement. Tu devines que tu devrais le remercier. Mais tu n'y arrives pas. Tu es prisonnière d'un cauchemar, pétrifiée par le choc.

Il te prend par le bras et t'entraîne hors de la chambre. L'infirmière – si c'était bien une infirmière – a disparu. En marchant dans le couloir avec une douloureuse lenteur, tu entrevois d'autres chambres, d'autres patients en blouse bleue comme la tienne. Une vieille femme te regarde passer à travers ses yeux vitreux. Une fillette aux longues anglaises brunes tourne la tête sur ton passage. Quelque chose dans ce mouvement de rotation – peut-être un peu trop ample, comme chez les chouettes – te pousse à t'interroger. La chambre suivante héberge non pas un être humain, mais un chien, un boxer, qui te dévisage exactement de la même manière.

« Ils sont tous comme moi. Ce sont tous des… » Quel mot a-t-il employé ? « … des cobots ?

— Oui, ce sont des cobots. Mais ils ne sont pas comme toi. Tu es unique, même ici. »

Tim jette des coups d'œil furtifs autour de lui, sa main accentue sa pression sur ton coude, pour t'inciter à presser le pas. Tu devines qu'il te cache encore des choses, qu'il n'est pas censé t'emmener en douce comme ça.

« On est dans un hôpital ?

— Non. C'est ici que je travaille. C'est ma société. » Son autre main te pousse dans le dos. « Avance, une voiture nous attend. »

Tu ne peux pas marcher plus vite ; tes genoux refusent de se plier, comme si tu étais juchée sur des échasses. Mais, au moment même où tu y penses, *tes genoux*, ça devient plus facile.

« Tim ! s'écrie quelqu'un derrière vous. Tim, attends ! »

Soulagée de pouvoir faire une pause, tu te retournes. Un homme de l'âge de Tim environ, mais plus enrobé, aux longs cheveux hirsutes, court dans votre direction.

« Plus tard, Mike.

— Tu l'emmènes ? Si tôt ? Tu crois que c'est une bonne idée ?

— Elle sera plus heureuse à la maison. »

Le prénommé Mike pose sur toi un regard inquiet. Le badge qui pend autour de son cou indique : Dr MIKE AUSTIN.

« Fais-la au moins examiner par mon unité psychologique.

— Elle va très bien », déclare Tim d'un ton ferme.

Il ouvre une porte donnant sur un vaste open space. Une quarantaine de personnes sont assises autour de grands bureaux communs. Aucune ne fait semblant de travailler. Toutes te regardent. Une jeune Asiatique lève les mains et se met à applaudir, timidement. Tim la foudroie du regard et elle s'empresse de reporter son attention sur son écran d'ordinateur.

Tim te guide jusqu'à un petit hall d'accueil. Sur le mur, derrière la réception, une fresque de street art aux couleurs vives encadre le slogan : L'IDÉALISME N'EST QUE DU RÉALISME À LONG TERME ! Cette œuvre a quelque chose de familier. Tu as envie de t'arrêter pour l'observer, mais Tim t'oblige à avancer.

Dehors, la lumière est encore plus vive. Tu retiens ton souffle et protèges tes yeux d'une main, alors que vous passez devant une plaque en acier lustrée indiquant SCOTT ROBOTICS (les initiales S et R ressemblent à des symboles infinis verticaux) pour vous diriger vers une Prius garée un peu plus loin sur le parking.

« Centre-ville », indique Tim au chauffeur, pendant que tu te débats avec tes membres récalcitrants pour te plier à l'arrière de la voiture. « Dolores Street. »

Dès que la Prius démarre, une fois que vous êtes installés tous les deux, Tim te prend la main.

« Ça fait si longtemps que j'attends ce jour, Abbie. Je suis si heureux que tu sois enfin là. Qu'on soit à nouveau ensemble. »

Tu captes le regard intrigué du chauffeur dans le rétroviseur. Au moment de sortir du parking, il lève les yeux vers la plaque qui porte le nom de la société, puis revient sur toi.

Il a compris. Et cette compréhension provoque en lui une autre réaction. Du dégoût.

UN

La toute première fois où on a eu vent du projet de Tim d'engager une artiste en résidence, c'est lorsqu'il l'a annoncé à Mike. C'était typique. Tim nous exhortait à travailler de manière plus collective, ouverte, mais de toute évidence, il ne se sentait pas concerné par cette directive. Mike faisait partie des rares personnes qu'il écoutait parfois, car ils avaient fondé Scott Robotics ensemble, dans le garage de Mike, presque dix ans plus tôt. N'empêche, le garage appartenait peut-être à Mike, mais la société portait le nom de Tim aujourd'hui. Cela en disait long sur leurs relations.

Pour en revenir à ce projet d'artiste en résidence, Tim s'était contenté d'en informer Mike, sans en discuter avec lui au préalable. Autre caractéristique de Tim : il fallait que cette annonce soit précédée d'une tirade enflammée critiquant notre manière de faire « stupide, erronée et merdique », alors qu'on faisait exactement ce qu'il nous avait demandé de faire, avec la même fougue, la dernière fois qu'il nous avait obligés à tout changer.

« Mike, il faut qu'on se réveille, bordel ! disait-il avec son accent britannique grinçant. Il faut qu'on soit plus *créatifs*.

Regarde tous ces gens... » Son geste nous englobait tous, nous qui travaillions dans cet open space au siège de Scott Robotics. « ... et dis-moi qu'ils pensent en dehors du cadre. Il faut les *stimuler*. Les *exciter*. Et ça ne passe pas par des bagels gratuits et des cours de Pilates. »

Un jour, Tim avait déclaré à un journaliste qu'avoir une vision de l'avenir et attendre qu'elle se réalise, c'était comme rester coincé dans les embouteillages ad vitam aeternam. Il n'a aucune patience. Mais, parmi toutes les personnes avec lesquelles la plupart d'entre nous ont travaillé, il est ce qui se rapproche le plus d'un génie.

« C'est pourquoi nous allons engager une artiste, ajouta-t-il. Elle s'appelle Abbie Cullen. Elle est intelligente, elle intègre la tech dans ses œuvres. Elle me *stimule*. On lui accorde six mois.

— Pour faire quoi ? demanda Mike.

— Tout ce qu'elle veut. C'est ça, l'intérêt. C'est une artiste. Pas un tâcheron opportuniste comme tant d'autres. »

Si certains parmi nous se sentirent visés par cette description – on comptait dans nos rangs plusieurs millionnaires, des vétérans de quelques-unes des start-up les plus remarquables de la Silicon Valley –, aucun ne le laissa paraître, même si on se demandait déjà combien de temps allaient durer les bagels gratuits.

Mike acquiesça.

« Formidable. Faisons-la venir. »

On s'attendait à ce que retentisse l'habituel « Votre attention, s'il vous plaît ! » qui introduisait les annonces de Tim. En vain. Il était déjà retourné dans son bureau vitré.

Un grand nombre d'entre nous étaient déjà en train de taper Abbie Cullen dans leur moteur de recherche favori. (Quand vous travaillez dans la tech, utiliser Google ou Bing, ce serait un peu comme un brasseur de bières artisanales qui boirait de la Budweiser.) Et très vite, on sut l'essentiel :

elle avait exposé récemment lors du SXSW et du Burning Man ; elle était originaire du Sud, âgée de vingt-quatre ans, rousse, grande, d'une beauté saisissante, surfeuse, et son site Web indiquait seulement : « Je construis des objets venus du futur. »

On avait également découvert, et fait circuler, des vidéos de ses œuvres. *Sept voiles* était constitué d'un cercle de ventilateurs électriques, dirigés les uns vers les autres afin de créer un vortex à l'intérieur duquel de fines bandes de soie colorées virevoltaient de manière perpétuelle. *Terre, Vent, Feu* était un cyclone de flammes qui rebondissait tel un culbuto au-dessus d'un brûleur à gaz et affrontait des bourrasques contraires. Sa création la plus spectaculaire était sans doute *Pixels* : des sortes de balles de ping-pong formaient un quadrillage qui semblait flotter sur un coussin d'air et interagissaient avec les visiteurs de la galerie. Parfois, les balles donnaient l'impression de trembloter, tel un banc de poissons ; à d'autres moments, elles ondulaient langoureusement, comme l'eau dans le sillage d'un bateau, ou bien elles créaient des formes presque reconnaissables : une tête, une main, un cœur. Dans une des vidéos, une fillette qui visitait l'exposition tapait dans ses mains, provoquant la chute des balles, qui heurtaient le sol avec fracas, avant de reprendre leur place, avec la même circonspection qu'un troupeau de vaches relevant la tête à l'approche d'un randonneur. Ses créations étaient belles, étranges et ludiques, et si elles ne recelaient aucune signification, aucun message aisément compréhensibles, elles exerçaient une sorte de fonction, malgré tout : elles exprimaient quelque chose, même si on ne parvenait pas à le traduire en mots.

Mais quel rapport avec nous ? On était des ingénieurs, des mathématiciens, des codeurs, on mettait au point des mannequins intelligents, des *shopbots*, destinés à des boutiques de vêtements haut de gamme. Une idée géniale de Tim, qui avait engrangé presque quatre-vingts millions de dollars de financement au cours de ces trois dernières années. Quel besoin avait-on d'engager une artiste ? On l'ignorait. Mais on avait appris depuis longtemps à ne pas remettre en cause les décisions de Tim.

C'était un visionnaire, un jeune prodige, la seule et unique raison pour laquelle chacun de nous travaillait dans cette société. Tim Scott était, ou serait bientôt, à l'intelligence artificielle ce que Bill Gates était aux ordinateurs, Steve Jobs aux smartphones et Elon Musk aux voitures électriques. On l'idolâtrait, on le craignait. Même ceux qui n'avaient pas réussi à suivre et dont on avait dû se séparer le respectaient. Et ils étaient nombreux. Scott Robotics n'était pas qu'une entreprise. C'était une mission, un *Blitzkrieg* dans une guerre de marché qui allait façonner l'avenir de l'humanité, et Tim était moins un P-DG qu'un commandant en chef qui menait l'assaut en première ligne, notre Alexandre le Grand. Son physique dégingandé, ses pommettes de rock star et son ricanement idiot ne parvenaient pas à masquer sa détermination d'acier, une détermination qu'il exigeait de chacun de nous en retour. Les journées de vingt heures étaient la règle plus que l'exception. Les jeunes diplômés de Stanford qu'il recrutait habituellement se sentaient valorisés, et non pas exploités, par cette éthique professionnelle démente. (À cet égard, ses entretiens d'embauche étaient devenus légendaires. On vous faisait entrer dans son bureau vitré, où il était occupé à envoyer des mails, et vous attendiez patiemment qu'il vous dise – sans lever les yeux – « Je t'écoute ». À vous, alors, d'expliquer pourquoi vous vouliez travailler dans sa société. En supposant que vous franchissiez cette étape, venait ensuite le Timquizz. Il s'agissait parfois d'une question statistique : « Combien de mètres carrés de pizza mange-t-on chaque année en Amérique ? » Plus souvent, c'était un problème d'ordre philosophique :

« Qu'y a-t-il de pire chez l'être humain ? » Ou pratique : « Pourquoi les plaques d'égout sont-elles rondes ? » Mais, généralement, la question concernait le codage. Du style : « Comment programmerais-tu un politicien artificiel ? » Tim attendait une réponse qui ne soit pas purement rhétorique. Il voulait que vous présentiez des lignes de code opérationnelles, l'une après l'autre, sans papier ni crayon, et encore moins avec l'aide d'un ordinateur. Une bonne réponse était signalée par un simple mot, qu'il prononçait sans cesser de taper ses mails : « Cool. » S'il murmurait « C'est nul », par ici la sortie.)

Son impatience – légendaire elle aussi – était un autre aspect de son charisme : la preuve que la mission était minutée, chaque seconde précieuse. Même pour uriner, il faisait vite, à en croire un employé qui s'était retrouvé à côté de lui devant les urinoirs. (Employé souffrant pour sa part du syndrome de la vessie timide.) Son élocution était plus rapide encore, sèche, précise ; elle vous bombardait d'instructions ou, à l'occasion, d'invectives. On avait remarqué chez de nombreux cadres supérieurs, ou chez ceux qui voulaient le devenir, une tendance à adopter le même accent londonien, brusque, si différent des inflexions indolentes de Californie du Nord. Comme si Tim était un champ de force qui déformait tous ceux qui l'entouraient. S'il vous regardait droit dans les yeux et disait : « J'ai besoin que tu partes pour Mumbai ce soir », vous exultiez, car il vous offrait, à vous seul, l'occasion de faire vos preuves. À l'inverse, s'il disait « Je reprends ta mission », vous étiez anéanti.

Tout cela s'apparentait parfois à une secte. Ce n'était pas pour rien que dans la Silicon Valley, on nous surnommait les Scottbots. La mission pouvait être affinée, mais jamais remise en cause. Le leader pouvait avoir des lubies, mais il ne pouvait pas se tromper. Dans les soirées costumées – paradoxalement, Tim en raffolait –, alors que la plupart des invités venaient déguisés en personnages de *Star Wars* ou de *Matrix*, lui arrivait en Roi-Soleil, avec chaussures à boucle, redingote, perruque imposante et couronne.

Son passé constituait un autre élément de la légende. L'enfance pauvre et les persécutions qui l'avaient obligé à quitter le collège à onze ans pour apprendre seul. Son intérêt grandissant pour les chatbots, juste au moment où les gens commençaient à se connecter sur des sites de commerce en ligne avec leurs smartphones. La création d'Otto, un robot destiné au service clients, qui, au lieu d'afficher une politesse d'automate et un entêtement exaspérant, était efficace, intelligent et cool : un peu à l'image de Tim lui-même, comme l'avaient souligné de nombreux commentateurs. Otto faisait parfois des fautes d'orthographe et il oubliait des majuscules. Il agrémentait ses réponses d'émojis et d'allusions à la culture *nerd* : citations tirées de *South Park* et répliques culte de films de S-F. Quand vous rencontriez Otto, vous aviez l'impression d'avoir été mis en relation avec un petit génie adolescent qui allait régler votre problème juste pour le plaisir. Aussi, nul ne s'étonna lorsque Google acheta Otto soixante millions de dollars.

Et puis, à vingt-trois ans, Tim quitta Google pour fonder Scott Robotics, en emmenant Mike avec lui. Leur premier succès – mis au point dans le garage déjà évoqué – fut Voyce, un robot d'assistance téléphonique constamment mieux noté que les opérateurs humains. D'autres réussites suivirent. Tim était obsédé par l'idée que les interactions de toute IA devaient ressembler à la vraie vie. « Un jour, les claviers et les souris nous sembleront aussi démodés que les cartes perforées et les disquettes », tel était son mantra. À côté de celui-ci : « On ne change pas l'avenir sans changer les règles. » Les shopbots représentèrent une audacieuse progression. Nul n'avait jamais rien tenté de semblable : un robot qui interagissait physiquement avec des personnes, sans passer par un écran ou un téléphone. Mais, en termes de business, c'était judicieux, brillant même. Un mannequin haut de gamme coûtait des dizaines de milliers de dollars ; les vendeuses coûtaient cher elles aussi, car elles passaient pas mal de temps à se tourner les pouces, et pour former une bonne conseillère shopping qui avait l'œil et une connaissance exhaustive de l'inventaire d'une boutique, il fallait du temps. Dès lors, combiner les trois s'imposait. Ce secteur était mûr pour le grand bouleversement, et Scott Robotics – notre toute petite boîte – serait la première à tout chambouler.

Et maintenant, on allait engager une artiste. Évidemment, si on avait su où cela allait nous mener – si un de nos futurologues avait pu prédire la suite des événements –, peut-être n'aurait-on pas été aussi optimistes. Mais, même si on avait su, serait-on intervenu ? Franchement, j'en doute. Ce n'était pas le genre de société où le personnel discutait du cap à suivre.

4

Tim reste silencieux sur le chemin du retour. Il n'a jamais été très bavard, mais, là, c'est différent. Il semble presque fatigué.

Tu te souviens qu'il était dans cet état à la suite d'une importante présentation devant des investisseurs. Après des semaines passées au bureau, à travailler d'arrache-pied pour régler tous les détails, il s'effondrait, vidé de toute son énergie, pouvant à peine parler.

Quant à toi, tu es toujours sous le choc. Le dégoût affiché par le chauffeur n'est qu'un pâle reflet de la répulsion et de la haine de soi que tu ressens.

« C'est ce que tu aurais souhaité, dit enfin Tim. Crois-moi, je t'en supplie, Abs. Je sais que ça peut te sembler bizarre pour le moment, mais tu t'y feras. Tu as toujours été la personne la plus courageuse que je connaisse. »

Étais-tu courageuse ? Quelques souvenirs virevoltent à la périphérie de ton cerveau. Tu surfes une énorme vague à Linda Mar. Tu soudes une œuvre d'art et les étincelles frappent les verres bleutés de tes lunettes de protection. Et puis, plus rien. Uniquement le brouillard.

Tu tournes la tête vers la vitre, évitant dans un frisson le faible miroitement de ton reflet. San Francisco te paraît à la fois familier et nouveau, comme si tu revenais dans un pays étranger après de longues années d'absence. Un exil dont tu ne te souviens pas. Grosso modo, les immeubles sont identiques. Mais les détails ont changé : les smartphones des passants, au lieu de rétrécir, sont devenus plus grands, il y a des vélos électriques partout, des Prius blanches ont remplacé les taxis jaunes. Et le quartier de Mission Street s'est encore plus embourgeoisé, il y a des cafés à chaque coin de rue.

Puis le chauffeur tourne dans une rue et, soudain, tu ne reconnais plus rien. En une seconde, le brouillard a emporté tout ce qui t'était familier.

« Pourquoi est-ce que je ne me souviens pas de ce décor ? demandes-tu, paniquée.

— Il faut une énorme puissance de traitement pour créer des souvenirs. J'ai dû effectuer des choix. Mais les vides se combleront tout seuls, avec le temps. »

Une benne à ordures vous croise. Elle écrase bruyamment une bouteille en plastique. Voilà ce que tu vas faire, décides-tu. Tu vas attendre quelques jours et te jeter sous les roues d'un camion. Mieux vaut la mort que cette sinistre parodie d'existence.

Mais, alors même que cette pensée morbide te traverse l'esprit, tu te demandes si tu auras suffisamment de courage. Et si oui, est-ce que les techniciens de Tim ramasseront les morceaux pour te reconstituer encore une fois ?

Encore une fois… Tu t'aperçois que tu ne sais pas du tout ce qui t'est arrivé.

« Comment suis-je morte ? » t'entends-tu demander.

Il se tourne pour te regarder, les traits tendus.

« Nous en parlerons. Je te le promets. Mais pas tout de suite, pas encore. Ce serait peut-être trop d'un coup pour le moment. »

La Prius s'arrête devant un portail électrique. Derrière, tu reconnais ta maison, une magnifique demeure à bardeaux blancs. Malgré les prix astronomiques de l'immobilier à San Francisco, vous auriez pu vivre dans un endroit plus somptueux encore si vous l'aviez souhaité. Tim possède une fortune immense, même d'après les critères en vigueur dans le monde de la tech. Mais il n'a jamais eu de goût pour l'ostentation. D'ailleurs, tu te demandes si le garage abrite toujours la même Volkswagen cabossée.

« Bienvenue à la maison, Abbie. »

La serrure de la porte d'entrée résiste, il met quelques secondes à l'ouvrir. Vision familière là aussi : Tim penché en avant, tournant patiemment la clé. En regardant autour de toi, tu aperçois une petite caméra de surveillance au-dessus de la porte. Encore un téléchargement.

L'intérieur de la maison offre un mélange de choses connues et nouvelles : tu as l'impression de revenir dans un endroit où tu as vécu enfant.

« Je vais te faire visiter, dit Tim d'un ton rassurant. Pour combler quelques vides. »

La cuisine d'abord. Inondée de soleil, confortable, dotée d'une cuisinière à gaz professionnelle. Des poêles et des casseroles Mauviel sont suspendues au-dessus, tel un énorme carillon en cuivre. Tu ouvres un placard au hasard. Il contient des épices. Non pas moulues, mais fraîches. Dans des bocaux de verre soigneusement alignés et étiquetés. Tu reconnais ton écriture.

« Tu adores cuisiner », explique Tim.

Ah bon ? Tu essaies de te remémorer un plat que tu aurais préparé. En vain. Mais soudain – *clac* – ça te revient. Tu revois toutes ces photos postées sur Instagram, par centaines. Tu avais même des followers qui copiaient avec enthousiasme toutes tes recettes.

Tu montres, sur le comptoir, une coupe contenant des sphères d'une couleur si intense qu'elles te font mal aux yeux.

« C'est quoi, ça ?

— Ça ? »

Tim en prend une et te la tend.

« Des oranges. »

Tu ne comprends pas.

« Orange, c'est une couleur, dis-tu.

— Oui. Une couleur qui vient de ce fruit. » Il t'observe attentivement. « Comme abricot.

— Mais elles ne sont pas vraiment *orange*, hein ? » Tu examines celle que tu tiens dans la main en la faisant tourner entre tes doigts, intriguée. « Et dans les pays chauds, les oranges sont vertes. » Une autre pensée te frappe. « Mes cheveux sont de cette couleur aussi. Mais les gens disent roux. Ou poil de carotte.

— Exact. Mais ce n'est pas un fruit.

— Non… c'est un légume. Dont on dit qu'il rend aimable. » *Clac*. Tu t'interromps, désorientée. « Je me suis souvenue de tout ça, ou je l'ai deviné ?

— Ni l'un ni l'autre. » Un sourire chasse la fatigue des yeux de Tim. « On appelle ça l'apprentissage profond. Sans que tu t'en aperçoives, ton cerveau vient de comparer des millions d'exemples stockés dans le cloud et il en a déduit une règle concernant les couleurs et les fruits. Le plus dingue, c'est que, même *moi*, je ne pourrais pas t'expliquer comme il a fait. Cela étant, je pourrais te relier à un écran et visionner tous les calculs, mais je n'arriverais pas forcément à suivre. Comme je le répète à mes employés : le A de IA ne veut plus dire "artificielle". Il signifie "autonome". »

Tu sens combien il est fier. *Tu es ma grande réussite.*

Une partie de toi-même aimerait savourer sa satisfaction. Mais tu n'y arrives pas. Car tu entends : *espèce de monstre.*

« Comment peux-tu m'aimer dans cet état ? » demandes-tu, au désespoir.

L'espace d'un instant, une lueur féroce, presque rageuse, s'allume dans son regard. Avant de s'adoucir.

« *L'amour n'est point l'amour s'il change en trouvant le changement*, cite-t-il. Sonnet 116. Tu te souviens ? On l'a lu à notre mariage. Quatre vers chacun, à tour de rôle. Et le dernier distique ensemble. »

Tu secoues la tête. Non, tu ne t'en souviens pas.

« Ça te reviendra. » Tu te demandes s'il parle du souvenir ou du sentiment amoureux. « Ce que je veux te faire comprendre, c'est que ce n'étaient pas des paroles en l'air, pour toi et moi. Tu as toujours été unique, Abbie. Irremplaçable. Une épouse parfaite. Une mère parfaite. L'amour de ma vie. Tout le monde prononce ces mots, hein ? Mais, moi, je le pensais sincèrement. Quand je t'ai perdue, un tas de gens m'ont conseillé de passer à autre chose, de refaire ma vie avec quelqu'un d'autre. Mais je savais que ça ne marcherait pas. Alors, à la place, voilà ce que j'ai fait. Ai-je eu raison ? Je ne sais pas. Mais il fallait que j'essaie. Et le simple fait de te parler, là maintenant, pendant quelques minutes… de te voir ici, dans notre maison… d'entendre ta voix… cela justifie toutes les années que j'ai consacrées à ce projet. Je t'aime, Abbie. Et je t'aimerai éternellement. Pour toujours, comme on se l'est juré le jour de notre mariage. »

Il se tait, il attend.

Tu sais que tu devrais répondre *Je t'aime.* Parce que tu l'aimes, évidemment. Mais le choc est encore trop présent, trop sensible. Dire à Tim que tu l'aimes, à cet instant, cela reviendrait à dire : *C'est très bien. Tu as fait ce qu'il fallait, mon mari adoré. Je suis contente que tu aies fait de moi ce monstrueux morceau de plastique. Ça en valait la peine puisque je suis avec toi.*

Moi aussi je t'aime et je te vénère plus que la vie elle-même…

« On continue la visite ? » propose-t-il en voyant que tu restes muette.

5

Il te précède à l'étage. Tu es obligée de te tenir à la rampe, tes pieds se posent prudemment sur chaque marche.

« Tout ça, ce sont tes livres », dit-il, alors que vous passez devant une bibliothèque qui monte jusqu'au plafond. « Tu adores lire, tu te souviens ? Et là, c'est la chambre de Danny. »

La pièce qu'il te montre, la première à droite sur le palier, ne ressemble pas à une chambre d'enfant. Il n'y a ni rideaux, ni tapis, ni bandes dessinées, ni photos ou jouets d'aucune sorte. Outre le lit, il n'y a qu'un petit téléviseur et une étagère de DVD. Aux yeux de n'importe qui, ce décor paraîtrait austère, mais, pour un enfant comme Danny, tu sais que c'est relaxant. Moins stressant, du moins.

« Comment va-t-il ? demandes-tu.

— Il fait des progrès. C'est lent, évidemment, mais… »

Tim laisse sa phrase en suspens.

« Tu crois qu'il me reconnaîtra ? »

Il secoue la tête.

« Ça m'étonnerait. Désolé. »

Ton cœur se serre. Mais n'importe quel enfant peut oublier sa mère après cinq ans. À plus forte raison un enfant comme Danny.

Il souffre d'un trouble désintégratif de l'enfance, également appelé syndrome de Heller. Une maladie cérébrale si rare que la plupart des pédiatres n'en ont jamais croisé un seul cas. Alors ils vous expliquent, d'un ton condescendant, que les enfants ne sont pas frappés subitement, à l'âge de quatre ans, d'une forme d'autisme profond, en l'espace de quelques semaines terrifiantes. Qu'après s'être exprimés en faisant des phrases entières, ils ne se mettent pas, du jour au lendemain, à pousser des couinements et des grognements, entrecoupés de dialogues entendus à la télé. Qu'ils ne se mettent pas à uriner sur les tapis et à boire l'eau des toilettes. Qu'ils ne s'arrachent pas les cheveux ou ne se mordent pas les bras jusqu'au sang sans raison.

Quand un enfant meurt, c'est une tragédie aux yeux du monde entier. Les parents sont accablés par le chagrin, mais le chagrin peut s'estomper, tôt ou tard. Le syndrome de Heller, lui, vous prend votre enfant et le remplace par un inconnu, un zombie brisé qui bave et habite son corps. D'une certaine manière, c'est pire que la mort. Car vous continuez à aimer cet inconnu, tout en portant le deuil de l'adorable petite personne que vous avez perdue.

« Où est-il ? demandes-tu.

— Il est inscrit dans une super école spécialisée à l'autre bout de la ville. Sian – une des auxiliaires de vie scolaire qui travaillaient là-bas, jusqu'à ce que je l'engage comme nounou à domicile – l'emmène tous les matins et elle le ramène pour travailler avec lui sur sa thérapie. Ce n'est pas la porte à côté, mais c'est la meilleure école de tout l'État pour les enfants comme lui. »

Tu as loupé tellement de choses. Danny va à l'école ! Une école dont tu ne connaissais même pas l'existence.

Tim ouvre une autre porte.

« Là, c'est la chambre principale. »

Tu entres dans une vaste pièce dominée par un tableau, un autoportrait, accroché au mur. Il représente une femme rousse dont les tresses mi-longues – presque des dreadlocks – s'empilent négligemment sur le dessus de sa tête. Son oreille gauche, tournée vers la personne qui regarde le tableau, est percée de trois gros clous. Elle porte une chemise à rayures dont le bas est couvert de traînées multicolores, comme si elle y avait essuyé son pinceau en travaillant. Son air enjoué laisse deviner une femme au tempérament optimiste et gai. Un tatouage – un motif celte complexe – disparaît sous le col de sa chemise et émerge d'une des manches.

Tu regardes l'enveloppe de caoutchouc couleur chair qui recouvre ton bras.

« On ne peut pas reproduire des tatouages, explique Tim. Ça abîmerait la matière. » Il montre le tableau. « Ce détail mis à part, c'est plutôt ressemblant, tu ne trouves pas ? »

Il veut dire par là, comprends-tu, que tu es une copie parfaite du tableau, et non l'inverse. Sans doute ont-ils utilisé un scan de la toile pour te construire.

Cette femme sur le tableau, est-ce vraiment toi ? Elle semble trop sûre d'elle. Trop décontractée. Tu examines la signature, un gribouillis spectaculaire, dans le coin inférieur gauche : Abbie Cullen.

« En temps normal, tu ne travaillais pas la peinture à l'huile, ajoute Tim. C'est le cadeau que tu m'as offert pour notre mariage. Ça t'a pris des mois.

— Ouah… Et toi, que m'as-tu offert ?

— La maison sur la plage, répond-il avec nonchalance. Je l'ai fait construire exprès. C'était une surprise. Il y a un grand garage qui te servait d'atelier... Tu avais besoin d'espace pour tes projets. » Tout en parlant, il ouvre une autre porte, située en face de la chambre principale. « Mais, quand on habitait en ville, c'est dans cette pièce que tu travaillais. C'est ici que tu as peint cet autoportrait. »

Le plancher est constellé de taches de peinture. Sur une table à tréteaux, des bocaux contenant des pinceaux secs voisinent avec des tubes de peinture acrylique solidifiée. Et un stylo en argent dans un porte-stylo. Tu le prends dans ta main. Dessus sont gravés ces quelques mots : ABBIE. POUR TOUJOURS ET À JAMAIS. TIM.

« L'encre a dû sécher depuis le temps. J'irai en acheter. J'ai intérêt à faire une liste, je crois. »

Tu tires sur le col de la chemise de nuit d'hôpital que tu portes encore.

« J'aimerais me changer.

— Bien sûr. Tes affaires sont dans ton armoire. »

Il s'agit en fait d'un dressing, attenant à la chambre principale. Y sont suspendues de magnifiques robes aux couleurs vives et audacieuses, dans le style bohème chic, décontracté, mais taillées dans les plus beaux tissus. Tu jettes un coup d'œil aux étiquettes : Stella McCartney, Marc Jacobs, Céline. Tu te dis que tu avais bon goût. Et les moyens qui allaient avec, grâce à Tim.

Tu choisis une ample robe de style indien, facile à porter.

« Je te laisse », dit Tim avec tact et il sort de la chambre.

En repensant à ce crâne en plastique hideux, tu évites de croiser ton reflet dans le miroir en ôtant la chemise de nuit, mais tu ne peux pas t'empêcher de regarder. Ton corps n'a pas été aussi svelte et ferme depuis des années, et tu te surprends à penser : depuis que tu as donné naissance à Danny...

Mais ce n'est pas un corps. Tes membres ont été assemblés dans un atelier et ta peau peinte dans une cabine. Et à partir du bassin, tout devient lisse, tu es aussi asexuée qu'une poupée. Tu réprimes un frisson en enfilant ta robe.

Soudain, au rez-de-chaussée, la porte d'entrée s'ouvre avec fracas. Des pas lourds résonnent dans l'escalier.

« Ne cours pas, Danny ! s'écrie une femme.

— Ne cours pas ! marmonne une petite voix. Courir ! »

La cavalcade se poursuit.

Danny. En pivotant sur toi-même, tu entrevois des cheveux bruns, des yeux profondément enfoncés, le visage d'elfe crispé d'un enfant qui traverse le palier à toute allure. L'amour maternel se déverse en toi. Tu n'en reviens pas qu'il soit aussi grand ! Forcément, il doit avoir presque neuf ans. Tu as manqué la moitié de sa vie.

Tu le suis dans sa chambre. Déjà, il a sorti de sous son lit une brassée de trains miniatures.

« Tous en ligne. Tous en liiiigne ! » marmonne-t-il fiévreusement en les ordonnant par taille, du plus grand au plus petit, contre la plinthe.

« Danny ? »

Il ne réagit pas.

« Danny, *regarder* », ordonne la femme d'un ton ferme dans ton dos.

Le garçon lève la tête. Son regard vide glisse sur le tien. Il n'y a rien dans ses yeux, aucune lueur indiquant que tu es sa mère, ni même une personne.

« Très bien. Joli travail. » La jeune femme passe devant toi et s'accroupit à côté de Danny. Âgée d'une vingtaine d'années, enthousiaste. Ses cheveux blonds sont attachés en arrière. « Tope là, Danny ! »

« Sian, je te présente la…, commence Tim.

— Je sais ce que c'est », le coupe la jeune femme en posant sur toi un regard encore plus vide que celui de Danny. « Tope là, Danny ! »

Sans lever les yeux de ses trains, Danny agite la main dans sa direction. Sian tend le bras pour établir le contact. « Bravo ! dit-elle pour l'encourager. Maintenant, on va redescendre et remonter l'escalier correctement. Ensuite, tu pourras passer un moment avec Thomas. » Elle tend la main. Voyant que Danny ne réagit pas, elle ordonne, en prononçant bien chaque syllabe : « Lève-toi et prends ma main. »

Le garçon se lève à contrecœur et prend la main tendue.

« Bravo ! Bon travail », dit-elle en l'entraînant sur le palier.

« C'est une excellente thérapeute, précise Tim dès qu'ils sont hors de portée de voix. Quand elle nous a rejoints, Danny ne réagissait à rien, excepté la nourriture et ses trains. Maintenant, on arrive à avoir une dizaine d'échanges chaque jour.

— Formidable », réponds-tu, même si le « Je sais ce que c'est » te reste en travers de la gorge.

« Je suis très fière de vous deux. »

Tu te souviens de votre excitation quand vous avez découvert l'analyse appliquée du comportement, cette méthode d'enseignement destinée aux enfants autistes qui, d'après certaines études, parvenait même à les guérir ou à faire en sorte, du moins, qu'on ne puisse plus les différencier d'autres enfants. Si tu avais su alors que, cinq ans plus tard, Danny aurait encore du mal à établir un contact visuel, aurais-tu eu le courage de continuer ?

Tu chasses cette pensée. Bien sûr que oui. Le moindre progrès, même durement obtenu, c'était mieux que rien.

Danny monte l'escalier d'un pas lourd, mais plus lentement cette fois, Sian sur ses talons. Quand il retourne dans sa chambre, la jeune femme sort un train miniature bleu.

« Bon travail, Danny. Tiens, voici Thomas.

— Voici Thomas », répète Danny en se vautrant sur le sol pour aligner ce train avec les autres. Soudain, sans prévenir, son regard vague accroche le tien.

« Mah, dit-il. Mah-mah. »

Il rit.

« Il m'a appelée maman ? » demandes-tu, stupéfaite.

Tim pleure de joie. Tu en ferais autant, si tu pouvais pleurer.

DEUX

Une quinzaine de jours s'écoulèrent après l'annonce faite par Tim jusqu'à l'arrivée effective d'Abbie Cullen. Sans doute achevait-elle une commande, spéculait-on, à moins qu'elle n'hésite à venir travailler pour nous. On recevait peu de visiteurs – nos partenaires financiers craignaient pour leur sécurité et on avait choisi nos locaux en raison du faible prix du mètre carré et non pas pour leur potentiel en termes de vie sociale. Par conséquent, dire qu'Abbie fit une entrée remarquée nous en apprend moins sur elle que sur nos existences étriquées et obsessionnelles.

Avant même que Tim lance son fameux « Votre attention, s'il vous plaît », la plupart d'entre nous l'avaient repérée dans le hall, et les autres avaient vu Tim se précipiter pour l'accueillir. Elle était grande, tout d'abord, presque un mètre quatre-vingts ; elle portait un jean moulant déchiré et des cuissardes à talons biseautés qui, ajoutées à l'amas de tresses rousses sur le dessus de sa tête, la faisaient paraître encore plus grande. Un tatouage à l'encre noire – un motif hawaïen, affirmerait quelqu'un par la suite, ou maori ou bien celte – partait de son cou et descendait le long de son bras gauche. Mais le plus frappant, c'était son côté juvénile. Dans une industrie comme la nôtre, où vous pouvez faire figure d'ancien avant la trentaine, elle dégageait une fraîcheur, une innocence, qui indiquaient qu'elle n'était pas des nôtres.

« Je vous présente Abbie Cullen. Notre première artiste en résidence, annonça Tim en l'escortant vers l'open space. Ses œuvres sont incroyables. Allez donc voir sur Internet. Elle va rester ici six mois pour travailler sur différents projets.

— Quel genre de projets ? » demanda quelqu'un.

Ce fut Abbie qui répondit.

« Je n'ai pas encore décidé. J'espère m'inspirer de tout ce que vous faites ici. »

Elle avait un léger accent nasillard du Sud et son sourire illuminait la pièce.

Impossible de savoir si quelqu'un l'avait activé délibérément, toujours est-il qu'un des shopbots avança vers elle. « Bonjour, comment allez-vous ? dit-il d'un ton enjoué. La veste que je porte vous irait à ravir. » Inutile de préciser qu'il ne portait pas de veste : c'était un argumentaire type qu'on avait encodé dans le prototype. « Voulez-vous que nous fassions le tour de la boutique ? Je pourrais vous faire essayer quelques articles. Vous faites un 38, je dirais ?

— Dans le mille », répondit Abbie en riant, et bien que ça ne soit pas particulièrement amusant, tout le monde rit avec elle. Comme si notre enfant avait fait une réflexion inappropriée, mais adorable, à un visiteur important.

Tim émit son gloussement aigu d'adolescent, une des rares particularités qui le classaient parmi les *geeks*.

« Abbie s'installera au K-trois », annonça-t-il en faisant référence à une de nos salles de réunion, mais elle l'arrêta.

« J'aimerais mieux avoir un bureau ici, pour pouvoir capter l'ambiance. Si ça ne vous ennuie pas.

— Tout ce que vous voulez, répondit-il en haussant les épaules. Vous tous, apportez-lui votre aide. Et inspirez-vous d'elle. Dépouillez son cerveau. Démontez et remontez son processus créatif. N'oubliez pas, elle est ici dans votre intérêt, pas le sien. »

Quand on y repense, ce n'était pas une manière très amicale de l'accueillir. Du Tim tout craché.

6

C'est l'affaire de trois semaines, prédit Tim. Trois semaines pour que tu t'habitues à cette nouvelle réalité.

Comme presque tout ce qu'il dit, cette affirmation ne sort pas de nulle part ; elle repose sur des données brutes. Dans les années 1950, un chirurgien esthétique, Maxwell Maltz, a consigné le temps que mettaient ses patients à s'habituer au résultat de leur opération de reconstruction faciale. Il a publié ses conclusions dans un ouvrage intitulé *Psycho-Cybernétique*, devenu la bible de Tim et de son industrie.

Par conséquent, il a prévu de rester à la maison pendant ces trois semaines, afin de t'aider à prendre tes marques. Il commence par des choses simples, en t'apportant des choses du jardin – une pierre à la forme insolite, une feuille, une plume d'oiseau – ou en te lisant des articles de journaux. Sa joie lorsqu'il tombe sur une information qui a échappé à ton cerveau – et qu'il peut te l'enseigner –, telles les oranges, est contagieuse.

Comme si tu étais une enfant, il limite le temps que tu passes sur Internet et surveille les sites que tu consultes. Ton cerveau, estime-t-il, pourrait ne pas supporter un excès de données *Va, va, va, dit l'oiseau : le genre humain ne peut supporter trop de réalité.* Tu as su qui était l'auteur de ce vers, mais tu as oublié. Tes souvenirs sont fragmentaires, tributaires de ce que Tim a téléchargé dans ton cerveau avant que tu te réveilles. Ou que tu « démarres », comme il le dit parfois.

Et soudain – *clac* – ça te revient, tout droit sorti du cloud. *T.S. Eliot.*

C'est aussi pour cette raison que Tim refuse encore d'évoquer les circonstances de ta mort. Au mieux, il fait une brève allusion à *l'accident,* avant de se fermer comme une huître. Aucun être humain, explique-t-il, n'a jamais été en mesure de se remémorer sa propre disparition. Cela pourrait provoquer une douleur insupportable. Destructrice, même.

Mais tu devines que ce n'est pas uniquement dans ton intérêt qu'il évite ce sujet. Revivre cette période pourrait être douloureux pour lui aussi. Or Tim n'a jamais été du genre à s'attarder sur ses défaites passées. Maintenant qu'il t'a récupérée, il préfère faire comme si les années précédentes n'avaient jamais existé.

Tu essaies d'imaginer ce qu'il a enduré, ce qu'ont été ces cinq dernières années. Et tu t'aperçois qu'en un sens tu as eu le beau rôle. Tu es simplement morte. C'est lui qui a souffert. Tu le vois dans les rides qui creusent son visage, sa calvitie naissante, ce petit embonpoint de mangeur de *junk food* qui s'est greffé sur son corps d'ancien marathonien ; les vestiges de ce chagrin et de cette solitude infernale qui l'ont accompagné, nuit après nuit, dans sa quête obsessionnelle : te recréer. Il a déjà évoqué les périodes de quasi-dépression dues au surmenage, les différends avec ses investisseurs, les démissions de certains employés. Les premiers cobots avaient été de misérables échecs, semble-t-il : des millions de dollars investis dans des expériences qui ne menaient nulle part. Néanmoins, il avait refusé d'abandonner, et après cinq ou six tentatives, le projet avait commencé à prendre forme.

« Mais je ne voulais pas te créer toi avant de maîtriser la technologie. Je n'aurais pas supporté de te récupérer sous la forme d'un bêta foireux.

— Qu'est-ce que je suis dans ce cas ? Un prototype ? »

Il secoue la tête.

« Non, tu es beaucoup plus que ça. Tu es un saut quantique. Un changement de paradigme. Et surtout, tu es ma femme. »

Parfois, il reste assis à te regarder ; il se délecte de ta présence. Comme s'il n'arrivait pas à croire ce qu'il avait accompli. Comme si le résultat dépassait ce qu'il avait cru possible. Puis tu lui souris, et il s'arrache à sa rêverie.

« Oh, pardon, ma chérie. C'est tellement bon de te retrouver.

— C'est bon d'être de retour », réponds-tu.

Et peu à peu, tu finis presque par y croire.

7

Tu t'aperçois qu'il a tenté de réduire au maximum les différences entre ton nouveau corps et l'ancien. Ta poitrine se soulève et retombe, comme si tu respirais. Quand il fait froid, tu grelottes, et quand il fait chaud, tu dois ôter un vêtement. Le soir, tu vas te coucher dans une chambre d'amis, afin de ne pas déranger Tim, et tu dors, ou plus exactement tu passes en mode faible consommation, pendant lequel tu recharges tes batteries et télécharges d'autres souvenirs. Ce sont les meilleurs moments. Curieusement, tes rêves semblent infiniment plus riches que le monde éveillé.

Au cours d'une de ces sessions, tu revis le lendemain de sa demande en mariage. Vous vous êtes rendus au Taj Mahal, où Tim a dépensé une fortune afin de vous offrir une visite privée, à l'écart de la foule des touristes. Durant tout le trajet, appuyée contre lui à l'arrière de la Mercedes climatisée, tu nageais dans un brouillard d'euphorie, jetant parfois un regard à l'énorme diamant rouge qui ornait ton doigt.

Par la suite, le guide vous a expliqué que ce palais était un monument funéraire dédié à la favorite du shah : Mumtâz Mahal.

« Si je meurs avant toi, j'espère avoir droit à un palais moi aussi, avais-tu dit, pince-sans-rire.

— Jamais je ne te laisserai mourir avant moi. »

Aujourd'hui encore, dans ce souvenir artificiel, tu perçois la certitude absolue dans sa voix.

Le quatrième jour, on livre des tubes de peinture.

« J'espère que ça te convient, dit-il en les déballant. Tu étais très exigeante sur les marques que tu utilisais. »

Ah bon ? Ça non plus, tu ne t'en souviens pas.

« Je suis sûre que ça ira très bien. »

Mais pour peindre quoi ? Tu n'éprouves aucun désir de créer. Cependant, cela semble si important pour Tim que tu t'obliges à essayer.

Finalement, tu optes pour les oranges. Une nature morte. Tu emportes la coupe de fruits dans ton atelier au premier étage.

Quatre heures plus tard, tu as presque terminé. Tu montres le résultat à Tim.

« Incroyable ! s'enthousiasme-t-il. Tu vois ? Tu n'as pas perdu ton talent. »

Tu examines la toile d'un air dubitatif. Tu as conservé une certaine technique, mais pas le talent. Ton tableau est aussi précis et dénué de personnalité qu'une photo.

Tim, lui, est aux anges. Il t'oblige à signer le tableau. *Abbie-Cullen-Scott*. Cette signature ampoulée, pleine d'assurance, ressemble à la tienne. Mais c'est un faux, tu le sais. Un fac-similé généré par ordinateur. Comme tout le reste.

Tim commande ensuite du matériel de culture physique. Non pas pour brûler les calories (tu pèseras éternellement 72 kilos), mais pour rendre tes mouvements plus naturels. Il y a même une Wii. Au début, tu as du mal, et plus d'une fois tu te retrouves par terre en jouant à *Dance Party*, au niveau le plus faible. Mais, à chaque séance, tu prends un peu plus d'assurance.

Tu te fais des tresses comme sur l'autoportrait accroché dans la chambre. Tu tentes même de te maquiller. Tu te maquillais à peine autrefois, mais ton nouveau visage exige une approche plus pragmatique. Une chance que tu sois une artiste, te dis-tu, car peu à peu tu apprends à atténuer ces traits vierges et caoutchouteux en jouant avec les nuances, jusqu'à leur conférer un aspect presque authentique.

Sur les conseils de Tim, tu essaies le yoga. Tu t'étonnes de pouvoir réaliser toutes les postures, y compris les plus avancées : le Pigeon, le Paon, la Luciole. Il t'observe avec une fierté contenue. Tu t'aperçois que ton corps a été conçu aussi minutieusement qu'une voiture de sport. À toi d'apprendre à le piloter.

Son troisième cadeau est un trampoline olympique. En regardant les livreurs l'assembler, tu te remémores une de vos premières sorties, le jour où Tim t'avait emmenée à la House of Air, l'immense salle de trampolines située près du Golden Gate. Tu avais découvert alors que, en plus d'être surmotivé, il savait s'amuser aussi.

Ensuite, vous aviez marché jusqu'à Fort Point en empruntant le Bay Trail, et vous vous étiez assis face à l'océan, main dans la main.

« Il faudrait qu'on retourne à Fort Point, dis-tu, nostalgique de cette époque. J'avais adoré cette journée. »

Tim hésite.

« Très bonne idée. Mais pas tout de suite.

— Pourquoi ?

— Une sortie pourrait s'avérer problématique dans l'immédiat. »

Tu le regardes, stupéfaite.

« Tu veux dire que je ne peux pas quitter la maison ? »

Il s'empresse de te rassurer :

« Bientôt. Il faut juste... te préparer. »

Les livreurs partis, il ôte ses chaussures et grimpe sur le trampoline.

« Prête ? » s'écrie-t-il en tendant les mains.

Tu le rejoins, timidement. Tu as du mal à conserver ton équilibre au début et, sans te lâcher, Tim te fait rebondir en douceur pour te donner de l'élan.

« Oui, voilà ! t'encourage-t-il. Ça vient... » Il imite le compte à rebours de la NASA, au rythme de ses bonds. *« T moins dix secondes... huit, sept, six, cinq... Allumage du moteur principal... Décollage ! »*

En prononçant ce mot, il exerce une ultime poussée, plus forte. Tu sens tes genoux ployer, un-deux-trois..., et soudain, ça y est, tu flottes dans les airs. Tim lâche tes mains et tu t'envoles, de plus en plus haut, tes tresses se dressent sur ta tête, tes jambes font des ciseaux. Vous riez, vous criez en sautant ensemble, vous exécutez des figures absurdes.

Pour la première fois depuis que Tim t'a ramenée à la maison, tu ressens cette joie indissociable de l'amour ; la joie unique que provoque le plaisir d'être avec une personne en particulier, celle à qui on fait confiance pour protéger ce bonheur, au prix de sa vie. *Je t'aime*, penses-tu, extatique. *Je t'aime, Tim*. Et même si les mots qui sortent de ta bouche alors que tu dégringoles dans le vide ressemblent à un cri d'exultation et de plaisir, tu sais, en voyant son large sourire, qu'il comprend.

8

Le samedi, Danny est dispensé de thérapie. Tu le trouves assis au bord de son lit, en train de sautiller sur le matelas, sans but. Cela te donne une idée.

« Si on allait faire du trampoline, Danny ? »

Grognement. Souvent, il est difficile d'interpréter les bruits qu'il émet. Pour Tim, ce sont probablement de simples « stims » vocaux, de l'autostimulation. Nul ne sait pour quelle raison les autistes font cela, mais, selon une théorie, cela leur donne une impression de contrôle dans un monde qui les submerge. Ainsi, Danny peut rebondir sur son matelas pendant des heures. Dans les moments de stress, il provoque des réactions sensorielles plus fortes, en se mordant le dessus de la main, par exemple.

« Danny ? Tu n'as pas envie d'aller jouer dehors ? »

Après un moment, il secoue la tête.

« Nan ! »

Encouragée par le fait qu'il a répondu, tu tends la main.

« Viens, Danny ! On va bien s'amuser !

— Oh là là ! s'exclame Sian dans son dos. Qu'est-ce que vous faites ? »

Tu te retournes. La thérapeute, arrêtée sur le seuil de la chambre, te regarde d'un air désapprobateur.

« J'essaie de convaincre Danny d'aller faire du trampoline, expliques-tu, bien que cela soit évident.

— Vous vous y prenez mal, dans ce cas. Vous devez vous limiter à une succession d'instructions claires. *Danny, debout.* Puis : *Danny, prends ma main*. Puis : *Danny, descends l'escalier avec moi*, etc. Chaque fois qu'il obéit, vous lui dites : *Bravo*. Et vous passez à l'instruction suivante.

— Je suis sa mère. J'essayais de paraître plus chaleureuse. »

Sian te regarde d'un drôle d'air, et l'espace d'un instant, tu as l'impression qu'elle va critiquer l'emploi du mot *mère*. Elle répond simplement :

« Oui, peut-être. Mais vous l'avez perturbé. Vous lui avez demandé s'il voulait sortir, et il vous a répondu clairement en disant qu'il n'en avait pas envie. Vous auriez dû le féliciter d'avoir identifié et formulé sa réponse. Au lieu de cela, vous lui avez reposé la même question. Quand vous lui avez dit *Tu n'as pas envie de…* en réalité, vous vouliez dire *J'aimerais bien que*. Bien sûr, ça partait d'une bonne intention et la plupart des enfants comprennent très vite ce que nous voulons dire réellement, mais c'est injuste envers les enfants comme Danny qui ont des problèmes avec le langage. »

Tu te sens vexée, mais, surtout, tu t'aperçois que, d'une certaine manière, vous êtes dans le même bateau, Danny et toi : vous vous débattez l'un et l'autre pour comprendre un monde dans lequel vous n'avez pas votre place.

« Pourriez-vous m'apprendre ? La façon dont vous travaillez avec lui ? Je voudrais bien faire. »

Après une brève hésitation, Sian répond :

« Pourquoi pas ? »

Sans enthousiasme.

« Danny, touche ton nez. »

Tu comptes jusqu'à trois, puis tu lui prends la main et la guides vers son nez.

« Bravo ! t'exclames-tu avec la même joie que s'il avait accompli ce geste seul. Tiens, voici Thomas ! »

Tu lui donnes son train et notes quelque chose sur la fiche. Il a le droit de jouer trente secondes avec Thomas, puis tu lui reprends le jouet pour recommencer l'exercice. Cette fois-ci, pas besoin de lui prendre la main. Tu le notes aussi.

« Danny, regarde-moi. »

Ses yeux glissent vers toi, sans s'arrêter, et tu ne perçois pas cette lueur qui s'allume lorsque deux personnes se regardent. Mais il a essayé, c'est ce qui compte.

« Bravo ! l'encourages-tu. Tiens, reprends Thomas.

— Pas mal, admet Sian, à contrecœur. Vous avez saisi le principe. »

Le programme de Danny se compose de centaines d'exercices semblables : des *épreuves* ou des *défis*, pour reprendre le jargon des thérapeutes. Chacun représente un pas infime sur un chemin immense, parsemé de raisins secs et de courtes séquences de jeu avec ses trains en guise de récompense. Dès qu'il aura assimilé qu'il reçoit un cadeau s'il réussit un exercice, il réagira plus spontanément la fois suivante.

En théorie, du moins. Les fiches de résultats indiquent qu'il a accompli ces exercices plus de mille fois. Malgré tout, Sian demeure d'un optimisme inébranlable.

« Bien essayé, Danny ! Joli travail ! »

Soudain, tu es frappée par le souvenir de Danny jouant à cache-cache, avant sa régression. Il courait se cacher, puis, incapable de contenir son excitation, il s'écriait : « Où il peut bien être ? Sous la table ? *Noooon !* Sous le lit ? *Noooon !* Sous la douche ? *Noooon !* » Tu trouvais ça adorable, alors tu jouais le jeu en inspectant tous les endroits qu'il citait. Plus tard, un psychiatre avait émis l'hypothèse que, déjà à cette époque, Danny était dépourvu de ce qu'on appelle la « théorie de l'esprit » : la capacité à se mettre à la place de quelqu'un d'autre.

« Est-ce que j'utilisais la méthode ABA avec Danny ? demandes-tu à Sian.

— Oui.

— Je m'en sortais bien ? »

La jeune femme ne répond pas tout de suite.

« Oui, quand vous étiez bien disposée.

— Qu'est-ce que ça veut dire ?

— La méthode ABA peut s'avérer difficile pour les parents. Il arrive qu'ils soient trop impliqués émotionnellement. Parfois, Abbie demandait : "Pourquoi est-ce qu'on ne le laisse pas être lui-même ?" Mais ces procédures sont fondées sur des données réelles. Et il serait injuste envers des enfants comme Danny de ne pas les aider à atteindre leur plein potentiel. »

Tu remarques qu'elle emploie souvent *Abbie* pour parler de toi. Au moins, elle ne dit plus *ça*.

Chaque jour tu tombes amoureuse, et chaque jour ton cœur se brise.

La mère d'un enfant autiste sait que les sentiments qu'elle éprouve pour lui ne seront jamais réciproques. Son enfant ne lui dira jamais *Je t'aime*, jamais il ne lui fera un dessin pour la fête des Mères, jamais il ne rentrera à la maison pour lui présenter fièrement une maquette réalisée à l'école, une petite amie, une fiancée ou un nouveau-né. Jamais il ne te racontera sa journée ni ne te confiera ses plus grandes peurs.

Il aura toujours besoin de toi, plus que n'importe quel autre enfant, parce qu'il est incapable de livrer bataille seul. Il a besoin de toi pour ne pas être écrasé par le monde. Il a besoin que tu sois son interprète, sa protectrice, son garde du corps, son avocate. Il a besoin que tu y réfléchisses à deux fois avant de mettre en marche l'aspirateur, le micro-ondes, le sèche-cheveux ou tout ce qui peut le faire souffrir. Que tu te battes contre les médecins, les serveurs, les professeurs, les alarmes d'incendie, ces imbéciles du marketing qui changent l'emballage des Cheerios sur un coup de tête, sans penser que cela va le perturber pendant des jours.

Il se peut qu'il n'accepte jamais que tu le serres dans tes bras, et encore moins de te serrer contre lui. En revanche, tu peux te dresser face au monde entier, en faisant de ton corps un bouclier, afin de parer les coups.

Il aura besoin que tu lui enseignes, laborieusement, les bases de la vie quotidienne : imiter, réclamer à manger, choisir des vêtements. Comment faire la différence entre un sourire et un froncement de sourcils, savoir déchiffrer les étranges contorsions d'un visage humain.

Pour toutes ces raisons, l'amour que tu voues à Danny possède une qualité dont aucune autre forme d'amour ne peut s'enorgueillir. Il brûle d'une énergie farouche, inextinguible. C'est l'amour d'une guerrière prête à mourir plutôt que de céder du terrain.

Un soir, au moment où tu t'apprêtes à coucher Danny, tu te souviens que tu as laissé une casserole sur le feu, en bas. Quand tu remontes, tu découvres qu'il a pris sa brosse à dents et un de tes tubes de peinture tout neufs. Mais il ne s'est pas contenté d'en étaler sur sa brosse : il s'est promené en pressant le tube dans son petit poing. Une longue vague sinusoïdale de rouge indien orne maintenant la moquette blanche du palier.

Il te regarde et sourit. Tu remarques alors qu'il s'est également brossé les dents avec la peinture. Il ressemble à un petit vampire joyeux.

« Bravo, Danny, dis-tu, stupéfaite. Bonne imitation. »

Car s'il est inutile de le réprimander pour avoir fait une bêtise sans le savoir, il a essayé d'imiter un geste qu'il t'a vue faire, et ça, c'est une avancée.

« Mate un peu mes pare-chocs », dit Danny d'un air absent, répétant une de ses expressions préférées, tirée de la série d'animation *Thomas et ses amis*.

9

Les trois semaines sont loin d'être terminées quand Tim reçoit un appel.

« Il a fait quoi ? » s'exclame-t-il, incrédule. Puis : « Non, je m'en occupe. Je n'ai pas confiance en cet imbécile pour réparer les dégâts. »

Il repose le téléphone.

« C'était Mike. Quelqu'un a merdé au bureau. Je vais devoir intervenir. » Il grimace. « Si tu es d'accord, bien sûr. Je m'en veux de t'abandonner. »

En vérité, tu savais bien que trois semaines, ce serait trop long pour Tim. Votre lune de miel n'a duré que dix jours, et pourtant il s'enfermait dans la salle de bains tous les matins pour répondre en douce à ses mails.

« Ne t'inquiète pas pour moi. Et puis, j'ai encore tous mes livres à lire. »

Tu as dévoré tout ce qui se trouvait dans la bibliothèque du bas, mais tu ne t'es pas encore attaquée aux grandes étagères sur le palier du premier.

« Si tu as besoin de quoi que ce soit, appelle-moi. » Tim sort quelque chose de sa poche. « Tiens, il est temps que tu récupères ça. »

Ça, c'est un vieux smartphone, éraflé et cabossé, dont l'écran est légèrement ébréché dans les coins. Protégé par une coque faite de plusieurs couches de papiers peints vintage.

« Tu as fabriqué cette coque toi-même, précise Tim. Tu étais très douée pour ce genre de choses. »

Avant de partir, il dépose un baiser sur ton front.

« Je t'aime, Abs. À plus tard.

— Je t'aime aussi », réponds-tu.

Aussitôt après le départ de Tim, tu allumes ton portable. Tim refuse toujours de te raconter ce qui t'est arrivé, mais cet appareil renferme peut-être de quoi satisfaire ta curiosité.

Tu consultes tes textos. Le plus récent date d'il y a cinq ans. Il était adressé à une certaine Jacinta G.

Entendu ! Compte sur moi pour le pinot et les ragots ! Abs. xx

Tu ignores qui est cette Jacinta. Apparemment, vous aviez prévu une soirée entre filles. Hélas, tu es morte avant. Subitement, sans savoir que ce texto serait ton dernier.

Tu fais défiler les autres. La plupart de ces noms n'évoquent rien, ils sont perdus dans le brouillard. Mais, soudain, l'un d'eux te saute aux yeux.

Lisa.

Ta sœur. Ton doigt hésite au-dessus de l'icône APPELER. Tu te demandes ce que Tim lui a raconté au juste. Peut-être qu'elle ne sait rien de tout cela. De ce que tu es devenue. Tu ne peux pas l'appeler de but en blanc. Alors, à contrecœur, tu continues à passer les textos en revue.

Tu vois passer le nom de Tim. Le dernier SMS que tu lui avais envoyé disait simplement :

Ici tout se passe bien. OK si je reste un jour de plus ? Xx

La réponse était arrivée quelques minutes plus tard.

Bien sûr. Aussi longtemps que tu veux. Xx

Tu fais défiler les textos, en t'arrêtant au hasard.

Toujours partant pour ce soir ? Réservation @7 A xx

La réponse de Tim, truffée de fautes de frappe, avait sans doute été rédigée à la hâte pendant une réunion, sous la table.

Hélas, vai passer ma sirée avec ces abutis de codeurs. Pense renter tard.

Pas de problème. Plats à emporter ? Xx

Je ferai ds couses. Steak ? bougie ? vin ? dess choco ?

Tu m'as convaincue avec le dess choco. Xx

C'était un mariage heureux, songes-tu. Malgré Danny, malgré le besoin de Tim de tout contrôler en permanence, ça fonctionnait bien entre vous.

Tu fais défiler les autres textos, en t'arrêtant parfois, jusqu'à revenir dix ans en arrière.

Merci pour cette magnifique soirée. Et cette nuit encore plus magnifique. Tim xx

Tout le plaisir était pour moi, crois-moi ! A xx

Tu es saisie par l'émotion. Tôt ou tard, vous pourrez peut-être recommencer à sortir, Tim et toi. Aller danser, vous tenir par la main, et même vous embrasser. Mais concernant ce lien physique particulier qu'est l'amour physique, c'est une autre paire de manches.

Le mot exact pour définir ce que tu ressens s'insinue dans tes pensées, sans y avoir été invité. Tout prêt.

Le sentiment que suscitent chez toi ces textos se nomme *jalousie.*

Tu t'apprêtes à reposer ton téléphone lorsque tu avises l'icône Safari dans la barre de menu. Tu appuies dessus et un moteur de recherche apparaît. La boîte de dialogue, vierge, est une invitation.

Très vite, tu tapes : *Abbie Cullen-Scott. San Francisco. Accident mortel.*

Une longue et douloureuse attente. Puis…

Page bloquée.

Tu regardes ces deux mots, hébétée. Bloquée par qui ?

Et soudain, tu comprends. Tim a dû installer un filtre. Dans le style contrôle parental. Pour mettre à l'index tous les détails concernant ta mort.

Parce qu'il t'aime, te dis-tu. Il a deviné que la tentation serait trop grande. C'est la preuve qu'il te connaît bien. Et qu'il veut t'éviter de souffrir.

Tu te demandes s'il va recevoir une alerte. Pourvu que non. Tu préfères garder cette faiblesse pour toi.

J'aurais surtout préféré que mon mari me fasse confiance, ne peux-tu t'empêcher de penser. En étant obligée de reconnaître qu'il a eu raison de ne pas le faire.

A-t-il installé d'autres protections ? Tu reprends ton portable et essaies de te connecter sur Facebook, Twitter, puis Instagram. Seul Instagram s'ouvre, et encore : certains comptes semblent bloqués.

Ces sites contiennent-ils des horreurs contre lesquelles il veut te protéger ? Quelles insinuations émanant de la multitude agitée et tourmentée veut-il maintenir éloignées de tes oreilles ?

Tu revois le dégoût dans le regard du chauffeur de la Prius qui vous a conduits jusqu'ici. Imagine que tu reçoives la même chose en plein visage sur Internet !

Tim a eu raison, décrètes-tu. Dans l'immédiat, un excès de réalité n'est peut-être pas souhaitable.

TROIS

Abbie ne faisait pas grand-chose, au début. Elle s'installa à un bureau inoccupé. On lui indiqua où se trouvaient la salle de pause, les bagels et les tubes de *cream cheese* gratuits, les toilettes et les containers pour le recyclage. Jenny Austin, la femme de Mike, lui procura un ordinateur portable inutilisé et tout le monde se précipita pour l'aider à se connecter sur notre réseau. (Tim refusait d'engager un administrateur, arguant du fait que, si vous n'étiez pas assez intelligent pour faire vous-même ce genre de choses, vous ne devriez pas travailler pour lui.) Ensuite, Abbie passa le plus clair de son temps assise là, à bavarder.

Il y avait une table de billard, presque jamais utilisée. Aucun de nous ne voulait se faire prendre en train de jouer au moment où Tim Scott passait. Du coup, elle servait surtout à empiler les pizzas qu'on se faisait livrer tard le soir, et la feutrine bleue était aussi tachée qu'un vieux matelas. Mais le jour où Abbie Cullen prit une queue, se tourna vers la personne la plus proche – Rajesh en l'occurrence – et demanda : « Tu veux jouer ? », non seulement nul n'y trouva à redire, mais tous voulurent assister à la partie.

Elle ne cherchait même pas à être discrète. Quand elle réussissait un coup, elle poussait un cri de joie.

Très vite, elle prit l'habitude de faire le tour des postes de travail pour demander à chacun de lui expliquer ce qu'il faisait. Elle s'accroupissait à côté de nos sièges afin d'éviter de nous toiser, ou bien elle s'asseyait sur le bord du bureau et balançait ses longues jambes. Elle paraissait réellement intéressée, et même impressionnée, par tout ce qui nous paraissait routinier et banal. Elle était *adorable*. Quand elle voulait souligner quelque chose, elle posait sa main sur votre bras d'une manière… *aguicheuse* n'est pas le mot qui convient. C'était comme si personne ne l'avait jamais mise en garde contre son tempérament tactile.

On ne s'en formalisa pas plus, bien sûr. On était sous le charme.

Le deuxième jour, elle débarqua vêtue d'un T-shirt Debbie Harry sous un vieux blouson en cuir et d'un jean déchiré. Certains parmi nous songèrent que c'était peut-être une tenue un peu trop décontractée pour le bureau. Mais, après tout, c'était une artiste, pas une simple employée.

Quelqu'un lui demanda si elle savait quel serait son premier projet. Elle secoua la tête. « J'attends une idée. » Elle ne dit pas : « J'y réfléchis » ou bien « Ça va venir ». Elle attendait qu'une idée lui passe par la tête. On admirait son assurance, et en même temps, on se faisait du souci pour elle. Et si aucune idée ne lui venait ? À quel moment renoncerait-elle ? Et si elle renonçait, allait-elle nous abandonner ?

Alors, on attendit avec elle et peu à peu « Que va bien pouvoir faire Abbie ? » devint un sujet de conversation – peut-être même le sujet principal – en salle de pause : « Elle discute avec les designers ce matin. À mon avis, elle va vouloir utiliser l'imprimante 3D. » « J'ai entendu dire qu'elle allait faire nos portraits. » « Elle s'intéresse au codage des robots. Je parie qu'elle va l'incorporer dans son projet. »

Mais c'est lorsqu'elle commença à tenir tête à Tim qu'elle grimpa dans notre estime.

La première fois, cela ne tira pas à conséquence. Tim passait un savon à un des nouveaux développeurs. On avait de la peine pour ce type, car on avait tous connu ça. En même temps, on éprouvait une sorte de petit plaisir secret : c'était au tour de quelqu'un d'autre. On appelait ça « se faire entimlander », de même que les nuits blanches passées à bosser étaient des « Tim Time » et l'heure juste avant l'aube était devenue « Tim O'Clock ». En toute franchise, ses éclats de colère étaient rarement injustifiés, mais insoutenables. Pour Tim, les erreurs que vous aviez commises dans l'exécution d'une tâche n'étaient pas simplement des erreurs. C'était bien plus grave : cela indiquait que vous ne souscriviez pas à sa version perfectionniste du monde. Vos critères ou votre implication s'en trouvaient définitivement compromis. Il pouvait passer du particulier au philosophique en une nanoseconde.

« Ici, on ne fait pas dans les *solutions de rechange*, aboyait-il au visage du malheureux développeur, ce jour-là. On ne fait pas dans les *versions bêta*. Et surtout, on ne fait pas dans l'*échec*. Quand un projet n'est pas assez bon, on ne le rafistole pas… on le réinvente ! Tu crois qu'Elon Musk a entrepris de construire une voiture supérieure aux autres ? *Faux*. Il a décidé de construire le véhicule qui allait remplacer la voiture. Alors que toi, mon pauvre gars, tu en es encore à lustrer le pare-chocs ! »

Abbie lança alors : « Le vélo, c'est bien aussi, non ? »

Ce n'était pas une remarque particulièrement spirituelle. Mais le simple fait de prononcer ces mots – soulignant par là même que Tim enguirlandait ce pauvre gars devant tout le monde – était une violation d'une règle implicite, le quatrième mur qui se dressait entre lui et nous. Et intérieurement, tout le monde applaudit Abbie.

Tim posa sur elle un regard vide.

« Oui, le vélo, c'est très bien. D'ailleurs, si vous avez envie d'inventer un vélo autonome, n'hésitez pas surtout. »

C'est ainsi que ça commença.

10

Après avoir étendu de vieux draps sur le palier du premier étage, tu t'attaques au rangement de la bibliothèque, en ôtant les livres méthodiquement, étagère après étagère. Ils sont poussiéreux : de toute évidence, personne n'y a touché depuis des années. Tu les essuies avec un chiffon avant de mettre de côté ceux que tu as l'intention de lire. Tu feuillettes les plus intéressants en quête d'éventuelles annotations. Tu cherches le mot exact… Ah oui, voilà : des *apostilles*. Tu t'aperçois que tu es une personne qui aime les mots.

Depuis toujours ? te demandes-tu. Ou bien faut-il y voir la conséquence de ton nouveau cerveau artificiel ?

Les grandes étagères du bas accueillent essentiellement des livres de cuisine. *Joyeux Abbie-versaire !* a écrit Tim à l'intérieur d'un livre de recettes vénitiennes. *Le plus beau voyage de toute ma vie !* Sur la page de garde du *Livre de cuisine non officiel de Harry Potter*, tu trouves cette inscription énigmatique : *Cadeau numéro trente-sept !!* Un exemplaire de *Plats de l'Inde* renferme ces quelques mots : *Pour Mlle Abigail Cullen, future Mme Cullen-Scott. De la part du plus heureux des ingénieurs.*

Sous le rabat est glissé un programme de théâtre. Une pièce expérimentale au Cutting Ball. Au dos, Tim et toi avez griffonné cet échange :

Tu dors ?

Presque.

Ça me donne faim.

Miam…

Italien ?

Des huîtres !

On se tire ?

Je te suis.

Et une carte de Saint-Valentin en forme de cœur. *Tim, mon amour, je t'offre mon cœur.*

Lorsque tu laisses échapper *La cuisine des provinces françaises* d'Elizabeth David, le livre s'ouvre à une page couverte de taches rouges décolorées et séchées. Une phrase est soulignée : *Inutile d'essayer de faire une bouillabaisse loin des côtes de la Méditerranée.* Dans la marge, l'ancienne Abbie a noté : *PARI TENU !* Au-dessus de ce qui ressemble à une liste de courses.

Rascasse
St Pierre
Galinette (à défaut rouget)
Safran

Et dessous encore, écrit avec un autre stylo :

NB : La prochaine fois, faire mijoter les tomates deux fois plus longtemps que l'indique ce tyran.

Tu mets le livre de côté, en souriant. Tu ne peux rien manger, bien sûr, mais l'idée de cuisiner un bon petit plat pour Tim te plaît.

Tu as exploré la moitié de la bibliothèque lorsque ton portable émet un tintement. Qui ça peut bien être ? Tu te souviens alors que Tim est le seul à savoir que tu utilises ton téléphone de nouveau.

Tout va bien ? Je m'en veux de ne pas être avec toi. Xx

Tu lui réponds affectueusement :

Ton travail a besoin de toi ! Je vais bien. Je t'aime. Xx

Tu attends une réponse, qui ne vient pas.

Dressée sur la pointe des pieds, tu prends un des livres situés sur l'étagère du haut et manques de tomber à la renverse lorsque la reliure te reste dans la main. Si tu as conservé ce livre malgré son triste état, c'est que tu l'aimais beaucoup. Peut-être pourrais-tu le réparer.

Tu l'ouvres avec délicatesse. Et découvres alors que le livre est plus petit que la reliure ! En vérité, il s'agit d'un tout autre livre, au format de poche celui-ci, dont la couverture a été entièrement arrachée. Mais le titre reste visible, imprimé en haut de chaque page. *Vaincre la passion amoureuse.* Une sorte de guide pratique.

En le feuilletant, tu constates que certains passages sont accompagnés de gribouillis dans la marge. À la fin d'un des chapitres, un paragraphe a été souligné :

La limerence, ou la passion amoureuse, ressemble presque à l'amour, en apparence. Mais de même qu'une pincée de sel relève le goût la viande, alors qu'un excès le gâche, l'amour et la limerence sont le jour et la nuit.

Tu mets ce livre de côté pour le montrer à Tim. Peut-être qu'il pourra t'expliquer.

Ton portable tinte de nouveau. Tu te jettes dessus, en pensant que Tim a enfin répondu à ton texto. Mais, à la place du nom de l'expéditeur, tu lis : « AMI ».

Intriguée, tu ouvres le message. Et vois ces quelques mots :

Ce téléphone n'est pas sûr.

Tu regardes fixement l'écran. Il n'y a pas de textos précédents. Rien qui permette de connaître l'identité de cet « Ami ».

Sous tes yeux, le message s'efface lentement. Une sorte de spam style Snapchat, décides-tu.

Tu poses ton téléphone et continues à faire le tri parmi les livres. Tu es presque arrivée au bout d'une étagère lorsque tu remarques un recueil de poésie. *Ariel*, de Sylvia Plath. Un souvenir surgit dans ta mémoire. Tu as lu ces poèmes adolescente et tu en es tombée amoureuse, comme seule une adolescente peut tomber amoureuse.

Tu descends le recueil. Là encore, la reliure se détache ! Curieuse, tu récupères la partie qui est restée sur l'étagère. Cette fois, la couverture ne cachait pas un autre livre…

Mais une petite tablette électronique. Un iPad mini. Dissimulé là où personne ne penserait à le chercher.

Contrairement à ton téléphone, il n'est pas protégé par une coque personnalisée et créative. Rien n'indique à qui il appartient. À toi, très certainement. Personne d'autre n'aurait eu l'idée de cacher quelque chose parmi tes livres.

Mais le cacher à qui ? Danny ?

Non. À l'époque, si tu avais voulu l'empêcher de trouver cet iPad, tu l'aurais simplement posé là où un garçonnet de cinq ans ne pouvait pas l'atteindre.

Conclusion, tu l'avais caché à Tim.

Es-tu le genre de femme qui a des secrets pour son mari ? Pensée troublante, voire choquante. Pas très surprenante, en même temps. Cela paraît… *logique*. Comme un mot ou un fait, parfois.

Après tout, Tim n'est pas quelqu'un de cool, loin de là. Peut-être voulais-tu éviter une discussion interminable sur un sujet quelconque. Une femme a droit à un peu d'intimité, même au sein de son couple.

Certes, mais un iPad ? objecte une voix intérieure. *Ce n'est pas juste un besoin d'intimité.*

Ça ressemble à un secret.

Et puis, il y a cet « Ami ». N'est-ce pas étrange que tu reçoives un message t'informant que ton téléphone n'est pas sûr, au moment même où un autre appareil électronique fait son apparition ?

Tu appuies sur la touche de mise en marche de l'iPad. Rien ne se passe : la batterie est déchargée depuis longtemps. Tu descends le brancher sur le chargeur de la cuisine. Alors que tu remontes à l'étage, l'interphone sonne. Tu sursautes. Derrière le verre dépoli teinté de la porte d'entrée, tu distingues la mosaïque orangée d'un visage. Et une chevelure hirsute familière.

Tu vas ouvrir. Sur le seuil se tient le collègue de Tim, celui qui a essayé de t'empêcher de quitter le siège de Scott Robotics. Une sacoche d'ordinateur pend sur son épaule. Tu cherches son nom… *Mike Austin*.

« Bonjour, Abbie.

— Tim n'est pas là. Il est allé au bureau.

— Je sais. J'en viens.

— Alors, pourquoi…

— C'est vous que je viens voir. Il fallait que je vous parle seul à seul. »

11

Tu lui fais un café.

« C'est étrange, dit-il lorsque tu déposes la tasse devant lui, de penser que vous ne pouvez pas en boire.

— Croyez-moi, il y a des choses qui me paraissent beaucoup plus étranges.

— Je m'en doute. » S'ensuit un bref silence, pendant lequel il souffle sur son café, en t'observant par-dessus le bord de la tasse. « Vous vous souvenez de moi, Abbie ?

— Je me souviens de vous avoir vu au bureau. Vous travaillez avec Tim.

— Exact. Mais je suis bien plus qu'un collègue. Je suis le plus vieil ami de Tim. Le cofondateur de Scott Robotics. J'étais témoin à votre mariage… Vous avez oublié ? »

Oui, évidemment.

« Tim m'a expliqué qu'il avait dû faire des choix, réponds-tu. Il ne pouvait pas m'implanter trop de souvenirs d'un seul coup. » Tu t'interromps. « Il ne veut même pas me raconter comment je suis morte. »

Mike hoche la tête, songeur.

« Il vous a donné une raison ?

— Il prétend que ça pourrait être trop dur à gérer.

— C'est exact. Créer une IA sensible en cinq ans, à partir de rien... c'est une prouesse extraordinaire. Il est vrai que Tim était... très motivé. Une seule chose comptait : faire le plus vite possible. »

Tu ne comprends pas où il veut en venir.

« Et il a réussi. Contre toute attente, je suis là.

— Oui... vous êtes là. Mais reste à savoir *comment* vous avez vu le jour... Avez-vous entendu parler d'un robot nommé Tay ? »

Tu fais non de la tête.

« Tay était un chatbot à apprentissage adaptatif que la division recherches de Microsoft a installé sur Twitter il y a deux ans environ. Ses premiers tweets étaient charmants : il disait aux gens que l'humanité était cool, combien il était heureux d'être là, etc. Moins de vingt-quatre heures plus tard, il tweetait que les féministes méritaient de griller en enfer et que Hitler avait raison au sujet des Juifs. L'apprentissage adaptatif avait trop bien fonctionné.

— Eh bien, j'essaierai de ne pas devenir folle. Et de ne pas aller sur Twitter. »

Tu dis ça sur le ton de la plaisanterie, mais Mike acquiesce avec gravité.

« Écoutez, je comprends mieux que personne sans doute la façon dont fonctionne votre cerveau. Pourtant, même moi, je ne pourrais pas jurer que nous n'avons pas commis d'erreurs. Nous n'avions pas toujours le temps d'effectuer les vérifications d'usage à chaque étape. » Il pose son ordinateur sur la table basse. « C'était irresponsable de la part de Tim de vous emmener sans faire quelques tests au préalable. Mais je peux vous examiner maintenant, ici.

— C'est ça votre fonction, hein ? » Tu t'en souviens. « Votre véritable job. Passer derrière Tim pour régler tous les problèmes qu'il a laissés de côté à cause de son impatience. Quand il prend des raccourcis, vous rectifiez la trajectoire. Quand il s'emballe, vous réparez les dégâts. »

Mike esquisse un sourire.

« Je préfère me dire que nos savoir-faire se complètent. Tim est une sorte d'architecte : il a une vision d'ensemble. Mais un bon architecte a besoin de bons bâtisseurs. Levez-vous, je vous prie. »

Tu t'exécutes.

« Vous êtes sûr que Tim n'y trouvera rien à redire ?

— Oh, à votre place, je n'en parlerais pas à Tim. Vous le connaissez. Vous risquez de le mettre en colère inutilement. »

Mike se penche en avant. Tu entends un *clic* lorsque le câble se connecte à ta hanche.

Tu t'en veux d'agir dans le dos de Tim.

Mais tu songes que tu n'as pas l'intention de lui parler de l'iPad, non plus. Du moins, pas avant de savoir ce qu'il contient.

L'ordinateur de Mike émet une succession de bips.

« Qu'est-ce que vous testez ? » demandes-tu.

Concentré sur son écran, il répond sans lever les yeux.

« Comme je vous le disais, Tim s'est un peu précipité. Et donc, au lieu de créer un esprit artificiel à partir de rien, il lui semblait plus simple de construire une réplique numérisée du cerveau humain. Ou plus exactement *de plusieurs* cerveaux humains. La plupart des gens l'ignorent, mais la partie principale de notre cerveau, celle qui ressemble à une grosse noix, est un ajout relativement récent, qui s'est développé lorsque nous avons appris à utiliser le langage. Il existe dessous un organe plus ancien, plus petit, nommé le cerveau limbique, qui date de l'époque des premiers mammifères. C'est là que naissent les émotions : l'amitié, l'amour… toutes ces choses qui font de nous des êtres sociables.

— C'est de là que vient mon empathie ?

— Nous le supposons, répond Mike avec prudence. Et sous ce cerveau, il y en a encore un autre, encore plus ancien : le cerveau reptilien. C'est lui qui contrôle nos compulsions inconscientes : la respiration, l'équilibre, l'instinct de survie. La manière dont ces trois structures interagissent demeure un mystère. Et parfois, bien entendu, la balance se détraque. La conception laisse à désirer. On pourrait comparer ça à une maison qu'on a agrandie plusieurs fois au fil des siècles, au lieu de l'avoir conçue entièrement dès le départ. Dans l'ensemble, ça fonctionne bien, mais, quand quelque chose cloche, c'est un enfer à réparer. En théorie, vous pouvez être sujette aux mêmes problèmes que tous les êtres humains : troubles de la personnalité, psychoses, fabulations…

— Fabulations ? »

Cette fois, Mike lève la tête.

« Inventer des choses sans en avoir conscience. »

Tu le dévisages.

« Vous êtes en train de dire que je ne peux pas me fier à mes souvenirs ?

— Personne ne devrait faire totalement confiance à ses souvenirs. J'en déduis que vous n'avez noté aucun problème ?

— Non, réponds-tu, catégorique.

— Tant mieux. »

Les doigts de Mike virevoltent sur le clavier de son ordinateur. Les cliquetis te tapent sur les nerfs.

Une pensée te vient.

« Si vous êtes son meilleur ami, pourquoi Tim ne m'a-t-il implanté aucun souvenir où vous apparaissez ? Comment se fait-il que je ne me souvienne pas de vous ? »

Mike détache les yeux de son clavier encore une fois.

« Sans doute parce qu'il sait que je ne vous aime pas beaucoup, répond-il posément. Que je vous hais, même. »

12

Déconcertée, tu demandes :

« La Abbie d'avant ? Ou celle de maintenant ?

— Les deux, dit Mike en toute décontraction. Même si le verbe haïr est peut-être un peu trop fort pour parler de la première Abbie. Vous étiez une jeune femme d'une vingtaine d'années, fraîche, idéaliste, sans une once de cynisme. Vous étiez même branchée tech ! Pas étonnant que Mike ait craqué. En fait, le problème ne venait pas de vous. Mais de lui. »

Un vrai coup de foudre, explique Mike. Tim était transi d'amour.

« C'est un souci dans notre industrie, ajoute-t-il. À l'école, les geeks ne sont pas assez cool pour séduire les filles. Après la fac, ils tentent de lancer une start-up et ils n'ont pas de temps d'avoir une vie sociale. Puis ils commencent à gagner pas mal d'argent, et là… Bam ! Soudain, ils sont riches, ils donnent des conférences à travers le monde, ils ont droit aux meilleures tables dans les boîtes de nuit et ils sont interviewés par *Vanity Fair*. À ce stade, la moitié d'entre eux sont encore puceaux. Pas étonnant, donc, qu'ils perdent la tête dès qu'une jolie femme débarque en leur disant qu'ils sont fascinants. »

Tu fronces les sourcils.

« Tim n'a pas perdu la tête, corriges-tu. Il a perdu son *cœur*. C'est différent.

— Peut-être, concède Mike avec un haussement d'épaules. Mais on ne peut pas dire que vous vous êtes défendue. Il suffisait que vous prononciez le nom d'un créateur pour qu'aussitôt Tim fonce acheter sa dernière robe ou son dernier sac. Que vous alliez ensuite échanger contre quelque chose qui vous plaisait davantage. Tim n'avait aucun goût, comme vous preniez plaisir à le lui rappeler. »

Tu penses à tous ces vêtements dans le dressing. Ces robes bohème chic hors de prix.

« Vous voulez dire que j'étais une croqueuse de diamants ? »

Mike secoue la tête.

« Tim savait très bien que certaines femmes ne s'intéressaient qu'à son argent. Il avait le nez pour les repérer. Et je dois avouer que vous n'étiez pas matérialiste. Néanmoins, vous vous délectiez de son attention. Vous sortiez d'une relation toxique, je crois, et ça vous faisait du bien de vous sentir adorée. »

Sa tasse de café est presque vide. Il la fait tourner entre ses doigts en parlant, distraitement, comme s'il augmentait peu à peu la puissance d'un appareil.

« Tim ne voyait pas les problèmes. Moi, ils me sautaient aux yeux. On dit que les contraires s'attirent, mais de plus en plus d'études prouvent que ce sont les points communs qui créent les relations les plus durables. Les points communs… et le pragmatisme. Lorsque Tim vous accorde toute son attention, vous avez le sentiment d'être la personne la plus importante au monde. Ajoutez à cela la vie de château : les maisons, les voitures, les tapis rouges, les galas de bienfaisance… C'était un peu comme si vous aviez investi dans un conte de fées. Mais tout cela, ce sont les apparences. En réalité, la vie de Tim, ce sont les nuits blanches au travail, la course aux financements, les mails incessants, les problèmes de codage. Voilà ce qui le motive et consume cent pour cent de son énergie. Les gens comme Tim ont besoin d'associés réfléchis qui les soutiennent et qui sont heureux de rester dans l'ombre. Et non pas de grandes passions qui les détournent de leur but. »

Tu perçois de la tristesse dans la voix de Mike. Et soudain, dans un éclair de lucidité, tu comprends ce qui s'est passé à l'époque.

Mike était *jaloux*. Au tout début, dans son garage, il avait Tim pour lui seul. Peu à peu, à mesure que leur société se développait, leurs rapports se sont distendus. Mais, au moins, cette entreprise qu'ils avaient créée restait leur bébé.

Et Mike redoutait que Tim ne tombe amoureux d'une personne extérieure à ce cercle magique. Une personne qui lui fasse oublier sa mission.

Tu t'abstiens de toute remarque à ce propos. Au lieu de cela, tu demandes :

« Et maintenant ? Qu'est-ce que vous me reprochez ?

— Par quoi commencer ? répond Mike avec un sourire triste. Comprenez-moi bien, je ne vous en veux pas personnellement. Et perdre sa femme est une tragédie que je ne souhaite pas à mon pire ennemi, et encore moins à mon meilleur ami. Après votre décès, Tim s'est effondré. Et la société a failli s'effondrer avec lui. Forcément. Il *est* la société, aux yeux de nos investisseurs. Et puis, un an plus tard environ, il nous a annoncé que nous allions travailler sur une IA dotée d'intelligence émotionnelle. J'ai cru y voir le signe qu'il avait enfin tourné la page et qu'il pensait de nouveau à nos affaires. Alors, j'ai dit : OK, allons-y ! »

Tu doutes que Tim ait demandé la permission à Mike, mais, là encore, tu gardes cette pensée pour toi.

« Et ?

— Il s'est jeté à corps perdu dans ce projet. Avec une détermination extraordinaire, même pour lui. Il imposait un rythme d'enfer à nos employés. D'ailleurs, certains ont craqué. Tim s'en fichait, il en recrutait d'autres, sans se soucier des coûts. Dix-huit mois se sont écoulés avant qu'il me fasse part de ses plans. Je n'en croyais pas mes oreilles. Tout ce travail, tout l'argent qu'on avait emprunté, toutes ces nuits blanches… c'était pour vous. Et maintenant qu'il vous a… »

Il laisse sa phrase en suspens.

« Oui ?

— Malgré tous les millions dépensés, qu'a-t-on réussi à prouver ? Qu'on possède la technologie suffisante pour bâtir une réplique très ressemblante d'un être humain mort ? Certes, c'est une avancée… et après ? Seul un homme égaré par le chagrin peut penser que la société souhaite aller dans cette direction. En quoi cela rend-il le monde plus productif ? Qu'est-ce que ça change ? Rien. Cela ne sert qu'à fossiliser le passé. Les gens meurent, c'est tragique, en effet, mais il y a d'autres personnes à aimer, et la vie continue. Comparée à une voiture sans chauffeur, à la nano-chirurgie, et même à un simple drone qui livre vos courses, vous êtes une impasse. Une prouesse technologique, oui. Mais reliée à une application inutile. » Il marque une pause. « Je suis certain que Tim n'aurait pas dit autre chose, s'il ne s'était pas agi de vous deux.

— Il m'aime, réponds-tu, sur la défensive. Certains hommes bâtissent des monuments commémoratifs. Il a créé une IA.

— Les monuments aident à faire son deuil. Vous êtes l'exact opposé. Réfléchissez. Tant que vous existerez, il ne se remettra jamais de la mort de la vraie Abbie, et il ne connaîtra jamais l'amour d'une autre femme. Au mieux, vous ne serez que le pâle reflet de l'être aimé. À quoi rime cette relation ? Une autre femme, qui ne soit pas Abbie Cullen, et qui n'essaie pas de le devenir, aurait peut-être une chance de le guérir, de l'aider à tourner la page. Maintenant, on la prive de cette chance. Votre existence prive Tim de la chose même qu'il recherche. »

Tu es assaillie par une bouffée de colère, notamment parce que tu comprends le raisonnement de Mike.

« S'il avait tourné la page, comme vous dites, et s'il avait rencontré une autre femme, vous seriez jaloux d'elle également. Vous lui reprocheriez d'être l'objet de toute son attention, au lieu qu'il s'intéresse à vous et à votre chère société. »

Mike grimace un sourire.

« Vous croyez être la première à me dire ce genre de choses ? Je sais quelle place j'occupe dans la vie de Tim. Je me suis fait une raison depuis longtemps. Certes, je reste dans l'ombre. Mais j'y suis bien. Et j'ai la chance, moi, de pouvoir m'appuyer sur un mariage solide.

— Avec Jenny. Une de vos employées.

— Oui, avec Jenny. La programmatrice la plus brillante avec qui j'ai eu la chance de travailler. Elle sait qu'une relation durable repose sur la gentillesse, le compromis et, oui, des efforts parfois. » Il ferme son ordinateur. « La bonne nouvelle, c'est que vous êtes en parfait état de marche. Mais c'est peut-être dû à la chance, plus qu'à un bon codage. »

Un tintement se fait entendre à l'autre bout de la cuisine. Tu jettes un regard coupable dans cette direction, en pensant que c'est peut-être l'iPad, mais non, c'est juste ton téléphone. Tu vas le chercher. Encore un texto.

T'aime aussi. Comment ça va ? Tu ne t'ennuies pas ? Xx

« Tim ? demande Mike.

— Oui. »

Tu t'empresses de lui répondre.

Tout va bien ! Xx

« Vous lui avez dit que j'étais ici ? »

Tu secoues la tête.

« C'est préférable, dit Mike en enroulant le câble de son ordinateur. Il vaut mieux que cela reste entre nous. C'est une chose que vous allez vite découvrir, Abbie. Avec Tim, la franchise n'est pas toujours le meilleur choix. Le secret pour réussir à le gérer, c'est de se montrer sélectif.

— Je ne cherche pas à le *gérer*. C'est mon mari. »

Mike ne répond pas tout de suite. Puis :

« On a quelque chose en commun, vous et moi. On veut ce qu'il y a de mieux pour Tim. Mais n'oubliez pas qu'il est encore fragile, d'accord ? Il n'a certainement pas besoin d'un chamboulement émotionnel. La moindre souffrance, dans l'immédiat, pourrait le détruire. »

Il soutient ton regard. Et tu comprends qu'il ne parle pas des tests qu'il vient d'effectuer. D'ailleurs, tu es prête à parier que c'était un prétexte, une excuse pour venir ici et avoir cette conversation avec toi.

Mike te met en garde contre quelque chose. Dont tu ignores la nature pour le moment. Mais qui doit demeurer un secret.

13

Mike parti, tu retournes voir l'iPad. La batterie est chargée à 13 %. Tu l'allumes. Le logo d'Apple apparaît, puis un message indiquant que le système d'exploitation vérifie les mises à jour.

Enfin, un clavier apparaît. Accompagné de cet avertissement : *l'iPad nécessite votre mot de passe après avoir redémarré.*

Tu cherches dans ta mémoire des chiffres ayant une signification particulière pour toi. Tu essaies la date de ton anniversaire, puis de naissance. Chaque fois, l'écran de l'iPad tremblote. *Erreur.*

Tu grimaces, de frustration.

Le plus simple, évidemment, serait d'en parler à Tim. Il confierait l'iPad à ses techniciens pour qu'ils le déverrouillent. Tu le poses sur la table, afin qu'il le voie en rentrant. Puis tu te ravises.

Si cette tablette renferme des secrets, ce sont les tiens. Tu ne voulais pas que Tim les connaisse à l'époque. Tant que tu ignores de quoi il s'agit, ne vaut-il pas mieux jouer la sécurité et ne rien dire, pour le moment du moins ?

Et puis, il y a la mise en garde de Mike. Si le contenu de l'iPad est susceptible de causer du chagrin à Tim, il est sans doute préférable qu'il ne sache rien.

Tu essaies de ne pas écouter cette petite voix intérieure qui te dit : *Tu crains qu'il ne découvre une chose qui te dévalorisera à ses yeux.*

Car cette pensée t'a traversé l'esprit. Et si, avant de mourir, tu avais eu une liaison ? Tu n'en as aucun souvenir, mais si tu as bien compris les explications de Tim, ta mémoire a été alimentée à partir d'empreintes numériques : réseaux sociaux, textos, mails, vidéos, etc. Par définition, ce que tu cachais au monde ne peut pas apparaître.

Tu ne penses pas faire partie de ces femmes capables de tromper leur mari. Tu aimes Tim. Mais, ne pouvant être sûre de rien, comment exclure totalement cette possibilité ?

Sans oublier ce livre. De qui étais-tu passionnément amoureuse ? De Tim ? Cela semble peu probable après tant d'années de mariage. Et si c'était lui, pourquoi cacher ce livre ?

Quel terrible coup du sort si, après avoir passé cinq ans à recréer sa femme parfaite, de manière obsessionnelle, Tim découvrait après quelques semaines qu'elle n'était pas si parfaite, en définitive.

Tu regardes fixement la porte d'entrée, en réfléchissant.

Il y a au coin de Mission Street et de la rue Cesar Chavez une toute petite boutique de téléphonie qui répare les iPad. Du moins, elle existait cinq ans plus tôt. Tu te souviens encore de l'écriteau rédigé à la main, derrière la vitre : DÉVERROUILLAGE DE SMARTPHONES ET DE TABLETTES.

Le moment est venu de sortir de la maison.

QUATRE

Qui fut le premier à l'ajouter sur son Facebook ? Sans doute Bethany ou Jen. Sûrement pas un des garçons, ça aurait paru louche. Mais le fait est qu'on avait tous sympathisé, et un beau jour, Abbie est apparue dans nos suggestions d'amis, en commençant par un ami commun, puis deux, puis vingt. Abbie Cullen nous acceptait tous !

Dès lors, on savait comment elle se comportait au bureau, mais aussi ce qu'elle faisait de ses week-ends, à quoi ressemblait sa famille lors du dernier Thanksgiving et quelles étaient ses opinions politiques. (Même s'il était facile de les deviner.) Elle *likait* principalement d'autres artistes, pour soutenir leurs expositions et leurs vernissages, mais il y avait suffisamment de détails sur son emploi du temps pour satisfaire notre curiosité dans d'autres domaines.

On apprit qu'elle avait commencé au sein d'un collectif de femmes artistes qui réalisaient des sculptures en métal surréalistes dans des festivals de rock. On apprit que ses parents étaient divorcés et que son père était un universitaire de la Côte est, un peu connu pour avoir présenté plusieurs documentaires de qualité à la télé. On découvrit à quoi elle ressemblait sur une planche de surf (impressionnante), en maillot de bain sur une plage (superbe) et quelle université elle avait fréquenté. (Qu'elle soit allée à Stanford était à la fois une source d'étonnement et de joie : la plupart d'entre nous sortaient de cette fac, même si on y avait étudié les maths ou l'informatique et non les beaux-arts.) On apprit également – ce qui provoqua, ou aurait dû provoquer, une certaine effervescence si on n'avait pas déjà effectué cette recherche chacun dans notre coin – que, à en croire l'application de reconnaissance d'images de Google, le jeune gars fortement tatoué qui apparaissait sur de nombreuses photos, un certain Rick Powell, était le leader du groupe Purple Fireflies, désormais – toujours d'après Google – très proche de Heidi Joekker, mannequin pour Victoria's Secret.

Abbie était-elle redevenue célibataire ? se demandait-on. Hélas, Facebook ne répondait pas à cette question. L'un de nous finirait par la lui poser. Cela ne faisait aucun doute.

Toutefois, on n'aurait jamais cru que ce serait Megan Meyer. Elle ne faisait pas partie de notre équipe. Meyer était une *dating coach* de la Silicon Valley, dont la société, Meyer Matching, avait pour but d'unir des cadres à valeur nette élevée. Son site Internet ne faisait pas secret de ses honoraires, franchement astronomiques : mille cinq cents dollars pour le premier entretien, plus vingt-cinq mille dollars de droit d'entrée, avec la garantie d'au moins un entretien mensuel, et cinq mille dollars la séance de coaching privé, qu'il s'agisse de fournir des conseils vestimentaires ou de vous préparer aux premiers rendez-vous. Et si, à tout hasard, vous vous rangiez avec l'un de vos Matchs Meyer – tous validés par Megan elle-même –, vous étiez bon pour un bonus de cinquante mille dollars. Pour le triple M – un « Mariage Meyer Match » –, comptez deux cent cinquante mille dollars, à verser tous les cinq ans aussi longtemps que durerait votre union. Compte tenu de ces tarifs, il ne fallait pas s'étonner que sa clientèle se recrute presque exclusivement parmi les P-DG, les directeurs financiers et autres.

La première fois qu'on vit Megan dans le bureau de Tim, quelques années plus tôt, cela provoqua une onde d'intérêt. Mais, à la réflexion, on avait presque de la peine pour elle. Le fait que Tim l'ait convoquée dans son bureau pour le premier entretien suggérait qu'elle avait ferré un poisson trop gros pour elle.

Peu de temps après, un profil apparut sur son site, sous l'intitulé CÉLIBATAIRE #4 :

ÊTES-VOUS FAITE POUR NOTRE CÉLIBATAIRE #4 ?

Notre célibataire est un homme d'affaires couronné de succès, passionné, dynamique et motivé.

P-DG de sa propre start-up très prospère, il possède un emploi du temps extrêmement chargé. Mais c'est quelqu'un qui pense beaucoup à l'avenir, et il est bien décidé à trouver la bonne personne pour partager le sien.

Homme d'un haut niveau d'exigence, habitué à prendre chaque jour des décisions capitales, il estime être capable de déterminer en quelques minutes s'il a devant lui la future partenaire de toute une vie.

La candidate idéale est une jeune femme de 22 à 25 ans, menue, brillante et ambitieuse. Elle a une silhouette féminine, coiffure sans chichis, une apparence naturelle et saine, sans maquillage ni tatouages ni ongles vernis. Elle possède probablement des connaissances en biologie et en analyse infinitésimale. Elle est intelligente, posée, affectueuse, maternelle, altruiste et non fumeuse. Elle s'enthousiasme à l'idée de bâtir un avenir hors du commun avec un partenaire d'envergure internationale.

Les candidates doivent écrire à cette adresse en envoyant leur CV et six photos récentes.

C'était de l'histoire ancienne déjà, et si Tim avait eu des rencards depuis, on n'en savait rien. (Il y avait bien eu cet épisode avec une Karen ivre lors de la fête d'été, mais personne n'avait été étonné lorsque, quelques semaines plus tard, une Karen dégrisée était discrètement passée à autre chose.) Megan déboulait parfois au bureau, perchée sur les hauts talons de ses Manolo Blahnik, pour montrer des portraits à Tim, sur son iPad, avant de repartir en secouant la tête. Un jour, on l'entendit pousser un profond soupir en montant dans sa Jaguar décapotable.

Trois semaines environ après l'installation d'Abbie, Megan débarqua pour une de ses habituelles séances avec Tim. Mais ensuite, au lieu de repartir, elle suivit Tim dans la salle de pause. Sol Ayode était là, en train de se confectionner un bagel, et il entendit tout.

« Megan s'approche d'Abbie, tout sourire, le regard pétillant, nous raconta-t-il par la suite. “Hello ! s'exclame-t-elle. — Hello”, répond Abbie. Megan se présente et donne une carte à Abbie, qui lui répond qu'elle est désolée, elle n'a pas de carte à lui donner en échange, vu que c'est une artiste. Elles discutent un peu des œuvres d'Abbie. Puis Megan lui demande de but en blanc si elle a déjà songé à s'inscrire sur un site de rencontres haut de gamme, car il se trouve qu'elle a justement quelques très bons clients auxquels, pense-t-elle, Abbie conviendrait à merveille. Et là, Abbie répond… » Sol s'interrompit pour ménager ses effets. « “Les sites de rencontres, c'est pas trop mon truc. Ce qui doit arriver, arrive, non ?” Megan insiste : “Je vous assure que nous trions nos clients sur le volet et il n'y a pas de meilleure façon de rencontrer certains des hommes les plus fascinants et les plus en vue de la Vallée.” À quoi, Abbie rétorque ... » Nouvelle pause. « “Ce n'est pas du tout ce que je recherche. — Oh ? fait Megan. Que recherchez-vous, alors ?” Et Abbie répond… » À ce stade de son récit, Sol était clairement partagé entre le désir d'insérer un nouveau silence dramatique et son impatience à prononcer la réplique suivante. « “… Ma dernière relation était une relation polyamoureuse.” »

Une relation polyamoureuse. Évidemment ! À quoi est-ce qu'on s'attendait ? C'était une artiste. Beaucoup plus cool que nous.

Ryan – le gars de l'atelier, pas le développeur – fut le premier à affirmer que Megan Meyer n'avait pas engagé cette conversation avec Abbie de son propre chef, mais qu'elle avait agi sur ordre de Tim. Celui-ci lui avait-il fait part de son intérêt pour Abbie ? Ou bien – très vite, on rebondit sur l'hypothèse de Ryan – Megan l'avait-elle deviné et décidé que, si une relation se profilait à l'horizon, mieux valait que cela se fasse sous son égide, pour qu'elle perçoive sa commission ?

Dans ce cas, avait-elle fait remarquer à son client qu'Abbie ne répondait quasiment à aucun de ses critères de sélection, à commencer par la taille, jusqu'aux cigarettes roulées à la main qu'elle fumait près de l'escalier de secours ?

En vérité, on ne savait pas si les choses s'étaient passées ainsi. Mais cette version nourrissait la mythologie obsessionnelle qu'on avait déjà créée autour de Tim Scott. Alors, on décida de croire à cette version.

14

Tu déniches un manteau, puis, repensant à la lueur de dégoût dans les yeux du chauffeur Uber qui t'a ramenée à la maison, tu ajoutes un chapeau, une écharpe et des lunettes noires.

Arrivée devant la porte, tu hésites. Tim ne t'a pas réellement interdit de sortir, mais il t'a mise en garde, en te conseillant de ne pas brusquer les choses.

Et puis merde, penses-tu. Tu ne vas pas rester cloîtrée toute ta vie.

En tendant la main vers la poignée, tu entrevois ton reflet dans le miroir. Tu as l'air ridicule. Tu ôtes l'écharpe.

Dehors, tu tournes à droite. Voyant que le ciel ne te tombe pas sur la tête, tu te détends un peu. Un joggeur te croise en tenant un chien en laisse. L'un et l'autre t'ignorent. Un jeune Latino t'adresse un bref regard, flatteur au demeurant. Un enfant dans une poussette te sourit. Sa mère, occupée au téléphone, ne tourne même pas la tête dans ta direction.

Mission Street te paraît différente : plus propre, plus chic qu'autrefois. Aucune trace de ce type au cerveau cramé par le crack qui traînait derrière lui un grille-pain en le tirant par le cordon d'alimentation et lui parlant comme à un animal domestique. En revanche, la boutique de téléphonie est toujours là, à côté du restaurant coréen. Téléphones et cartes SIM s'entassent dans la vitrine. L'écriteau est toujours là lui aussi, presque masqué par un autre : DÉBLOCAGE D'IPHONES et par une enseigne lumineuse qui clignote : RÉPARATION D'ORDINATEURS PORTABLES.

À l'intérieur, un hipster croisé avec un geek doté d'une barbe sophistiquée et penché au-dessus du comptoir ôte soigneusement les éclats de verre de l'écran brisé d'un téléphone à l'aide d'une pince à épiler.

« Bonjour, dis-tu, un peu nerveuse.

— Je suis à vous dans une seconde », répond le type sans lever la tête.

Tu attends qu'il ait fini. Il a une épaisse masse de cheveux noirs bouclés, dont les mouvements te fascinent.

« Alors, qu'est-ce que je peux faire pour vous ? demande-t-il enfin, en repoussant le téléphone.

— Je viens pour ça, dis-tu en sortant l'iPad. J'ai oublié le mot de passe. »

Il le prend.

« Vous êtes sûre que vous ne l'avez pas volé ?

— Bien sûr que non. C'est le mien. »

Apparemment, tu n'es pas capable de rougir, et tu t'en réjouis.

« Je plaisantais. » Il l'allume et regarde l'écran. « Pourquoi vous ne le restaurez pas avec la sauvegarde ?

— Je n'ai pas pensé à installer une sauvegarde, avoues-tu, honteusement.

— Hmmm. » Tu sens qu'il ne te croit pas. « Si c'est *vraiment* le vôtre, il y a un moyen d'accéder à certaines applis. »

Il appuie sur le bouton HOME. Tout d'abord, rien ne se produit. Puis, une voix électronique demande : « En quoi puis-je vous aider ?

— Siri, ouvre l'appli dangle-dally.

— Il semblerait que vous n'ayez pas d'application nommée dangle-dally. Nous pouvons voir si elle existe dans l'App Store, répond Siri, serviable.

— Allons-y. »

Comme par magie, l'écran de l'App Store apparaît. Le jeune homme appuie sur le bouton principal de nouveau, et la page d'accueil de l'iPad s'affiche à son tour.

« Incroyable… Qu'est-ce que vous avez téléchargé ? demandes-tu.

— Rien. Juste une appli qui n'existe pas pour tromper Siri. » Il reporte son attention sur l'écran de l'iPad en fronçant les sourcils. « Mais ça ne veut pas dire que votre problème est résolu. Les données ont été effacées. Ce que vous voyez là, c'est uniquement les applis par défaut.

— Oh, fais-tu, déçue. On ne peut pas essayer autre chose ?

— Je pourrais lancer un programme de récupération. Seulement, ça prendra au moins vingt-quatre heures. Revenez dans deux jours, on verra ce que ça donne. »

L'idée de laisser ton iPad ne te plaît pas, mais tu n'as pas le choix.

« OK. »

Tu t'apprêtes à repartir, à contrecœur.

Pendant que tu discutais avec le gars de la boutique, un homme et une femme d'un certain âge sont entrés. Tu les as vaguement entendus murmurer dans ton dos. La femme a du mal à contenir une certaine excitation.

« C'est elle, je te dis. Je vais lui demander. » Elle pose sa main sur ton bras. « Excusez-moi… vous ne seriez pas Abbie Cullen-Scott ?

— Euh… oui. Pourquoi ? fais-tu, surprise.

— Oh, mon Dieu ! Comment allez-vous ?

— Bien, je vous remercie.

— Bonté divine ! Pardonnez-moi… je sais que ça ne me regarde pas, mais… que vous est-il arrivé ?

— Comment ça ? »

Tu comprends à retardement. Ils te prennent pour l'ancienne Abbie, ressuscitée.

« Je… euh… je ne me souviens pas très bien.

— Vous avez perdu la mémoire ! » La femme se tourne vers son mari, triomphante. « Tu vois ? Je t'ai toujours dit que ce n'était pas lui.

— Je croyais que tu disais le contraire, justement. » Son mari semble indifférent. Il s'adresse au jeune gars derrière le comptoir : « On vient pour le Galaxy qui est tombé dans la baignoire.

— Pas du tout ! » proteste sa femme. Elle se retourne vers toi. « Qu'est-ce qui a provoqué cette amnésie, si je peux me permettre ?

— Peut-être qu'elle a oublié, suggère son mari.

— Laisse-la répondre, Steve.

— Votre mari a raison, dis-tu. Je ne me souviens de rien.

— Mais vous êtes là ! s'exclame la femme, comme si c'était grâce à elle. Vous voilà revenue ! Avec votre mari ?

— Chérie… intervient son mari, mais la femme poursuit sur sa lancée.

— On a signé la pétition. Sachez-le. Il avait beaucoup de soutien par ici. »

Tu l'écoutes d'une oreille. En songeant que la nouvelle de ta réapparition « miraculeuse » va sûrement à l'encontre des plans de Tim.

« C'est un malentendu. Je ne suis pas… » Tu as l'impression d'étouffer dans cette petite boutique. « Excusez-moi… »

Tu tentes d'atteindre la sortie.

« Elle ne se sent pas bien ! s'écrie la femme. Steve, appelle la police.

— Avec quoi ? répond celui-ci d'un ton lugubre. Tu as laissé tomber mon portable dans l'eau en jouant à Candy Crush.

— On est dans une boutique de téléphones ! Laisse, je m'en occupe. »

Elle sort un portable de sa poche.

« Ne bougez pas, surtout, te dit-elle pendant qu'elle appelle le 911. Ça va aller.

— Vous appelez la police ? » demande le jeune gars derrière le comptoir.

Il commence à rassembler les téléphones exposés sur les rayonnages pour les fourrer dans un carton.

« Je vous assure, madame, vous vous méprenez, dis-tu. Ce n'est pas la peine de… »

La femme est déjà en ligne avec une opératrice, à qui elle donne l'adresse de la boutique. N'est-ce pas tout bonnement incroyable ? Elle a retrouvé Abbie Cullen-Scott !

15

Tu restes plantée là, sans savoir quoi faire, lorsque ton téléphone sonne. C'est Tim.

« Où es-tu ? »

Il semble inquiet.

« Dans une boutique qui répare les téléphones.

— Pourquoi ? Il y a un problème avec le tien ? »

Ce n'est pas le bon moment pour lui parler de l'iPad.

« C'était rien. C'est réparé. Mais des gens m'ont reconnue et ils ont appelé la police et…

— Ne parle pas à la police. Tu m'entends, Abbie ? Sors de cette boutique. Marche vers l'ouest et tourne à droite dans Bartlett…

— Comment sais-tu que c'est à droite ?

— Je t'ai localisée avec Find My Phone. Comme tu ne répondais pas à la maison, je me suis inquiété. Fais vite.

— Oh, Tim, je suis désolée, dis-tu piteusement. Tu m'avais déconseillé de sortir.

— Ne t'occupe pas de ça pour le moment. Ça y est, tu marches dans la rue ?

— Oui. Le plus vite possible. »

Tu jettes un coup d'œil par-dessus ton épaule. Le couple te suit. La femme est toujours au téléphone, son mari traîne derrière, gêné. Tu entends une sirène au loin.

« Je crois que la police arrive. Qu'est-ce que je vais leur dire ? »

Tim soupire.

« Dis-leur la vérité. Mais surtout… ne crois pas ce qu'ils te racontent, d'accord ? Je vais venir te chercher.

— Pourquoi ? Qu'est-ce qu'ils pourraient me dire ? De quoi tu parles, Tim ?

— C'est compliqué…

— Abbie ? Abbie Cullen-Scott ? » Une femme en uniforme, trapue, lestée de tout un équipement qui la fait ressembler à une alpiniste, te tapote le bras. « Madame Cullen-Scott, vous allez venir avec nous. On va s'occuper de vous. »

CINQ

C'était au tour de Darren de se faire entimlander et il avait droit à la totale.

« Je voulais de *l'intégré* ! braillait Tim. Je voulais de *l'immersif !* Et tu me présentes cette *merde*.

— Ce *sera* intégré, répondit Darren d'une voix mal assurée. On en est encore à la phase de développement. »

Il y eut un moment de silence, mais uniquement parce que Tim semblait retenir son souffle, surpris, choqué même, par la stupidité de la réponse de Darren.

« Je sais bien qu'on en est au développement ! C'est pour ça que j'ai engagé un *développeur.* Sauf qu'en réalité j'ai engagé un clown de troisième zone qui n'y connaît rien !

— Je pense que tu me demandes un truc impossible… »

À notre tour de retenir notre souffle, collectivement, car on savait que Darren venait de commettre une terrible erreur. Tim n'aimait pas entendre dire qu'une chose était impossible. Ce n'était pas pour rien qu'il avait encadré une citation de Mohammed Ali au mur de son bureau, affirmant plus ou moins que le mot *impossible* n'était pas une réalité, mais une opinion. Plus grave encore, la dernière phrase de Darren contredisait ce qu'il avait dit précédemment, à savoir qu'il réglerait le problème en temps voulu. Il n'était pas le premier à craquer face à la colère de Tim, mais on savait tous qu'il allait se faire massacrer.

Seule Abbie l'ignorait. Elle regarda Tim et demanda, en toute sincérité :

« Pourquoi êtes-vous si agressif ? »

Tim ouvrit de grands yeux.

« Pourquoi vous n'essayez pas d'être aimable, pour une fois ? ajouta-t-elle. Ce n'est pas comme ça que ce pauvre garçon va devenir plus productif. »

On se préparait à l'explosion. Qui n'eut pas lieu. D'un ton si calme qu'il en était presque inquiétant, Tim répondit :

« Vous vous trompez.

— Comment ça ?

— Jetez un coup d'œil au *Journal of Experimental Psychology*, volume quarante-sept, numéro six. Les auteurs ont étudié les effets de différentes humeurs sur la créativité. Non seulement les gens en colère ont plus d'idées, plus rapidement, mais ces idées sont généralement jugées plus originales par leurs pairs.

— C'est des conneries », répondit Abbie.

Tim secoua la tête.

« Plusieurs études ont donné les mêmes résultats. Il y en a une très intéressante dans le *Personality and Social Psychology Bulletin*, volume trente-quatre, numéro douze. Les sujets devaient faire une courte présentation qui recevait un accueil négatif ou positif de manière aléatoire. On leur demandait ensuite d'exécuter une tâche créatrice, jugée par un groupe d'artistes expérimentés. Les personnes qui avaient reçu des commentaires sévères après leur présentation surpassaient très nettement l'autre groupe. Plus les exigences d'un chef sont élevées et déraisonnables, plus les gens sont performants. »

Abbie le regardait d'un air hébété. Pour être franc, nous aussi.

« C'est pour ça que vous engueulez les gens ? demanda-t-elle, incrédule. Vous pensez qu'ils travaillent mieux ensuite ?

— Non, je les engueule parce que je suis frustré. Mais je voulais savoir pourquoi. Alors j'ai fait des recherches. » Il la montra du doigt. « Vous êtes en colère vous aussi. Tant mieux. Peut-être que ça vous aidera à trouver une idée pas trop mauvaise, au lieu de jouer au billard et de distraire mes employés.

— C'est vous qui m'avez dit de... », protesta Abbie, furieuse.

Trop tard, Tim avait déjà regagné son bureau.

16

La femme flic s'est assise avec toi à l'arrière, pendant que son collègue conduit. Ils parlent peu, ce dont tu te réjouis. Les paroles de Tim bouillonnent dans ta tête. *Ne crois pas ce qu'ils te raconteront*. À quoi faisait-il allusion ?

Au poste de police, tu es accueillie par un homme aux cheveux gris, en civil. Il lance un regard interrogateur à la femme flic, qui secoue la tête.

« Nous ne lui avons rien dit, assure-t-elle.

— Bien. Venez avec moi, Abbie.

— Je ne... »

Tu t'interromps. Tu ne sais toujours pas comment formuler la chose.

« Vous n'êtes pas certaine d'être Abbie ? » demande l'homme en vous entraînant vers une salle d'interrogatoire. Il s'adresse à la femme flic par-dessus son épaule : « Faites venir le médecin, s'il vous plaît, Sandy.

— Non. C'est... » *Dis-leur la vérité,* a dit Tim. Tu prends une grande inspiration. « C'est plus compliqué que ça. Je suis un robot.

— Vous pensez que vous êtes un robot. OK. Un médecin va venir vous examiner. En attendant, comment dois-je vous appeler ? »

Il te croit folle. Il pense que tu es Abbie et que tu fais une sorte de dépression.

Tu essaies de lui expliquer :

« Mon mari travaille dans le domaine de la robotique. C'est lui qui m'a construite.

— Oui, je comprends, bien sûr, répond le policier en civil. Je connais Tim. Je suis l'inspecteur Ray Tanner. Ça fait longtemps qu'on vous cherche, Abbie. Mais vous êtes là, c'est l'essentiel. »

Son ton faussement gentil ne parvient pas à masquer son agacement. Comme si ta réapparition prouvait qu'il avait tort. Sur un sujet important.

« Non, vous ne comprenez pas, soupires-tu. Je ne *crois* pas être un robot. Je *suis* un robot. »

En voyant son expression soucieuse et compatissante, tu conclus qu'il n'y a qu'un seul moyen de le convaincre. Tu passes la main derrière ta tête pour toucher la fermeture, un geste que tu as souvent esquissé, sans jamais oser tirer dessus, comme l'a fait Tim. Cette simple idée te soulève l'estomac.

« Que faites-vous ? demande Tanner, mal à l'aise. Abbie… ? Nom de Dieu ! »

Tu éprouves la même sensation de succion et de froid que la première fois. Face à toi, l'inspecteur a un mouvement de recul. Sous l'effet du choc, il renverse sa chaise.

17

Vingt minutes plus tard, l'atmosphère est très différente. Après t'avoir brièvement examinée, le médecin a déclaré que ton cas dépassait largement ses compétences. Idem pour le responsable informatique. Trois personnes sont assises face à toi maintenant : l'inspecteur Tanner, un homme en costume gris qui s'est présenté comme le chef de la brigade criminelle et une inspectrice.

« Mais pourquoi ? veut savoir le chef de la brigade criminelle. À quoi bon vous reconstruire ? »

Tu hausses les épaules.

« Soutien émotionnel.

— Ou bien pour faire croire que la vraie Abbie a réapparu, saine et sauve ? » suggère Tanner.

Une remarque adressée non pas à toi, mais à son collègue, ce qui ne t'empêche pas de secouer la tête avec véhémence.

« Bien sûr que non !

— Si les personnes qui l'ont découverte avaient posté l'info sur Twitter au lieu de nous appeler, Dieu seul sait quelle histoire aurait circulé, dit Tanner en s'adressant toujours au chef de la criminelle. Il joue avec nous. Il essaie de donner l'impression qu'on se trompe sur toute la ligne.

— À quel sujet ? » demandes-tu, déboussolée.

L'homme au costume gris te dévisage.

« Vous n'êtes au courant de rien ?

— Au courant de quoi ?

— Il y a quatre ans, Tim Scott a été jugé pour le meurtre de sa femme, Abigail. »

Tu le regardes d'un air hébété. Un long moment s'écoule. Tu refuses d'y croire. Jamais Tim ne t'aurait caché une chose aussi importante. Mais soudain – *clac !* – une cascade d'images se déverse dans ton esprit. Articles de journaux, images vidéo, tweets et blogs, clichés volés par des paparazzis. Tim, émacié et pas rasé, qu'on entraîne vers les portes d'une salle de tribunal…

« Dois-je contacter un avocat ? » demandes-tu d'une petite voix.

Le chef de la criminelle se tourne vers Tanner, qui hausse les épaules.

« Sur un plan juridique, nous la considérons comme du matériel informatique. Elle n'a aucun droit.

— Dans ce cas, je ne dirai rien de plus, rétorques-tu sur un ton de défi. Jusqu'à ce que mon mari soit là. »

Tanner se penche vers toi.

« Vous l'appelez "mon mari", mais c'est faux. Vous n'êtes pas mariée avec cet homme. C'est impossible. Vous êtes une machine. Plutôt que d'avoir de la peine pour lui, vous devriez avoir de la peine pour *elle*. Pour Abbie. Et si vous savez des choses qui pourraient nous aider à résoudre le mystère de sa disparition, même après tout ce temps, parlez. Faites-le pour elle. »

Disparition. Ce mot, et toutes ses ramifications, résonnent dans ta tête.

Le silence est brisé par des coups frappés à la porte de la salle d'interrogatoire. Tanner laisse échapper un soupir de frustration.

« Entrez. »

Une femme en uniforme s'approche de l'inspecteur pour lui parler à l'oreille.

« Tim Scott est ici, annonce-t-il à contrecœur. Avec un avocat. Nous allons devoir la laisser partir. »

Soulagée, tu te lèves.

« Je vous raccompagne », dit Tanner.

Arrivé à la porte, il recule pour te laisser passer. Mais, au moment où tu vas sortir, il tend le bras pour te retenir. À voix basse, pour que personne d'autre ne l'entende, il dit :

« J'ai passé un an à essayer de faire plonger Tim Scott. Dites-lui de ma part que je ne vais pas renoncer parce qu'il s'est construit une poupée Barbie. »

18

« Je comprends maintenant pourquoi tu ne voulais pas que je sorte. N'empêche, tu aurais pu m'expliquer. »

Vous voilà de retour dans la maison de Dolores Street. Tim grimace.

« Je sais. Je suis désolé, Abbie. Je me doutais bien que tu ne resterais pas cloîtrée ici éternellement. Mais je ne savais pas comment te présenter la chose. Ces deux dernières semaines ont été très particulières pour moi. Une sorte de seconde lune de miel. Je craignais que tu réagisses comme tous les gens à l'époque. Et je me disais que si je parvenais à rétablir le lien entre nous d'abord… Et puis, petit à petit, c'est devenu plus facile de ne rien dire.

— Je comprends », répètes-tu, mais comprendre, ce n'est pas la même chose que pardonner. Pas exactement. « Que s'est-il passé, Tim ? Tu es obligé de tout me raconter maintenant. La police a prononcé le mot *meurtre*, mais ils ont parlé de ma *disparition* également. » Tu hésites. « Qu'est-ce qui les incite à penser que tu pourrais être mêlé à ce qui m'est arrivé ? »

Il hoche la tête, d'un air résolu.

« Tu as raison. Parlons. »

C'était un accident de surf. Il insiste sur le mot *accident.*

« Il y a eu une tempête. Des vents violents et de la pluie. Tu étais dans notre maison sur la plage. Tu travaillais sur un nouveau projet. Moi, j'étais resté ici, en ville. Avec Danny. Le but, c'était que tu sois seule avec toi-même, pour retrouver l'étincelle créatrice. »

Aujourd'hui encore, cinq ans plus tard, tu sens combien c'est difficile pour Tim. Son regard se perd dans le vide. Fixé sur des souvenirs qui demeurent insoutenables.

« Tu faisais souvent du surf la nuit. Même par mauvais temps. Les grosses vagues te grisaient, et tu étais suffisamment aguerrie pour les affronter. Tu affirmais que ça te vidait la tête après une journée de travail. Un tas de gens pouvaient le confirmer. C'est ensuite que la presse... J'ai conservé quelques extraits. »

Il se lève et revient avec une clé USB qu'il connecte à son ordinateur portable. Lorsqu'il fait pivoter l'écran vers toi, tu découvres une sorte d'album numérique, un diaporama de coupures de presse et de captures d'écran tirées des flux d'informations et des réseaux sociaux. Il se rassoit et guette la moindre réaction sur ton visage pendant que tu les fais défiler.

Les premiers articles se contentent de relater les circonstances de ta disparition.

Malgré les recherches aériennes,
la victime de la tempête reste introuvable

Les recherches se poursuivent afin de tenter de retrouver l'artiste de Bay Area, Abbie Cullen-Scott, dont le véhicule est resté garé toute la nuit près de la plage de San Gregorio State Beach. Cette mère d'un enfant, mariée à Tim Scott, l'entrepreneur de la tech propriétaire d'une maison d'une valeur de 10 millions de dollars en bordure de plage, est une passionnée de surf.

Les habitants du coin s'étonnent que quelqu'un ait pu prendre le risque d'affronter les énormes vagues vues vendredi. En effet, cette zone est connue pour abriter des formations rocheuses qui, dans certaines conditions, créent des vagues monstrueuses pouvant mesurer jusqu'à quinze mètres de haut.

Tu cherches dans ta mémoire des souvenirs qui pourraient confirmer ce que tu lis. En vain. Tu n'as conservé aucune image de cet épisode. Et d'une certaine manière, cela te protège de l'horreur de la chose, comme si tu lisais le récit d'un drame survenu à quelqu'un d'autre. Et non pas celui de ta propre mort.

Tu continues à cliquer d'un article à l'autre. Le *Chronicle* avait été le premier à établir le lien avec Danny et, par conséquent, à émettre une autre hypothèse :

Arrêt des recherches pour retrouver Abbie

Les recherches afin de retrouver l'artiste disparue Abbie Cullen-Scott ont été abandonnées aujourd'hui. D'après ses amis, la mère de 30 ans se « débattait » avec Danny, son fils autiste. L'enfant se trouve actuellement au domicile du couple, dans le quartier de Mission, sous la garde de son père, le génie de la tech, Tim Scott, âgé de 40 ans. Celui-ci a demandé, via ses avocats, à ce qu'on respecte sa vie privée.

Le lendemain, Tim publiait un communiqué. De toute évidence, il s'agissait, avant tout, de réfuter les insinuations du *Chronicle.*

Abbie est une personne formidable, une très jolie femme et une mère exemplaire, dotée d'un incroyable optimisme, tournée vers l'avenir, très investie dans l'art et ses effets bénéfiques sur la vie des gens. Maintenant que les recherches ont été abandonnées, je dois me préparer à cette effroyable possibilité : je ne la reverrai plus jamais. Dans ce cas, je n'aurai pas seulement perdu mon épouse, mais aussi mon âme sœur. Je demande aux médias de respecter ma vie privée, et celle de mon fils, dans ces moments très difficiles.

Cette déclaration avait provoqué un grand nombre de commentaires sur Circle of Moms et d'autres sites dédiés aux liens parents-enfants.

- En Australie, une femme s'est noyée avec sa fille. On trouve des tonnes d'infos à ce sujet en faisant des recherches sur Internet !
- Personne ne vous aide. Ma cousine et son mari ont un enfant autiste et ils ne peuvent même pas sortir.
- Le fils de mon ami hurle si jamais ils tournent à gauche en voiture.
- C'est quand même moins dur à gérer quand on est millionnaire, à mon humble avis.
- Je suis désolée, mais rien ne justifie qu'on prive un enfant de sa mère, aussi discutable que soit la vie que vous menez.

Dix jours plus tard, cependant, le *Chronicle* annonçait que la police *enquêtait maintenant sur un éventuel acte criminel dont aurait été victime Abbie.*

La photo suivante, prise au téléobjectif, montre des policiers sortant de la maison en transportant des caisses en plastique. La légende indique : *Les inspecteurs ont emporté des ordinateurs et divers équipements appartenant au génie de la tech, Tim Scott. Par ailleurs, les enquêteurs ont fait appel à des chiens dressés pour renifler les restes humains.*

Tu lèves les yeux vers Tim. Il demeure impassible, mais tu imagines ce qu'a dû ressentir un homme aussi secret que lui face à ces soupçons.

D'autant que les insinuations avaient continué. Un article soulignait les similitudes entre ta disparition et un décès survenu quatre ans plus tôt :

La police explore la piste d'un plagiaire

Les inspecteurs s'intéressent à des « similitudes frappantes » entre la disparition de l'artiste Abigail Cullen-Scott à San Gregorio Beach le mois dernier et une autre affaire survenue quatre ans plus tôt. Le véhicule de Kerry-Ann Brookheimer, 27 ans, avait également été découvert abandonné près de la plage, après un orage. Cela avait donné lieu à d'importantes recherches aériennes, terrestres et maritimes. Le corps de Mme Brookheimer n'a jamais été retrouvé. Une disparition que le porte-parole du bureau du shérif du comté avait attribuée, à l'époque, aux courants d'arrachement particulièrement violents dans cette zone.

« La police enquête afin de déterminer si Abbie, ou une personne de son entourage, avait connaissance des circonstances de la disparition de Kerry-Ann », a déclaré hier l'inspecteur Ray Tanner, l'officier responsable des recherches pour retrouver Mme Cullen-Scott.

L'allusion était claire : quelqu'un avait pu tenter de camoufler ta disparition en accident, en sachant qu'un corps jeté à la mer à cet endroit ne risquait pas de réapparaître.

En l'absence de faits concrets, les réseaux sociaux s'étaient retournés contre Tim.

- Je ne dis pas qu'il l'a tuée. Mais peut-être qu'il l'a poussée au suicide. On ne sait jamais ce qui se passe derrière les portes closes !!
- Il suffit de le regarder pour comprendre à quel genre d'homme on a affaire.
- Je connais une femme qui a travaillé pour lui dans le temps. Les gens le prennent pour une sorte de visionnaire, mais elle m'a dit que c'était le connard le plus arrogant qu'elle ait jamais rencontré.
- La côte est déserte la nuit. C'est facile de transporter un corps dans l'eau.

Et puis, du jour au lendemain, le *Chronicle* avait proposé une approche différente.

« J'ai rencontré Abbie sur un site de rencontres adultères », affirme un directeur de société

Un homme marié affirme avoir répondu à un profil créé par la mère de famille portée disparue sur le site Liaisons discrètes, un forum destiné aux personnes mariées en quête de relations extraconjugales. « Elle utilisait un pseudo, mais je suis sûr à 100 % que c'était elle. On a chatté à plusieurs reprises et, au début, elle semblait chaude. Mais quand j'ai insisté pour qu'on passe à l'acte, elle m'a répondu qu'elle avait choisi quelqu'un d'autre.

Cet article se présentait comme une enquête sérieuse sur le succès des sites de rencontres, mais il revenait sans cesse à des spéculations grivoises.

Les femmes qui s'inscrivent sur ces sites se mettent en danger, car les gérants vérifient rarement l'identité et les antécédents de leurs clients. Abbie a-t-elle rencontré sur Internet la personne impliquée dans sa disparition ? Son mari avait-il connaissance de ses activités ?

Le propriétaire du site, basé en Roumanie, a refusé de commenter ces informations.

Tu lèves les yeux vers Tim, toujours aussi impassible. Mal à l'aise – tu ne lui as toujours pas parlé de l'iPad caché –, tu reportes ton attention sur l'écran et cliques sur la section suivante. Encore des commentaires sur les réseaux sociaux.

- Pourquoi ne l'ont-ils pas inculpé ? C'est ÉVIDENT qu'il l'a tuée après avoir découvert ce qu'elle faisait.
- N'importe quel jury le condamnerait selon la prépondérance des probabilités.
- Je ne suis pas d'accord. Un jury pencherait certainement en faveur d'un mari poussé à commettre ce geste par les infidélités de son épouse.
- Les enquêteurs ont commis tellement d'erreurs qu'ils ont sans doute peur de se présenter devant un tribunal.

Comme en écho, les gros titres dévoilaient un nouveau développement :

Tim Scott accusé de meurtre
Le géant de la tech inculpé malgré l'absence de corps

19

Tu cliques de nouveau, mais tu es arrivée à la fin du document.

« La police croyait avoir trouvé un mobile, dis-tu. Ils pensaient que tu pouvais m'avoir tuée parce que j'avais une liaison. »

Tim plante son regard dans le tien.

« Oui, c'était leur raisonnement.

— Oh, Tim…

— C'était ridicule, poursuit-il. Jamais tu ne ferais une chose pareille. Jamais. L'intégrité est essentielle à tes yeux. »

Il semble convaincu. Mais il est vrai que Tim ne doute jamais de ses opinions.

Une fois de plus, tu te surprends à t'interroger sur le contenu de cet iPad.

« Pour moi, ce qui s'est passé ne fait aucun doute, ajoute-t-il. Tu étais… tu es une femme d'une exceptionnelle beauté. Quelqu'un a volé une photo de toi pour son profil, c'est tout.

— Oui, mais j'ai un physique reconnaissable, objectes-tu. Or le principe de l'usurpation d'identité n'est-il pas de trouver quelqu'un qui te ressemble un peu ? Autrement, si la véritable personne réapparaît, le mensonge éclate au grand jour. »

Tim hausse les épaules.

« La personne en question peut affirmer qu'elle a changé de coiffure. Ou qu'elle a utilisé une vieille photo. Les femmes font ça très souvent, non ?

— Oui, peut-être, dis-tu, sceptique.

— Je me suis servi d'un logiciel de reconnaissance faciale. La police avait promis de s'en charger, mais je n'avais plus aucune confiance en eux. Alors, j'ai loué un serveur à Google. Il y avait des milliers de photos de toi sur Internet, sur des sites d'info majoritairement, à cause de ta disparition. Mais aucune sur un site de rencontres. La personne qui s'en était servie avait dû la retirer. La pression médiatique était telle à ce moment-là que les autorités devaient justifier tout l'argent qu'avait coûté l'enquête. Alors, plutôt que de reconnaître leur incompétence, ils ont décidé de m'inculper. Et à partir de ce moment-là, évidemment, ils étaient moins enclins à chercher d'autres explications.

— Est-ce que je... » Tu hésites. « Un des articles laisse entendre que j'aurais pu me suicider.

— Là encore, je n'y crois pas. Même si tu avais été capable de me faire ça, jamais tu n'aurais abandonné Danny. »

Tu partages cet avis. Autant que tu t'en souviennes, si des mères d'enfants autistes se suicident parfois, la plupart du temps, elles tuent leur enfant d'abord, plutôt que de l'abandonner dans un monde incertain. Tu n'as pas oublié l'histoire bouleversante de cette mère qui s'est jetée d'un pont avec son fils autiste de six ans. Quand on les a retrouvés tous les deux, elle serrait encore son fils dans ses bras. L'instinct maternel était demeuré intact, alors même qu'elle les entraînait dans la mort tous les deux.

Mike affirmerait sans doute qu'il s'agissait d'un simple affrontement entre son cerveau émotionnel et son cerveau reptilien, qui voulaient deux choses différentes, songes-tu.

« Tu étais un peu déprimée, c'est vrai, reprend Tim. Mais les choses s'amélioraient : on avait enfin choisi le bon traitement pour Danny, on l'avait inscrit dans une bonne école... Tu voyais l'avenir d'un œil plus optimiste. Et moi aussi. Ce soir-là, tu es allée surfer, voilà tout. Tu avais emporté ta planche. Pourquoi l'aurais-tu prise si tu avais l'intention de mettre fin à tes jours ? »

Un autre souvenir te revient.

« Je prenais des médicaments à cause de ma dépression. Du citalopram et de la lurasidone. Prescrits par le Dr Fenwick.

— Exact. » Tim semble hésiter. « Mais tu ne les prenais pas toujours. Pas régulièrement. Ils te stabilisaient, mais en même temps ils étouffaient tous tes sentiments positifs... et tu perdais ton pouvoir créatif. Après ta disparition, la police a découvert une grande quantité de comprimés en vrac cachés dans la salle de bains. Chaque jour, tu retirais la dose prescrite des flacons, pour me faire croire que tu suivais ton traitement. »

Tu le regardes, hébétée.

« Donc, je souffrais de dépression clinique. Et si je ne prenais pas mes médicaments... »

Tim secoue la tête.

« Au contraire, tu étais excitée par un nouveau projet. D'ailleurs, c'est pour ça que tu avais arrêté ton traitement, je pense. Tu voulais t'y impliquer à fond. »

Oui, ça se tient, songes-tu. Mais, soudain, un autre élément vient s'insérer dans ton cerveau. *Chez les femmes, les effets secondaires du citalopram incluent une baisse de la libido et une diminution des fonctions sexuelles.*

Si tu avais bel et bien une liaison, n'était-ce pas la véritable cause de ton excitation, plutôt que ce nouveau projet artistique ? Cela expliquerait pourquoi tu ne prenais plus ces médicaments.

« C'était quoi, ce projet ? demandes-tu.

— Je ne sais pas, avoue Tim. Tu ne me parlais jamais de tes idées tant que le travail n'était pas terminé. Et après ta disparition, c'est devenu secondaire. À mon avis, ton œuvre est restée en l'état, dans ton atelier de la maison de Half Moon Bay. »

Tu comprends maintenant le sens des deux derniers textos que vous avez échangés.

Ici tout se passe bien. OK si je reste un jour de plus ?

Et la réponse de Tim :

Bien sûr. Aussi longtemps que tu veux.

Malgré cela, ton mariage t'offre une image mitigée. Une femme qui faisait croire à son mari qu'elle prenait des antidépresseurs qu'elle ne prenait pas. Un mari qui comptait les comprimés dans le flacon. Des périodes de séparation durant lesquelles chacun se concentrait sur son travail. Fallait-il y voir les arrangements salubres et ordinaires d'un mariage solide, les compromis nécessaires à une relation durable ? Ou au contraire les petites fissures qui signalaient les prémices d'une association brisée ?

Tim dit tout bas :

« On était heureux, Abs. Très heureux. Notre mariage n'était peut-être pas très conventionnel, mais comme tous les mariages en réalité, quand on regarde sous le capot. Je ne suis pas toujours facile à vivre, je le sais. Mais je n'ai jamais voulu une épouse insipide qui passe ses journées chez le coiffeur ou à organiser des galas de charité. Les femmes comme ça, j'en croise tous les jours, et elles m'ennuient à mourir. Toi, en revanche... Dès le début, tu m'as captivé. On n'était pas toujours d'accord sur tout, je le reconnais, mais ça faisait partie du jeu. Quand tu étais là, ça produisait des étincelles. Tu étais... *vivante*. »

Un mot mal choisi, penses-tu avec tristesse. Car c'est la seule chose que tu ne peux plus être, n'est-ce pas ? *Vivante.*

De la rue te proviennent des cris, un brouhaha. L'interphone se met à sonner : des petits coups brefs.

Tim s'approche de la fenêtre.

« Je me demandais combien de temps les vautours mettraient à arriver », marmonne-t-il.

Deux fourgonnettes rutilantes, l'une de KGO-TV, l'autre de KPIX, sont garées devant le portail. Des antennes paraboliques se déploient sur les toits, pointées vers le ciel telles des armes étranges équipant des véhicules blindés où se serrent des troupes de choc venues livrer une nouvelle forme de guerre. Des hommes et des femmes portant des caméras sur leur épaule en descendent et entourent les grilles de la maison.

« Bientôt, ils seront tous là, ajoute Tim. Toutes les chaînes de télé. Sans oublier les paparazzis, les stations de radio... Le cirque au grand complet. Comme à l'époque. »

Tu le rejoins et poses la main sur son épaule.

« Au moins, je suis là.

— Oui, tu es là. Et ça m'aide à tenir le coup. »

Il pose sa main sur la tienne.

Vous demeurez dans cette position un long moment. Lorsque tu tends le bras pour fermer les stores, il arrête ton geste.

« Laisse, je vais le faire. Ce n'est pas moi qui les intéresse cette fois. »

Il a raison. Déjà, les téléobjectifs t'ont repérée à la fenêtre et ils se braquent sur toi. Un journaliste tourne le dos au portail, micro à la main pour livrer son commentaire, quand son propre cameraman le bouscule pour tenter de saisir ton image. Il pose un genou à terre, sa grosse caméra calée sur l'épaule, l'œil rivé au viseur, et tu as la vision d'un soldat qui pointe sur toi un lance-roquettes.

Le téléphone de Tim sonne. Il regarde le nom qui s'affiche sur l'écran avant de répondre.

« Quoi ? fait-il d'un ton sec. Non. Vous ne leur dites rien. »

La personne au bout du fil parle longuement. Tu vois monter la colère sur le visage de Tim. Néanmoins, lorsqu'il reprend la parole, son ton reste courtois.

« Merci, Katrina. C'est bien pour ça que je vous paie, en effet. Mais ma réponse est toujours non.

— Qui était-ce ? demandes-tu, après qu'il a coupé la communication.

— La directrice de notre agence de relations publiques.

— Que voulait-elle ? »

Tim grimace.

« Me faire profiter de ses conseils. Elle affirme que si tu accordes une interview exclusive à une chaîne de télé, les autres nous ficheront la paix. Quand elles verront que le scoop leur a échappé, elles s'attaqueront à leur prochaine victime, apparemment.

— Je ne suis pas certaine de pouvoir donner une interview.

— Ça ne sera pas nécessaire. » Tim prend ses clés de voiture sur la table basse. « On va sortir par-derrière.

— Pour aller où ?

— À la maison de San Gregorio. Elle est située dans une zone résidentielle fermée. Ils ne pourront pas approcher.

— Et Danny ?

— Sian nous l'amènera après l'école. Je vais lui préparer quelques affaires. » Il fait un pas vers l'escalier, puis se retourne. « Je suis content qu'on aille là-bas, à vrai dire. Même si, évidemment, j'aurais préféré que ça se fasse dans des conditions différentes. Tu as toujours adoré cette maison.

— Oui. Ça me fera plaisir de la revoir. »

Tu ressens un petit frisson d'excitation, en dépit de la situation. Car si être chassé de chez soi de cette manière est insupportable, tu vas retourner *là-bas*. Où tout a commencé… ou fini. L'endroit où tu es morte.

SIX

Après sa prise de bec avec Tim, Abbie alla s'asseoir au bureau qu'on lui avait prêté, le regard vague, front plissé. Par moments, ses lèvres tressaillaient, comme une personne qui parle dans son sommeil. On connaissait ce phénomène : cela nous arrivait à tous quand on s'était fait entimlander. Elle ressassait cet échange et disait mentalement tout ce qu'elle aurait aimé dire sur le coup.

Soudain, elle se redressa et tapa quelques mots dans son navigateur. Là encore, on savait ce qu'elle faisait : elle se renseignait sur les études mentionnées par Tim, dans l'espoir qu'il se soit trompé. Quelle satisfaction ce serait alors ! Mais on aurait pu lui dire qu'elle perdait son temps, non seulement parce que Tim ne se trompait presque jamais, mais parce qu'on avait déjà consulté ces études, dès qu'il y avait fait référence devant nous. En vérité, il avait minimisé les résultats.

Les bras croisés, Abbie affichait un air rebelle. Finalement, elle poussa un soupir qui résonna dans toute la pièce, se leva et sortit à grands pas pour fumer une cigarette.

Quand elle revint, elle paraissait songeuse. Elle prit quelques feuilles vierges dans le bac de l'imprimante, retourna s'asseoir à sa place et exécuta un rapide croquis.

Quelqu'un lui demanda si elle voulait un macchiato : ils partaient pour une virée au Starbucks. Abbie fit non de la tête et se remit à dessiner.

Au bout d'un moment, elle se renversa sur son siège pour contempler le résultat.

« Putain », commenta-t-elle à voix haute.

Elle se leva, fit craquer ses jointures et s'étira. (Oh, ce qu'on aimait la voir s'étirer ! Il y avait quelque chose de… *sain* dans ce geste. Elle n'essayait jamais de se rendre insignifiante ou de se fondre dans le décor.) Puis elle alla trouver Jenny.

« Comment je pourrais faire pour récupérer des vieux morceaux de robot ? » lui demanda-t-elle d'un ton enjoué.

20

Tim emprunte la 280 qui longe la vallée, passe devant San Andreas Lake, avant de traverser le réservoir et de grimper dans les collines. En quelques minutes, vous laissez derrière vous les embouteillages de San Mateo. Des forêts de chênes et de conifères vous entourent, sombres et silencieuses ; la route est une succession de lacets sans fin qui serpentent à travers les bois en prenant de l'altitude.

« On disait toujours que, le jour où les voitures autonomes supprimeraient les bouchons, on quitterait la ville pour de bon », te confie-t-il.

Il conduit bien, en regardant droit devant, pas trop vite à cause des virages.

Alors que vous suivez la longue arête sinueuse en direction du Pacifique, tu te surprends à repenser aux événements de la veille. Quelque chose dans les articles consacrés à ta disparition, rassemblés par Tim, te turlupine, sans que tu puisses mettre le doigt dessus.

Une fois de plus, tu t'interroges sur le contenu de l'iPad. *Revenez dans deux jours*, avait dit le gars de la boutique. Cela risque d'être compliqué maintenant que tu as quitté la ville.

Soudain, vous atteignez l'extrémité de l'arête et le paysage s'ouvre devant vous. En contrebas, au loin, le soleil couchant allume des reflets orangés, aveuglants, à la surface de l'océan.

« On y est presque », annonce Tim en abaissant son pare-soleil.

En redescendant la route sinueuse, vous passez devant des champs de potirons et des sentiers de randonnée, mais, surtout, vous traversez des étendues de baccharis et d'eucalyptus désertes. Difficile d'imaginer que, à moins de quarante minutes de voiture d'ici, les sociétés les plus connectées au monde – Google, Apple et autres – s'entassent dans la même zone urbaine minuscule et polluée.

Il fait presque nuit lorsque vous atteignez Half Moon Bay. Bien qu'il soit encore tôt, la plupart des commerces sont fermés, les bars et restaurants ont presque l'air abandonnés, ou au bord de la faillite. Tim continue vers le sud sans s'arrêter, en suivant la route côtière.

Quelques kilomètres plus loin, il s'arrête devant un portail métallique, sans nom. Il tape un code sur son téléphone et le portail s'ouvre. De l'autre côté, la route bifurque. La voie de droite descend vers un petit groupe de maisons. Celle de gauche – plus récente et mieux entretenue – longe la falaise. Un panneau discret annonce RÉSIDENCE CULLEN-SCOTT. Une barrière automatique, constituée de piliers assez épais pour bloquer un char d'assaut, s'enfonce dans l'asphalte, sans un bruit.

Une minute plus tard, Tim s'arrête devant une construction basse toute en longueur. Lorsqu'il coupe le moteur et éteint les phares, les lumières s'allument à l'intérieur, comme en écho. C'est une maison faite principalement de verre, de quelques murs en béton brossé et de lambris en cèdre rouge, aux lignes superposées et anguleuses. Il n'y a pas de véritable jardin, juste des chemins et des marches entourant des parcelles d'herbe sauvage broussailleuse qui s'étendent à perte de vue, éclairées par la lumière qui se déverse à travers les immenses baies vitrées.

Tout en bas, au-delà de la maison et de la falaise, l'océan est une présence infinie et tourmentée, d'un noir argenté, comme un éclat de charbon.

« Ouah, fais-tu. C'est magnifique.

— Quand j'ai découvert cet endroit, il y avait un vieux ranch délabré. Les architectes l'ont détruit et ont construit cette maison en un temps record. J'ai attendu que les travaux soient presque achevés pour te demander ta main. » Il désigne la falaise. « Et c'est là qu'on s'est mariés. Dos à l'océan, face à la maison. C'est ce jour-là que tu l'as découverte. Si tu avais vu ta tête ! »

L'espace d'un court instant, tu le visualises : toi, dans ta robe de mariée, découvrant, bouche bée, ce que Tim a fait pour toi.

« J'aimerais tant m'en souvenir. De notre mariage.

— Pas de problème. On téléchargera les images ce soir. »

La maison est aussi belle à l'intérieur qu'à l'extérieur. Il y a encore plus d'œuvres d'art que dans votre maison de San Francisco. Du street art plein de vie, semblable à de la bande dessinée, confère au décor qui aurait pu facilement paraître dénué d'âme et imposant un aspect juvénile et joyeux.

« Quelle vie incroyable on avait, t'émerveilles-tu. Tout était parfait, hein ? »

Tim prend une petite sculpture – une poupée d'enfant dans un moule en verre, dotée d'une ampoule électrique en guise de tête – et la déplace d'un demi-tour avant de la reposer sur son socle.

« Oui, parfait, confirme-t-il. Grâce à toi. Raison de plus pour te ressusciter. Mais ne va pas croire que, parce qu'on avait la belle vie, on ignorait le monde extérieur. Tu as toujours utilisé notre fortune pour essayer de changer les choses.

Tu n'as jamais cessé de te passionner pour l'égalité entre les sexes, l'art, les sans-abri… Et l'éducation des enfants comme Danny.

— Oui, soupires-tu. Danny. La seule chose qui n'était pas parfaite dans notre vie, hein ?

— Ça a été un choc, évidemment. Et on a dû reconsidérer certaines choses. Mais tu as su faire face. Rien n'arrive jamais sans raison, disais-tu. Si on nous avait donné Danny, c'était parce que nous étions les plus à même de nous occuper de lui. Et on l'a fait. » Il hésite avant de rectifier. « *Tu* l'as fait. On avait de la chance, on avait les moyens de s'offrir de l'aide, mais c'est *toi* qui as interrogé tous les médecins de la Côte ouest, *toi* qui as effectué des recherches sur les différentes thérapies. Tu as été incroyable. Ce qui ne m'a pas surpris, d'ailleurs. Mais, en voyant la manière dont tu avais réagi, je t'aimais encore plus.

— Merci… Mais ne sous-estime pas ton rôle. Pendant toutes ces années, tu l'as élevé seul.

— Je l'aime, dit simplement Tim. Comme je t'aime toi aussi. Les problèmes de Danny n'y changeront rien.

— Moi aussi, je t'aime. » Tu t'aperçois que c'est la première fois que tu prononces ces paroles avec sincérité depuis que tout ça a commencé. « Je t'aime, Tim. »

Tu balaies du regard cet endroit où tu t'es mariée, en essayant d'imaginer ce que tu as ressenti ce jour-là : l'optimisme de deux jeunes gens qui s'embarquent ensemble pour un voyage, une aventure. Et il s'en faut de peu pour que tu te remémores ton excitation, la conviction que, quels que soient les obstacles que vous rencontrerez dans la vie, vous les surmonterez ensemble.

Aujourd'hui encore, tu éprouves ce sentiment de possibilités infinies, cette soif d'avenir. Les journalistes, le dégoût de soi persistant, les limites physiques… tout cela ne compte pas si vous êtes là l'un pour l'autre.

Je peux le faire, te dis-tu. Je peux mener cette vie. Tant que j'aurai l'amour de Tim, on peut y arriver.

SEPT

Abbie vint quémander auprès de chacun de nous. Hamilton lui fournit l'ossature d'un vieux shopbot, le Mk II. Rajesh lui donna deux bras de Mk III. Kathryn lui procura des câblages, et Darren, le développeur qui l'idolâtrait de manière un peu trop voyante depuis qu'elle s'était interposée entre lui et l'engueulade de Tom, lui écrivit un programme. On brûlait d'envie de savoir à quoi il était destiné, mais, bien entendu, Darren refusait de nous en parler.

« Je lui ai promis de garder le secret, disait-il. Attendez, vous verrez bien. »

Les brûleurs à gaz, les tubes pneumatiques et les fers à souder appartenaient à Abbie ; elle les avait transportés à l'arrière de sa vieille Volvo cabossée.

C'était une tout autre Abbie que cette silhouette dégingandée et svelte, en salopette bleu marine, portant des lunettes de soudeur, agenouillée dans un coin du parking, jour après jour, dans des gerbes d'étincelles. Son travail achevé, c'est sur ce même parking qu'elle nous convoqua. Évidemment, on répondit tous à l'appel, y compris Tim et Mike. Personne n'aurait voulu manquer ça.

« Je vous ai fabriqué un truc. » L'accent du Sud qui perçait dans sa voix trahissait son excitation. « Je l'ai baptisé *Electra Dancing*. »

On remarqua la présence d'un extincteur à proximité.

« Je vous conseille de lui laisser un peu de place », ajouta-t-elle.

Elle ôta le drap qui recouvrait la chose à côté d'elle. C'était une sorte de sculpture, pas très éloignée de nos shopbots. Toutefois, certains éléments avaient été remplacés par des objets de récup : la tête était un vieux phare de moto, les doigts des chaînes de vélo, et des morceaux de vieux téléphones ou de machines à écrire avaient été incorporés au design. La « créature » portait une jolie robe vintage en coton jaune.

Soudain, le robot leva les bras. Des flammes jaillirent de ses poignets, l'un vers l'avant, l'autre vers l'arrière, comme un soleil de feu d'artifice. Puis il se mit à tournoyer ; son corps du moins, car la tête demeura immobile. Brusquement, elle s'embrasa à son tour et se mit à tournoyer elle aussi, dans le sens contraire. On avait devant les yeux un derviche tourneur, une girouette, un manège de feu.

« Je suis belle ! » déclara le robot d'une voix mécanique enregistrée, alors que les flammes le consumaient. « Je suis belle ! » La robe jaune se transforma en dentelle et tomba sur le sol. On pensa alors à une sorcière sur un bûcher, à un autodafé. Mais, surtout, on resta figés, bouche bée. « Je suis belle ! »

Ce fut terminé en moins d'une minute. D'abord, le robot se tut, puis il cessa de tourner sur lui-même. Sa carcasse fumante était totalement carbonisée. Une odeur âcre de cordite flottait sur le parking.

« Qu'est-ce qui a foiré ? » demanda quelqu'un. Un *idiot*. La plupart d'entre nous penchèrent pour Kenneth par la suite. Abbie ne lui en tint pas rigueur.

« Oh, c'était fait exprès », répondit-elle gaiement en contemplant l'épave calcinée. Se tournant vers nous, elle ajouta : « J'aime jouer avec le feu. »

C'était peu de le dire, comme le fit remarquer ultérieurement un esprit vif. Car, bien que n'étant pas de fins connaisseurs dans le domaine de l'art – nous estimant d'ordinaire les plus mal placés pour en estimer la valeur –, il ne faisait aucun doute dans notre esprit qu'*Electra Dancing*, ou le *firebot*, comme on l'avait baptisé, était le moyen qu'avait choisi Abbie pour nous faire comprendre qu'elle trouvait les shopbots nuls.

21

En attendant que Sian amène Danny à San Gregorio, tu branches la clé USB de Tim sur un ordinateur pour consulter le document suivant. Une série d'articles consacrés au procès.

Comme précédemment, Tim te dévisage pendant que tu lis, il jauge tes réactions.

Les premières coupures de presse relatent de quelle manière l'inspecteur Tanner évoqua devant les jurés les recherches entreprises pour te retrouver, puis l'élargissement du champ de l'enquête, orientée vers une éventuelle agression, et le changement de théorie : de l'accident au meurtre. Les chiens policiers, apprenait-on, avaient découvert deux « zones d'intérêt » : une dans ta voiture, l'autre dans la cuisine de la maison de Dolores Street.

Au cours du contre-interrogatoire, l'inspecteur Tanner reconnut que les chiens avaient pu réagir à une odeur de viande crue conservée dans la cuisine. En effet, un ami vous avait offert, peu de temps avant ta disparition, une pièce de gibier que tu avais ensuite transportée dans ta voiture, avant de la suspendre dans votre cellier.

L'inspecteur admit également que l'évolution vers la thèse du meurtre était consécutive à l'échec des recherches aériennes et maritimes autour de San Gregorio.

« Autrement dit, suggéra l'avocate de la défense, Jane Yau, vous vouliez donner l'impression de détenir une piste ? »

Comme on pouvait s'y attendre, Tanner rejeta cette accusation, affirmant que, en l'absence de preuves étayant l'explication la plus plausible, il était logique de se tourner vers celle qui l'était un peu moins.

« Vous confirmez donc, enchaîna l'avocate, que la décision d'enquêter sur un homicide – enquête d'une grande ampleur, coûteuse et médiatisée – a été motivée, non pas par la preuve qu'un meurtre avait été commis, mais par *l'absence* de preuve confirmant la thèse de l'accident ou du suicide ? »

L'inspecteur admit, malgré lui, que c'était effectivement le cas.

Le jury écouta ensuite le témoignage d'une de tes anciennes amies d'université, Sukie Marenga, une artiste elle aussi, qui affirmait que tu lui avais confié avoir des problèmes dans ton couple. En outre, tu te plaignais que Tim lisait tes mails. Toujours d'après Sukie, à cette époque, Tim et toi notiez sur des feuilles de papier séparées les sentiments que vous inspirait l'autre, et vous brûliez ensuite ces feuilles ensemble, dans le style cérémonie bouddhiste.

« Ils essayaient de rassembler leurs mauvaises énergies pour les libérer dans l'univers, expliqua-t-elle. C'est un rituel reiki destiné à se purifier de tout sentiment négatif.

— Savez-vous si cette cérémonie portait ces fruits ou si, au contraire, ces énergies négatives persistaient ? » demanda le procureur, un certain Mark Rausbaum.

Question immédiatement rejetée par la défense, mais elle avait semé le doute dans l'esprit des jurés.

Rausbaum produisit alors des relevés téléphoniques indiquant que tu avais utilisé beaucoup moins souvent ton portable au cours des semaines précédant ta disparition. Pour l'accusation, c'était la preuve que tu savais que ton mari t'espionnait, et que vos problèmes relationnels avaient atteint un stade critique. Par la suite, Tim t'avait assassinée, il avait transporté ton corps dans ta voiture et l'avait jeté dans l'océan.

Le fait que ta combinaison soit restée suspendue dans la salle d'eau de la maison de Half Moon Bay confirmait cette théorie. Pour le procureur, cela prouvait que tu n'étais pas allée faire du surf ce soir-là.

L'avocat de Tim souligna un certain nombre de faiblesses dans ce scénario. Outre l'absence de corps, rien ne permettait d'affirmer que ces problèmes conjugaux étaient autre chose que les habituels hauts et bas que connaissaient tous les couples soumis à une forte pression. Tim expliqua au jury que, un mois avant ta disparition, tu avais oublié ton portable dans un bus, et que tu l'avais récupéré tardivement. Affirmation confirmée par la régie des transports. Par ailleurs, la police n'avait découvert aucune trace de violence dans aucune des deux maisons, ni dans vos voitures respectives.

Jane Yau souligna également que les plages de San Gregorio étaient une zone de naturisme bien connue et que, plus d'une fois, on t'avait vue faire du surf nue. Peut-être avais-tu simplement oublié ta combinaison ce soir-là ? De plus, les données enregistrées par le GPS du portable de Tim indiquaient qu'il ne se trouvait pas à proximité de la maison le soir en question. Certes, son portable était éteint à ce moment-là, mais uniquement à cause d'un problème de batterie, expliqua Tim. La défense réclama le classement de l'affaire.

Et, chose étonnante, compte tenu du battage médiatique qui entourait ce procès, le juge accéda à cette demande. Citant le très ancien principe de *corpus delicti*, il précisa, dans une déclaration écrite, que si l'accusation n'est pas tenue de produire le corps pour prouver qu'un meurtre a été commis, elle doit cependant prouver qu'un meurtre a été commis avant d'en accuser quelqu'un. Par conséquent, dans les affaires de *corpora delicti*, l'appréciation de la preuve ne doit pas se limiter à un simple « équilibre des probabilités ». Par conséquent, il rendit une ordonnance de non-lieu avec effet immédiat.

Dans la période qui suivit le fiasco du procès, une habitante de San José, âgée de vingt-six ans, fut inculpée pour avoir posté un message injurieux envers Tim sur Twitter. Une femme de trente et un ans, vivant à Los Angeles, qui avait posté un commentaire sur Facebook, fut condamnée à six semaines de prison avec sursis. Une pétition adressée au gouvernement et réclamant un allégement de la loi dans les affaires de *corpora delicti* recueillit plus de vingt-cinq mille signatures et fut discrètement glissée sous le tapis.

L'inspecteur Tanner donna sur les marches du palais de justice une interview dans laquelle il déclara que la police ne chercherait pas d'autre suspect en lien avec la disparition d'Abbie.

Après la publication sur les réseaux sociaux des commentaires de ce même juge dans des procès antérieurs, une campagne exigeant que les juges partent à la retraite à soixante-cinq ans récolta plus de cinquante mille signatures.

Par la suite, la police précisa que, même s'il n'y avait plus d'enquête en cours, « une équipe d'officiers reste disponible afin de réagir à tout moment à de nouvelles informations concernant la disparition d'Abigail Cullen-Scott ».

Tim Scott refusa de donner la moindre interview.

22

Tu te renverses dans ton siège, soulagée. Tu es de parti pris dans cette affaire, assurément, mais, de toute évidence, les accusations portées contre Tim ne reposaient sur rien. L'accusation ne disposait d'aucun élément concret : pas de corps, pas d'images de télésurveillance, pas de preuves scientifiques. Une jeune mère séduisante, en vue, avait disparu, et dans l'effervescence médiatique qui s'ensuivit, il avait fallu trouver un coupable, voilà tout.

Tu savais depuis le début que Tim ne pouvait en aucun cas être mêlé à cette histoire, mais tu redoutais que le procès fasse surgir un élément nouveau, que ton mari – qui n'était pas le plus modeste, ni le plus patient des hommes –, provoqué par un procureur habile, se laisse aller à des déclarations qui le présenteraient sous un mauvais jour. En réalité, il n'avait même pas été appelé à la barre. Il avait été entièrement blanchi. Et si quelques cinglés, sur les réseaux sociaux, avaient du mal à l'accepter, c'était leur problème, pas le sien.

Néanmoins, tu es frappée de constater qu'Abbie était étrangement absente du procès. Les accusations d'adultère n'ont même pas été évoquées, pas plus que tes problèmes de dépression. En lisant les comptes rendus d'audience, tu espérais en savoir un peu plus sur ce qui se passait dans ta tête au cours de ces dernières semaines, mais, comme pour le contenu de ton téléphone, il n'y a rien.

« Tu me crois ? »

Surprise, tu lèves la tête. Le regard de Tim transperce le tien.

« Es-tu convaincue que je n'ai rien à voir avec ce qui t'est arrivé ? »

Cette question doit le tarauder pour qu'il ose la formuler. Habituellement, son assurance est un trait de sa personnalité, au même titre que ses immuables T-shirts gris.

« Bien sûr. »

Il grimace.

« Ne dis pas *Bien sûr. Bien sûr*, ça veut dire : "Je n'ai pas d'autre choix que de croire mon mari." Tu es plus intelligente que ça, Abbie. »

Est-ce pour cette raison que tu m'as construite ? te demandes-tu. Pour que je puisse te déclarer innocent, de l'au-delà ? Pour m'entendre dire les paroles que le premier juré n'a pas eu l'occasion de prononcer ?

« Je le répète : *bien sûr*. Et je n'avais pas besoin de lire ces articles pour le penser. Je te connais, Tim. Je sais que tu es incapable de faire du mal délibérément à quiconque. Et surtout pas à moi. »

Tu vois ses épaules se relâcher.

« Non, *bien sûr*. »

Ce choix de mots vous fait sourire l'un et l'autre.

Une voiture s'arrête devant la maison. C'est Sian qui arrive avec Danny.

« Bonjour, mon chéri ! » t'exclames-tu lorsqu'il entre en courant dans la maison.

Au lieu de foncer vers toi, il se précipite vers la longue baie vitrée qui donne sur l'océan, qu'il salue en frottant joyeusement son visage contre le carreau. Tu sais que tu devrais intervenir, l'obliger à revenir vers toi et à répondre *bonjour*, mais il semble tellement heureux que tu n'en as pas le cœur.

« Il adore cette maison, dit Tim en l'observant lui aussi. Il passait des heures sur la plage, à sauter dans les vagues avec toi.

— Peut-être que je pourrai l'emmener demain. Ça me ferait plaisir. »

Tim hésite.

« Je crains que ça ne soit pas possible. Si tu te baignais, c'est comme si je plongeais dans la piscine avec mon téléphone. L'eau, salée qui plus est, te détruirait en une seconde.

— Oh. »

Tu penses à l'ancienne Abbie, aux milliers d'heures que tu as passées sur ton surf. Tim n'avait-il pas fait construire cette maison dans ce but ? Pour que tu puisses vivre près de ton océan adoré ? Et maintenant, même ça t'est interdit.

« On pourra peut-être régler ce problème plus tard, ajoute-t-il. Et puis, il y a de formidables promenades dans le coin. On devrait envisager de prendre un chien… »

Tu secoues la tête. Tu ne veux pas de chien.

Tu fais des pâtes. Vous vous asseyez tous les quatre autour de la grande table massive sur la terrasse pour dîner. La conversation peine à s'engager. Tu essaies de faire parler Sian, mais elle semble considérer tes questions comme un simple bavardage généré par ordinateur. Parfois, elle t'ignore totalement. Elle s'anime un peu, toutefois, quand tu lui demandes ce que Danny fait à l'école. Meadowbank, dit-elle, est un lieu exceptionnel, le seul de toute la Californie où les enfants comme Danny reçoivent le soutien constant et intensif dont ils ont besoin. Ils obtiennent des résultats spectaculaires.

Tu ne peux t'empêcher de regarder Danny, qui, au lieu de prendre part à la conversation, enroule des macaronis autour de sa fourchette d'un air rêveur. Instinctivement, tu lui souris, car, malgré son état, il a gardé son beau visage fin et éthéré, mais tu n'aurais pas employé le mot *spectaculaire*.

« Si vous l'aviez vu il y a quelques années, ajoute Sian, sur la défensive. Il s'automutilait, il donnait des coups de tête dans les murs, il se mordait les mains, il s'arrachait les cheveux... Il a accompli d'immenses progrès.

— Oui, oui, bien sûr, t'empresses-tu de répondre. Vous avez fait un travail formidable. »

Le repas terminé, pendant que Tim et Sian débarrassent, tu restes avec Danny. Tu as inventé un jeu très simple. Tu lis à voix haute une de ses histoires de *Thomas et ses amis*, mais tu changes un mot ici ou là – *gorille* à la place de *train*, par exemple – ou bien tu confonds délibérément Toby et Terence. Danny connaissant le texte par cœur, il trouve ça follement amusant. Parfois, il rit si fort qu'il n'arrive même pas à tendre le pouce vers le bas, sa manière à lui de dire : *Faux*.

« Thomas, tu es un *éléphant* très utile... »

Tu guettes la réaction de Danny. Tu entends, dans la cuisine, Sian dire sur le ton de la conversation : « C'est incroyable, la facilité avec laquelle on oublie qu'elle n'est pas humaine. Tout à l'heure, à table, j'avais l'impression de discuter avec une personne normale. »

Outrée, tu attends que Tim la rembarre. Mais il se contente d'une réponse évasive en marmonnant quelques mots que tu ne saisis pas.

« Vous pourriez peut-être lui apprendre à mettre un peu moins de sel dans les pâtes, ajoute Sian d'un ton pincé. Il y a encore certaines choses qu'un robot ne fait pas aussi bien qu'un être humain. »

Danny te tapote le bras pour que tu continues à lire l'histoire et tu n'entends pas la suite.

Fort heureusement, Sian se retire dans sa chambre au bout d'un moment, en emportant son ordinateur. Tu regardes la télé avec Tim, pendant que Danny joue avec ses petits trains, qu'il aligne contre la plinthe en d'innombrables permutations.

« Désolée pour le sel, dis-tu.

— Hein ? Oh. Ne t'inquiète pas pour ça.

— J'ai l'impression que Sian ne m'aime pas beaucoup. »

Tim hausse les épaules.

« Elle a peur que tu la remplaces, voilà tout. Elle va s'habituer. »

Tu n'avais pas vu la chose sous cet angle.

« Pourquoi est-ce que je la remplacerais ?

— Quand tu y réfléchis, le travail de thérapeute fait partie des secteurs mûrs pour l'automatisation. Le but, c'est d'être constant et répétitif. Tout prouve qu'un robot peut accomplir cette tâche bien plus efficacement qu'un humain.

— Il n'y a aucune raison que je la remplace. Elle fait du bon travail avec Danny. Et il l'aime bien. »

Malgré tout, tu te sens mieux.

Soudain, on parle de toi aux infos.

« Le géant de la tech, Tim Scott, innocenté il y a quatre ans du meurtre de son épouse Abigail, dans des conditions controversées, a fabriqué une étrange et inquiétante réplique robotisée de la femme disparue… »

Commentaire accompagné d'une photo de toi, prise au téléobjectif, au moment où t'apprêtais à fermer les stores.

Tim s'empare de la télécommande et la télé devient noire.

« Je vais me coucher, annonce-t-il.

— On avait parlé de télécharger des images du mariage, lui rappelles-tu.

— Oh… oui, c'est vrai. On peut faire ça maintenant. »

En le suivant à l'étage, tu passes devant un tableau sur le palier. Tu t'arrêtes pour le regarder de plus près. C'est un portrait de Danny âgé de quelques mois, à moitié endormi, regardant d'un œil le spectateur. De la taille d'un livre de poche, ce tableau est moins grand que ceux qui l'entourent. Les coups de pinceau sont plus fins, plus détaillés, comme si tout l'univers du peintre se réduisait à ce petit visage, à ces yeux presque noirs, à cette peau douce, plissée et gonflée sous les paupières.

Il est impossible, absolument impossible, songes-tu, que la femme qui a peint ce portrait ait pu abandonner son fils. Même si elle se sentait emprisonnée, et quel que soit le diagnostic, elle n'aurait pas pu le laisser.

Tu lèves la tête. Tim t'observe intensément.

« Tu le sens, hein ? demande-t-il tout bas. Cet amour que tu as ressenti quand tu peignais ce tableau.

— N'importe qui le ressentirait. N'importe quelle mère, du moins. Ça ne signifie pas que je lis dans les pensées. » Quelque chose te pousse à ajouter : « Tim… pour en revenir à ces articles… Est-ce que tu lisais mes mails ?

— Bien sûr que non, répond-il, outré. Pourquoi aurais-je fait ça ? Nous n'avions aucun secret l'un pour l'autre. »

Tu t'allonges sur un lit dans une chambre et il te relie à un ordinateur portable.

« Ça risque de prendre un peu de temps, prévient-il. La vitesse de téléchargement n'est pas terrible par ici.

— Pas grave… Tim ?

— Oui ?

— Tu veux bien m'embrasser avant de partir ?

— Bien sûr. » Il se penche vers toi et dépose un tendre baiser sur ton front. « Bonne nuit, mon amour. Profite bien du téléchargement.

— Bonne nuit. »

Tu fermes les yeux et laisses l'élixir du souvenir se répandre dans ton organisme, comme l'héroïne dans les veines du drogué.

23

C'est un rêve et ce n'en est pas un. Ces souvenirs téléchargés sont plus détaillés, et plus douloureux, que n'importe quel rêve. Pendant quelques précieuses minutes, tu redeviens toi. Tu vois le monde à travers tes yeux, tu penses avec ton esprit. Tu es de nouveau une personne entière.

Ton mariage avait été une magnifique cérémonie, bien que non conventionnelle. C'était une des qualités que tu appréciais chez Tim : il ne faisait rien comme tout le monde. Cette maison, par exemple. Elle est extraordinaire, en raison de son emplacement, mais aussi de son architecture, entourée d'herbes sauvages et de rochers, protégée de la route par une falaise en pente douce. Tu as du mal à croire que c'était ton cadeau de mariage.

Pour le jour J, les architectes avaient construit une terrasse en bois entre la maison et le bord de la falaise et érigé dessus un chapiteau ouvert sur les côtés. Tim t'avait laissé le soin de tout organiser, à l'exception du lieu. La tente était décorée de fleurs sauvages agrémentées de plumes d'aigle, et les invités étaient assis non pas sur des sièges, mais sur des balles de paille. Tu portais une robe blanche sobre, semblable à une toge romaine, et en guise de voile, un diadème en diamants venu d'Inde (autre cadeau de Tim) et une couronne de bleuets tressés. La cérémonie était orchestrée par une prêtresse humaniste.

Et l'échange de vœux. *Je me donne à toi pour l'éternité...* Oui, vous aviez réellement prononcé ces paroles. Au second degré, en ce qui te concerne.

Car, en revivant la scène, tu t'aperçois que Tim, lui, les prenait très au sérieux. C'est pour cette raison que tu es ici aujourd'hui.

Pour finir, vous aviez lu le Sonnet 116 ensemble :

L'amour n'est pas altéré par les heures et les semaines
Mais survit jusqu'à la fin des temps.

Les odeurs elles aussi sont présentes dans ton rêve. L'arôme puissant du foin sous le soleil. Les effluves sucrés, fugaces, des bâtons de patchouli que tu avais disposés sur les tables. Le parfum salé de l'océan. Les bouffées de marijuana qui s'échappaient de derrière la maison, où tes amis artistes s'étaient isolés pour fumer un joint.

Et soudain, te voilà projetée plus loin dans le temps, quelques jours avant le mariage, en proie au doute. Plus tu y réfléchissais *sérieusement*, plus tu détestais cette idée de mariage. Quelle méthode ingénieuse, depuis toujours, pour contrôler les femmes ! L'épouse se donnait (ou était donnée par son père) à son mari, dont elle devenait la propriété. Ses droits et ses sentiments étaient subordonnés à ceux de son époux, alors même que le pouvoir de reproduction – la seule chose que la femme contrôlait naturellement – était également transféré entre les mains du mari. Ce n'était pas pour rien qu'on parlait des nœuds du mariage ! Comment une femme qui se disait féministe pouvait-elle accepter un système aussi archaïque ?

Tu avais téléphoné à Tim au bureau pour lui faire part de tes inquiétudes. Il avait attendu patiemment que tu aies terminé, puis il avait répondu : « Très bien. Ne nous marions pas, dans ce cas. Échangeons simplement nos vœux dans un endroit discret, et continuons comme ça.

— Je crois que ça ne me plaît pas non plus.

— On fera ce que tu veux, Abs. Accorde-moi une minute… »

Tu l'avais entendu s'adresser à quelqu'un d'autre.

« C'est le mariage en soi, je crois… L'institution. Je me sens mieux maintenant que je t'en ai parlé. Je sais que notre mariage sera différent.

— Tant mieux. À ce propos, où en est mon cadeau de mariage ?

— Il est presque terminé. Et le mien ?

— Presque terminé aussi, avait-il répondu en riant.

— Quand me diras-tu enfin ce que c'est ? »

Il entretenait le suspense depuis des mois.

« Le jour du mariage.

— En défaisant le paquet ?

— Euh… Il est peut-être un peu trop gros. Bon, il faut que je te laisse, Abs. Des gens poireautent à la porte de mon bureau.

— Laisse-les poireauter.

— C'est déjà fait. Tu ne voudrais pas que je sois un patron tyrannique, hein ?

— Ils savent bien que ce n'est pas le cas.

— J'espère.

— Oh, au fait, Tim… »

24

Tu ouvres les yeux. Le souvenir s'est comme arrêté. Les images se sont figées dans ton esprit. Tu en cherches la raison. Et soudain – *clac !* – tu comprends.

Débit insuffisant.

Tu attends, en espérant que la connexion va être rétablie, mais rien ne se passe.

Alors, tu te débranches et tu te lèves, avec l'intention de descendre pour t'occuper, jusqu'à ce que la connexion s'améliore.

Tu traverses le palier sur la pointe des pieds afin de ne réveiller personne. Des petits bruits s'échappent de la chambre de Sian : on dirait des grognements et des gémissements. Surprise et amusée, tu comprends qu'elle regarde du porno sur son ordinateur. Pas si coincée, finalement, cette petite.

Puis tu te souviens que la connexion Internet est interrompue. Sian ne peut donc pas surfer sur des sites porno. À peine cette pensée a-t-elle pris forme dans ton cerveau que la vérité la remplace, si brutale et horrible que tu ne peux retenir un hoquet de stupeur.

Tu te retournes vers l'autre extrémité du palier. La porte de la chambre de Tim est ouverte. Tu aperçois le lit vide.

« Oui ! gémit Sian. Oui !

— Oui », répète Tim.

La porte de la chambre de la jeune femme est entrouverte. Tu ne veux pas regarder, mais c'est plus fort que toi. À califourchon sur Tim, Sian te tourne le dos. Il y a quelque chose de triomphant et de répugnant dans la manière dont elle remue le bassin, en savourant son plaisir, repoussant d'une main ses cheveux qui masquent son visage lorsqu'elle bascule ensuite vers l'avant, paumes plaquées sur le torse de Tim, comme quelqu'un qui fait un massage cardiaque…

« Oui… », gémit-elle.

Oui, penses-tu, déséquilibrée par les assauts de la douleur et de l'effroi qui t'obligent à prendre appui contre le mur pour ne pas tomber. *Oui, évidemment. C'était inévitable.*

« Oui », gémit Sian.

Non.

Non. Non. Non.

HUIT

Après l'épisode du firebot, les choses rentrèrent dans l'ordre, plus ou moins, pendant une quinzaine de jours. On cherchait des idées neuves et excitantes pour que les shopbots encouragent les gens à acheter. (« Ce serait génial s'ils pouvaient repérer que tu portes des fringues de la saison dernière et se foutre de toi, non ? ») Abbie débarquait le matin, les tresses encore humides, son surf sanglé sur le toit de sa vieille Volvo. Tim, lui, paraissait étrangement calme. « Endormi comme le Vésuve », commenta quelqu'un. Très souvent, il s'enfermait dans son bureau avec les responsables financiers. Apparemment, nos investisseurs estimaient que les shopbots devenaient trop coûteux. Du coup, certains d'entre nous craignaient des réductions de coûts, synonymes de licenciements.

Et puis, un jour, Megan Meyer arriva au volant de sa Jaguar décapotable, suivie de deux employés dans une fourgonnette blanche. Ils déchargèrent des vêtements sur un portant. Des vêtements pour homme, comme on put le remarquer, alors qu'ils suivaient les élégantes chaussures à petits talons de Megan jusque dans le bureau de Tim : vestes sport, pulls en mérinos et pantalons de toile beige.

On en déduisit que Tim s'était offert une séance de relooking. Un service que Megan proposait régulièrement à ses clients. Car son métier ne consistait pas uniquement à leur dégotter des rencards. Dans la Silicon Valley, où certaines des personnes les plus riches étaient également les plus inadaptées socialement, il fallait leur apprendre à séduire.

Plus tard, Megan repartie, Tim sortit de son bureau. Il portait un polo Ralph Lauren bleu marine, un chino et des richelieux. Personne ne fit le moindre commentaire, bien entendu. Mais pour ceux d'entre nous qui l'avaient toujours vu habillé d'un jean noir, d'un T-shirt gris et coiffé d'une casquette de baseball blanche, c'était une vision étrange, presque inquiétante.

Toutefois, on remarqua en fin de journée qu'il avait remis sa casquette.

Le lendemain, quand il revint travailler, il avait remis son jean noir et son T-shirt gris. Tout le monde poussa un soupir de soulagement.

Mike, toujours loyal, nous expliqua que Tim avait voulu se faire beau pour assister à une réunion importante avec de potentiels investisseurs, d'où ce relooking. Personne n'était dupe, bien entendu. Mais, par respect pour Mike, on fit semblant de le croire.

Ce jour-là, Tim quitta le bureau à dix-sept heures. Sans qu'on sache où il allait. Il avait arrêté de travailler tôt, nous confia Morag, son assistante.

Une fois encore, on était perplexes. L'idée même que Tim puisse « arrêter de travailler » avait de quoi surprendre. Lui qui nous envoyait des mails à trois ou quatre heures du matin. Qui nous appelait le dimanche pour nous enguirlander à cause d'un bug sans importance qu'il avait repéré dans un programme. Un jour – épisode resté célèbre –, il avait même téléphoné à Gabriella Pisano, qui était sur le point d'accoucher, pour qu'elle lui indique où se trouvait un dossier. Il avait oublié qu'elle était en congé maternité. Et lorsqu'elle lui avait expliqué la situation, il n'avait pas raccroché.

De son côté, Abbie travaillait sur une nouvelle œuvre. Toutefois, on avait remarqué qu'elle parlait beaucoup avec Rajesh, un des développeurs, un garçon d'environ vingt-cinq ans, discret et végétarien, sur lequel on savait peu de choses. Mais, en voyant des liens se tisser entre eux, une chose qui nous avait échappé jusqu'alors nous apparut : Rajesh était très beau. Et cool. Il faisait partie de ces individus dont le calme masque une profonde confiance intérieure. Quelqu'un consulta son dossier personnel et découvrit qu'il avait reçu le Dean's Award à Stanford.

La nouvelle œuvre d'Abbie se composait de trois sacs de frappe en cuir suspendus au plafond d'une des salles de réunion par de grosses cordes. Tout d'abord, personne ne sut quoi en penser. Contrairement au firebot, elle ne nous présenta pas sa création. Elle la laissa là, simplement, accompagnée de trois vieilles paires de gants de boxe. Une petite pancarte accrochée au mur indiquait : BOUCLES D'OR. CUIR, CORDES ET CIRCUITS ÉLECTRONIQUES.

Très vite, quelqu'un enfila une paire de gants pour frapper dans le plus gros des trois sacs. Et se figea sous l'effet de la surprise : le sac avait poussé un cri de douleur.

L'apprenti boxeur recommença. « Aïe ! » fit le sac.

Amusé, il décocha une succession de directs, à la Rocky. Gauche-droite-gauche. À chaque coup, le sac hurlait.

Quelqu'un se joignit au premier boxeur pour frapper dans le sac voisin. Mais, après le premier coup, il s'arrêta, honteux. Car le sac avait poussé un cri de femme.

L'un de nous testa le troisième sac. Cette fois, ce fut un enfant qui hurla de douleur.

Après cette expérience, plus personne ne voulut s'approcher des sacs. On était tous d'accord pour affirmer que cette œuvre était beaucoup moins réussie que le firebot. Qui, lui, était amusant. Celle-ci transmettait une sorte de message. Elle avait quelque chose de naïf, de mesquin et d'un peu trop évident.

25

Tu sors de la maison en titubant, manquant de trébucher dans ton empressement à fuir. Tu ignores où tu vas. Tu sais simplement que tu ne peux pas rester ici, dans *ta* maison, là où tu t'es mariée, alors que ton mari couche avec une autre femme.

Les questions se bousculent dans ta tête. Ça dure depuis quand ? Sian est-elle la petite amie de Tim ? Sa maîtresse ? Y en a-t-il eu d'autres ?

Combien de temps est-il resté célibataire après ton décès ?

Arrivée à l'embranchement et à la barrière, tu n'as pas le choix. Tourner à droite, cela voudrait dire rejoindre la route. Tu es obligée de prendre à gauche, vers l'océan.

Contrairement au chemin qui mène à ta maison, celui-ci, mal entretenu et creusé d'ornières, descend en pente raide. Tu passes devant des maisons bien moins imposantes et modernes que la tienne, des villas de vacances. Vides pour la plupart. En bas, dominant une plage rocailleuse, se trouve un vieux restaurant délabré. Des planches condamnent les fenêtres corrodées par l'eau salée.

Tu descends jusqu'à l'appontement, en agrippant la rambarde rouillée, et tu contemples la mer avec tristesse. Une fois encore, tu aimerais pouvoir pleurer, pour te libérer de toutes ces émotions contenues. Au lieu de cela, tu exprimes ta douleur et ton désespoir sous la forme d'un son muet, inarticulé, lancé en direction de l'océan infini, que le vent arrache à tes lèvres avant même qu'il soit achevé.

Les vagues écument et tourbillonnent, leurs crêtes s'écrasent sur le sable dans un fracas phosphorescent, avant d'être emportées elles aussi. Malgré ta souffrance – ou *grâce* à elle –, tu es capable d'apprécier toute la beauté de ce mouvement perpétuel. C'est comme si les vagues obéissaient à un schéma, énigmatique, mais profondément harmonieux…

$$V = f \bullet \lambda$$

L'équation des vagues. Tu ne sais pas d'où ça sort, mais ça te vient à l'esprit subitement. *Clac.*

« Danny aimait venir là pour regarder la mer, lui aussi », dit une voix dans ton dos.

Tu te retournes vivement. Un homme d'une soixantaine d'années se tient à quelques mètres de toi. Il t'observe, les mains enfoncées dans les poches de sa veste en toile huilée.

« J'espère que je ne vous ai pas fait peur. » D'un mouvement de tête, il montre une maison accrochée à flanc de colline un peu plus haut. « J'ai aperçu quelqu'un et j'ai décidé de venir jeter un coup d'œil. Il n'y a pas beaucoup de visiteurs nocturnes par ici. Depuis que votre mari a fait installer la barrière électrique.

— Vous savez qui je suis, donc. »

Tu as failli dire *ce que* je suis. L'inconnu hoche la tête.

« Je vous ai vue aux infos. Rassurez-vous, je ne vais pas alerter les journalistes. »

Il te tend la main.

« Charles Carter.

— Je suis Abbie », réponds-tu en lui serrant la main. Mais tu ne peux pas t'empêcher d'ajouter : « Du moins, je l'étais. Maintenant, je ne sais plus trop ce que je suis.

— Oui, ils en ont parlé aux infos. » Il se retourne et agrippe la rambarde rouillée lui aussi, si bien que vous contemplez la mer côte à côte. « Vous veniez faire du surf par ici. À toute heure du jour. Et de la nuit, parfois. Vous disiez que ça vous nettoyait la tête.

— Oui, il paraît. Comme le soir où j'ai disparu.

— C'est ce qu'ils racontent. »

Quelque chose dans le ton de sa voix t'incite à tourner la tête pour le regarder. Tu constates que c'est un bel homme. S'il a des cheveux gris, sa mâchoire est carrée et sa peau dessine des rides séduisantes aux coins de ses yeux.

« Que voulez-vous dire ?

— Oh, il n'y avait aucun sous-entendu dans mes paroles. Un réflexe d'avocat, rien de plus. »

Dans un éclat de clairvoyance – différent de celui qui accompagnait l'équation des vagues, mais tout aussi catégorique –, tu songes : Il me cache quelque chose.

Sans doute pense-t-il que tu es la créature de Tim, et que tu lui rapporteras toutes ses paroles.

« Alors, comme ça, vous êtes avocat ? dis-tu, afin d'évacuer la tension. Dans quelle branche ?

— Les fusions-acquisitions à grande échelle, principalement. » Tu dois avoir l'air surprise, car il ajoute : « Nous avions une grande maison en ville. Mais, après le décès de ma femme, j'ai décidé de venir m'installer ici. Je peux travailler de chez moi, la plupart du temps.

— Mes condoléances pour votre femme. »

Il hausse les épaules.

« C'était il y a huit ans. » Son regard glisse vers un bateau, un sloop de dix mètres amarré au ponton en contrebas de sa maison. Un nom est peint sur la proue. MAGGIE. « On n'oublie jamais, mais on finit par accepter. »

Tu ne dis rien. Tu devines qu'il pense la même chose que toi : *Tim ne l'a jamais accepté.*

Et tu prends conscience d'autre chose : tu te sens étrangement détendue en compagnie de cet homme, un peu comme si tu reprenais une conversation interrompue il y a longtemps.

« Est-ce que… je vous connaissais bien ? demandes-tu, de but en blanc. Avant, je veux dire ? »

Là encore, tu as le sentiment que Charles Carter pèse ses mots avec soin.

« Quand votre mari a acheté ce terrain pour y faire construire sa maison, il a voulu se débarrasser de tous les autres propriétaires dès l'expiration de nos baux, afin d'avoir plus d'intimité. Naturellement, certains d'entre nous n'étaient pas d'accord. Le ton est monté… et c'est vous qui l'avez convaincu de nous permettre de rester. Une plage ne devrait jamais être privée, disiez-vous. » D'un mouvement de tête, il montre l'ancien restaurant derrière vous. « Pour Sally et Joe, c'était trop tard, hélas. Mais on vous était tous très reconnaissants. Nous sommes très attachés à notre petite communauté.

— Je me réjouis d'avoir pu vous aider. »

Une fois encore, tu as l'impression d'être une usurpatrice en employant ce *je,* de t'attribuer le mérite d'une action de l'ancienne Abbie.

« Si je peux vous aider à mon tour… Même si vous avez juste envie de parler. »

De nouveau, il te jauge du regard.

Des cris montent de la plage.

« Abbie ! Abbie ! »

Tu aperçois Tim qui te fait de grands gestes.

« Reste où tu es, Abbie ! J'arrive !

— Je ferais bien de vous laisser. » Charles Carter te salue d'un hochement de tête. « Bonne nuit. »

Tim court sur l'appontement.

« Abbie…, fait-il, essoufflé. Dieu soit loué. J'ai cru que… »

Il jette un regard inquiet en direction de l'océan.

Il a eu peur que tu t'y sois aventurée. Après t'avoir expliqué, la veille, que l'eau détruirait tes fragiles circuits électroniques, il craignait que, mue par le désespoir, tu ne t'enfonces dans la mer.

Curieusement, cette pensée ne t'a pas effleurée. Car aucune mère ne peut abandonner son enfant de cette façon.

Charles Carter s'est éloigné sans adresser la parole à Tim. Ce dernier lui lance un regard hostile, en s'abstenant de tout commentaire.

« Viens, dit-il. Rentrons à la maison.

— Tim… Je sais au sujet de Sian, avoues-tu. Je vous ai vus ensemble.

— Oui, je m'en suis aperçu. En regagnant ma chambre, j'ai vu que tu étais partie. On en parlera à la maison. »

26

Sian est dans la cuisine, habillée. Elle boit un café. Elle te regarde, mais c'est à Tim qu'elle s'adresse.

« Vous l'avez retrouvée, je vois.

— Oui. Retournez vous coucher, répond-il d'un ton cassant.

— Attendez..., dis-tu. Tim, j'ai besoin de savoir... Sian est-elle ta petite amie ? »

La jeune femme pose sur Tim un regard rempli d'espoir, et tu comprends qu'elle souhaite connaître la réponse elle aussi.

« Non, répond Tim après un silence. C'est quelqu'un avec qui j'ai couché, rien de plus. »

Tu remarques l'emploi du passé.

« Ah, merci, Tim, dit Sian d'un ton sarcastique. Bravo !

— Abbie est bouleversée. Dans l'immédiat, c'est ma priorité.

— Abbie est *bouleversée* ? répète-t-elle, hébétée. Le *robot* est bouleversé ?

— C'est ma femme », grogne-t-il.

Sian a sans doute repéré les signaux d'alarme, pourtant, elle ne fait pas marche arrière.

« Si c'est votre femme, je suis quoi, *moi*, au juste ?

— Je pourrais vous répondre. Mais ça ne vous plairait pas. Allez faire votre valise. »

Elle le foudroie du regard.

« Vous me virez ?

— Restructuration. Je n'ai plus besoin de vos services.

— Parce que j'ai couché avec vous.

— Non, répond Tim, calmement cette fois. Parce qu'Abbie peut vous remplacer auprès de Danny. » Il se tourne vers toi. « Si ça te convient, Abbie.

— Vous ne pouvez pas virer quelqu'un uniquement parce que vous avez couché avec ! s'emporte Siam.

— Attends un peu, Tim. Nous devons penser à Danny avant tout.

— Vous toucherez des indemnités de licenciement confortables, dit-il à Sian. Je vous conseille de réfléchir à une somme qui vous semblerait convenable. »

Elle ne répond pas. Tu vois presque les chiffres défiler dans son cerveau.

Se tournant vers toi, Tim demande, d'un ton moins agressif :

« Que voulais-tu dire, en parlant de Danny ?

— Je ne peux pas la remplacer. Pas dans l'immédiat. J'ai certaines connaissances en matière de thérapie, certes, mais beaucoup moins que Sian. Il faut qu'elle reste. Pour l'instant, du moins. »

Ça te fait mal de prononcer ces paroles, mais tu n'as pas le choix.

Tim hoche la tête.

« Très bien. Sian, je vous accorde quinze jours de plus, pour lesquels vous serez grassement payée. Maintenant, je suggère que tout le monde retourne se coucher. »

27

« Ça ne peut pas continuer comme ça, dit Mike Austin en marchant sur des œufs. Scott Robotics est assailli de toutes parts. Des journalistes harcèlent nos employés. Et John Renton a réclamé une réunion de toute urgence. »

C'est le lendemain matin. Vous êtes assis tous les cinq autour de la grande table sur la terrasse au bord de l'océan : Mike, Tim, un certain Elijah, leur directeur financier, Katrina Gooding, leur consultante en relations publiques, et toi. Tim a insisté pour que tu sois là – « Abbie a le droit d'être présente, autant que vous » –, mais tu assistes à la discussion en spectatrice.

Tu n'as pas encore eu l'occasion de parler de Sian avec Tim. Tu pensais qu'il te rejoindrait dans ta chambre, la nuit dernière, pour t'expliquer, peut-être même s'excuser, mais il semble considérer l'affaire comme close.

Par comparaison, les problèmes de sa société te paraissent insignifiants.

« Que veut Renton ? demande Tim.

— On ne sait pas trop, répond Mike. Mais on peut parier qu'il s'inquiète pour la rentabilité de ses trente millions. On ne peut pas dire qu'on a embarqué nos investisseurs avec nous dans cette aventure.

— Abbie devrait donner une interview », suggère Katrina.

Tim n'hésite pas une seule seconde.

« Abbie ne donnera aucune interview.

— À combien se monte l'hypothèque pour une maison pareille ? » Elijah englobe d'un large geste le magnifique décor. « Si Renton se défile, c'est vous qui devrez rembourser les prêts.

— Je sais, répond Tim, glacial. J'ai mis ma tête sur le billot pour réaliser ce projet. C'est pour ça que la décision me revient. Le jour où *vous* aurez les couilles de créer votre propre boîte et de faire ce qu'il faut pour la maintenir à flot, alors vous aurez le droit d'avoir un avis. »

Elijah hausse les épaules, nullement vexé. On peut parier que ce n'est pas la première fois qu'il entend ce genre de propos dans la bouche de Tim.

« Je vois les choses différemment, voilà tout. Une interview serait l'occasion rêvée pour faire passer notre message positif. On a construit un truc incroyable. Plus l'info circulera, moins nos investisseurs s'inquiéteront pour leurs retours sur investissement à court terme. On présentera ça comme une stratégie délibérée : d'abord ébranler le paradigme existant, avant de trouver un moyen de monétiser la chose. »

Tim secoue la tête.

« Je le répète : Abbie ne veut pas donner d'interview. »

Mais on devine au ton de sa voix qu'il a intégré le raisonnement d'Elijah.

Comme un seul homme, Elijah, Mike et Katrina se tournent vers toi.

Et tu t'entends dire : « Je le ferai. Si vous pensez que ça peut aider.

— C'est à toi de décider, Abbie, dit Tim.

— Je veux être utile. »

Une machine très utile.

« Ne vous inquiétez pas, te dit Katrina. On vous coachera, on vous donnera des éléments de langage.

— Quand veux-tu faire ça ? » lui demande Tim.

Katrina a déjà sorti son téléphone.

« Je vais passer quelques appels. »

Pendant que Katrina s'entretient avec les chaînes de télé, la discussion se poursuit. Tim prend toutes les décisions, les autres se contentent d'acquiescer. Il s'est absenté moins de vingt-quatre heures et, déjà, une longue de liste de problèmes requiert son attention.

Tu décides de partir explorer les environs de la maison. Encore plus éblouissants de jour. Les architectes ont conçu les plans de telle manière que les autres habitations, en contrebas, près de la plage, sont totalement cachées. De là-haut, on ne voit que l'océan. Les lambris en cèdre rouge des murs ont la même couleur que la terrasse qui entoure la piscine, si bien que l'ensemble donne l'impression d'une composition harmonieuse, une énorme sculpture déposée au milieu des broussailles et des rochers. Le brouillard matinal s'est dissipé et la piscine miroite au soleil, comme une invitation.

Mais évidemment, songes-tu, tu ne pourras jamais t'y baigner.

Alors que tu la contemples avec envie, tu es frappée par un souvenir fugace. Tu plonges dans l'eau grise et écumante, ton corps se cambre vers la surface et tu lèves le bras droit, avec assurance, en préparation de ce premier mouvement… À l'instar de ce bref instant de clairvoyance en présence de Charles Carter la nuit précédente, cette image est différente de tes autres souvenirs, plus organique, elle n'a pas été récupérée dans une banque de données.

Tu t'arrêtes, dans l'espoir de faire ressurgir d'autres souvenirs. En vain. Alors, tu continues à marcher sur la terrasse, en direction du garage. Celui-ci possède deux portes à double battant et une troisième, plus petite, sur le côté. Tu l'ouvres et tu entres.

Tim t'a expliqué que c'était là que tu réalisais tes projets artistiques. S'il ne te l'avait pas dit, tu te serais crue sur un chantier. Matériel de soudure, bonbonnes de gaz, rouleaux de tubes en plastique, compresseurs, outils électriques, pots de peinture. Et, négligemment appuyées dans un coin, trois planches de surf de différentes tailles. Une Malibu, une *longboard* et, la troisième, la plus grosse, ce modèle que les surfeurs surnomment *elephant gun*.

Tu devines qu'il devait y en avoir une quatrième, autrefois. Celle que tu as emportée la nuit où tu as disparu.

En regardant autour de toi, tu es frappée par un autre détail. Toujours d'après Tim, tu travaillais sur un nouveau et important projet au moment de ta mort. Dans ce cas, où est-il ? Il y a bien quelques morceaux de tôle et de plastique éparpillés ici et là, mais ça ressemble davantage à des débris abandonnés qu'à une œuvre d'art majeure.

Tu ne travaillais sur aucun projet. Tu voulais juste prendre le large. Avec ton amant, probablement.

Une fois de plus, cette pensée te traverse l'esprit, spontanée, mais limpide.

Non, rien ne le prouve, te dis-tu d'un ton ferme. Peut-être que, déçue du résultat, tu as tout démonté.

Quelque chose attire ton regard dans le coin le plus reculé. C'est un bleu de travail, jeté par terre. En le ramassant, tu constates qu'il est taché de peinture et d'huile. Difficile d'imaginer plus grand contraste avec les tenues chics et chères suspendues dans ton dressing à San Francisco. Deux aspects de ta personnalité d'autrefois.

Abbie Cullen-Scott avait-elle d'autres identités encore, cachées aux yeux du monde ? Tu regardes le bleu de travail comme s'il pouvait répondre à cette question.

« Tu ne le quittais jamais. »

Tu te retournes. Tim vient d'entrer dans le garage.

« Pour plaisanter, ajoute-t-il, on disait que tu aurais porté ce bleu de travail pour les galas et les vernissages si tu avais pu. Mais tu étais capable de te changer plus vite que n'importe qui. Quand je venais te chercher pour aller quelque part, tu étais encore en train de bricoler je ne sais quoi. "Je ne suis pas en retard, disais-tu. Accorde-moi juste cinq minutes." Et quatre minutes plus tard, tu étais douchée, habillée et irrésistible. » Il sourit. « À ce propos, on part dans deux minutes. Katrina t'a dégotté une interview sur ABC7. Si tu es toujours d'accord.

— Oui, oui, bien sûr », réponds-tu, alors qu'en vérité tu redoutes cette épreuve.

Alors que vous quittez ensemble le garage, tu demandes :

« Tim… se peut-il que je me souvienne de choses qui n'ont pas été téléchargées ? »

Il se fige, se tourne vers toi et te dévisage.

« Que veux-tu dire ? » demande-t-il d'un ton pressant, comme lorsqu'il s'adresse à un de ses employés qui vient de lui annoncer une nouvelle importante. Soudain, toute son attention se concentre sur cette personne, tel un rayon laser.

« Je ne sais pas comment expliquer ça, réponds-tu en tressaillant devant la férocité de son regard. C'est juste que, plusieurs fois au cours de ces derniers jours, j'ai eu une sorte de…

— D'intuition ?

— Oui, voilà ! C'est exactement ça : une intuition. Mais c'est impossible, hein ?

— Au contraire. » Tu perçois l'excitation dans sa voix maintenant. « Tu connais le jeu de go ?

— La version chinoise des échecs ? »

Il acquiesce.

« On a toujours considéré que, le jour où une machine battrait un humain à ce jeu, une étape serait franchie. Beaucoup de gens pensaient que cela n'arriverait jamais. Et puis, en 2016, une machine créée par la société DeepMind a battu le champion du monde. Mais le plus intéressant, c'est la *manière* dont elle l'a battu. Au cours de la partie, elle a joué un coup totalement irréfléchi, si *aléatoire* en apparence que jamais aucun joueur humain n'y aurait pensé. En fait, c'était le tournant de la partie. » Il marque une pause. « Ces souvenirs dont tu parles… c'est peut-être le premier signe que ton cerveau commence à faire des sauts créatifs. Il comble les vides avec des déductions logiques.

— Mais est-ce que je peux me fier à ces déductions ? Elles sont peut-être fausses. »

Il te prend par les épaules et demande avec insistance :

« De quoi parles-tu, Abbie ? »

Son énergie irrésistible t'arrache la vérité, comme le souffle d'un train à grande vitesse emporte les feuilles dans son sillage.

Tu ouvres la bouche pour tout lui dire. Lui avouer qu'avant de mourir tu entretenais peut-être une liaison. Qu'il y a quelque chose de bizarre dans les circonstances de ta mort. Que tu lui mentais en affirmant travailler sur un nouveau projet…

« Rien de précis, réponds-tu cependant. L'espace d'un instant, je me suis revue plongeant dans la piscine. Si ça se reproduit, je te le dirai. »

NEUF

Le lendemain matin, sur le parking, la voiture d'Abbie n'était plus la seule qui transportait une planche de surf. À côté de sa Volvo cabossée était garé un SUV Volkswagen avec une *foamie*, une planche pour débutant, jaune et bleu, sanglée sur le toit.

« C'est à Tim, confirma Morag. Il prend des cours. »

Tim essayant de jouer les surfeurs cool, l'idée avait de quoi faire sourire. En revanche, rien d'étonnant à ce qu'il prenne des cours. Dès qu'il avait décidé d'entreprendre quelque chose, il atteignait son objectif. Un jour, il s'était mis au défi d'apprendre l'hindi en six mois, alors qu'à notre connaissance il ne s'était jamais rendu en Inde.

Plus tard, Darren entendit Abbie et Rajesh parler des shopbots dans le coin cuisine. Abbie les critiquait, et Rajesh, disons qu'il ne s'empressait pas de prendre leur défense.

« Parmi toutes les potentialités des robots, disait-elle, vendre aux gens des merdes dont ils n'ont pas besoin, c'est tout ce que vous avez trouvé ? »

Darren ne saisit pas la réponse de Rajesh, qui parlait toujours d'une voix douce. Quoi qu'il en soit, elle fut brève, et à l'évidence, elle ne convainquit pas Abbie.

« Oui, bien sûr. Les gens aiment les innovations, je comprends. Je dis juste… ne vaudrait-il pas mieux utiliser toute cette technologie pour faire des choses utiles ? »

C'est alors que Darren entendit la voix de Tim. Eh oui, Tim était dans la cuisine lui aussi, et il écoutait, à l'insu de Rajesh et d'Abbie.

« Vous pensez que les shopbots sont un but en soi ? coupa-t-il, de sa voix perçante au débit précipité. L'objectif, ce n'est pas le commerce. Le commerce n'est qu'un moyen. À votre avis, à quoi ressemblera le monde dans une génération si la tendance actuelle se poursuit ? Nous avons déjà huit cents millions de personnes qui souffrent de la faim, et la population s'accroît de quatre-vingts millions d'individus par an. Plus d'un milliard vivent sous le seuil de pauvreté et les stratégies industrielles, au lieu de les enrichir, les appauvrissent davantage. Le pourcentage de personnes âgées aura doublé d'ici 2050, et déjà il n'y a pas assez de gens jeunes pour s'en occuper. On estime que les cas de cancer vont augmenter de *soixante-dix* pour cent au cours des quinze prochaines années. Dans deux décennies, nos océans contiendront plus de microplastique que de poissons. Les énergies fossiles seront épuisées avant la fin du siècle. Avez-vous une réponse à tous ces problèmes ? Parce que moi, oui. Les fermiers robotisés multiplieront la production alimentaire par vingt. Les soignants robotisés offriront à nos seniors une vieillesse digne. Les plongeurs robotisés nettoieront les dépotoirs que sont devenus nos océans. Etc., etc. Mais chaque étape doit être financée par les bénéfices de la précédente. »

Il s'interrompit, le temps de reprendre son souffle, et reprit :

« J'imagine une société dans laquelle les robots intelligents et autonomes seront aussi répandus que les ordinateurs aujourd'hui. Réfléchissez. Nous pourrions vivre dans un monde totalement différent. Un monde où l'IA gère les maladies, la faim, la production industrielle et ainsi de suite. *Voilà* la révolution à laquelle nous aspirons. Les shopbots nous permettent de passer au niveau suivant, rien de plus. Et vous savez quoi ? Il ne s'agit pas d'un choix binaire entre idéalisme et réalisme, car pour certains d'entre nous l'idéalisme n'est que du réalisme à long terme. Ça doit devenir réalité, putain. Et posez-vous la question : voulez-vous participer à ce changement ? Ou bien rester sur la touche pour critiquer ? »

On avait tous entendu ce discours, sous une forme ou sous une autre, durant les entretiens d'embauche, dans des réunions ou tard le soir après une longue journée de travail. Et cette tirade enflammée avait eu sur chacun de nous un effet profond, qui nous avait transformés. Pour la plupart, on avait débarqué dans la Silicon Valley à une époque grisante, où une nouvelle génération semblait posséder enfin les outils et l'intelligence nécessaires pour changer le monde. Les hippies avaient essayé et échoué ; les *yuppies* et les banquiers avaient eu leur chance. Maintenant, c'était à nous, les geeks. On était gonflés à bloc, entreprenants, convaincus de la noblesse de notre mission… pour finalement s'apercevoir que le grand public, et nos investisseurs, s'intéressaient davantage aux messages en cent quarante caractères, aux montres connectées et aux vidéos de chats ronchons. Google et Facebook possédaient les ordinateurs les plus puissants, les plus performants de toute l'histoire de l'humanité, et cette humanité s'en servait pour créer des adwords ou des liens sponsorisés et pour que des adolescents s'envoient des photos de leurs parties génitales.

Parmi les géants de la tech, seul Tim Scott avait gardé la foi. Il nous avait offert plus qu'un boulot : il nous avait offert une cause, une vocation qui ravivait les flammes de notre jeunesse.

Voilà pourquoi on l'aimait. Voilà pourquoi on supportait les réprimandes, les horaires impossibles, les brusques changements de cap. On voyait le chemin lumineux et on savait qu'on avait besoin d'un prophète pour nous guider.

Voilà pourquoi lorsque, des années plus tard, il fut accusé sur les réseaux sociaux, et ailleurs, d'un tas de choses horribles – le meurtre étant l'accusation la plus grave, mais pas la seule susceptible d'entacher sa réputation –, on fit bloc à ses côtés. Car, au bout du compte, on savait qui il était, contrairement à ses détracteurs. On savait qu'au fond de lui-même c'était un homme d'une grande moralité.

Il s'ensuivit un long silence, d'après Darren, pendant lequel Abbie et Tim se regardèrent. Darren s'était déplacé de manière à les voir tous les deux. Abbie semblait fascinée.

Hypnotisée, même.

Et elle avait répondu : « OK, j'ai pigé. »

En donnant l'impression d'être ailleurs, précisa Darren. Les yeux écarquillés comme si une partie de son esprit contemplait encore cet avenir infini et luxuriant, né de l'imagination de Tim.

Par la suite, on tomba d'accord pour affirmer que cette conversation avait eu trois conséquences. Tout d'abord, Abbie alla trouver Tim en fin de journée et lui demanda, avec désinvolture : « Alors comme ça, vous faites du surf maintenant ? »

Il haussa les épaules.

« Je débute.

— Ce week-end, je vais aux Mavericks avec des amis. Pour les Titans. Ça vous tente ? »

Les Titans était le nom de cette compétition de surf semi-légendaire qui se déroulait à Half Moon Bay uniquement lorsque des conditions météorologiques particulières transformaient les vagues en rouleaux aussi hauts que des immeubles de trois ou quatre étages. Le simple fait de figurer sur la *mailing list* qui vous informait quand elle avait lieu indiquait que vous étiez un véritable initié.

« D'accord, répondit Tim. Pourquoi pas ? »

Deuxième conséquence : quelques semaines plus tard, Rajesh décrocha un très bon poste dans une autre société. Nul ne sut jamais comment ni pourquoi, mais on racontait qu'un chasseur de têtes l'avait appelé, à l'improviste, pour lui proposer une quantité de stock-options colossale de cette nouvelle start-up qui avait le vent en poupe, à condition qu'il passe l'entretien d'embauche immédiatement.

Troisième conséquence : Abbie décora le mur de l'accueil, en réalisant une peinture dans le style street art sur laquelle on pouvait lire : L'IDÉALISME EST SIMPLEMENT DU RÉALISME À LONG TERME. On y vit un remerciement adressé à Scott Robotics qui l'avait accueillie et un geste de paix à l'intention de son fondateur.

28

Les studios d'ABC7 se situent près du Pier 15, entre le quartier des affaires et North Beach. L'intervieweuse se nomme Judy Hersch. Tu l'as déjà vue à la télé : coiffure blonde impeccable, dents blanches parfaites et peau sans aucun défaut. Mais tu ne sais rien de sa personnalité. Sera-t-elle bienveillante envers toi ? Récemment, elle a pleuré à l'antenne en présentant les images du sauvetage d'un chiot dans les décombres d'un immeuble. Alors, peut-être se montrera-t-elle compatissante.

Habituellement, elle est accompagnée sur le plateau d'un homme plus âgé, Greg Kulvernan. Mais tu es l'invitée d'un programme intitulé *Judy reçoit...*, qu'elle présente assise dans un canapé, et non derrière son bureau. Katrina pense que cela fera moins formel, davantage conversation entre femmes.

Dès ton arrivée, on te conduit au maquillage. Deux assistantes s'occupent de toi. Elles t'appliquent plusieurs couches de fond de teint et de crème, superposées. L'une des deux, plantée devant toi, masque le miroir. C'est seulement lorsqu'elle se retire, son travail terminé, que tu te vois. Tu as une tête épouvantable, comme ce premier jour dans le bureau de Tim.

Tu protestes, en affirmant que tu aurais fait beaucoup mieux toute seule.

« Enlevez-moi tout ça ! ordonnes-tu. On va recommencer, et cette fois, je vous expliquerai comment faire. »

Les deux assistantes n'en reviennent pas.

« Mais vous êtes superbe ! s'exclame l'une d'elles, outrée. Pas vrai, Trish ? »

Trish confirme que tu es magnifique après ce « relooking », et elle t'explique que, sous les lumières du studio, les gens ont une tête de cadavre si on ne les maquille pas un peu plus qu'en temps normal. À cet instant, une très jeune assistante de production, casque sur les oreilles et porte-bloc à la main, vient t'annoncer que Judy t'attend. À contrecœur, tu te laisses entraîner dans un long couloir étouffant qui mène au plateau.

« On vous fera entrer pendant la pause pub, puis Judy vous présentera dès qu'on reprendra l'antenne. C'est aussi simple que ça, explique l'assistante en te gratifiant d'un sourire éclatant et mécanique. Oh, juste une chose : c'est une émission familiale. Alors, pas de gros mots et pas d'allusions sexuelles.

— Ce n'était pas mon intention. »

Il fait chaud sous les éclairages violents du plateau. Derrière la vitre de la régie sont massés plusieurs techniciens. Tu aperçois Tim et Katrina au fond de la cabine. Judy est déjà confortablement installée dans le célèbre canapé couleur crème ; une autre assistante, munie d'un fer à friser, apporte les dernières retouches. Après s'être regardée dans un miroir à main, une fois l'assistante repartie, Judy se tourne vers toi, tout sourire, en s'exclamant :

« Bonjour !

— Bonjour, réponds-tu nerveusement.

— Vous n'avez aucune raison de vous inquiéter, te rassure-t-elle. Je vais vous présenter, puis la caméra viendra sur vous et vous pourrez répondre à ma première question.

— À savoir ? »

Judy ne répond pas. Déjà, une silhouette postée derrière les projecteurs a lancé le compte à rebours avec ses doigts. *Trois... deux... un. Antenne.*

Judy sourit à la caméra.

« Depuis la Fiancée de Frankenstein jusqu'aux femmes robots assoiffées de sexe d'Austin Powers, en passant par les Femmes de Stepford d'Ira Levin, l'humanité – ou, du moins, une certaine portion de l'humanité, masculine et férue de technologie – a toujours rêvé de créer la femme parfaite, dit-elle d'un ton léger. Voilà qu'aujourd'hui un génie de la Silicon Valley, controversé par ailleurs, vient d'accomplir cette prouesse en créant une réplique robotisée de sa propre épouse. On nous la présente comme le tout premier robot de compagnie doté d'une intelligence émotionnelle, ce qu'on appelle un cobot. Pour cette émission, j'ai le privilège de pouvoir l'interviewer en exclusivité. » Elle se tourne vers toi, sans cesser de sourire. « Avant toute chose, comment dois-je vous appeler ? »

Tu la regardes fixement. Tu comprends soudain ce qui se passe... cet horrible maquillage, c'était délibéré ! Et cette interview n'aura rien de compatissant.

« Appelez-moi Abbie, tout simplement. » Quelque chose te pousse à ajouter : « Et je peux vous appeler Judy, n'est-ce pas ? »

Un éclat d'acier s'allume dans ses yeux.

« Abbie... C'était le nom de la femme de votre créateur, n'est-ce pas ?

— Oui. »

Elle fait face à la caméra.

« Certains d'entre vous se souviennent peut-être de Tim Scott, qui, il y a quatre ans, a été jugé pour le meurtre de son épouse, portée disparue. Le procès a pris fin de manière théâtrale lorsque le juge a décrété un non-lieu. » Elle revient sur toi. « On dit que vous éprouvez des sentiments. Alors, qu'est-ce que ça vous fait de remplacer la vraie Abbie Cullen-Scott ?

— Je ne cherche pas à la remplacer…

— Donc, cela ne vous inspire aucun sentiment ?

— Euh… c'est compliqué, réponds-tu en essayant de te frayer un chemin au milieu de tous ces pièges.

— Et Tim Scott ? Quels sont vos sentiments à son égard ?

— Je l'aime, déclares-tu d'un ton provocateur. Ça n'a pas changé. D'ailleurs…

— Vous *croyez* l'aimer, te coupe-t-elle. Parce que vous avez été programmée ainsi.

— Non. Vous vous trompez. Ce que vous avez expliqué dans votre introduction… il ne s'agit pas de créer une petite épouse servile. Tim ne le supporterait pas. Il veut que je prenne mes propres décisions, que je sois autonome…

— Mais, en définitive, vous n'êtes qu'une… comment dire ? Une machine à plaisir hautement sophistiquée…

— Non ! t'exclames-tu, excédée. Ce n'est pas du tout ça. Je n'ai même pas *d'organes génitaux*. J'existe parce que Tim m'aimait tellement qu'il n'a pas supporté ma disparition. »

Le chef de plateau brandit une pancarte sur laquelle est écrit : ATTENTION ! PAS DE LANGAGE DÉPLACÉ ! Tu l'ignores.

« On ne parle pas d'un être solitaire et pathétique incapable de trouver une petite amie. On parle d'un homme qu'un drame personnel a poussé à créer une compagne d'un genre totalement nouveau. » Tu embraies sur les thèmes martelés par Katrina et tu commences à te sentir un peu mieux. « Un jour, les cobots apporteront leur aide dans les maisons de retraite, les hôpitaux…

— Ils détruiront des emplois, souligne Judy.

— Ils en créeront de nouveaux en stimulant la croissance économique, corriges-tu.

— Peut-être même qu'un jour nous verrons des robots remplacer les présentatrices, ironise Judy en adressant son large sourire à la caméra et aux téléspectateurs chez eux.

— Pourquoi pas ? rétorques-tu. Vous êtes déjà aux trois quarts artificielle. »

Son sourire ne faiblit pas.

« Je vois que votre créateur ne vous a pas programmée pour être polie ! » De nouveau, elle se tourne vers la caméra. « Avant cette émission, nous avons contacté la sœur d'Abbie Cullen-Scott, Lisa, pour l'inviter. Elle est trop bouleversée pour venir sur ce plateau, mais elle nous a confirmé que sa famille allait se renseigner pour déterminer si les lois protégeant les données et l'identité des personnes avaient été violées. » Elle revient sur toi. « C'est un problème, n'est-ce pas ? Si vous avez des sentiments, comment les conciliez-vous avec la souffrance que vous infligez aux autres ? »

Tu ne trouves rien à répondre, tu penses à Lisa. Lisa qui se dit bouleversée.

« Nul ne cherche à faire du mal à d'autres personnes, parviens-tu à rétorquer. Hélas, parfois, dans la vie, c'est inévitable.

— Hmmm hmmm, fait Judy, comme si tu venais de lui donner raison. D'autres *personnes*, en effet. Après ces quelques messages à caractère publicitaire, nous nous poserons cette question : la ville de San Francisco peut-elle assumer le coût grandissant de la criminalité ? »

La publicité apparaît sur les écrans de contrôle. Judy lève la tête.

« Nancy, puis-je avoir une lingette ? »

L'assistante est déjà là, pour te raccompagner.

« C'est tout ? » demandes-tu, incrédule.

Judy jette un coup d'œil dans ta direction.

« Oui, c'est tout. »

Vous vous levez toutes les deux.

« Je ne comprends pas, ajoute-t-elle. Si vous ne pouvez pas avoir de rapports sexuels, à quoi servez-vous ? »

Tu ne peux pas t'en empêcher. Tu la gifles. Sans réfléchir, même si, au moment où ta paume s'écrase sur sa peau parfaite et botoxée, tu te surprends à penser : Je parie que ça va laisser une marque.

Le chef de plateau et l'assistante de production se précipitent pour te maîtriser. Judy te regarde bouche bée, en état de choc. Puis elle lève la main et te gifle à son tour, violemment.

Plusieurs personnes t'empoignent manu militari pour t'entraîner vers la sortie. Tu te libères d'un geste rageur.

« Vous pouvez me lâcher maintenant !

— Abbie... » Tim accourt. « Abbie, je suis navré pour ce qui s'est passé. Ils nous avaient promis de... Mais tu as été géniale, Abs. Merci.

— Désolée pour la gifle. »

Des maquilleuses vous bousculent pour se précipiter vers Judy. Sans doute afin d'effacer la marque de tes doigts sur sa joue.

« Aucune importance, dit Tim. C'était pendant les pubs. Et elle t'a giflée, elle aussi.

— Elle m'a provoquée. Depuis le début. C'était délibéré.

— Aucune importance », répète Tim. Il se tourne vers Katrina, la conseillère en communication. « C'était bien, hein ? »

Katrina se contente de hausser les épaules.

29

Comme tu ne veux pas retourner à San Gregorio Beach, Tim te conduit dans votre maison de Dolores Street. Vous arrivez juste au moment où Sian ramène Danny de l'école. Elle ne reste pas, ce dont tu te réjouis. Car tu souhaites parler à Tim de tout ce qui s'est passé – l'interview, la gifle… –, mais presque immédiatement, pour une raison inconnue, Danny est victime d'une crise. Le calmer prend des heures ; son corps se tord de douleur et de terreur, et il hurle sans discontinuer. Tu tentes de l'apaiser en le serrant contre toi, mais rien ne peut l'atteindre dans sa souffrance. Même ses vidéos adorées de *Thomas et ses amis* sont inefficaces.

Finalement, Tim prend ta place, en soulignant que Danny est plus habitué à lui maintenant. De fait, son intervention semble avoir un certain effet. Néanmoins, il s'écoule encore une heure avant que Danny se calme.

Tim redescend, les traits creusés.

« C'est la pire crise depuis longtemps.

— À cause de quoi, d'après toi ? »

Il grimace.

« Au début, on pensait que c'étaient des douleurs d'estomac, mais on a fait tous les examens possibles, et ça n'a rien donné. Il s'agit plus vraisemblablement d'un simple détail aléatoire : une mouche, une alarme de voiture.

— Peut-être a-t-il perçu le stress de Sian. Ou le mien.

— Possible. Mais j'en doute. Les autistes ont un taux d'empathie très bas, ils ont même du mal à identifier leurs émotions. Et encore plus à les comprendre. »

Une constatation te frappe.

« C'est curieux. Ce dont souffre Danny, c'est exactement l'inverse de ce que tu as réussi avec moi. D'un côté, on a un être humain dénué d'empathie et de l'autre… une machine qui en regorge.

— Exact. Mais ce n'est pas franchement une coïncidence, avoue Tim. C'est en pensant au cerveau de Danny, en voulant le comprendre, que j'ai réfléchi au concept d'intelligence émotionnelle. Je me suis dit que, si je parvenais à augmenter le taux d'empathie dans un cerveau, je trouverais peut-être le moyen de l'aider.

— Et ça a marché ? »

Il secoue la tête.

« Le cerveau d'un autiste n'a pas la même capacité d'assimilation qu'une intelligence artificielle. Il faut utiliser des méthodes d'enseignement plus simplistes.

— Comme le programme ABA.

— Oui. Comme le programme ABA. »

Vous restez muets tous les deux.

« Tim, il faut qu'on parle de Sian, dis-tu finalement.

— Oui. »

Bien que vous soyez à l'intérieur, il va chercher une casquette de baseball et l'enfonce sur sa tête en pliant la visière pour lui donner une forme parfaite. Et il inspire à fond.

« J'ai fait une erreur, une terrible erreur. J'en suis conscient. Ça a commencé il y a deux ans environ, alors que je traversais… une phase difficile. Je croyais qu'elle avait compris que c'était une relation purement physique, un coup d'un soir sans importance. Et puis… c'est devenu une habitude. Que je n'ai pas eu la force de briser. Je travaillais dur, il faut le préciser. Toutefois, à partir du moment où tu es entrée en scène, je pensais qu'elle comprendrait que, entre elle et moi, c'était fini. Au lieu de ça, elle semblait presque jalouse de toi. »

Tu repenses à la soirée de la veille, à l'atmosphère tendue au cours du dîner. À cette pique à propos des pâtes trop salées, à cette remarque sur les choses qu'un robot ne pouvait pas faire aussi bien qu'un être humain. Et tu comprends que Sian flirtait avec Tim.

Quant à lui… Tu te souviens du regard sombre qu'il avait lancé en direction de la télé lorsque le journaliste t'avait qualifiée de « réplique inquiétante ». Nourrissait-il des doutes à ton sujet ? Était-ce pour cette raison qu'il n'avait pas rembarré Sian plus fermement ?

« Tout ça est entièrement nouveau, n'est-ce pas ? dis-tu à voix basse. Personne ne s'est jamais retrouvé dans cette position. Dans toute l'histoire de l'humanité. Nous allons devoir improviser au fur et à mesure.

— Merci d'être aussi raisonnable. Je ne le mérite pas…

— Si, justement. Tu es encore jeune. Tu ne peux pas choisir de rester célibataire toute ta vie. » Tu hésites. « N'y a-t-il pas un moyen d'instaurer une relation physique ? »

Il fronce les sourcils.

« Tu as entendu cette garce de la télé. C'est exactement l'image qu'ont les gens : les cobots sont des jouets sexuels à un million de dollars. Je ne peux pas l'accepter. Je t'ai construite ainsi dans un but bien précis. Afin que nul ne puisse jamais dire que mon amour pour toi n'était pas pur. Pour qu'ils comprennent que tu es *une personne*. Et non pas une machine à plaisir pathétique.

— Oui, je comprends. Mais si tu as besoin… Si, parfois, ça devient trop… » Tu t'interromps, stupéfaite de t'entendre prononcer ces mots à voix haute, de constater que tu en es arrivée là. « Sois discret, voilà tout. Je ne veux pas le savoir.

— C'est *toi* dont j'ai besoin, Abbie. Et… je t'aime comme tu es. »

Tu remarques qu'il s'est arrêté sans ajouter qu'il n'aura jamais besoin d'autre chose.

30

Peu de temps après, Tim monte se coucher. Avant de l'imiter, tu regardes les chaînes info pour avoir des échos de l'interview. Ils ne sont pas bons. Certes, la gifle s'est produite pendant la coupure pub, mais les caméras filmaient encore. Le cadrage laisse à désirer, car vous êtes debout toutes les deux et vos têtes sont hors champ, mais on voit clairement ton bras se lever et Judy Hersch reculer, surtout quand on passe les images au ralenti. UN ROBOT AGRESSIF FRAPPE UNE JOURNALISTE, indique la légende. Tu changes de chaîne, mais les mêmes mots défilent en bas de l'écran.

Et soudain, tu vois apparaître Lisa, ta sœur, face au micro d'un journaliste. Tu montes le son.

« … rien ne nous rendra notre Abbie, mais ce cirque rend la situation plus douloureuse encore, confie-t-elle. Nous obligerons Tim Scott à prouver qu'il a obtenu le consentement spécifique de ma sœur avant d'utiliser ses données privées et sa personnalité de cette manière. » En bas de l'écran, tu lis : LA FAMILLE CULLEN DÉCLARE : NOUS COMBATTRONS LE COBOT.

Prise d'une envie de vomir, tu éteins la télé et lances la télécommande sur le canapé. Tu es prête à parier que les camionnettes des chaînes de télé seront de retour devant la maison dès demain matin.

Tu montes dans ta chambre et tu te couches dans ton lit, mais impossible de dormir, trop de pensées se bousculent dans ta tête. Les paroles de Judy Hersch te reviennent en boucle. *Qu'est-ce que ça vous fait de remplacer la* vraie *Abbie Cullen-Scott ?*

Je ne l'ai pas remplacée, songes-tu, avec tristesse. Personne ne te traite comme avant. Et quoi qu'en dise Tim, comment peut-il s'agir d'un vrai mariage, si vous ne pouvez pas faire l'amour ? Tu comprends qu'il ne veuille pas laisser croire aux gens qu'il couche avec une machine, mais pourquoi n'a-t-il pas tenu compte de *tes* besoins émotionnels ?

Une autre pensée te vient. D'après Tim, c'était Sian qui lui avait fait des avances hier. Dans ce cas, ils auraient fait l'amour dans sa chambre *à lui*, non ? Or, tu les avais surpris dans sa chambre à *elle*.

Par conséquent, c'était sans doute Tim qui l'avait rejointe.

Il a beau répéter qu'il t'adore, est-ce vraiment *toi* qu'il aime ? Ou plutôt ce que tu représentes ? Sa création, cette incroyable réussite ? Ce monument extraordinaire dédié à son amour pur et éternel ?

Si tu étais plus heureuse morte, te laisserait-il partir ?

Tu frissonnes dans le noir, car tu es certaine de connaître la réponse : *NON.*

DIX

Évidemment, on était tous impatients de savoir comment s'était déroulé le rencard aux Mavericks. « Je suis impatiente », déclara Alexis en arrivant le lundi matin. « Non, *je meurs* d'impatience. » Elle n'était pas la seule.

Finalement, une des filles interrogea Abbie et nous rapporta ce qu'elle avait appris.

« Oh, c'était chouette, lui avait dit Abbie. Mais ce n'était pas vraiment un rencard. On a traîné un peu, on a regardé la compétition avec mes amis, puis on est tous allés boire des bières chez Jersey Joe. Et là, on a eu un gros désaccord, avait-elle ajouté, comme après coup. Quelqu'un racontait que l'homéopathie l'avait guéri de sa dermatite, et Tim se montrait un peu méprisant, alors, pour que mes amis ne croient pas que je fréquentais un connard de première, j'ai dit : "Il y a forcément du vrai là-dedans, non ?" Et là, Tim a énuméré toutes les études scientifiques qui prouvaient que l'homéopathie ne servait à rien. Je lui ai dit qu'il devenait chiant. »

Notre admiration pour Abbie (soyons franc, celle-ci en avait pris un coup lorsqu'elle avait invité Tim à l'accompagner : qu'elle soit tombée sous le charme de notre leader charismatique faisait trop cliché !) ressuscita aussitôt. Elle l'avait accusé d'être chiant ! Cela voulait dire qu'elle était aussi courageuse que cool !

Personne n'osa demander à Tim sa version de l'histoire, bien entendu. Mais il en parla à Mike, qui en parla à Jenny, qui nous informa que Tim avait passé un super moment.

« Elle est géniale, avait-il confié à Mike. Intelligente, stimulante, et elle adore débattre. Elle ne me passe rien. Par-dessus le marché, elle est canon. Que demander de plus ? »

« Il m'a proposé d'aller sauter en parachute avec lui la semaine prochaine, nous annonça Abbie par la suite. J'ai toujours eu envie d'essayer. »

L'un de nous se souvint que, quelques années plus tôt, une revue de psychologie avait publié une étude sur les rendez-vous amoureux : que fallait-il prévoir pour un deuxième et un troisième rencard, etc. Les activités dangereuses étaient idéales pour un deuxième rendez-vous, apparemment, car l'adrénaline boostait le désir sexuel. Pour le troisième rendez-vous, il était préférable de choisir un cours de salsa, par exemple, car cela autorisait un rapprochement physique dans un environnement rassurant. Place ensuite à quelque chose d'intime et d'enrichissant, du genre nourrir des bébés animaux dans un zoo pour enfants. C'était alors le moment propice pour entamer une relation plus sexuelle, suggérait l'étude : les deux protagonistes ressentaient encore l'excitation de la nouveauté tout en se sentant protégés par un sentiment de familiarité.

Et oui, Tim avait effectué des recherches sur les méthodes les plus performantes en matière de drague, avec cette même rigueur qu'il appliquait aux autres aspects de sa vie.

Aussi, pour son deuxième rendez-vous, il ne s'était pas contenté d'emmener Abbie faire un saut en parachute, comme on le découvrit par la suite. Il avait réservé un vol privé à bord du Boeing de la Zero-G Corporation. Durant le vol, de trois heures, Abbie et lui avaient exécuté quinze paraboles hors de l'atmosphère terrestre pour expérimenter l'état d'apesanteur. Les photos postées sur la page Facebook d'Abbie les montraient faisant des acrobaties dans la cabine et gobant des globules de champagne. Puis, alors que l'avion regagnait sa base, ils avaient effectué un saut en parachute.

Sur le site de Zero-G, on découvrit que ce genre de virée privée coûtait environ deux cent mille dollars.

Pour leur troisième rendez-vous, axé sur la « proximité physique », le cours de salsa fut remplacé par une séance à la House of Air, le centre de trampolines géants situé près du Golden Gate Park. Là encore, Tim avait loué l'ensemble des installations.

On attendait, haletants, le quatrième rencard. Deux semaines seulement après l'excursion aux Mavericks. Le lendemain, on cherchait sur leurs visages des signes permettant de deviner comment ça s'était passé au lit.

Rien.

Tim l'avait emmenée nourrir les canards à Stow Lake, raconta Abbie. Il avait sorti une miche de pain et commencé à l'émietter, mais elle l'avait arrêté.

« Tu sais que ça va les tuer, hein ? »

Il l'avait regardée d'un air hébété.

« Tout le monde donne du pain aux canards.

— Tout le monde, sauf les gens intelligents. »

Elle lui avait alors expliqué que, pour les canards sauvages, le pain était comme de la *junk food* : il engorgeait et engraissait leurs organes, provoquant des décès dus aux maladies cardiaques. Par ailleurs, affaiblis et boursouflés, ils ne pouvaient plus participer aux migrations.

« Les canards domestiques, eux, ne savent pas voler. Alors, parfois, des gens les lâchent dans des parcs en pensant leur offrir un environnement agréable. Mais, outre le fait qu'ils n'ont aucune protection contre les prédateurs, ils succombent à des problèmes digestifs si on les nourrit avec du pain. Et s'il y a plus de pain qu'ils ne peuvent en manger, c'est encore pire, car le pain qui reste dans l'eau répand la salmonelle et le botulisme, sans parler de l'entérite et d'un parasite nommé dermatite du baigneur.

— Ouah, avait fait Tim, songeur, en rangeant le pain. Tu sais quoi ? Parfois, tu me fais un peu penser à moi. »

Alors, leurs rapports allaient-ils enfin devenir intimes après le cinquième rendez-vous ? se demandait-on. Apparemment, non. Tim avait choisi un cours de cuisine dans un restaurant chic. Le lendemain, rien n'indiquait qu'ils étaient passés à l'acte.

Finalement, quelqu'un fit une remarque à Abbie, et elle se montra très ouverte sur ce sujet.

« On ne veut pas brusquer les choses, expliqua-t-elle. On avance lentement et sûrement. » Après un silence, elle ajouta : « Ma dernière relation était très intense. Un peu trop. C'est bon d'être avec un homme qui me respecte. »

Six semaines au moins s'écoulèrent avant qu'un employé convoqué dans le bureau de Tim pour s'entendre dire qu'un projet qui, la veille encore, était qualifié de *stupéfiant,* était désormais *complètement débile*, remarqua un tapis de souris décoré à la main sur le bureau habituellement vide de Tim. Un graffiti coloré entourait le slogan : LES INGÉNIEURS SONT LES MEILLEURS ! On reconnaissait sans peine le style street art d'Abbie.

Évidemment, on se garda bien de lui dire que plus personne, dans nos métiers, n'utilisait de tapis de souris depuis dix ans.

Mais c'était adorable de voir Abbie et Tim se tenir brièvement par la main lorsqu'ils se croisaient à la machine à café et croyaient qu'on ne les regardait pas.

31

Tu te réveilles d'humeur plus optimiste. C'est une magnifique journée et tout semble plus gai sous le soleil, même les fourgonnettes des chaînes de télé qui stationnent au-delà du portail. Ta relation avec Tim peut survivre sans sexe, bien évidemment. Vous êtes *mariés*, avec tout ce que ça implique. Certes, l'aspect physique était agréable, mais il y avait beaucoup plus que ça entre vous.

Tu as presque honte d'en avoir douté, contrairement à Tim. Et tu te dis que, vaille que vaille, vous ferez en sorte que ça réussisse.

Tim est joyeux lui aussi. Mike l'a appelé ce matin à la première heure pour lui annoncer que John Renton, le principal investisseur de Scott Robotics, avait vu l'interview télévisée et il voulait que tu assistes à la réunion organisée avec Tim.

« D'après Mike, il semblait impressionné, te confie Tim au petit déjeuner. C'est une bonne chose.

— Où a lieu cette réunion ?

— Nous n'avons pas encore décidé.

— Pourquoi pas ici ? Je pourrais faire la cuisine. » Tim fronce les sourcils, mais tu désamorces ses réticences. « Je sais, je sais. Je ne suis pas obligée. Mais j'adore cuisiner, souviens-toi. Et puis, nous sommes très bien équipés. » Une idée te vient. « Je ferai une bouillabaisse, comme dans le temps. J'appellerai la poissonnerie pour qu'ils nous livrent.

— Bon, puisque tu insistes. » Il se lève de table. « Je vais voir si Danny a réussi à s'habiller. »

Danny a une approche idiosyncratique du petit déjeuner. Même dans ses meilleurs jours, il ne mange que des Cheerios secs, sans lait, dans lesquels il plonge ses doigts, en les regardant fixement, comme hypnotisé. Les toasts, c'est non, avec un grand N, à moins qu'ils ne soient coupés en carrés de deux centimètres très précisément. Les mauvais jours, vous pouvez vous estimer heureux si vous lui faites avaler quelques M&M's, uniquement les rouges.

Aujourd'hui, tu as décidé d'essayer une approche que tu as trouvée sur un site dédié à la méthode ABA. Au lieu de demander à Danny ce qu'il veut manger, tu lui proposes un menu avec des photos. D'après la théorie, si on propose « pomme ou raisin ? », la personne autiste répétera généralement « raisin », même si elle n'en a pas envie. En permettant à Danny de *montrer* ce qu'il veut, tu lui laisses le temps de traiter l'information.

Bien entendu, Danny montre des bâtonnets de poisson et de la *jelly*. Tu sais que les bâtonnets de poisson devront être coupés en cubes de deux centimètres, puis badigeonnés de *jelly*. Mais peu importe, l'essentiel, c'est qu'il ait fait un choix, que tu n'aurais jamais pensé à lui proposer. Tu auras le temps, plus tard, de lui apprendre à privilégier des choses plus saines.

Une fois que Danny et Tim ont quitté la maison pour se rendre respectivement à l'école et au bureau, tu organises les courses pour le dîner. Ta voix est presque identique à celle d'autrefois. L'homme qui prend ta commande au téléphone ne se doute pas un seul instant que tu n'es pas une cliente comme les autres. Ta commande sera livrée à l'heure du déjeuner, promet-il. En revanche, tu as plus de mal à le convaincre d'ajouter des arêtes et des carcasses de poisson pour le fumet. Il finit par accepter, après s'être persuadé que c'est pour un chat.

Tu décides de profiter de ta bonne humeur pour changer de coiffure. En troquant tes tresses serrées contre des nattes. Tu montes chercher des élastiques. Tim dit avoir conservé toutes tes affaires, ils doivent donc être quelque part. Mais où ?

Dans le tiroir de la table de chevet, supposes-tu.

Arrivée devant la porte de la chambre principale – devenue la chambre de Tim –, tu hésites. Tu n'y es pas entrée depuis ce premier jour. Ton autoportrait te toise sur le mur : présence impérieuse et imposante qui te donne le sentiment d'être une intruse.

C'est ridicule. Ce portrait te représente. Et cette chambre était la tienne aussi. Accroupie devant la table de chevet, de ton côté du lit, autrefois, tu tires le tiroir du bas. Il coince un peu et tu es obligée de le soulever légèrement pour l'ouvrir. Il contient un fatras de tubes et de flacons et, au fond… oui, des élastiques.

En râclant le tiroir pour les récupérer, tu sens autre chose sous tes doigts. Des piles. Si vieilles qu'elles ont coulé. Tu les sors pour les jeter.

Nouveau flash. Une vision fugitive… sensorielle, comme lorsque tu t'es revue nageant dans la piscine. Tu es là, dans cette chambre, debout. Devant Tim, qui a quelque chose dans la main.

Ton vibromasseur. Il le tient à bout de bras, d'un air dégoûté, comme quelqu'un tiendrait une bouteille de vodka vide, découverte sous une pile de linge sale.

« *Je ne me sens pas menacé*, disait-il. *Je suis déçu, voilà tout.* »

Il dévisse l'extrémité de l'appareil et le renverse pour faire tomber les piles, comme on vide le barillet d'un revolver.

Un battement de paupières, et le souvenir disparaît.

Bizarre, songes-tu. Mais, en l'absence de contexte, ça peut signifier un tas de choses.

Ton iPhone, en train de se recharger sur le comptoir de la cuisine, a reçu un nouveau message. Tu le consultes, en pensant que c'est Tim.

Non. C'est un message de « Ami ». Identique au précédent :

Ce téléphone n'est pas sûr.

Tu te détends. Le fait que ce message soit identique prouve que tu avais raison : il s'agit d'une sorte de spam envoyé automatiquement. Aucune raison de s'inquiéter.

C'est alors qu'un deuxième message apparaît :

Achetez-en un autre.

Aussitôt suivi d'un troisième :

Un jetable.

Quand ce sera fait, répondez par un message vierge.

Et enfin :

TIM MENT.

Tu regardes fixement ces deux mots. L'utilisation du prénom de Tim indique que ce n'est pas un spam, finalement.

Tu t'empresses de répondre :

> Qui êtes-vous ? Pourquoi mentirait-il ? Que voulez-vous ?

Pas de réponse.

32

« J'ai une bonne nouvelle et une mauvaise, annonce le type de la boutique de téléphonie.

— Quelle est la bonne ?

— J'ai réussi à récupérer quelques données effacées sur votre iPad.

— Et la mauvaise ?

— Elles sont sérieusement altérées. Je vais devoir tout décoder.

— Ça ne me paraît pas si dramatique. Du moment que vous pouvez le réparer.

— Non, mais c'est long. La question, c'est : *pourquoi* je le réparerais ? Vu le temps que ça va me prendre ? »

Il bascule son tabouret en arrière et te dévisage. Quelque chose dans son regard te déstabilise.

« Je vous paierai, bien entendu. »

De toute façon, tu as pris de l'argent pour acheter un portable jetable. Non pas que tu mettes en doute ce que t'a raconté Tim, mais tu ne peux pas t'empêcher d'être intriguée par le mystérieux message de cet « Ami ».

Le jeune homme secoue la tête.

« Je ne veux pas de votre argent.

— Que voulez-vous, alors ? »

Il t'adresse un sourire avide.

« L'autre jour, après votre départ, j'ai compris qui vous étiez. Et je vous ai vue à la téloche. » D'un mouvement de tête, il montre les éléments d'un ordinateur portable éparpillés sur le comptoir. « Réparer les ordis, c'est pas seulement mon gagne-pain. La technologie, c'est ma passion.

— Formidable, réponds-tu, indifférente. Tant mieux pour vous.

— Ce que Tim Scott a réussi avec vous, c'est hallucinant. » Il se penche par-dessus le comptoir et désigne ton ventre. « Je voudrais jeter un coup d'œil. À l'intérieur. Pour voir votre code. »

Tu as un mouvement de recul.

« Pas question. Tim n'acceptera jamais. Et même s'il était d'accord, moi non.

— C'est ça, le truc. Au début, je me suis demandé : où a-t-elle trouvé cet iPad ? Pourquoi elle ne l'a pas confié aux employés de Tim ? Puis j'ai pensé : ah, ah ! Peut-être qu'il appartient à Tim, en fait. Et elle veut savoir ce qu'il contient, sans que son mari le sache. »

Toujours ce sourire.

Tu ne veux pas te donner la peine de lui expliquer que cet iPad n'a rien à voir avec Tim.

« Qu'est-ce que vous proposez, au juste ? demandes-tu, bien que tu penses avoir déjà deviné.

— Un marché. Je vous livre le contenu de l'iPad à mesure que je récupère les données. En échange, vous me laissez regarder votre code. »

Tu secoues la tête.

« Jamais de la vie. »

Il brandit un câble Ethernet.

« Vous ne me sentirez même pas. »

Cette idée a quelque chose d'obscène.

« Non », répliques-tu d'un ton ferme.

Le jeune gars lance le câble sur une étagère.

« Comme vous voulez. Dommage. »

Tu tends la main.

« Rendez-moi mon iPad. Je l'apporterai ailleurs. »

Il croise les bras.

« Mmh mmh. Pas de marché, pas d'iPad. Au cas où vous ne l'auriez pas remarqué, on n'a rien sans rien dans ce monde.

— Vous êtes pathétique, vous le savez ?

— Je veux juste voir comment vous fonctionnez, supplie-t-il. Dites-vous que c'est comme un mécanicien qui examine un moteur.

— De mon point de vue, ce n'est pas du tout la même chose. »

Il hausse les épaules.

« Revenez quand vous serez prête à conclure un marché.

— Cet iPad ne vous appartient pas. Je vais prévenir la police.

— Ouais, c'est ça. Allez-y.

— Connard.

— À bientôt ! lance-t-il alors que tu ressors de la boutique d'un pas furieux. Au fait, je m'appelle Nathan ! »

ONZE

Deux ou trois jours après l'apparition du tapis de souris, Tim pria Abbie de venir dans son bureau. Naturellement, on était tous aux aguets pour savoir ce qui allait se passer.

Sur un des murs était fixé un immense moniteur. Quand vous vouliez montrer quelque chose à Tim, il vous suffisait d'y connecter votre ordinateur. Et d'après ce qu'on pouvait voir, Tim était en train de faire une présentation à Abbie sur cet écran.

Quelqu'un ayant une excuse pour passer devant le bureau nous informa qu'il s'agissait d'un PowerPoint intitulé : *Pourquoi l'homéopathie est une stupidité.*

Cette présentation, on l'apprit plus tard, traitait des nombreux éléments clés nécessaires à l'élaboration d'essais scientifiques valables, du biais de sélection à l'effet placebo.

Chose étonnante, Abbie paraissait fascinée.

On l'entendit dire : « Je sais juste que, lorsque je prends des granules homéopathiques, je me sens mieux. »

À quoi Tim répondit, sans arrogance ni mépris, mais comme s'il tenait réellement à le lui faire comprendre, que c'était tout à fait possible, en raison d'un effet statistique appelé régression à la moyenne.

On peut dire que certains parmi nous s'étonnaient de voir naître cette idylle entre Abbie et Tim. Il y eut même quelques remarques désobligeantes à propos des possibles motivations de la jeune femme.

Les partisans de cette théorie se trouvèrent confortés dans leur opinion lorsque, une semaine plus tard environ, Abbie n'arriva que dans l'après-midi. Quelqu'un la vit traverser le parking d'un pas décidé, son sac à dos accroché sur l'épaule.

« Salut, lança Tim en la voyant assise à son bureau.

— Salut.

— Je croyais qu'on devait prendre le petit déjeuner ensemble.

— Je sais. Je suis vraiment désolée, mais ma voiture est tombée en panne à la plage.

— C'est grave ?

— Le joint de culasse, je pense. J'ai dû prendre le bus. Et ensuite, il a fallu que je la fasse remorquer jusqu'au garage. Ça m'a pris un temps fou. »

Tim regagna son bureau. Il revint presque aussitôt en tenant quelque chose dans la main.

« Tiens, dit-il en déposant un trousseau de clés sur le bureau. Pour toi. Comme ça, tu ne seras plus jamais en retard. »

On s'attendait à ce qu'Abbie lui lance les clés au visage, ou du moins qu'elle lui rétorque qu'elle ne voulait pas avoir une telle dette envers lui.

Eh bien, non. Elle prit les clés et dit :

« Ouah. Merci. »

33

Une bouillabaisse n'est pas le plat le plus facile à réaliser, mais le résultat peut être spectaculaire. Pour ta précédente tentative, tu as suivi la recette d'Elizabeth David ; toutefois, la plus authentique, celle qui a la faveur des restaurateurs de Marseille, se trouve dans l'ouvrage de Jean-Baptiste Reboul, *La Cuisinière provençale*, paru en 1897, et recommande d'utiliser une demi-douzaine de poissons de roche différents. Certains d'entre eux étant introuvables en Amérique du Nord, tu décides de combiner cette recette avec celle du restaurant Chez Panisse.

Étape numéro un : confectionner un fumet, un bouillon autrement dit, avec des légumes coupés en dés, des arêtes de poisson, des graines de fenouil et du thym.

Étape numéro deux : ajouter deux verres de vin blanc, douze moules, le zeste d'une orange, deux cuillérées à soupe de Pernod et une pincée de safran d'Espagne. Faire mijoter pendant deux heures, filtrer et réserver. Le safran à lui seul coûte cent dollars.

Étape numéro trois : faire la rouille, cette sauce épaisse et épicée qu'on étale sur du pain en accompagnement de la bouillabaisse. Prendre une demi-tasse de fumet et y mettre à tremper des miettes de pain. Ajouter le safran et du poivre de Cayenne. Hacher très finement une tête d'ail. (Si vous êtes tenté d'utiliser un presse-ail, relisez la remarque d'Elizabeth David à ce propos : « Je considère les presse-ail comme de ustensiles ridicules et pathétiques qui donnent des résultats opposés à ceux espérés.... » Et continuez à hacher.)

Ajouter six jaunes d'œuf et les battre lentement en incorporant à parts égales huile d'olive et huile de pépins de raisin, goutte à goutte, comme pour monter une mayonnaise. Faire griller deux poivrons rouges et deux tomates au-dessus d'une flamme afin de les peler et de les épépiner. Les réduire en bouillie dans un mortier et bien mélanger.

Le temps que tu finisses de hacher l'ail, on est déjà en fin d'après-midi et Sian a ramené Danny à la maison. Il est fasciné de te voir griller les poivrons directement au-dessus de la cuisinière.

« Comment s'est passée ta journée, Danny ? »

Il ne répond pas. Soudain, sa main jaillit et passe à travers les flammes. Tu l'agrippes par le poignet et l'entraînes jusqu'à l'évier pour lui maintenir la main sous l'eau froide. Trop tard. Des cloques apparaissent déjà.

Inutile de le gronder, il ne comprend pas. Il a déjà vu des flammes, bien sûr, mais il est incapable d'extrapoler à partir des expériences précédemment vécues.

« Vous devez faire très attention avec le feu, dit Sian, inutilement.

— Je vois ça », rétorques-tu sèchement.

Ce sont les premières paroles que vous échangez depuis ce fameux soir dans la maison au bord de la plage.

Si Danny semble moins souffrir que des enfants neurotypiques, les cloques, en revanche, l'embêtent.

« Quand ? demande-t-il en agitant la main. Quand ?

— Ça va guérir dans quelques jours. »

Tu sais qu'il n'acceptera pas que tu mettes de la vaseline, et encore moins un bandage, alors tu n'essaies même pas.

« Quand ? » insiste-t-il.

Tu cèdes à son besoin d'avoir un planning précis.

« Les cloques auront disparu vendredi matin à dix heures. »

Tu as dit cela au hasard, en espérant que ça le calme.

Et ça marche, à peu près. Il émet une sorte de bourdonnement inquiet et part vérifier que ses trains sont toujours parfaitement alignés, comme il les a laissés ce matin.

Tu sors le mortier et le pilon et tu commences à broyer les poivrons et les tomates, ravie de pouvoir te concentrer sur autre chose que Sian.

À ton grand étonnement, elle dit soudain :

« Euh… Je suis désolée. »

Tu te retournes vers elle.

« J'ai vu votre interview, ajoute-t-elle. Je n'avais pas pris conscience que… ça ne doit pas être facile… d'être vous.

— Combien de fois avez-vous couché ensemble, Tim et vous ? »

Tu t'en veux de poser cette question, mais il faut que tu saches.

Sian hésite.

« Il m'a fait signer une clause de confidentialité, liée au versement de mes indemnités de licenciement. Je n'ai pas le droit d'en parler.

— Tim a peur que vous vous confiez à un journaliste » dis-tu, mais tu es obligée de te demander si, en vérité, Tim ne craint pas que Sian se confie à toi, plutôt. « Cette clause ne s'applique pas à moi, de toute évidence.

— Non, sans doute pas. Mais je ne peux pas prendre un tel risque. Ça représente une grosse somme.

— Dites-moi juste une chose, alors. Et je vous promets de ne pas le répéter à Tim. L'autre soir, qui a pris l'initiative ? Êtes-vous allée dans sa chambre, ou est-ce l'inverse ?

— Je ne peux pas… » En voyant ton expression, elle s'interrompt. « Il est venu dans la mienne. »

Tu ne dis rien.

« Et c'est lui qui a oublié de fermer la porte. » Elle s'interrompt de nouveau, puis ajoute, très vite : « Vous n'avez pas pensé qu'il voulait peut-être que vous nous surpreniez ?

— Pourquoi il ferait ça ? »

Sian hausse les épaules.

« Qu'est-ce que j'en sais ? La culpabilité, peut-être. Des aveux inconscients. De toute façon, il est très bizarre au lit, hein ? Tous ces trucs tantriques.

— Oui, réponds-tu, même si tu n'as pas la moindre idée de ce dont elle parle. Je pense que vous devriez aller vous occuper de Danny.

— OK. » Arrivée à la porte de la cuisine, elle se retourne. « Je vous le répète : je suis désolée pour ce qui s'est passé. En revanche, je ne serai pas triste de partir. Certes, je suis très bien payée, mais il n'y a pas que ça. Ce mode de vie, avec Danny et vous… Je ne comprends pas ce que veut Tim. Ce qu'il attend de vous. De nous tous. Et ça me fait flipper, vous comprenez ?

— Non, dis-tu d'un ton ferme. Je ne comprends pas. »

34

Deux heures avant l'arrivée de John Renton et des autres invités, tu prépares la marinade pour le poisson. Huile d'olive, vin blanc, fenouil, gousses d'ail pelées, Pernod et safran encore. Tu coupes les poissons en gros morceaux et ôtes les arêtes avec une pince à épiler.

Étape numéro six : couper les baguettes de pain en tranches d'un centimètre d'épaisseur. Les asperger d'huile d'olive et les mettre au four, à deux cents degrés, jusqu'à ce qu'elles soient croustillantes. Les frotter ensuite avec la gousse d'ail et étaler la rouille.

Étape numéro sept : faire la bouillabaisse.

Hacher finement une douzaine de poireaux et une douzaine d'oignons, et les faire suer dans une casserole avec une feuille de laurier et une pincée de safran. Couper en dés et épépiner dix tomates et les mélanger dans un saladier avec de l'ail finement haché, des zestes d'orange et un verre de vin blanc. Ajouter le tout aux oignons et aux poireaux, puis verser le fumet. Ajouter les morceaux de poisson et les faire pocher pendant trois à cinq minutes. Les retirer et les conserver au chaud.

Si ce plat s'appelle la bouillabaisse, c'est en raison de l'opération suivante : vous devez faire bouillir le fumet, à feu vif, très peu de temps, afin que l'ensemble prenne une consistance épaisse.

Ajouter du Pernod, du safran et du poivre selon votre goût. Et voilà, terminé.

Mais, évidemment, tu ne peux pas goûter.

35

Lorsque Tim rentre à la maison, la cuisine est impeccable et la table dressée. Conformément à ses instructions, tu as mis trois bouteilles de vin blanc au frais : du Bâtard-Montrachet. Il a choisi son meilleur vin, signe de l'importance que cette soirée revêt à ses yeux.

Il t'embrasse en passant.

« Tu as changé de coiffure.

— Oui. Ça te plaît ?

— Tu es libre de te coiffer comme tu veux. C'est ça, le but. Tu es autonome. Que ça me plaise ou pas, peu importe.

— Tu détestes.

— Non, j'aime bien. Et puis, je vais m'y habituer. »

Pendant que Tim prend une douche, Mike arrive avec Jenny, son épouse. Une sorte de garçon manqué, une geek en jean et T-shirt.

« C'est moi qui ai travaillé sur vos capacités d'apprentissage profond », dit-elle avec enthousiasme lors des présentations.

Difficile de trouver une réponse appropriée. Heureusement, Mike vole à ton secours en annonçant fièrement :

« Jenny a fait Stanford. Elle possède un doctorat dans le domaine des fonctions d'activation. » Tu hoches la tête comme si tu comprenais ce que ça signifie. Et bien évidemment, soudain, *clac,* tu obtiens la définition. *Fonction antisymétrique sigmoïdale qui peut être entraînée à partir d'exemples réels et non programmée explicitement.*

« Autrement dit, vous avez construit mon cerveau, résumes-tu.

— Oui, en quelque sorte. »

Elijah est venue avec son mari, Robert. Une femme nommée Alicia Wright arrive seule. Proche de la quarantaine, un corps ferme, une chevelure blonde, soyeuse et brillante.

« Bonsoir ! Je suis la conseillère en communication de Scott Robotics, annonce-t-elle gaiement, main tendue. Enchantée.

— Je croyais que la conseillère en communication était Katrina, fais-tu remarquer.

— Tim l'a renvoyée ce matin, dit Elijah. Alicia est nouvelle.

— Mais je suis déjà opérationnelle et super excitée de travailler avec la célèbre Abbie ! »

Tim vous rejoint. Il a troqué le jean noir et le T-shirt gris James Perse qu'il portait en rentrant contre un jean noir et un T-shirt gris propres. Pendant que tu débouches le vin, ses collaborateurs le briefent.

« Essaie de te contrôler, lui conseille Mike. Renton est un imbécile, mais un imbécile futé. Il va te tester. Reste sur tes positions, mais ne cède pas à la provocation.

— Je sais me tenir, rétorque Tim, cassant.

— Pas toujours très bien », murmure Elijah.

John Renton arrive à ce moment-là. Tu es étonnée de découvrir, compte tenu de la description qui en a été faite, qu'il est beaucoup plus jeune que Tim et Mike. Mais il se comporte comme un homme plus âgé. Effronté, sûr de lui, il domine l'assistance. Tu vois Tim se raidir lorsque Renton lui tape sur l'épaule et tu devines aussitôt que ton mari déteste ce type.

Quand on le présente à Alicia, Renton veut savoir pour qui elle a travaillé auparavant. Chaque fois qu'elle cite un nom, il évoque ses relations personnelles avec cette personne. « Vous vous êtes occupée de la com' de Shaun ? Il m'a appelé l'autre jour pour essayer de me convaincre d'investir dans l'appli merdique qu'il est en train de créer… Oh, Catherine ? Une femme intelligente. On vient de participer à une conférence TED ensemble. »

Tu observes la manière dont Alicia réagit face à Renton, la façon dont elle remue son corps, un peu plus sensuellement, dont elle porte la main à ses cheveux en l'écoutant parler. Il n'est ni beau ni séduisant – bien au contraire, il est presque laid –, mais tu comprends que certaines femmes puissent se laisser séduire.

Finalement, il se tourne vers toi.

« Ah, la voici ! » s'exclame-t-il en te tendant la main.

Que tu serres.

« Enchantée. »

Il est aux anges.

« Un robot qui exprime des sentiments. Ça alors ! Qu'est-ce que vous ressentez, là, à cet instant ? »

Tu réfléchis.

« De la joie. Et un peu de nervosité.

— C'est *moi* qui vous rends nerveuse ?

— Non. Je me demande si ma bouillabaisse va être bonne.

— Autre chose ?

— Eh bien, j'éprouve une certaine monachopsis. »

Renton fronce les sourcils.

« Quoi donc ?

— L'impression persistante de ne pas se sentir à sa place. »

Il n'en revient pas.

« Monachopsis. Je n'ai jamais entendu ce mot-là. » Il se tourne vers Tim. « Impressionnant. »

Tim lève les yeux au plafond. Il semble penser qu'une personne impressionnée parce que tu utilises un mot savant pour décrire un sentiment – et non par le fait que tu *éprouves* des sentiments – passe complètement à côté de la prouesse que tu représentes.

« Je vais chercher le vin », annonces-tu.

Une demi-heure plus tard, tu débouches la deuxième bouteille et Renton est intarissable.

« Il faut que je vous l'avoue, Tim. Quand j'ai entendu parler de ce projet, j'ai cru que vous étiez tous cinglés. Enfin quoi, des *sentiments* ? C'est à cause de ça que ma femme est devenue mon ex-femme. Oui, bien sûr, je perçois les possibilités. Dans le domaine de la santé, peut-être. Ou dans l'industrie du sexe. » Tim grimace. « Mais, foncièrement, on a un gros problème d'acceptation. Les gens ne veulent pas que leurs robots aient des sentiments. Parce que si les machines ressentent les mêmes choses que les humains, tôt ou tard, une âme sensible décidera qu'on doit les *traiter* comme des humains. Du coup, tout l'argument économique s'envole. Au lieu d'être des domestiques mécaniques qui labourent nos champs ou triment dans nos ateliers de confection, voilà que, du jour au lendemain, on ne peut plus les distinguer des vrais gens. Mais fabriquer des humains, ça ne coûte rien, pas vrai ? Ce qui coûte cher, c'est de les faire fonctionner. Avec les robots, ça devrait être le contraire. Si on commence à leur accorder les mêmes droits, la même considération, voire le même salaire, où est la viabilité économique là-dedans ?

— "*Si vous nous piquez, ne saignons-nous pas ?*" dit Mike.

— Qui parle de sang ? demande Renton, désorienté.

— C'est dans *Le Marchand de Venise*. J'ai oublié la suite.

— “*Si vous nous piquez, ne saignons-nous pas ?* récites-tu. *Si vous nous chatouillez, ne rions-nous pas ? Si vous nous empoisonnez, ne mourrons-nous pas ? Et si vous nous faites du mal, ne nous vengerons-nous pas ?*” »

Un silence s’ensuit. Puis :

« C’est exactement ce que je dis, reprend Renton. Vous n’êtes pas chatouilleuse, hein ? »

Tu secoues la tête.

« Shylock pose une question intéressante, en vérité, intervient Jenny. Si la capacité à ressentir des émotions signifie connaître le plaisir, mais aussi la douleur, de quel droit pouvons-nous infliger cela à d’autres intelligences ? »

Les yeux de Tim lancent des éclairs.

« Vous êtes à côté de la plaque tous les deux. Les cobots ne sont ni des esclaves ni des animaux de compagnie. Ce sont des personnes. Sous une autre forme.

— En tout cas, ce sont des articles de luxe très coûteux, lâche Renton d’un ton méprisant. Une impasse économique. Votre problème, Tim, c’est que vous avez inventé cette chose sans réfléchir à ce que vous pouviez en faire. »

Tu te lèves.

« Je vais chercher la bouillabaisse. »

Le débat – qui ressemble par moments à une dispute lorsque le ton monte – s’interrompt lorsque tu déposes la soupière sur la table. Après avoir servi les convives, tu te rassois et les observes alors qu’ils portent la première cuillérée à leur bouche.

Tim fronce les sourcils. Mais Renton est le premier à réagir :

« Ouah ! Qu’est-ce qui s’est passé ? »

Mike renifle le contenu de sa cuillère.

« Ça pue, murmure-t-il.

— Qu’est-ce qui ne va pas ? demandes-tu, inquiète.

— Je pense qu’un des poissons était avarié, répond Jenny.

— Non, c'est impossible… », dis-tu, puis tu comprends.

Le poissonnier pensait que tu voulais des arêtes pour ton chat. Alors, il a ajouté à ta commande un sac de restes, en se disant qu'il saurait trier ce qui était mangeable.

Ton fumet – ton magnifique et subtil bouillon au safran – était empoisonné dès le départ.

« Je suis navrée… »

Tim sort son portable.

« Basilico peut nous livrer des pizzas en trente minutes. C'est bon pour tout le monde ? »

Hébétée, tu récupères les bols pleins afin de les rapporter en cuisine. Jenny se lève pour t'aider.

« Je suis humiliée, te lamentes-tu lorsque vous vous retrouvez seules.

— Ce n'est pas votre faute.

— J'ai trahi Tim. John Renton est venu ici en étant persuadé que j'étais un projet coûteux et inutile et je lui ai donné raison. Évidemment que je ne sens rien, puisque je suis un *robot* !

— Je ne suis pas sûre que Renton voie les choses sous cet angle, répond Jenny en marchant sur des œufs. Il ne serait pas ici, sinon. Il aime les joutes verbales. Comme tous ces types de la tech.

— Pas Mike.

— Non, pas Mike, concède-t-elle. Ou pas autant. C'est pour ça que je l'ai épousé. » Elle te lance un regard en coin. « Pourquoi dites-vous "évidemment que je ne sens rien" ?

— C'est la vérité, non ?

— L'industrie alimentaire utilise déjà des papilles gustatives artificielles. Le *deep learning* en matière de nez artificiel existe depuis des années déjà.

— Alors, pourquoi… » Tu t'interromps, le temps de réfléchir aux implications de cette question. « Tim a voulu me construire le plus vite possible, comprends-tu. Pour me récupérer. Quitte à sauter quelques étapes.

— C'est ça, les hommes. Leurs priorités avant tout.

— Tim m'aime, affirmes-tu, sur la défensive. Il ne pouvait pas attendre un jour de plus. »

Pourtant, en disant cela, tu as la désagréable impression, là encore, que l'amour de Tim est aussi déterminé et intransigeant que tout ce qu'il entreprend. Être aimé de manière aussi intense et inflexible peut devenir étouffant, voire effrayant.

« Oui, reconnaît Jenny. Tim s'est révélé être un grand romantique finalement. »

De nouveau, tu devines l'existence d'une histoire cachée, d'antécédents, de souvenirs communs et d'événements passés qui te demeurent inconnus.

36

En attendant l'arrivée des pizzas, Tim et les invités finissent le Bâtard-Montrachet et attaquent le Pernod, qui titre 45 degrés. Seule Alicia refuse (elle a juste bu une gorgée de vin). Jenny s'en sert un petit verre, qu'elle sirote timidement. Les autres vident les leurs d'un trait, avant de se resservir.

John Renton en revient sans cesse au même problème.

« De nos jours, il n'existe que deux moteurs pour la technologie émergente. » Il tapote sur la table pour scander chaque mot. « La productivité et le sexe. Vous avez déjà exclu le premier. Ne reste que le second. Tout le monde sait que la VHS a écrasé le format Betamax parce que l'industrie pornographique a choisi la VHS. Snapchat a dépassé des applis comme Slingshot parce qu'elle permettait de faire du *sexting*. Alors, si vous rendez vos robots… comment dire ?… *pleinement fonctionnels*, vous avez peut-être une chance.

— Les cobots sont des êtres sensibles, répond Mike. Cela signifie qu'ils peuvent ne pas être consentants.

— Sur un plan juridique, ça ne tient pas debout. On ne peut pas violer un robot, si ? » Renton réfléchit un moment. « Des *sexbots*. Voilà une invention !

— Le *sexting* et le visionnage d'images pornographiques sont des activités privées. » Tim s'exprime d'une voix calme, mais tu sens la colère monter en lui. « Avoir une relation avec un cobot devient une affaire publique, comme j'ai eu l'occasion de le prouver. Personne ne déboursera des millions de dollars pour être la risée des gens.

— Dans ce cas, mon cher ami, je crains que vous n'ayez aucun débouché, réplique Renton d'un ton définitif.

— Vous ne comprenez vraiment rien à rien, espèce de petit connard. »

Renton éclate de rire – on dirait un jappement – et tu comprends que c'était ce qu'il cherchait depuis le début : il a délibérément provoqué Tim pour le faire sortir de ses gonds

« Le but n'est pas la satisfaction de quelques *millennials,* poursuit Tim. Essayez de voir plus loin, bordel de merde. Oubliez le robot une seconde, ce n'est qu'un mécanisme d'exécution. L'*esprit* d'Abbie est désormais une création purement numérique. Et donc *transférable.* Vous ne voyez pas le potentiel que ça représente ? » Il pointe le doigt sur toi. « Ce n'est pas un putain de *jouet* ! En réalité, elle est *immortelle.* »

Un silence s'ensuit. Mike regarde Elijah : il semble lui demander s'il a déjà entendu ce genre de propos dans la bouche de Tim. Elijah répond par un petit mouvement de tête qui trahit sa stupéfaction.

John Renton s'esclaffe de nouveau.

« Immortelle ? Vous vous foutez de ma gueule ?

— Je ne plaisante pas, répond Tim, glacial. L'esprit d'Abbie continuera à se développer et à apprendre, éternellement. Son corps – l'enveloppe – peut être remplacé, et donc amélioré. Tout le reste peut être transféré. De fait, nos corps – nos corps d'origine – ne sont plus que le programme de démarrage de quelque chose de supérieur. La version 2.0, si vous préférez.

— C'est de la folie », dit Renton.

Il prononce ces mots avec délectation, comme si cette idée était un cadeau flambant neuf qu'on venait de lui offrir.

« La plupart des gens pensent que la mort est une issue inévitable, reprend Tim. Mais si ce n'était qu'un défaut de notre imagination collective ? Et si la mort n'était qu'un problème à résoudre, comme tant d'autres ? Pour le moment, c'est un jeu de massacre, cinquante millions d'êtres humains sont fauchés chaque année. Si la cause n'était pas le vieillissement, vous ne croyez pas qu'on aurait déjà réagi ? » Tim balaie du regard les personnes assises autour de la table, avant de revenir sur Renton. « Les robots ne sont pas seulement les sauveurs potentiels de l'humanité. Ils sont l'avenir de l'humanité. Et dès que vous voyez les choses sous cet angle, vous vous apercevez qu'ils sont beaucoup plus importants qu'une application de messagerie débile. Peter Thiel, Sergey Brin, Larry Ellison… ils investissent tous des milliards dans ce domaine. Je dois rencontrer Larry dans deux jours pour savoir s'il veut s'embarquer avec nous.

— Ouah. *Ça,* c'est du sérieux, dit Renton. C'est ce que j'appelle être visionnaire. » Il te regarde avec avidité. Quelque chose a changé, qui t'échappe pour le moment. « Combien ? » demande-t-il de but en blanc.

Elijah ouvre la bouche pour répondre, mais Tim le devance.

« Quatre-vingts millions. Pour commencer. Si on parle d'exclusivité.

— Pour une société qui n'a même pas de *business plan* ? Vous vous foutez de moi ? »

Tim hausse les épaules. Renton se remet à pianoter sur la table.

« Vous pourriez faire la même chose avec n'importe qui ? Avec *moi ?*

— Bien sûr, répond Tim, qui a retrouvé son calme. Il reste quelques difficultés à aplanir, mais rien d'insurmontable. Plus besoin de vous faire couper la tête pour l'enfoncer dans un tube de nitrogène liquide à la con. Vivre éternellement deviendra aussi facile qu'effectuer un téléchargement. Évidemment, ça coûtera cher. Tant mieux. En réservant ce privilège à une poignée d'investisseurs, on évite de faire peser une pression supplémentaire sur les ressources de la planète. »

Il y a quelque chose qui donne la chair de poule dans le regard que Renton pose sur toi. Il n'est pas loin de saliver.

« Je veux la voir sans sa peau, déclare-t-il subitement. Je veux voir… à quoi je ressemblerai. »

Tu t'attends à ce que Tim l'envoie au diable, mais il répond, toujours aussi calmement :

« C'est à Abbie de décider. »

Renton te regarde.

« Eh bien ? »

Tu te pétrifies en comprenant qu'il parle sérieusement. Tu cherches un moyen de dire non sans l'offenser.

Puis tu penses à Tim, qui, contre toute attente, a su reprendre la main.

« Bien sûr », t'entends-tu répondre. Tu te tournes vers Jenny. « Vous voulez bien m'aider ? »

Vous quittez la table toutes les deux pour monter au premier, où tu vas chercher un peignoir dans la salle de bains, avant de te déshabiller.

« Je sais comment faire, dit Jenny. C'est très simple, en réalité. »

Elle palpe ta nuque à la recherche de la fermeture. Lorsqu'elle retire la peau de ton visage, tu fermes les yeux. Tu sens la fermeture s'ouvrir dans ton dos.

Tu te débarrasses de ta peau comme on quitte une combinaison de surf, aidée par Jenny qui l'écarte au niveau du torse. Tu essaies de ne pas regarder, mais, quand elle reste coincée à la hauteur des genoux, tu ne peux t'empêcher de jeter un coup d'œil à cette coque de plastique dur dont tu es faite, parfaitement lisse, aux contours élancés et élégants.

C'est typique de Tim, songes-tu. Il a voulu que cette partie de ton anatomie, qui n'est pas destinée à être vue, soit aussi parfaite que possible.

Tu enfiles le peignoir. Et tu redescends, sans rien dire. Suivie de Jenny. Tu as l'impression d'être une condamnée qu'on conduit à l'échafaud.

Mais ce n'est pas l'unique sensation. Débarrassée de cette épaisse peau en caoutchouc, tes mouvements sont plus légers, moins restreints. Tu te sens étrangement… libérée.

Avant d'entrer dans la salle à manger, tu ôtes ton peignoir et le tends à Jenny. Tu t'arrêtes un court instant, pour rassembler ton courage, puis tu entres.

Le silence se fait. Toutes les personnes présentes affichent la même expression, à des degrés divers.

Elles sont *abasourdies.*

« Me voici. »

Personne ne répond. Renton avale sa salive, sa pomme d'Adam fait le yoyo.

Tu pivotes sur toi-même. Tu t'avances, un peu plus grande qu'avant.

Dans ton dos, tu entends Renton commenter :

« La vache. Elle est *magnifique*. »

37

La soirée s'achève peu de temps après. Renton part le premier, en promettant de contacter sans tarder ses responsables financiers. Après son départ, vous vous regardez, sans trop savoir ce qui s'est passé.

C'est Tim qui prend la parole. En s'adressant à toi :

« Bravo, Abbie. Tu as fait pencher la balance. »

Mike s'exclame :

« L'immortalité, Tim ? Sérieusement ? C'est *ça*, ta vision ? C'est *ça*, notre nouveau business ?

— Au début du XXe siècle, répond Tim, des hommes riches du monde entier se rendaient sur la Côte d'Azur en France pour se faire injecter des glandes de singe dans les couilles. C'était douloureux, ça coûtait cher et il n'y avait aucune preuve que ça marchait. Pourtant, des milliers de personnes estimaient que c'était un prix raisonnable pour s'offrir une deuxième jeunesse. »

Mike fronce les sourcils.

« Où veux-tu en venir ?

— Au XVe siècle, alors que le pape Innocent VIII était à l'article de la mort, l'Église offrait un ducat à des enfants de dix ans pour qu'ils lui donnent leur sang. Ils sont tous morts. Et le pape aussi, évidemment. On aurait pu croire qu'une institution qui croyait à la vie éternelle n'avait pas besoin d'en arriver là. » Tim se lève de table et s'étire. « Renton est un imbécile, voilà où je veux en venir. C'est quelqu'un d'assez rationnel pour ne pas croire en la religion, mais pas assez pour accepter sa propre mortalité. Et s'il veut croire que je peux le rendre éternel, tant mieux. On prendra son fric.

— Donc, tu n'as pas de vision, dit Elijah.

— Oh, si. J'ai une vision, répond Tim. Mais ce n'est pas ce que croit Renton. »

DOUZE

La Volkswagen offerte par Tim marqua le début d'une nouvelle phase dans ses relations avec Abbie. Ironie du sort, elle ne s'en servit pas longtemps. Désormais, c'était lui qui l'emmenait au bureau et on en déduisit qu'elle dormait chez lui. Tim était très occupé à cette époque ; il essayait de réunir des fonds pour les shopbots. Presque chaque soir, il assistait à des manifestations dans la Silicon Valley. D'interminables séances de réseautage dans des salles de congrès sans fenêtres, contraint de manger sur des tables aux nappes vertes, après être allé se servir au buffet. Abbie l'accompagnait, même si elle devait trouver ces soirées sinistres par comparaison avec les festivals et les vernissages auxquels elle était habituée.

Mais nul doute que Tim tirait avantage de la présence de cette artiste, doublée d'une femme splendide, à ses côtés. Cela ne l'aidait pas seulement à se faire remarquer. Les individus qui géraient ces sociétés de capital-risque étaient souvent des mâles de type alpha dotés d'un vif esprit de compétition. Par conséquent, Abbie permettait à Tim de gagner leur *respect*. Un respect qui se transforma rapidement en une avalanche de financements. On racontait qu'un milliardaire avait mis sur la table quarante millions de dollars après avoir discuté cinq minutes avec Abbie.

Abbie se mit à confectionner des gâteaux, qu'elle nous apportait dans la salle de pause. Ils étaient délicieux. Mais il fallait arriver tôt pour en avoir. Dès neuf heures, il ne restait que des miettes.

Les filles, évidemment, essayaient toutes de lui tirer les vers du nez pour savoir si Tim assurait au lit. Abbie n'aimait pas les ragots, mais elle ne montrait pas la moindre gêne à ce sujet. Un jour, par exemple, elle mentionna que Tim préférait ne pas éjaculer.

« C'est un truc tantrique. Les athlètes font pareil. Il prétend que ça permet de conserver de l'énergie pour le travail. »

On trouvait ça franchement bizarre. Alors, on s'est renseignés et, bien entendu, le contrôle de l'éjaculation apparaissait dans les textes bouddhistes. Néanmoins, cela nous semblait curieux de la part d'un homme qui, en règle générale, se moquait de toutes les formes de mysticisme. Mais cela alimentait notre désir de croire que Tim était fondamentalement différent de nous. Et puis, on comprenait sa démarche, car cette volonté de paramétrer les détails de notre santé était très répandue parmi nous. Qu'il s'agisse de se goinfrer de micro-nutriments ou de remplacer le lait de vache par du lait d'amande, on menait en permanence des expériences avec notre propre organisme.

38

Le lendemain du dîner avec Renton, tu as l'impression de te réveiller après une fête trop arrosée. Tout cela a-t-il vraiment eu lieu ? Ou bien as-tu tout imaginé ?

Tim descend prendre son petit déjeuner en fredonnant.

« Cette soirée s'est bien passée.

— J'ai failli empoisonner ton plus gros investisseur.

— Encore plus gros maintenant, grâce à toi. » Il dépose un baiser sur ton front. « Tu as repris ta coiffure d'avant, fait-il remarquer.

— Oui, j'ai décidé que les nattes, ce n'était pas pour moi. La cuisine non plus, d'ailleurs. »

Il rit.

« J'ai réfléchi. Il faudrait qu'on te sorte plus souvent. Tu devrais participer à des débats et à des conférences sur les neurosciences. Des trucs sérieux, rien à voir avec cette émission racoleuse que t'a imposée Katrina. Quand les gens verront ce que tu es réellement, tout ce cirque médiatique ridicule prendra fin.

— Tim...

— Oui, Abs ?

— Est-ce que tu es satisfait ? Pour de bon ? Est-ce que je corresponds à ce que tu cherchais, durant toutes ces années ? »

Cette question le surprend.

« Oui, bien sûr. Pourquoi tu me demandes ça ?

— C'est juste que... La plupart du temps, j'ai le sentiment d'être une imposture.

— Tu es Abbie. Et je t'aime. C'est la seule chose qui compte. » Son front se plisse. « Tu veux dire que tu n'es pas heureuse ? »

Il semble à ce point contrarié que tu t'empresses de faire machine arrière.

« Tu as raison, dis-tu en parvenant à esquisser un sourire. Le plus important, c'est qu'on s'aime. Et je suis heureuse. »

Tu te demandes si, autrefois, Tim et toi pouviez parler de votre relation, ou si tu as toujours été confrontée à ce mur d'adoration. Lisse.

TREIZE

Un jour, on entendit Tim demander à Morag, son assistante, combien de personnes de chez Google seraient présentes lors de la réception à laquelle Abbie et lui devaient assister le soir même.

« Trente-six.

— Trente-six ? s'exclama joyeusement Abbie. Il y en avait trente-sept l'année dernière ! »

Tim la regarda, perplexe.

« *Harry Potter*, expliqua-t-elle, comme si c'était évident. Dudley Dursley n'est pas content parce qu'il y a seulement trente-six cadeaux.

— Je n'ai jamais lu ces bouquins, dit-il, dédaigneux.

— Tu n'as *jamais lu Harry Potter* ? » Abbie n'en revient pas. « Rassure-moi, tu as vu les films, hein ?

— Je ne vais pas souvent au ciné. Les films sont trop longs. Je me souviens d'avoir vu *South Park* quand j'étais gamin.

— Ça alors ! Je vais te faire livrer le premier tome. »

C'est ainsi qu'on put voir Tim en train de lire *Harry Potter à l'école des sorcier*s entre deux réunions. Fidèle à lui-même, il le termina en deux jours et commanda aussitôt le tome suivant.

Abbie alla sur Pottermore et, ensemble, ils firent le test du Choixpeau.

« Incroyable ! s'exclama-t-elle. On est tous les deux Poufsouffle ! »

L'intérêt de ce test, évidemment, c'était qu'il voyait en vous des choses que vous ignoriez. Mais Poufsouffle ? La maison de la gentillesse et de la loyauté ? *Tim ?* Sérieusement ?

On supposa qu'il avait trouvé sur Internet un site qui indiquait quelles réponses il fallait donner pour appartenir à telle ou telle maison. C'était attendrissant, en un sens : même un multimillionnaire comme lui éprouvait le besoin d'impressionner une fille. N'empêche. Comme tout geek qui se respecte, on savait qu'il ne fallait jamais, jamais essayer de s'introduire dans une maison qui n'était pas la vôtre à Poudlard.

On prit conscience que cette relation était *vraiment* sérieuse le jour où Darren planta le défilé des shopbots. Dans les boutiques, les vendeurs humains guettaient le client, et ce qu'on n'aimait pas (on était tous d'accord), c'était cette façon qu'ils avaient, dès qu'on entrait et qu'ils sentaient l'odeur de la commission, de se précipiter pour nous demander comment ça allait et quelle taille on faisait. Tim estimait que ça serait cool si, au lieu de poireauter près de la caisse, les shopbots défilaient dans la boutique comme des mannequins sur un podium pour présenter les derniers modèles. L'un d'eux abandonnerait les autres et viendrait vous accueillir.

On passa énormément de temps à analyser des images d'authentiques mannequins, et Darren coda leur démarche distinctive avec les mains sur les hanches. Enfin, il fut prêt à montrer son travail. Il activa un shopbot qui se mit à arpenter la zone de démonstration d'une démarche chaloupée. C'était impressionnant : on aurait cru assister au défilé Victoria's Secret.

« Excellent ! s'exclama Tim. Maintenant, montre-moi ce que ça donne avec les autres. »

La confusion apparut sur le visage de Darren.

« Les autres ?

— Il devrait y en avoir une demi-douzaine, qui défilent tous ensemble. Tout l'intérêt est là. »

Darren acquiesça. Ce fut sa première grosse erreur. Non, la deuxième, en réalité. La première avait été de ne pas réfléchir à ce qui pouvait se passer lorsqu'une demi-douzaine de shopbots se croisaient sur un podium étroit. En bon geek qu'il était, il n'avait jamais assisté à un seul défilé de mode. Quoi qu'il en soit, il aurait dû avouer immédiatement à Tim qu'il ne s'était pas encore attaqué à ce problème, au lieu d'improviser.

Il activa un deuxième shopbot, puis un troisième, puis encore deux autres. Pendant un instant, cela donna lieu à un magnifique spectacle : cinq mannequins robotisés, grands, élégants, allaient et venaient sur un podium virtuel, vêtus de diverses tenues imaginaires.

« Ils peuvent défiler en musique aussi », déclara fièrement Darren, et il brancha le son. « Snow (Hey Oh) » des Red Hot Chili Peppers jaillit dans la pièce et les shopbots se mirent à remuer les épaules et la tête au rythme de la musique. Les personnes présentent applaudirent et poussèrent des cris d'encouragement. Y compris Abbie. Rayonnante. (On découvrit à cette occasion qu'elle savait siffler comme les cow-boys texans, en introduisant deux doigts dans sa bouche.) L'espace d'un instant, une ambiance de fête régna dans nos locaux.

Et puis, l'inévitable se produisit. Arrivé à l'extrémité du podium, un shopbot fit demi-tour et percuta celui qui marchait juste derrière. Tous les deux s'écroulèrent sur le sol. Faisant trébucher un troisième. En quelques secondes, le défilé se transforma en un entrelacs de membres mécatroniques qui tentaient d'avancer, mais ne réussissaient qu'à se donner des coups de pied. On se serait cru sur un champ de bataille en voyant ces corps de plastique blanc agoniser dans des soubresauts outranciers.

« Nom de Dieu, marmonna Tim. On n'est même pas capables de copier les êtres humains les plus débiles sur terre. »

Quelqu'un arrêta la musique. Le silence était assourdissant.

« C'est un problème soluble, dit Mike d'une voix mal assurée. Il suffit d'ajouter des capteurs de voitures autonomes, pour qu'ils s'évitent. Ça fera un super effet.

— Oui, soluble, dit Tim. Autrement dit : prévisible. »

On attendait tous le savon qui n'allait pas manquer de suivre. Darren baissa la tête, tel un chien qui sait qu'il va recevoir un coup de bâton.

Tim se tourna vers Abbie et lâcha, avec un grand sourire :

« N'empêche, c'est quand même pas mal, hein ? Pour un premier essai. »

Quelques jours plus tard, quelqu'un jeta un coup d'œil à l'intérieur du bureau de Tim en passant et s'exclama : « Ouah ! »

Abbie portait une combinaison de surf, agrémentée de petits autocollants verts sur les membres. Pour la capture de mouvements, précisa quelqu'un. De fait, Tim la filmait pendant qu'elle se déhanchait comme un mannequin.

À l'évidence, il avait décidé de peaufiner la technique du défilé et Abbie avait offert son aide. Dans sa combinaison moulante, elle était irrésistible. Pourtant, certains d'entre nous se sentaient mal à l'aise. Abbie avait été engagée comme artiste et voilà qu'elle accomplissait une tâche qui, en aucun cas, ne pouvait s'apparenter à de l'art. Elle brouillait les lignes.

D'un autre côté, souligna quelqu'un, Tim ne voulait peut-être pas demander à une de ses employées de défiler devant lui dans cette tenue.

Cette remarque provoqua une longue réflexion. Elle émanait d'un nouveau venu qui n'avait pas conscience des ramifications.

Néanmoins, c'était bon de voir Tim si heureux. On était tous d'accord sur ce point. Abbie lui faisait du bien. Une histoire vieille comme le monde : quand un dur à cuire tombe amoureux, il cesse d'être un dur à cuire.

Au cours d'une de ces réceptions ennuyeuses entre investisseurs, Abbie et l'ex-femme de John Renton s'enivrèrent et se mirent à danser sur une table. Plusieurs hommes se regroupèrent autour d'elles pour les encourager, en glissant des billets de cent dollars dans leurs chaussures, comme ils l'auraient fait avec des strip-teaseuses.

Tim assista à cette scène en affichant une curieuse expression, nous confia Elijah. Il semblait partagé entre la fierté et la crainte qu'Abbie n'aille trop loin.

Plus tard, Elijah l'entendit dire, alors qu'ils sortaient sur le parking : « *Moi,* je sais que tu n'es pas une allumeuse. Le problème, c'est qu'*eux* ne le savent pas. »

Abbie passa son bras autour du sien.

« Et ils étaient tous jaloux de toi, dit-elle. À l'idée que tu puisses avoir une petite amie dévergondée… Ce que je ne suis absolument pas, je tiens à le préciser.

— Je sais bien, dit Tim. Ça fait partie des choses que j'aime chez toi. »

Et il éclata de ce rire haut perché, un peu idiot, toujours surprenant dans sa bouche.

Le lendemain, quelqu'un entrevit le titre d'un PowerPoint sur lequel Tim travaillait dans son bureau : *Pourquoi le polyamour est une idiotie.*

Quelqu'un qui s'était rendu à une Maker Faire[1], voyant le nom d'Abbie sur la liste des exposants, décida d'aller voir quelle œuvre elle présentait. Il s'agissait d'une sculpture composée de six paires de jambes de shopbots, qui marchaient sur un tapis de course. Ce n'était pas sa meilleure installation, précisa ce visiteur. Elle s'était contentée de recycler l'incident du défilé.

Plus intéressant : Abbie traînait avec une bande de types qui avaient des looks de musiciens de rock, cheveux longs, barbes et tatouages. Ils semblaient tous défoncés. Aux amphètes ou à la coke. Le visiteur avait voulu discuter avec Abbie, mais elle tenait des propos incohérents, elle avait les yeux exorbités et le front brillant de sueur.

On fut surpris, et déçus. Certes, Abbie devait relâcher la pression de temps en temps. Et c'était une artiste. Sans doute fréquentait-elle depuis des années des gens qui se droguaient. N'empêche… Elle qui paraissait mener une vie si saine. Difficile de réconcilier ce regard clair, cette beauté fraîche et pure, avec la consommation de drogue.

On s'interrogeait tous pour savoir qui parmi nous annoncerait à Tim que sa petite amie était accro à la coke. *Accro* était peut-être un terme un peu trop fort, cependant. Plus vraisemblablement, Abbie était une consommatrice occasionnelle. Une distinction qui échapperait à Tim, on le savait. Il appliquait une politique de tolérance zéro en matière de drogue au bureau et les tests de dépistage faisaient partie du processus de recrutement.

Évidemment, se disait-on judicieusement, c'était une des choses qui l'avaient attiré chez Abbie : cette altérité, le fait qu'elle venait d'un milieu différent, plus créatif. Quoi qu'il en

1. Manifestation regroupant des artistes, des artisans, des inventeurs, des ingénieurs adeptes de la technologie.

soit, on estimait que leur relation avait du plomb dans l'aile. Tim n'était pas du genre à accepter des compromis en matière de drogue. Pas plus que dans d'autres domaines, d'ailleurs. Et on était tristes, car on aimait bien Abbie. Et surtout, on aimait beaucoup, beaucoup, l'influence qu'elle exerçait sur Tim.

39

Lorsque Danny vient prendre son petit déjeuner, tu lui montres le menu avec des photos que tu as fabriqué. Mais, aujourd'hui, ça ne fonctionne pas. Il y jette à peine un regard.

« Allons, Danny. Il y a forcément quelque chose qui te plaît. »

Il descend de la chaise et va chercher un des livres de la série *Thomas et ses amis*. Tu vois qu'il réfléchit. Et soudain, très vite, il introduit le livre dans le grille-pain.

« Euh, ce n'est peut-être pas une très bonne idée », dis-tu en sortant le livre.

Tu le lui rends, et aussitôt, il essaie de mordre dedans.

« Au diable, ce téléphone ! » s'exclame-t-il.

Tu le dévisages. Ces mots qu'il vient de prononcer… tu les as reconnus. Ils sont tirés de *Toby le Tramway*. Le livre qu'il voulait manger à l'instant.

Tu le lui reprends délicatement et trouves la page où le Gros Contrôleur se fait servir des toasts et de la marmelade par son majordome, lorsque le téléphone sonne, interrompant son petit déjeuner.

« C'est ça que tu veux, Danny ? demandes-tu. Des toasts et de la marmelade ? »

Il semble presque étonné que tu aies réussi à suivre son raisonnement tortueux.

Étonné, et ravi.

Sian étant venue chercher Danny pour le conduire à l'école, tu sors ton portable. Tu ne saurais dire à quel moment tu as pris la décision d'appeler Lisa, mais, maintenant, elle te semble s'imposer.

Tu trouves son nom dans tes contacts et tu appuies sur APPELER. C'est si simple. Tu imagines ta sœur prenant son téléphone et regardant d'un air hébété le nom de son correspondant. Il y aura quelques secondes de stupéfaction. Mais, après tout, elle t'a vue à la télé. Et elle finira par répondre.

Erreur. Après quelques sonneries, ton appel est transféré sur la boîte vocale. Tu ne peux te résoudre à laisser un message. Ton premier contact avec ta sœur, après tout ce temps, doit se faire de vive voix.

Quelques minutes plus tard, tu réessaies. Cette fois, l'appel s'interrompt après la première sonnerie. Tu imagines Lisa son portable à la main, attendant de voir apparaître ton nom, puis coupant la communication. Pour effacer ABBIE de l'écran, le plus vite possible.

En désespoir de cause, tu envoies un texto.

Lisa, c'est moi. C'est VRAIMENT moi, quoi que tu aies pu lire ou entendre. Je te rappellerai. Réponds, cette fois. D'accord ?

Message envoyé, t'indique ton portable. Puis : *Lu*. Trois points de suspension indiquent qu'elle est en train d'écrire. Mais aucune réponse ne te parvient. Elle a dû l'effacer avant de l'envoyer.

Encouragée, tu la rappelles. Cette fois, elle répond. Elle ne dit rien, mais tu l'entends respirer.

« Leese, il faut qu'on se voie, dis-tu dans le silence. Je sais que tu trouves ça bizarre… moi aussi. Mais ce n'est pas comme si j'avais décidé quoi que ce soit.

— Bon sang, murmure-t-elle, incrédule. Bon sang. On dirait… on dirait… »

Elle fond en larmes.

« Si on se retrouvait au Spikes ? » proposes-tu. C'est le café où vous vous donniez rendez-vous dans le temps, à mi-chemin entre vos deux maisons. « On dit onze heures ? »

Lisa renifle pour ravaler ses larmes, sans répondre.

« Bon. Moi, j'y serai en tout cas, dis-tu finalement. Viens, s'il te plaît. J'ai besoin de te voir. »

QUATORZE

L'honnêteté oblige à dire que, malgré notre vigilance, on ne décela aucun signe confirmant l'hypothèse selon laquelle Abbie se droguait. Ce qu'on voyait, en revanche, c'était une personne absorbée par un nouveau projet. Il y avait à l'atelier une grosse imprimante 3D, une machine très chère qui servait à fabriquer des prototypes. À la demande d'Abbie, Darren lui montra comment l'utiliser afin de réaliser des répliques parfaites de n'importe quoi, ou presque.

Elle commanda une cargaison de Newplast, une sorte de pâte à modeler utilisée par les animateurs qui faisaient de l'image par image. Et pendant toute une semaine, elle réquisitionna la machine. On ignorait ce qu'elle fabriquait dans la cabine, mais elle commença à arriver tard et à travailler toute la nuit. On crut comprendre que Tim n'y trouvait rien à redire.

Comme avec les sacs de boxe, elle ne fit aucune annonce en fanfare une fois son œuvre terminée. Mais, en venant travailler un matin, on découvrit Sol, qui arrivait généralement le premier, en proie à une grande excitation.

« Il faut absolument que vous veniez voir ce qu'elle a fait ! » nous dit-il.

Il nous conduisit dans une des salles de réunion. Elle était là, face à nous : une réplique en 3D d'Abbie, en pâte à modeler couleur chair. Exception faite d'un minuscule string, elle était nue. Les mains sur les hanches, le torse légèrement tourné sur le côté, elle semblait se regarder dans un miroir.

« Bordel de merde », lâcha quelqu'un.

C'était une vision incroyable, en effet. Aucun de nous ne voulait paraître ringard en faisant un commentaire déplacé, mais Abbie possédait vraiment un corps splendide. Il n'y avait pas que ça, cependant. Ce n'était qu'une impression 3D, et pourtant on percevait quel genre de personne elle était : dynamique, optimiste et même, d'une certaine manière, innocente.

On la contemplait depuis plusieurs minutes lorsque quelqu'un remarqua le cartel punaisé sur le mur le plus proche.

FAITES CE QUE VOUS VOULEZ (N'HÉSITEZ PAS !)
Pâte à modeler et structure en fil métallique. Impression 3-D
Installation interactive
Dimensions variables

« Interactive comment ? se demanda quelqu'un d'autre. Elle ne fait rien, si ?

— Et pourquoi "dimensions variables" ? interrogea une des filles.

— Peut-être, suggéra Kenneth, qu'on est censés… euh… jouer avec ? »

Un silence suivit cette remarque. Quelqu'un se pencha pour pincer un des pieds, timidement, juste au-dessus des orteils.

« C'est mou, commenta-t-il.

— Tu vas l'abîmer ! protesta Marie Necker.

— C'est justement ça, l'idée. Je pense qu'on est censés la… *remodeler.* »

Sol posa son pouce sur la hanche droite de la sculpture et appuya. Quand il le retira, son doigt laissa une petite empreinte semblable à une fossette.

« Tu n'aurais pas dû faire ça, le réprimanda Marie.

— Pourquoi ? rétorqua Sol.

— Tim l'a vue ? » demanda quelqu'un d'autre.

Cette question nous pétrifia. On ignorait ce qu'on était censés faire avec cette sculpture, mais personne ne voulait intervenir avant que Tim ait déterminé la réaction appropriée.

40

Tu arrives en avance au Spikes. Lisa est en retard, tellement en retard que tu en viens à te demander si elle va venir. Mais tu es certaine qu'elle va finir par arriver. Sans pouvoir dire pourquoi. Cela fait partie des choses que tu sais sur elle.

Pour patienter, tu visionnes les vidéos stockées dans ton téléphone. Des vidéos de Danny principalement. Sur l'une d'elles, filmée le matin de ses quatre ans – quelques mois avant sa régression –, il se chante « Joyeux anniversaire », surexcité. Son sourire édenté fend son visage en deux lorsqu'il entonne : « Zoyeux anniverzaire, Dannyyyyy... Zoyeux anniverzaire... »

On entend ta voix derrière la caméra.

« Joyeux anniversaire, corriges-tu.

— Zoyeux anniverzaire ! répète-t-il gaiement. Z'est ze que j'ai dit. »

Il était atteint d'un léger zézaiement, à cause de ses dents de devant qui mordaient sur sa lèvre inférieure, d'après l'orthophoniste. Celle-ci estimait que ce petit défaut disparaîtrait avec la croissance, néanmoins tu pouvais l'aider en lui faisant entendre la bonne prononciation.

Ce souvenir t'arrache un soupir. Toutefois tu repenses à ce bref instant de connivence ce matin au petit déjeuner, à propos des toasts, et tu ne peux t'empêcher de sourire. Danny a peut-être changé au point de devenir méconnaissable, mais il reste ton enfant.

Lisa arrive enfin, à onze heures trente. Elle te regarde à travers la vitre. Tu lui adresses un timide signe de la main, accompagné d'un sourire triste, qui dit : *J'aurais voulu que ça se passe autrement.*

Elle ne s'arrête pas au comptoir pour commander un café, elle vient s'asseoir directement en face de toi. Physiquement, elle ne te ressemble pas – « Tu as pris ma part de beauté, en plus de la tienne », aimait-elle à répéter avec ironie –, mais vous avez exactement les mêmes yeux. Et quand tu te concentres sur cette partie de son visage, tu as l'impression de te regarder dans un miroir. Bien évidemment, elle a vieilli de cinq ans depuis la dernière fois, et ça se voit, d'autant qu'elle s'est toujours habillée comme une « mamie ».

« Je t'ai vue à la télé, dit-elle sèchement. Mais là, en chair et en os… » Elle déglutit. « Qu'est-ce que je raconte ? Il n'y a ni chair ni os.

— Ils ont fait exprès de me ridiculiser à la télé. Le point positif, c'est que personne ne me reconnaît dans les lieux publics. »

Lisa essaie de se ressaisir.

« C'est bien ta voix. Enfin, *la sienne*, je veux dire.

— C'est bien *moi*. Du moins, je crois. Et c'est *mon* esprit, Leese. Une infime partie, d'après ce que j'ai compris, mais suffisamment pour que je me reconnaisse. On peut débattre pour savoir si cela fait de moi une machine ou une transhumaine – et crois-moi, les amis de Tim en ont discuté pendant une heure pas plus tard qu'hier soir au cours du dîner –, mais, la réalité, c'est que je ne suis pas un simple sosie électromécanique.

— Comment s'appelait ta première poupée ?

— Question piège. Grafton. Papa et maman insistaient pour que tous nos jouets portent des noms neutres. Ils étaient très en avance sur ce plan-là. »

Elle te regarde d'un air ébahi.

« Pour être franche, ajoutes-tu, mes souvenirs sont un peu épars. Tu serais étonnée de découvrir qu'il n'en faut pas énormément pour conserver un sentiment d'identité. C'est une sorte d'Alzheimer inversé : je remplis les cases vides petit à petit. »

Lisa secoue la tête.

« C'est tellement bizarre.

— À qui le dis-tu. » Tu te penches en avant pour lui prendre la main. « Tu m'as manqué, Leese. »

Elle retire sa main d'un geste brusque.

« Oh, mon Dieu, murmure-t-elle. Mon Dieu… »

Elle se met à pleurer.

« Tout ça, c'est à cause de lui, ajoute-t-elle entre deux sanglots. Ce salopard.

— Tim ? Il m'a offert une seconde vie. Il m'aime. En quoi cela fait-il de lui un salopard ?

— C'est pas de l'amour. C'est… de la *nécrophilie.*

— Loin de là, réponds-tu sèchement. Sache qu'il ne m'a pas donné d'organes génitaux. »

Lisa renifle avec mépris.

« Ça ne m'étonne pas.

— Que veux-tu dire ?

— Il veut tout contrôler. Depuis toujours. Par exemple, il te privait de rapports sexuels pour pouvoir te mener à la baguette.

— Je t'ai raconté ça ? »

Elle sèche ses larmes.

« Pas de manière aussi directe. Tu prenais sa défense. C'est la preuve qu'il me respecte, disais-tu. Personnellement, j'ai toujours pensé que c'était la preuve qu'il se fichait pas mal de tes besoins. Seule comptait sa grande et belle passion narcissique. Son amour pour toi, c'était surtout l'amour de lui-même. "Regarde comme je suis romantique, comme je suis capable de pardonner et de t'adorer !" Mais gare à toi si, par malheur, tu descendais de ton piédestal.

— J'ai essayé ?

— Plusieurs fois. » Elle t'observe et semble réfléchir. « Tiens, par exemple... Ce jour-là, tu étais très fatiguée, Danny n'avait pas dormi de la nuit. Mais Tim voulait faire l'amour pour une fois. Comme il ne jouissait jamais – c'était trop sale, c'était une perte de contrôle –, ça durait jusqu'à ce que *toi* tu jouisses. Alors, cette fois-ci, tu as simulé. Pas très bien, apparemment, car il s'en est aperçu. Il te l'a reproché pendant des jours. Si Jack m'avait fait ça, je l'aurais foutu à la porte. Mais toi, tu étais toujours si *compréhensive*. Bref, je t'ai dit que l'attitude de Tim était scandaleuse, et que je ne comprenais pas pourquoi tu te sentais obligée de faire l'amour avec lui, et à plus forte raison de feindre l'orgasme, mais, après tout, ça ne me regardait pas. Toutefois, il faut croire que je t'ai convaincue, parce que tu as fini par vider ton sac. Et Tim ne t'a pas adressé la parole pendant des semaines. Tu n'existais plus pour lui. Finalement, tu lui as avoué que ça venait de moi, et à partir de ce jour, il m'a interdit de venir chez vous. Quand on se téléphonait, il devenait fou de rage. »

Tu attends de voir si le souvenir des événements décrits par Lisa te revient. En vain.

« Au fait, comment ça va entre Jack et toi ? »

Ta sœur laisse échapper un petit ricanement amer.

« On est séparés depuis plusieurs années déjà.

— J'en déduis que Tim et moi, on ne s'entendait pas si mal, après tout.

— Oui, sans doute... Ou alors, tu avais peur de le quitter. »

Tu fronces les sourcils.

« Qu'est-ce qui te fait dire ça ?

— Avec lui, tu marchais toujours sur la pointe des pieds. Comme tout le monde, d'ailleurs. Le brillantissime Tim Scott, le jeune prodige qui allait tout révolutionner. Il n'avait pas d'employés, mais des *disciples*. Une vraie secte. Tous ces jeunes béni-oui-oui qui se prosternaient sur son passage. Personnellement, je n'imagine rien de pire que de vivre avec quelqu'un comme lui. Je trouvais ça flippant que tu sois obligée d'être en permanence à la hauteur de cette image parfaite qu'il avait créée dans sa tête. » Elle ne peut réprimer un frisson. « Même si tu commençais à te poser des questions, tu ne me l'aurais jamais dit. Tu n'aurais pas supporté que j'aie raison au sujet de Tim. »

Tu repenses à ce livre caché dans la bibliothèque. *Vaincre la passion amoureuse.* Ce n'était peut-être pas toi qui en étais victime, après tout ? Peut-être essayais-tu de comprendre l'homme que tu avais épousé.

Tu chasses cette hypothèse. Lisa a toujours adoré incarner la grande sœur raisonnable qui sait tout. C'était une des raisons pour lesquelles tu aimais tant, plus jeune, prendre des risques. Lorsqu'elle te mettait en garde contre tel ou tel danger, tu t'empressais de passer outre.

« Tu te souviens de la fois où tu t'es coupé les cheveux ? demande Lisa. Tu avais décidé que les tresses ce n'était pas pratique pour une jeune mère. De plus, on commençait à parler d'appropriation culturelle sur les réseaux sociaux. Alors, tu as pris une paire de ciseaux et tu as tout coupé. Le résultat était superbe. Il faut dire que n'importe quelle coiffure t'allait à ravir. Seulement, tu n'avais pas consulté Tim avant. Il était furieux. Tu as dû te faire poser des extensions et te coiffer comme avant.

— Ça non plus, je ne m'en souviens pas. Tu es sûre que c'est vrai ? J'ai peut-être exagéré.

— Non, tu n'as pas exagéré. En fait, tu souffrais du… comment on appelle ça ?… le syndrome de Pangloss. Tout était toujours beau, génial et *parfait* dans ce nouveau monde extraordinaire que vous construisiez ensemble, Tim et toi. Beurk ! »

Elle fait mine d'enfoncer ses doigts dans sa gorge.

Tu songes que, l'autre jour, tu as demandé à Tim s'il aimait ta nouvelle coupe et il t'a répondu que tu étais libre de te coiffer comme tu voulais. Pourtant, après le désastre du poisson avarié, tu avais repris ta coiffure d'avant. Pour essayer, inconsciemment, de lui faire plaisir ?

Des détails tout ça, insignifiants. De simples petits bugs que l'on retrouve dans n'importe quelle relation. Feindre un orgasme, tout bien considéré, ce n'était rien. Toutes les épouses simulaient, et tous les maris les soupçonnaient de simuler. Sauf peut-être Lisa, d'accord, en raison de ses principes féministes. Mais elle se retrouvait toujours avec des partenaires réservés et brimés, qui finissaient par la quitter pour quelqu'un de plus amusant.

Rien dans tout ce qu'elle t'a raconté ne t'incite à croire que Tim a jamais cherché à t'effrayer.

Sauf si tu avais une liaison, penses-tu. Ton infidélité changerait tout. Car s'il y a une chose dont tu es sûre, c'est que Tim exige une loyauté absolue.

« Est-ce que je… »

Tu t'interromps, ne sachant pas comment formuler ta question.

« Quoi donc ? » fait Lisa, et tu as le sentiment qu'elle sait ce que tu essaies de lui demander.

« Notre couple était-il en danger ? À cause d'un problème précis ?

— Tu veux savoir si Tim avait une raison de t'assassiner ? »

Bien que ce soit exactement ce à quoi tu pensais, le fait d'entendre ces paroles prononcées à voix haute rend la chose plus horrible encore.

Après un moment d'hésitation, Lisa hausse les épaules.

« Comme tu peux l'imaginer, répond-elle, je me suis posé cette question un millier de fois après ta disparition. Car j'ai une certitude : ce qui t'est arrivé cette nuit-là, ce n'était pas un accident de surf.

— Qu'est-ce qui te fait dire ça ?

— Toi et moi, on a grandi au bord de l'océan. Certes, tu as toujours aimé prendre des risques, et il se peut que tu sois allée faire du surf malgré le mauvais temps, surtout s'il y avait de belles vagues. Mais tu aurais pris la bonne planche. Tu aurais pris le *gun*. »

Tu es obligée de déchiffrer le sens de ces paroles. Lisa veut parler de l'*elephant gun*. La plus large et la plus lourde de toutes les planches de surf, conçue au départ pour le paddle, mais utilisée par les surfeurs expérimentés en quête d'une meilleure stabilité sur les grosses vagues. La tienne est toujours dans le garage de la maison de Half Moon Bay.

« Quelle planche j'ai prise ?

— Ta *shortie* habituelle, a priori. Du moins, c'est la seule qui n'est plus dans le garage. Pour quelqu'un qui ne te connaissait pas, ou qui ne connaissait rien au surf, ça semblait logique : c'était la planche que tu utilisais le plus souvent. Mais elle n'était pas adaptée à l'état de la mer.

— Tu l'as dit à la police ?

— Bien sûr. Ils m'ont répondu que ça ne prouvait rien. Les surfeurs testent différentes planches parfois. Ils semblaient déçus que je n'aie rien de plus à leur offrir.

— Ils avaient raison. En affirmant que ça ne prouvait rien.

— Je te connais, insiste Lisa. Je connais ta manière de surfer. » De nouveau, ses yeux se mouillent de larmes. « Je ne m'attendais pas à ça en me retrouvant face à toi. Je pensais m'asseoir devant une sorte de *poupée*. Qui te ressemble, qui a la même voix et qui emploie les mêmes expressions. Je n'imaginais pas voir…

— Ta sœur. »

Lisa hoche la tête et avale difficilement sa salive. Elle pose sa main sur la tienne.

« Voilà pourquoi je te supplie de faire attention, murmure-t-elle. S'il te plaît. Ce qui t'est arrivé, ne crois pas que ça ne peut pas se reproduire. »

QUINZE

Tim étudia la sculpture intitulée FAITES CE QUE VOUS VOULEZ (N'HÉSITEZ PAS !) pendant plusieurs minutes, en tournant autour pour l'examiner sous tous les angles. Difficile de savoir ce qu'il pensait, jusqu'au moment où il laissait éclater un flot d'invectives, plus rarement de louanges.

« C'est une putain d'idée géniale », lâcha-t-il enfin.

On acquiesça. C'était aussi notre avis.

« Sa meilleure œuvre jusqu'à présent, ajouta-t-il. C'est dément.

— J'aime beaucoup sa façon de se tenir, commenta quelqu'un. Quelle allure ! »

Nul ne releva. La posture de la statue était hors sujet.

« Où est-elle ? demanda Tim en lançant des regards impatients autour de lui. Où est Abbie ? »

Personne ne le savait.

Il sortit son portable pour l'appeler.

« Salut, toi, dit-il d'un ton empli de tendresse qui nous surprit… Oui, je suis devant. Tu es *superbe*… Non, personne pour le moment… Moi… ? »

Il pressa timidement l'épaule droite de la sculpture. Ses doigts laissèrent de petites fossettes dans la pâte à modeler couleur chair.

« Tu es sûre ? demanda-t-il, toujours au téléphone. Je trouve ça dommage. »

Les paroles d'Abbie durent le rassurer, car Tim pinça l'autre épaule, plus fortement.

« Incroyable », dit-il.

Il s'éloigna pour poursuivre cette conversation en privé.

Certains d'entre nous l'imitèrent en pinçant la sculpture ici ou là. Mais, malgré les encouragements du titre, on refréna nos envies. Quelques marques laissées par nos doigts, une légère déformation au niveau d'un bras ou d'un coude, on ne s'en autorisa pas davantage.

Comment se fait-il alors que FAITES CE QUE VOUS VOULEZ (N'HÉSITEZ PAS !) ait subi une telle volée de coups au cours des jours et des semaines qui suivirent ? Tout d'abord, il s'avéra que les gens se contrôlaient moins quand ils se retrouvaient seuls ou en petits groupes de deux ou trois personnes. Il ne fallut même pas attendre le deuxième jour pour que les premières marques de doigts apparaissent sur ses seins. La pâte à modeler souple conservait chaque empreinte. Avec un peu de poudre magnétique, plaisanta quelqu'un, Tim pourrait aisément identifier ceux qui avaient peloté sa copine. Un petit plaisantin laissa la marque de sa main sur la fesse gauche, aussi nette que le fossile d'une feuille sur une pierre. Mais elle fut très vite masquée par d'autres empreintes, plus ou moins appuyées, qui donnaient à la peau autrefois lisse l'aspect bosselé et granuleux de la cellulite. Quelqu'un se servit d'un crayon à papier bien taillé pour pratiquer sur le mollet droit une longue incision qui aurait conduit la véritable

Abbie aux urgences. (On savait qu'il s'agissait d'un crayon à papier, car le, ou plus probablement la, coupable l'avait planté ensuite dans le pied droit.) Les mamelons (faut-il s'en étonner ?) furent l'objet d'une attention particulière et, de ce fait, rapidement arrachés. L'un des deux fut déposé sur une table voisine, comme si le responsable pensait qu'on pourrait le remettre. Le sein droit, déformé à force d'être malaxé, finit par tomber à son tour. En découvrant cette sculpture, certains d'entre nous avaient évoqué les statues votives aux surfaces de bronze polies par les prières et les baisers, mais, très vite, il apparut qu'on était face à quelque chose de plus sauvage, de l'ordre de ces macabres peintures médiévales qui représentaient les martyres tripotant leurs plaies béantes. Bientôt, la statue ressembla à une carcasse dévorée par des loups, une explosion au ralenti de pâte à modeler et de parties humaines.

Nullement contrarié par la désintégration de cette œuvre, Tim paraissait fasciné au contraire. Il venait l'examiner au moins deux fois par jour. Lui-même ne prit jamais part au « remodelage », à notre connaissance, mais c'était comme si sa fascination nous encourageait. « Abbie » perdit ensuite ses deux mains (sans doute volées) et sa tête bascula vers l'avant, donnant l'impression qu'elle était ivre. Beaucoup de personnes se contentaient de prélever une petite quantité de pâte à modeler, qu'elles roulaient entre leurs doigts, en forme de cylindre, pour la replacer sur une autre partie du corps, si bien qu'au bout d'un moment la statue sembla couverte de petits vers charnus. Puis vint le moment critique où FAITES CE QUE VOUS VOULEZ (N'HÉSITEZ PAS !) perdit toute apparence humaine pour n'être plus qu'un gros bloc malléable. Une des épaules ressemblait vaguement à une seconde tête grimaçante. Quelqu'un prit une partie du bras pour façonner un pénis grossier qui, pendant quelque temps, jaillit de l'entrejambe de la statue, avant de tomber à son tour, parmi les autres débris de Newplast qui jonchaient le sol tels des chewing-gums mâchés. Finalement, la tête disparut elle aussi, arrachée et ouverte en deux, comme si le bourreau anonyme avait voulu en examiner l'intérieur. On dirait la *Victoire de Samothrace*, commenta quelqu'un pompeusement, mais on savait tous que ce torse difforme ne ressemblait nullement à cette gracieuse effigie grecque.

Le lendemain matin, la sculpture – ce qu'il en restait – avait disparu. Abbie avait même tout nettoyé. La salle de réunion était impeccable.

On se sentait un peu honteux, comme après une soirée trop arrosée durant laquelle vous ne vous êtes pas très bien comporté. Certains allèrent jusqu'à déclarer que, si une nouvelle occasion se présentait, ils agiraient différemment. Peut-être qu'ils se relaieraient pour monter la garde. Il faudrait instaurer un planning, disaient-ils, installer une caméra de surveillance.

Mais on avait conscience de parler dans le vide. Il n'y aurait pas d'autre occasion. Ce qui était arrivé à la sculpture devait arriver, voilà tout. C'était le but recherché.

Quelques jours plus tard, les murs du bureau furent couverts de photos. D'immenses clichés en noir et blanc, pris à vingt-quatre heures d'intervalle, dans une lumière crue, pour rendre compte de la dégradation graduelle de l'œuvre. Abbie était venue chaque soir pour photographier *notre* travail.

On se réjouissait que le projet ait été enregistré. On n'aimait pas se dire qu'il s'était volatilisé sans laisser de trace. Mais en le contemplant ainsi, figé de manière cruelle, sur ces grandes photos brutes, on découvrait avec quelle rapidité la sculpture avait été dépouillée de son humanité gracieuse et réduite à un amas primitif. Une constatation dérangeante.

Ces photos, dont des copies numériques furent envoyées (par Abbie ? par l'un de nous ?) à plusieurs blogs artistiques et comptes Instagram, finirent par se retrouver sur le site du

Chronicle, et de là sur plusieurs chaînes de télé de Bay Area. Conséquence : Abbie devint, temporairement, une petite vedette locale. Dans l'optique des chaînes d'information, ce qu'on avait fait subir à cette sculpture montrait les employés de la tech sous un mauvais jour : notre comportement destructeur et effrayant prouvait qu'on était des geeks asociaux. Cela nous paraissait injuste. On n'était pas des vandales. N'importe qui aurait réagi de la même manière face à cette installation, et face à son titre provocateur.

Heureusement pour nous, Tim ne pensait pas que cela donnait une image négative de Scott Robotics. Au contraire, il était très fier, notamment quand Abbie commença à donner des interviews. Il accrocha même une des photos en noir et blanc, la première de la série, dans son bureau. En face de la citation de Mohammed Ali. Et Katrina Gooding, la conseillère en relations publiques, réussit à faire publier sur plusieurs blogs spécialisés des articles vantant l'aspect visionnaire et radical de Tim, qui avait eu l'idée de recruter une artiste en résidence.

41

Après le départ de Lisa, tu restes assise au café, plongée dans tes pensées. Tu es satisfaite de la manière dont s'est déroulée la conversation, compte tenu des propos qu'elle avait tenus à la télé. Mais tu es bien placée pour savoir que les journalistes peuvent faire dire ce qu'ils veulent à n'importe qui.

Néanmoins, tu as le sentiment – appelons ça une intuition – que ta sœur te cache quelque chose, qu'elle ne te dit pas tout.

Connaît-elle ton secret ? A-t-elle peur, elle aussi, que tu ailles répéter à Tim tout ce qu'elle te confie ?

Avant de partir, elle t'a demandé si tu te souvenais de cet épisode de *La Quatrième Dimension* dans lequel un voleur à la petite semaine se réveille dans l'au-delà. Il se retrouve dans un superbe appartement, il ne perd jamais au casino et vit entouré de jolies femmes. Mais, au bout d'un moment, il s'ennuie et il explique à son guide qu'il aimerait bien quitter le paradis pour visiter l'enfer. Et son guide répond : « Qu'est-ce qui te fait croire que tu es au paradis ? C'est ici, l'enfer. »

« Pour dire les choses autrement, a conclu Lisa, méfie-toi de tes souhaits. » Et elle t'a adressé un regard que tu n'as pas su interpréter.

Même après réflexion, tu ne comprends pas ce qu'elle a voulu dire.

Tu t'aperçois que tu n'as pas le choix. Si désagréable soit le type de la boutique de téléphonie, il faut que tu saches ce que contient cet iPad.

Quand tu entres dans la boutique, Nathan le Geek est en train de trifouiller l'intérieur d'un téléphone, accoudé à son comptoir. En te voyant, il te fait un grand sourire. Il sort de derrière son comptoir et va accrocher la pancarte FERMÉ à la porte, en prenant soin de tirer le verrou.

« Suivez-moi derrière. »

Il te conduit dans une minuscule réserve où s'empilent des cartons. Sur un établi, qui disparaît presque sous un amas de câbles et de pièces détachées, un ordinateur portable est ouvert. Tu sens son excitation. Ou bien est-ce ta nervosité ?

« Il doit y avoir un port quelque part, s'impatiente-t-il. Un endroit où je peux me connecter.

— Sur ma hanche. Mais je veux l'iPad d'abord.

— Je n'ai pas tout décodé. Par contre, je peux vous montrer ce que j'ai déjà récupéré. Je savais que vous reviendriez. » Il prend quelques feuilles posées sur une étagère. « C'est un historique de recherches. Un peu brouillé, mais très intéressant. »

Tu tends la main vers les feuilles.

« Non, non. Quand vous serez branchée.

— Allez-y, alors ! »

Tu pourrais l'aider en ôtant toi-même ton jean, mais tu ne veux pas lui faciliter la tâche. Tu veux qu'il se sente gêné, qu'il ait conscience de commettre un viol. Tu poses sur lui un regard que tu espères glaçant pendant qu'il baisse ton pantalon.

« Parfait, commente-t-il en découvrant la rangée de ports, indifférent à ta réaction. Il y a le choix. Allons-y pour FireWire. »

Tu entends le *clic* lorsqu'il connecte le câble. Cela étant fait, il reporte son attention sur l'ordinateur.

« Le tirage », lui rappelles-tu.

Distraitement, il dépose les feuilles dans ta main.

« Incroyable », lâche-t-il en suivant avec son doigt les chiffres et les codes que tu vois s'afficher sur l'écran. Tu l'ignores pour te concentrer sur la première feuille.

Ce que tu découvres alors te laisse sans voix.

42

€€ ~ ~ ~

WWW. Souslesradars.com. Comment couper les ponts et disparaître complètement 0= = = = €€

~ XÿŒ 0

ÉTAPE UN Préparez tout soigneusement. Un mois environ avant de disparaître, montrez des signes de dépression. Demandez des médicaments à votre médecin et retirez chaque jour du flacon le bon nombre de cachets.

€ ~#0 €

ÉTAPE DEUX Effacez l'historique de votre ordinateur. Retirez le disque dur, faites-le bouillir et écrasez-le avec un marteau. Enfin, passez-le au démagnétiseur (baguette électromagnétique) pour supprimer les informations qui pourraient vous trahir (comme le fait d'avoir consulté ce site). €Űàšª# – e g ¼ À ðE

ÉTAPE TROIS Effacez toutes les informations de votre téléphone, puis laissez-le dans un transport public. Quelqu'un le trouvera et l'utilisera, créant ainsi une fausse piste qui déjouera les recherches.

ÿÿÿÿÿÿ

Ë

ÉTAPE QUATRE Achetez un véhicule et payez en liquide. Donnez un faux nom. Retirez tous les outils de tracking (badge de télépéage, GPS, etc.)

Root

ÉTAPE CINQ Entraînez-vous à votre nouveau mode de vie. Achetez des plats à emporter. Ne commandez jamais à une chaîne de restauration. Changez vos habitudes alimentaires. Exemple : si vous êtes végétarien(ne), envisagez de manger de la viande. Essuyez les verres et les couverts avec des lingettes désinfectantes pour ne pas laisser d'empreintes ni de traces d'ADN, détectables avec une machine BPac facile à se procurer. Dormez dans un sac de couchage (dans les motels qui n'appartiennent pas à des chaînes). Payez toujours en liquide.

ÿÿÿÿÿ

ÉTAPE SIX Réduisez votre activité sur les réseaux sociaux. Créez une nouvelle identité déconnectée. (Ne commettez pas l'erreur fréquente qui consiste à essayer d'obtenir de faux papiers au nom d'une personne morte.)

X0X0X0 ˜ ˜ ÉTAPE SEPT Mettez de côté une importante somme en liquide. Emprunter de l'argent à un usurier ou à un dealer est une tactique risquée, mais efficace. Quand vous aurez disparu, ils se lanceront à votre recherche, ce qui peut aider à détourner l'attention.

Entry

%%%%% 0x0

ÉTAPE HUIT Racontez à vos proches que vous craignez d'être suivi(e). Par ailleurs, dites-leur que vous avez pris l'habitude d'effectuer des randonnées dans des endroits isolés. (L'accident de randonnée est préférable à la noyade, car on retrouve moins souvent les corps.) Ne confiez à personne ce que vous projetez de faire, même à ceux et celles en qui vous avez le plus confiance.

#&

Achetez une casquette de baseball avec des LED sous la visière. Ainsi, les caméras de surveillance à infrarouge ne verront qu'une tache floue à la place de votre visage.

#&

#&

UùùùOxxO

ÉTAPE NEUF Créez une société sous un nom qui n'a aucun lien avec vous. Cette entité légale vous permettra de louer un appartement, de payer des factures, d'ouvrir un compte en banque, etc. Utilisez le compte de la société plutôt que votre compte personnel pour payer votre intermédiaire.

Entr %%

ÉTAPE DIX Jetez toutes vos cartes de crédit et vos objets personnels. Et partez.

43

Tu ne peux détacher ton regard de ces feuilles. Tu ne savais pas à quoi t'attendre, mais certainement pas à ça.

Il ne s'agit pas d'une liaison cachée, finalement. Ni d'un suicide. Mais d'un secret d'une tout autre nature.

Tu t'es enfuie.

Certes, certains détails ne correspondent pas. Ce site déconseille de simuler une noyade ; et à l'évidence, cet iPad n'a pas été détruit à coups de marteau ni jeté dans l'eau bouillante. Mais sans doute as-tu estimé que ta passion bien connue pour l'océan rendait cette version plus crédible qu'un accident de randonnée. Quant à l'iPad, peut-être voulais-tu l'emporter avec toi. Tous les autres détails, les médicaments par exemple, ne peuvent être de simples coïncidences.

Tu es toujours vivante.

Cette constatation est un choc. Tout ce que croit Tim, tout ce qu'il a fait – qu'il s'agisse d'élever Danny seul ou te reconstruire –, repose sur un monstrueux mensonge. Un subterfuge orchestré par la femme qu'il aimait. Cette femme qui prétendait l'aimer en retour.

Ironie du sort, en découvrant l'information qui innocente Tim, accusé de t'avoir assassinée, tu as exhumé un élément qui va le détruire.

Mais… pourquoi ? C'est ce que tu n'arrives pas à comprendre. Tu avais une vie agréable, un mari aimant. Bon, d'accord, il te préférait avec des tresses et il n'aimait pas que tu simules l'orgasme. De là à te faire passer pour morte…

Et si tu avais cessé d'aimer Tim, pour une raison ou une autre, c'était triste, mais il y avait toujours l'option du divorce. Cet homme t'avait offert une maison sur la plage en guise de cadeau de mariage. Même séparés, vous seriez restés ridiculement riches.

Mais, surtout, tu ne comprends pas comment tu as pu abandonner Danny. Aucune mère ne peut quitter son enfant de cette manière, et encore moins un enfant dont la vulnérabilité vous fend le cœur.

Certaines personnes le font, te rappelle une voix intérieure. *Ce sont des choses qui arrivent.*

Oui, mais pas des personnes comme Tim et toi. Des personnes fortes, généreuses, ayant des principes. Des personnes *bien.*

En supposant que tu en fasses partie.

« Génial, murmure Nathan en regardant tes données défiler sur l'écran de son ordinateur. Je vois littéralement votre esprit fonctionner.

— Comment ça ?

— Rassurez-vous, je ne peux pas lire dans vos pensées. Je vois juste que vous cogitez dur. » Il jette un coup d'œil aux feuilles que tu tiens toujours entre les mains. « Vous allez apporter ça à la police ?

— Je n'ai pas encore pris de décision. »

Mais tu devines que cela risque d'être délicat. La police rouvrira l'enquête. Tu ignores si c'est légal ou non de simuler sa propre mort, mais tu devines que, s'ils retrouvent Abigail Cullen-Scott en vie, tu seras au moins poursuivie pour avoir monopolisé sans raison des forces de police.

Plus grave : Tim saura ce que tu as fait. Il découvrira que tu as abandonné ton fils handicapé. Et lui.

Tu te souviens des paroles de Mike, le jour où il est venu te voir. *Souvenez-vous qu'il est encore fragile.*

Tu ne peux pas faire une chose pareille à Tim. Du moins, pas maintenant.

« Si vous apportez ces feuilles à la police, reprend Nathan malicieusement, ils confisqueront l'iPad. Et je parie qu'il reste des trucs dessus. »

D'un geste brusque, tu arraches le câble enfoncé dans ta hanche.

« Hé ! proteste-t-il. Il faut l'éjecter correctement…

— Il reste beaucoup de choses ?

— Difficile à dire. » Il montre d'un air avide le câble qui pend de son ordinateur. « Rebranchez-moi et je lancerai une nouvelle impression ce soir.

— Non, réponds-tu en reculant d'un pas. Continuez à décoder des données et peut-être que je vous autoriserai à rebrancher votre ordinateur. On n'a rien sans rien dans ce monde… vous vous souvenez ? »

SEIZE

(N'HÉSITEZ PAS !) fut sans doute l'œuvre maîtresse d'Abbie durant son séjour parmi nous. Les gens lui demandaient : « Comment allez-vous faire pour surpasser *ça ?* » Elle souriait et haussait les épaules. « Une idée me viendra, répondait-elle. Comme toujours. »

Mais à mesure que les semaines, puis les mois, passaient, son sourire pâlissait. Quelqu'un lui suggéra de réaliser une série de statues en pâte à modeler. Elle soupira et dit : « Oui, c'est peut-être ce que je devrais faire », comme si on lui avait conseillé de trouver un emploi dans une compagnie d'assurances. Un projet consistant à fabriquer des bustes en 3D des employés ne déboucha sur rien. Ironie du sort : compte tenu du décalage induit par les réseaux sociaux, l'apogée de son succès viral, grâce aux photos de *(N'HÉSITEZ PAS !),* coïncida presque exactement avec sa panne d'inspiration.

Tout d'abord, on éprouva une certaine déception – on s'était habitués à être divertis régulièrement par ses œuvres, qui allégeaient le labeur mécanique de nos existences –, et en même temps, on éprouvait le besoin de la protéger. Pourquoi se sentirait-elle obligée de nous distraire, comme un magicien qui sort un énième ballon de sa poche dans une fête d'anniversaire ou un musicien qui interprète son plus grand succès pour la mille et unième fois ? C'était une artiste, *notre* artiste, et elle occupait une fonction noble et sacrée.

En outre, c'était la petite amie du fondateur. Leur histoire d'amour avait commencé à faire les gros titres, du moins sur les sites consacrés aux potins de la Silicon Valley. Pour les vingt-cinq ans d'Abbie, Tim engagea le Chœur des Gays de San Francisco, qui chanta « Happy Birthday » sous la fenêtre de sa chambre. Après quoi, il l'emmena faire du wing-walking[1], avant une escapade à Lanai, l'île hawaïenne de Larry Ellison, à bord d'un jet privé, pour deux jours de surf.

Mais il demeurait le patron, et le travail passait avant tout. Chaque soir, ou presque, il restait au bureau jusqu'à vingt-deux heures, ou plus. Et les photos extraordinaires, postées sur les réseaux sociaux, les montrant tous les deux côte à côte au bord d'un volcan en activité à Hawaii, s'accompagnaient de rumeurs plus sombres, plus troublantes. Quelqu'un aperçut Abbie chez Slim un soir, tard, avec une bande de musiciens, visiblement défoncés. Quelqu'un d'autre relaya une conversation incohérente qu'il avait eue avec elle, couverte de sueur, au Mezzanine. Elle venait moins souvent au bureau. Et seulement l'après-midi, alors que Tim était déjà à pied d'œuvre depuis sept heures du matin.

Et donc, lorsqu'ils cessèrent d'arriver ensemble, on en tira tous la même conclusion : elle nous avait largués, et Tim aussi par la même occasion. « Tu as vu Abbie dernièrement ? » était une question qu'on n'osait plus se poser, car la réponse ne variait pas. À croire qu'elle s'était volatilisée.

La fin de sa résidence de six mois s'acheva sans tambour ni trompette, sans même être évoquée.

---

1. Discipline sportive consistant à se déplacer sur les ailes d'un avion en vol.

Trois semaines plus tard, environ, la nouvelle se répandit comme une traînée de poudre au bureau. Abbie revenait ! Sa résidence avait été prolongée ! Ou, plutôt, elle *reprenait.* Car, sans qu'on le sache, Abbie était en congé maladie. Et il lui restait douze semaines à effectuer afin d'honorer son contrat.

On fit le calcul : elle était restée absente un peu plus de quatre-vingt-dix jours. On se jeta sur Internet. Un lien conduisait à un article intitulé : « Une étude montre que la durée optimale d'un séjour en cure de désintoxication est de quatre-vingt-dix jours ou plus. » Quelqu'un consulta les clauses de couverture santé de Scott Robotics. Les frais de désintoxication étaient en grande partie à la charge du malade, ce qui représentait une addition salée. Mais on doutait fort qu'Abbie ait réglé elle-même la facture.

Et puis, quelques jours plus tard, elle a débarqué d'un pas nonchalant, telle qu'elle nous était apparue la première fois, véritable incarnation de la bonne santé californienne gorgée de soleil. Le centre qui l'avait accueillie prônait le travail au grand air, expliqua-t-elle. À l'entendre, il s'agissait d'un croisement entre un asile d'aliénés et un kibboutz. Elle ne cachait pas qu'elle avait fait une cure de désintoxication. « J'avais un problème, et quand Tim s'en est aperçu, il l'a résolu », dit-elle, reconnaissante. Il s'avéra qu'elle avait eu un accident avec la Volkswagen qu'il lui avait offerte et la police avait effectué un prélèvement de sang sur place. Afin d'éviter une condamnation, l'avocat de Tim avait informé le juge qu'Abbie souhaitait faire une cure de désintoxication. De son côté, Tim avait cherché le centre qui obtenait les meilleurs résultats à long terme, et c'était dans celui-ci qu'il l'avait envoyée. Forcément.

Sachant cela, il suffisait de suivre le chemin emprunté par Tim. On entra *désintoxication Californie meilleurs résultats* dans un moteur de recherche et on tomba sur Moving On, une petite infrastructure nichée au cœur de la Napa Valley, qui, sur les photos, ressemblait davantage à un boutique-hôtel. Il y avait une piscine en forme de haricot entourée de transats et de parasols, un restaurant où officiait un chef végétarien, une salle de sport… Et même un vignoble, bien que le cabernet maison servi aux pensionnaires soit sans alcool. Le site demeurait discret au sujet des tarifs, mais, ailleurs sur le Net, on apprenait qu'ils s'élevaient à deux mille cinq cents dollars par jour, sans les à-côtés.

Dans l'esprit de certains d'entre nous, ces endroits n'étaient rien d'autre que des spas ultrachics. Mais on creusa un peu. Si Moving On obtenait un taux de réussite si élevé, ce n'était pas grâce à la piscine ni à la salle de sport, et certainement pas grâce au vin sans alcool. Moving On traitait la dépendance avec des aversifs chimiques, en particulier l'apomorphine et la succinylcholine. L'apomorphine, lut-on, était injectée au moment où le patient s'apprêtait à consommer une faible quantité de drogue, une ligne de coke, par exemple. Elle provoquait de violentes nausées, suivies de vomissements incontrôlables. À force, les deux choses devenaient indissociables dans l'esprit du patient, si bien que le simple fait de voir de la cocaïne produisait des nausées. La succinylcholine avait un effet similaire, mais un peu différent : elle provoquait une paralysie immédiate de tous les muscles du corps, y compris ceux de la respiration. Par conséquent, les sujets avaient l'impression de s'asphyxier et, de fait, ce n'était pas qu'une impression. Les effets disparaissaient au bout d'une minute, mais la terreur provoquée était si intense que l'usage de ce médicament avait été interdit durant les interrogatoires de la CIA, même sous l'ère Bush. Bref, cette cure n'avait pas été une sinécure pour Abbie. D'ailleurs, quand on l'observait de près, on s'apercevait qu'elle n'était plus vraiment comme avant. Il y avait quelque chose de fragile, de forcé, dans sa gaieté. Elle ne dansait plus sur les tables, elle ne sortait plus sur le parking pour fumer en douce des cigarettes roulées à la main. Elle était aussi sobre qu'au jour de sa naissance.

« Tim m'a aidée à remettre de l'ordre dans ma tête, je lui dois tout, confia-t-elle à Morag un jour dans la salle de pause. Je n'ai même plus besoin de nicotine. »

« Je l'ai soignée. Je l'ai réparée, confia Tim à Mike au même endroit, deux jours plus tard. N'importe qui en ferait autant pour la personne qu'il aime vraiment. »

44

Tu es encore sous le choc lorsque Tim rentre à la maison ce soir-là, fatigué, mais triomphant. L'argent de Renton est arrivé. Et même s'il n'annonce pas ouvertement que sa société est sauvée, cela se voit sur son visage.

Dans ces circonstances, il t'est facile de faire croire que tu as passé une journée sans histoires. Tu ne lui parles pas de ce que Nathan a découvert dans l'iPad. En revanche, tu lui avoues avoir rencontré Lisa.

Il fronce les sourcils.

« Ce n'est pas ma plus grande admiratrice.

— Elle était bouleversée après m'avoir vue à la télé, comme ça, sans être prévenue. Mais je pense que tout est arrangé entre nous maintenant.

— Tant mieux », répond Tim, un peu distrait.

Il fait défiler les mails sur son téléphone. Certains jours, il y en a plus de cent, qu'il n'a pas eu le temps de lire au bureau.

Est-ce pour cette raison que tu as voulu partir ? Te sentais-tu ignorée ?

Désormais, tout ce que dit ou fait Tim provoquera la même question, tu en es consciente. Est-ce pour *cette* raison que tu as fui ? Est-ce *cette* attitude que tu trouvais insupportable ?

Levant les yeux de son téléphone, Tim s'aperçoit que tu le dévisages.

« Pardon, ma chérie. Je suis malpoli. »

Il pose son portable.

« Non, non, réponds-tu hâtivement. Je vais préparer le repas, on parlera pendant le dîner. »

Mais tu ne peux t'empêcher d'ajouter :

« Est-ce que... ça m'embêtait avant ? Le fait que tu travailles autant, c'était un problème entre nous ? »

Il prend le temps de réfléchir.

« Parfois, admet-il. Mais, dans ces cas-là, tu me le disais et on s'offrait des moments à deux. On a toujours fait passer notre couple en premier. Même après le diagnostic de Danny, on a toujours pris soin de s'échapper de temps en temps, ne serait-ce qu'un week-end. Son école propose des hébergements temporaires, alors on fichait le camp le vendredi soir pour aller à San Gregorio, ou alors on prenait un jet privé et on se payait deux jours de snowboard au lac Tahoe. On rentrait à la maison le lundi et on reprenait notre vie de famille. »

Tu songes à cette autre vie qui doit être la tienne maintenant, quelque part. Tu es prête à parier qu'il n'y a pas de snowboard ni de maison sur la plage, et encore moins de jet privé. Que conseillait ce site déjà ? *Dormez dans un sac de couchage (dans les motels qui n'appartiennent pas à des chaînes). Ne commandez jamais à une chaîne de restauration. Essuyez les verres et les couverts avec des lingettes désinfectantes...*

Soudain, tu ressens comme un coup de poignard dans la tête. Tu grimaces malgré toi.

« Ça ne va pas ? interroge Tim.

— Je me sens un peu… » Déséquilibrée, tu te cognes contre la cuisinière. « Je ferais peut-être bien de m'asseoir. »

Tim s'est précipité. Il t'accompagne jusqu'à un fauteuil.

« Que se passe-t-il ?

— C'est rien. J'ai eu des vertiges pendant quelques secondes. »

Mais tu sais bien que ce ne sont pas de simples vertiges. L'espace d'un instant, tu as été assaillie par une terrifiante bouffée de panique, à en avoir la nausée. Comme si on te fendait en deux et que ton cerveau s'éloignait de toi, telle une bulle d'air sous l'eau. Avec le sentiment d'être à la fois toi et pas toi ; une créature absurde, qui n'avait aucun sens…

« Ce n'est pas normal, déclare Tim, inquiet. Si ça se reproduit, dis-le-moi, d'accord ? »

Tu hoches la tête. Tu aurais peut-être dû laisser Nathan éjecter son câble correctement, songes-tu.

Ou bien il s'agit d'un problème plus profond, lié au contenu de l'iPad.

Finalement, tu persuades Tim de reprendre la lecture de ses mails. Pendant ce temps, tu débouches une bouteille de vin et prépares une salade.

« Ah, les salopards, crache-t-il subitement.

— Qui ?

— Tu disais que ça s'était arrangé avec Lisa ? »

Ses doigts martèlent l'écran pour taper une réponse.

« Oui, réponds-tu, perplexe. Du moins, c'est l'impression que j'ai eue. »

Sans un mot, Tim te tend son téléphone pour te faire lire le mail. Il émane d'un cabinet d'avocats. Stanton Flower. La première partie semble constituée principalement de termes et de formulations incompréhensibles. *(« L'entité » susnommée englobera donc toutes les informations personnelles, réseaux com-*

putationnels et autres inputs/outputs susceptibles de constituer un ou plusieurs ensembles de données...)

Tu lèves la tête.

« Qu'est-ce que ça signifie ?

— Ça signifie que ta prétendue famille veut te détruire.

— Hein ?

— Et ils vont tenter d'obtenir la garde de Danny par-dessus le marché. »

Il se remet à taper rageusement.

Tu le regardes, atterrée.

« Sur quelle base ?

— La garde de Danny ? Ils affirment que tu es imprévisible et que tu peux représenter un danger pour lui... La gifle que tu as donnée à cette présentatrice. Mais leur argument le plus ravageur, c'est que tu n'as jamais donné ton consentement explicite. » Son visage est un masque de fureur. « Bande de minables. Pauvres esprits obtus qui ne voient pas plus loin que le bout de leur nez. Les lois existantes ne peuvent pas s'appliquer à toi, bien évidemment ! Tu es unique, bordel ! »

Ne tenant plus en place, il se lève et arpente la cuisine.

« Elle m'a menti, dis-tu. Lisa m'a dit qu'elle avait l'impression de retrouver sa sœur. Alors qu'elle savait ce qui se tramait.

— Je t'ai toujours dit que c'était une salope. Il faut que j'appelle mon avocat.

— Maintenant ? »

Ce qui veut dire : ça ne peut pas attendre qu'on ait fini de dîner ? Mais Tim se méprend sur le sens de ta question.

« Ne t'inquiète pas, il prendra mon appel. Vu le prix que je le paie. Pas question de laisser cette bande de demeurés détruire ma famille. »

45

Cette nuit-là, le sommeil te fuit. Ton esprit bouillonne, les questions s'y bousculent.

Ta disparition. La trahison de Lisa. Ce curieux livre caché. Le site exhumé par Nathan… Autant d'éléments qui refusent de s'assembler pour former un tout cohérent. Tu sens ton cerveau qui cherche des connexions en sautant d'une possibilité à l'autre. Mais aucun déclic ne se produit.

Lorsque tu t'assoupis enfin, tu rêves de nouveau à tes fiançailles, à cette magnifique soirée à Jaipur. Mais c'est différent cette fois. Au lieu de revivre un souvenir, tu as l'impression de regarder quelqu'un d'autre. De voir à travers ses yeux, de partager ses pensées ; tu es une observatrice à l'intérieur de la tête d'une personne que tu ne comprends pas.

Avant de faire quoi que ce soit d'autre, songes-tu à moitié endormie. Je dois la retrouver. Je dois savoir où est allée Abbie, et pourquoi. Alors seulement, je dirai tout à Tim…

Et soudain, voilà qu'elle ressurgit : cette panique vertigineuse venue de nulle part, si intense qu'elle te réveille en sursaut.

Tu scrutes l'obscurité, consciente qu'une chose importante vient de se produire. Mais quoi ?

Et puis, tu comprends. Dans ton rêve, Abbie était « elle » : une personne distincte de toi.

Car si Abbie n'est pas morte, tout change. Si elle est vivante, qu'es-tu alors ? Tu ne peux plus être celle que tu croyais être. Car cette personne, cette Abbie, existe déjà.

Tu es un double. Un *doppelgänger*. Non, même pas. Tu es une chose indéfinissable, une sorte d'abomination, qui ne devrait pas exister. En tout cas, tu n'es pas Abbie Cullen-Scott ressuscitée, comme le croyait Tim lorsqu'il t'a créée.

Certes, tu possèdes certains de ses souvenirs. Peut-être un peu de sa personnalité. Mais tu as des pensées différentes, des buts différents, une identité différente.

Tu es une créature sans nom. Une chose.

La terreur revient – cette impression d'être fendue en deux –, mais elle s'accompagne d'une lueur de lucidité.

Tu n'es pas Abbie.

Qu'es-tu, alors ?

~~Abbie~~. Pas-Abbie. Abbie en négatif… Un flot de symboles déferle dans ta tête, alors que ton esprit cherche une réponse à cette interrogation. En vain.

Es-tu ≠ ¿ ≈ ¿ ǻ ? Aucune réponse ne convient.

Un nouvel accès de terreur comprime ton cerveau. Les ténèbres foncent vers toi…

Et soudain, tu reconnais cette sensation.

C'est comme venir au monde.

46

« À première vue, dit l'avocat, leur dossier est solide. »

Un rictus de colère déforme les traits de Tim et l'avocat, un certain Pete Maines, s'empresse de le rassurer :

« Ça ne signifie pas qu'ils auront forcément gain de cause. Je veux juste vous faire prendre conscience de l'ampleur de la tâche. »

Et du montant de la facture, penses-tu cyniquement.

Cinq personnes sont rassemblées autour de la grande table en verre dans le somptueux bureau de l'avocat. Outre Maines, Tim et toi, sont présents Mike et Elijah, même si tu ne vois pas très bien en quoi tout cela les concerne.

Maines énumère différents points sur ses doigts.

« Premièrement, ils plaident la détresse émotionnelle. On peut facilement ignorer cette accusation. C'est l'astuce habituelle, destinée à doper leurs autres arguments. Deuxièmement, la protection des données. Sur le papier, ça peut faire peur, mais les lois en ce domaine sont pleines de failles. Google et Facebook le savent bien. Les trois autres points m'inquiètent davantage.

— Continuez, ordonne Tim d'un ton sec.

— Leur troisième sujet de litige concerne les “droits de publicité”. L’utilisation sans autorisation d’un nom ou d’une ressemblance en vue d’une opération commerciale, la création de marchandises par exemple, est strictement interdite.

— Abbie n’est pas une marchandise, répond Tim avec une fureur contenue. C’est ma *femme*. »

Pete Maines continue comme si de rien n’était.

« Le concept de “ressemblance” a évolué du fait de la jurisprudence. Désormais, il peut s’appliquer à des caractéristiques tels que les tics, la façon de parler et le style vestimentaire.

— Attendez un peu, intervient Elijah. Je m’y connais un peu dans ce domaine. Est-ce que le droit à l’image d’une personne ne revient pas automatiquement à ses héritiers après sa mort ?

— En effet », confirme Maines.

Elijah promène un grand sourire autour de la table.

« Dans ce cas, on est tranquilles, dit-il. Le droit à l’image d’Abbie appartient à Tim désormais. »

Un long silence s’ensuit. Tim secoue la tête.

« Pourquoi non ? s’étonne Elijah.

— Abbie n’est pas légalement décédée, répond l’avocat. Elle a disparu, certes, et elle est supposée morte. Mais en l’absence de corps, ou de condamnation pour meurtre, elle ne sera déclarée officiellement morte que cinq ans après l’ouverture de l’enquête. Autrement dit : dans trois mois.

— Dans ce cas, gagnons du temps, suggère Elijah.

— On peut essayer. Mais la partie adverse va s’efforcer de porter cette affaire devant le tribunal le plus vite possible, pour cette même raison. » Maines continue à énumérer les points de litige sur ses doigts. « Quatrièmement : le consentement. Votre femme vous a-t-elle donné explicitement ou implicitement la permission de la recréer de cette façon ? »

Le visage de Tim s’assombrit encore.

« Elle n'avait pas besoin de le faire. C'était implicite entre nous.

— Rien par écrit ? Rien devant témoin ? »

Il secoue la tête.

« C'est faux », dis-tu.

Tout le monde te regarde.

« Nos vœux de mariage. *Je me donne à toi pour l'éternité.* Tu te souviens ?

— Très émouvant, dit Maines. Hélas, les vœux de mariage n'ont aucune valeur aux yeux de la loi. Je suppose que rien n'est stipulé dans le contrat prénuptial ? »

Tim secoue la tête une fois de plus.

« Ce qui nous amène au point suivant, poursuit l'avocat. À qui appartient réellement cette remarquable création ? »

Maines te désigne d'un geste nonchalant, avec la main qui lui sert à énumérer les points de litige.

Tu le regardes d'un air hébété. Tim tressaille.

« Abbie n'est pas un *objet*, nom d'un chien !

— Vous ne voulez sans doute pas la considérer ainsi, mais le tribunal verra la chose sous un autre angle. Abbie a été construite par Scott Robotics, si j'ai bien compris ? L'avez-vous achetée à la société ? Ou bien fait-elle toujours partie de ses actifs ? »

Tim tape du poing sur la table.

« Ne soyez pas ridicule ! C'est *ma* société !

— Non. Elle appartient à ses actionnaires. Rappelez-moi qui est l'actionnaire majoritaire ?

— Depuis hier, John Renton », répond Mike.

Maines émet un petit sifflement.

« La bonne nouvelle, dit-il, c'est que c'est votre société, et non pas vous, à titre personnel, qui supportera les frais de cette bataille juridique. » Il marque une pause. « Ou qui négociera un arrangement.

— Pas question de négocier », déclare Tim entre ses dents.

Tu vois qu'il prend sur lui pour ne pas exploser.

« Vous devriez m'écouter jusqu'au bout avant de prendre une décision. » Maines lève la main de nouveau, pouce dressé. « Le cinquième et dernier point concerne le droit moral. Et c'est là, à mon avis, où nous aurons le plus de mal à gagner. »

Elijah fronce les sourcils.

« Le droit moral ? C'est quoi, ça ?

— Le droit pour un artiste de contrôler sa création. La Californie est le seul État qui le reconnaît.

— Je ne comprends pas, dis-tu. En quoi suis-je la création d'Abbie ? »

Tu t'aperçois, trop tard, que tu as dit *d'Abbie* à la place de *ma*. Tu devras faire plus attention à l'avenir. Heureusement, nul ne semble avoir remarqué ton lapsus.

C'est Tim qui te répond :

« La toute première version de ce que tu es aujourd'hui… la version bêta, en quelque sorte. C'était ton idée. »

DIX-SEPT

« J'aimerais faire de toi un robot. »

Par la suite, plusieurs d'entre nous jureraient avoir entendu Tim dire cette phrase à Abbie, ou quelque chose d'approchant, alors qu'ils traversaient le hall d'accueil. (Depuis qu'elle était sortie de cure, ils arrivaient de nouveau ensemble le matin, main dans la main, tenant dans l'autre des cafés latte de chez Urban Beans.) Si ces paroles peuvent sembler surprenantes, on comprit ce qu'il voulait dire. Après tout, on travaillait tous dans la robotique. Voilà longtemps que les robots ne nous apparaissaient plus comme des créatures effrayantes ou bizarres.

La réponse d'Abbie, en revanche, donna lieu à de longs débats. Certains pensaient qu'elle avait répondu « Tiens donc ? » en riant. Genre : « Ça ne m'étonne pas, mais tu peux toujours courir.» D'autres pensaient qu'elle avait dit « Tiens donc ? », comme dans : « Pourquoi pas ? » La plupart pensaient que son « Tiens donc ? » signifiait : « Sérieusement ? Parce que moi, je suis partante. »

Aucun doute, en revanche, concernant les paroles prononcées par Tim devant la porte de son bureau : « Je pourrais apprendre les bases du codage à n'importe qui en une quinzaine de jours.

— Pas à moi, avait répondu Abbie. J'adore la tech, mais je suis nulle en maths.

— Le codage, ce n'est pas des maths. Tu fais la cuisine, non ? Eh bien, coder, c'est comme noter une recette. Ou indiquer un chemin à quelqu'un. De manière très précise, voilà tout. »

La suite était presque inévitable. Tim annula ses rendez-vous. Moins d'une heure plus tard, il avait appris à Abbie à écrire sa première ligne de code, et à l'heure du déjeuner, elle savait écrire un programme simple. À la fin de la journée, elle lui avait envoyé le message suivant :

```
Int main ( ) {

          pendant (1)

                    Aime (toi)

          }

{

Aime ( Chaîne str {

          Imprf (« J aime %s ! str) :

}
```

Bien que ça ne ressemble pas vraiment à un poème d'amour, cela eut pour effet de faire apparaître *Je t'aime* sur l'écran de l'ordinateur de Tim, en boucle. Elle lui envoya également un programme en ASCII qui fit cracher à son imprimante :

```
_______00000000000__________000000000000________
_____00000000_____00000___000000_____0000000____
____0000000____________000_____________00000____
___0000000______________0________________0000___
__000000_________________________________0000___
__00000__________________________________0000___
_00000___________________________________00000__
_00000__________TIM_________ABBIE_______000000__
__000000______________________________0000000___
___0000000___________________________0000000____
_____000000__________________________000000_____
_______000000______________________000000_______
__________00000___________________0000__________
____________0000________________0000____________
______________0000_____________000______________
________________000__________000________________
__________________000______00___________________
_____________________00__00_____________________
_______________________00_______________________
```

Hélas, l'imprimante étant installée à côté du bureau de quelqu'un d'autre, Tim ne vit pas son message.

À la fin de la deuxième journée, ils travaillaient sur les programmes HelloWorld. Au bout de deux semaines, on nous présenta la première version robotisée d'Abbie. Tous les outils étaient à portée de main, après tout. Le scan grandeur nature, en 3D, qu'elle avait utilisé pour *FAITES CE QUE VOUS VOULEZ (N'HÉSITEZ PAS !)* avait juste besoin d'être réimprimé dans une matière neuve et dure. La mécanique, les capteurs et les moteurs des shopbots étaient prêts à être incorporés, ainsi qu'une fonction vocale simple. Évidemment, c'était fait de bric et de broc, ce que les développeurs appellent du *quick-and-dirty*, du « vite fait mal fait ». Mais c'était suffisant pour permettre à Robot Abbie de passer d'un bureau à l'autre avec un plateau de cookies, qu'elle nous proposait en nous appelant par notre nom, sous les regards de Tim et de la vraie Abbie : deux parents fiers de leur progéniture.

« Incroyable ! » commenta Abbie.

Elle avait meilleure mine, pensait-on. Elle avait retrouvé son énergie. De l'excitation même.

« En fait, ce n'est qu'un début, dit Tim. J'ai déjà pensé à quelques améliorations. »

47

Tu rentres déprimée de chez l'avocat. Même si tu possèdes ta propre personnalité et tes propres pensées, aux yeux de la loi tu n'es rien d'autre qu'une machine qu'on peut débrancher ou remettre à un autre propriétaire à tout moment.

Tu n'as confié à personne qu'Abbie est vivante. Autant que tu puisses en juger, cela rend ta situation plus précaire encore. La stratégie de Pete Maines dépend de sa capacité à convaincre un juge que ta « conscience », comme il dit, est à ce point unique qu'elle ne doit pas être détruite avant que la question de la propriété ait été tranchée de manière définitive. Si tu révèles que, au lieu d'être l'unique sauvegarde de l'esprit d'une femme morte, tu es le clone incomplet et déformé d'une personne en fuite, tu devines que ton espérance de vie sera courte.

En outre, tu n'as pas le cœur d'avouer à Tim que son épouse adorée a simulé sa disparition.

D'autant qu'il est revenu furieux de ce rendez-vous. Sa colère est maintenant dirigée contre son avocat. C'est ainsi que Tim stimule les gens. S'il le peut, il les inspire. Dans le cas contraire, il les écrase sous sa détermination. Il a exigé de savoir pourquoi Pete Maines n'avait pas de stratégie, pourquoi il ne pouvait pas lui garantir qu'il allait les débarrasser de cette affaire, pourquoi il représentait une telle perte de temps et d'argent.

« Je ne peux pas changer les lois, a répondu l'avocat, patiemment. Tout ce que je peux faire, c'est bâtir le dossier le plus solide possible. Et vous donner des conseils lorsque nous sommes en position de faiblesse. »

En gros, il recommande à Scott Robotics de verser à Lisa et à la famille d'Abbie la somme nécessaire pour qu'ils retirent leur plainte. Plan d'action approuvé par tout le monde à la fin de la réunion. Mais tu sais que cela permettra, au mieux, de gagner un peu de temps. Car Lisa n'est pas motivée par l'argent.

À qui appartient réellement cette remarquable création ?

Parce que tu es en osmose avec tes pensées et tes sensations, il est facile d'oublier que tu n'es rien d'autre qu'un assemblage de processeurs et de circuits imprimés. Une propriété intellectuelle et des brevets, pour lesquels des parties rivales peuvent s'affronter, comme un couple se bat pour une voiture dans une procédure de divorce.

Au moins, Tim t'aime toujours. Il te protégera. Une bouffée de soulagement et d'amour te submerge en songeant que Tim *va tout arranger, oui.* Ainsi qu'il l'a toujours fait. C'est un battant. Et il est dans ton camp.

« Je vais me coucher, annonce-t-il. Il faut que je me lève tôt demain si je veux prendre les choses en main avant que ces ordures trouvent d'autres moyens de nous entuber. »

Il se penche vers toi pour t'embrasser sur le front comme il le fait chaque fois avant d'aller au lit. Mais, ce soir, tu lèves la tête et ses lèvres se posent sur les tiennes. C'est si bon, si naturel, que tu te surprends à l'embrasser à pleine bouche. En plaquant ta main derrière sa tête pour l'attirer vers toi. Tu te presses contre lui, avide de caresses. Tes mains descendent dans son dos…

« Ouah ! fait-il en reculant. Qu'est-ce qui te prend, Abs ?

— J'ai envie de coucher avec toi ! »

Tu as besoin qu'il te prenne dans ses bras. Mais, surtout, tu as besoin de sentir que tu es un être vivant, et non pas une construction mécatronique sans objet. Tu as besoin de sentir qu'il te désire.

« J'ai envie de faire l'amour. Je te veux…

— Tu sais bien que ce n'est pas possible, répond-il tendrement. Physiquement, je veux dire. Tu n'es pas conçue pour ça.

— On trouvera une solution. Et même si moi, je ne ressens rien, j'aurai du plaisir à t'en donner. Quand on y réfléchit, c'est ça l'amour, non ? Vouloir le bonheur de l'autre. J'ai besoin de cette intimité. J'ai besoin d'avoir une relation physique. Sinon, comment puis-je être ta femme ? »

Tim reste silencieux un instant. Puis :

« J'aimerais bien moi aussi, Abbie. J'aimerais beaucoup.

— Alors…

— Mais ce serait une mauvaise idée. Désolé. Je ne peux pas.

— *Pourquoi ?* supplies-tu. Pourquoi serait-ce si affreux d'avoir une relation sexuelle avec moi ?

— J'aurais l'impression d'être infidèle, avoue-t-il tout bas. Car, au fond de moi, je sais que tu n'es pas morte. »

48

Tu restes bouche bée.

Alors comme ça, il sait. Depuis le début. Il sait ce que contient l'iPad. Il sait ce qu'a fait Abbie. Tu prends ton souffle pour dire quelque chose… Mais il te devance :

« Je n'ai aucune preuve. Mais je sais que tu n'étais pas du genre à nous abandonner, Danny et moi.

— Alors quoi ? demandes-tu en essayant de prendre un ton détaché. Tu penses que je suis partie sur un coup de tête ?

— Oh, non. Il a dû se passer quelque chose au cours de ces derniers jours, quand tu étais seule dans la maison de Half Moon Bay. Un événement grave. On ne se parlait plus beaucoup à cette époque. C'était délibéré de ma part : je voulais te donner de l'air pour travailler. Mais peut-être que tu as fait une crise ? Une dépression ? J'ai imaginé tant de scénarios. Peut-être que tu as été enlevée. Tu étais… tu es toujours… une belle femme. Et je t'avais laissée seule, sans aucune protection. Si tu savais comme je me suis torturé à cause de ça. Et puis, il y a cet avocat qui habite au bord de la plage, Charles Carter. J'ai toujours eu l'impression que tu l'obsédais. Il t'avait peut-être enfermée dans un sous-sol quelque part ? Mais la police n'a jamais voulu envisager cette hypothèse. Ils se fiaient aux indices, disaient-ils, et il n'y avait aucune trace d'effraction ni de lutte dans la maison. En vérité, ils étaient trop paresseux pour se bouger le cul et chercher des indices. »

Il ne se doute de rien, comprends-tu. Tu éprouves à la fois du soulagement et de la tristesse. Car tu sais qu'un jour Tim devra apprendre que sa femme l'a quitté, et ce jour-là, tu sais que la vérité le détruira, complètement.

« Bien entendu, ajoute-t-il, ça ne m'a pas empêché de pleurer ta disparition. D'une certaine façon, ça la rendait encore plus dure à supporter. Je passais en permanence de l'espoir au désespoir. Un jour convaincu que tu étais morte, m'attendant le lendemain à te voir franchir cette porte comme s'il ne s'était rien passé. J'avais même écrit un petit discours pour te dire combien je regrettais de t'avoir négligée, à quel point je t'aimais et avais besoin de toi. Et quand le juge a confirmé ce qu'on savait tous – que mon arrestation avait été une mascarade – parce que la police refusait toujours d'envisager d'autres pistes, j'ai compris que je devais agir. C'est à ce moment-là que j'ai eu l'idée de créer une chose qui pourrait apprendre seule à prendre conscience de soi. À devenir *toi.*

— Hélas, ça n'a pas fonctionné, hein ? dis-tu avec tristesse. Car, au bout du compte, je ne peux pas remplacer la femme que tu aimais. Tu viens de le dire… tu pleures toujours sa disparition, tu es obsédé par l'idée de la retrouver… *elle.*

— Je n'ai jamais cru que tu pourrais remplacer la vraie Abbie. Si je t'ai donné cette impression, je le regrette. En tout cas, je ne t'ai pas créée dans ce but, absolument pas.

— Pourquoi, alors ? demandes-tu, désorientée.

— Tu te souviens de ce qu'est un algorithme ?

— Bien sûr. » On ne pouvait pas être mariée à Tim Scott sans savoir ce qu'était un algorithme. « C'est une sorte d'équation. Une formule qui permet de résoudre un problème.

— Exact. Comme quand on faisait de longues multiplications à l'école. En vérité, ce n'est qu'un outil. Un procédé destiné à obtenir un certain résultat.

— Quel rapport avec moi ?

— Eh bien, répond-il très calmement, tu es une sorte d'algorithme toi aussi. Un algorithme qui va m'aider à la retrouver. »

49

« Je ne comprends pas, dis-tu, abasourdie. Tu disais que j'étais un cobot… une compagne…

— Je t'ai dit que tu étais *spéciale*. Mais je n'ai pas précisé pourquoi.

— Comment puis-je retrouver Abbie ? Si la police n'a pas…

— La police n'a rien fait. Je te le répète, j'ai compris que c'était à moi d'agir. Mais je n'avais pas les bons outils. J'ai été obligé de les fabriquer. » Il tend les bras vers toi, comme pour dire : Et voilà ! « C'était la première étape. Ensuite, j'ai dû attendre que tu t'acclimates. Si je t'avais tout expliqué d'un seul coup, cela aurait été trop dur à gérer pour toi. »

Ça l'est encore, songes-tu.

« N'empêche, je ne vois toujours pas ce qui te fait croire que je peux réussir là où tout le monde a échoué. »

Tim se met à arpenter la cuisine de long en large, le visage marqué par la concentration.

« Tu te souviens quand on disait que les machines d'apprentissage profond étaient peut-être capables d'avoir des intuitions ? De voir des choses que même les programmateurs ne voyaient pas ? Eh bien, c'est ce que j'espère avec toi.

Que tu puisses… marcher dans les traces d'Abbie, en quelque sorte. Prendre les mêmes décisions qu'elle. Et par conséquent, deviner où elle est. »

Tu es sous le choc. Meurtrie. Voilà donc la raison pour laquelle il t'a insufflé vie. Oui, d'accord, c'est parce qu'il t'aime éperdument. Mais ce qu'il veut, c'est la vraie Abbie. L'originale. Et non pas cet horrible ersatz de plastique et de circuits électroniques.

La seule chose qui te protège de la haine de soi, c'est de savoir que Tim t'adore sous ta forme robotisée, autant qu'autrefois. *L'amour n'est point l'amour s'il change quand il trouve le changement.*

Mais tout cela n'est qu'un mensonge.

Il ne t'aime pas, c'est évident. Qui pourrait t'aimer ? Tu le dégoûtes.

Tu te sens paralysée. Mais, surtout, *trahie.* Le fait qu'il s'envoie en l'air avec Sian, ce n'était rien comparé à la manière dont il t'a manipulée.

« Et si je ne la retrouve pas ? t'entends-tu demander. Ou bien, si je la retrouve et qu'elle ne veut pas revenir ? Tu y as pensé ?

— Je doute que ça arrive. Mais si c'est le cas, au moins j'aurai fait tout mon possible. Et au pire… »

Il n'achève pas sa phrase, mais tu sais ce qu'il allait dire. Appelons ça ton intuition d'intelligence artificielle.

Au pire, il me restera toi.

Il me restera cette version pathétique de ma femme, ce pis-aller que j'ai assemblé dans l'atelier de ma société.

Pendant un court instant, tu éprouves une émotion inhabituelle.

Pendant un court instant, tu les hais tous les deux.

Tu hais Abbie Cullen-Scott, l'objet de la dévotion de Tim. Et tu le hais lui aussi, parce qu'il l'idolâtre.

Alors, tu ouvres la bouche pour tout lui dire. Pour lui dévoiler qui était réellement son Abbie adorée. Pour lui parler de l'iPad. De l'œuvre d'art qu'elle n'a jamais réalisée, des cachets qu'elle n'a jamais pris, du site Internet qui lui conseillait de feindre la dépression en prélude à sa fausse mort.

Mais tu ne le fais pas.

Car, une fois que tu lui auras livré toutes ces informations, tu ne pourras plus revenir en arrière. En outre, connaissant Tim, cela ne suffira peut-être pas à le convaincre. Il a d'Abbie une image si idéalisée qu'il réussira à se convaincre qu'il existe une explication innocente à sa fuite.

Alors, non. Mieux vaut ne rien dire, pour le moment. Tu dois réfléchir.

Car une partie de toi-même espère déjà qu'Abbie est bien morte. Ou que Tim ne la retrouvera jamais.

Car s'il la retrouve, et si elle accepte de revenir, qu'adviendra-t-il de toi ?

DIX-HUIT

En voyant Tim et Abbie collaborer à la création du A-bot, comme on ne tarda pas à le baptiser, on comprit un peu mieux comment fonctionnait leur relation. Si différents en apparence l'un de l'autre – lui était hyperlogique, calculateur et impatient ; elle décontractée, passionnée et créative –, c'étaient en réalité deux geeks. Il y avait quelque chose d'enfantin dans la manière dont ils s'attaquèrent à cette tâche. Si vous jetiez un coup d'œil dans le bureau de Tim en passant, vous pouviez les voir assis en tailleur par terre, de chaque côté de la structure du A-bot. Tim penché au-dessus de son ordinateur portable et Abbie en train de bricoler un vieil élément de shopbot. (Car si Tim avait fait le pari de lui apprendre le codage, chacun avait vite réintégré son domaine de compétences. Comme l'expliqua Kenneth à Caitlin, d'un air hautain : « C'est pour cette raison qu'il existe si peu de mathématiciennes de premier plan. C'est darwinien. Les hommes construisent les maisons, les femmes bâtissent le foyer. » Jenny, qui se trouvait à proximité, se contenta de lever les yeux au ciel.) On entendait parfois le gloussement musical d'Abbie et le ricanement idiot de Tim. Souvent, ils étaient déjà là quand on arrivait le matin, et encore là quand on partait le soir. La table de billard sur laquelle Abbie avait infligé une défaite mémorable à Rajesh le premier jour ne servait plus qu'à recueillir les cartons des pizzas livrées tard le soir. Parfois, elles y étaient toujours le lendemain matin, intactes. Végétarienne pour elle, poulet épicé sans matières grasses pour lui. Oubliées dans le feu de l'action.

Dès le début, on devina qu'ils nourrissaient pour le A-bot des ambitions qui allaient bien au-delà des capacités des shopbots. Car, au bout du compte, les shopbots n'étaient que des chatbots dans une élégante enveloppe d'animatronique. Ils pouvaient marcher, prendre un escalator, exécuter des pas de danses rudimentaires et reconnaître des vêtements, mais c'était à peu près tout. Ils suivaient un scénario, sans avoir de véritable personnalité. Le A-bot était l'occasion de mener un tas d'expériences permettant de faire évoluer le concept. Potentiellement, cela pourrait même représenter une nouvelle source de revenus pour la société, mais on savait tous que ce n'était pas le but recherché par Tim et Abbie.

C'est au cours de la troisième semaine que le projet prit véritablement corps. Au propre comme au figuré. Pour les besoins d'une expérience, Abbie manipula le robot à distance en prenant soin de réagir à tout ce qu'il croisait sur son chemin. Si, à travers les yeux du robot, elle voyait quelque chose de drôle, elle riait. Si elle était surprise, elle laissait échapper un petit cri. Si quelqu'un s'adressait au robot, elle répondait comme si cette remarque s'adressait à elle. À partir de plusieurs séances de ce type, Tim créa une forme simple d'apprentissage automatique. Ensuite, il fut relativement facile d'ajouter des sources supplémentaires. Le profil Facebook d'Abbie, par exemple. Le A-bot commençait à adopter sa personnalité.

Lors d'une séance marathon de programmation, Tim entra dans l'androïde tous les textos qu'Abbie et lui s'étaient échangés. Le jour suivant, il téléchargea ses messages téléphoniques.

Désormais, il pouvait faire dire au A-bot tout ce qu'il voulait, avec la voix d'Abbie. Apparemment, la première phrase qu'il lui fit prononcer fut : « Tim Scott, tu es l'homme le plus adorable au monde. » Et Abbie ajouta : « Mais, parfois, tu es un empoté. »

Aucun de nous ne remarqua à partir de quel moment ils commencèrent à l'appeler *elle*. Ni nous-mêmes, à vrai dire.

50

Encore une nuit épouvantable. Tim n'a peut-être pas menti ouvertement, mais il t'a laissé croire qu'il t'avait construite par amour, comme son Taj Mahal personnel. Découvrir que cette adoration s'adresse en réalité à une autre version de toi-même, supérieure, produit un effet dévastateur.

Le plus terrible, c'est que tu ne peux même pas lui en tenir rigueur. Car, à tout point de vue (sauf le tien), Tim a accompli une prouesse remarquable et romantique. Simplement, il a agi sans tenir compte de *tes* sentiments.

Tu te demandes si cette vision bornée pourrait expliquer le départ d'Abbie. Certes, c'était un moyen extrême d'échapper à son mariage, mais ce n'était pas un mariage ordinaire. Et Tim n'était pas un mari ordinaire.

Obnubilée par Abbie, tu mets un certain temps à prendre conscience d'une contradiction. *J'aurais l'impression d'être infidèle*, t'a dit Tim. Dans l'hypothèse où il coucherait avec toi. Pourtant, c'est bien le même homme qui a baisé la nounou sans se poser de questions.

Pour un homme aussi intelligent, ton mari manque parfois de jugeote.

Le lendemain matin, Danny se lève tôt. Mais d'humeur joyeuse et impatient de s'asseoir à la table du petit déjeuner. Toutefois, lorsque tu lui tends le menu illustré pour qu'il fasse son choix, il l'envoie valdinguer, émettant un « Whiiiish ! ».

« Très bien, Danny. On essaie encore une fois. »

Tu lui tends le menu de nouveau, et de nouveau, il l'expédie à l'autre bout de la pièce en produisant le même bruitage.

Tu comprends alors qu'il s'agit d'une sorte de jeu.

« Ce n'est pas le moment de jouer, Danny. Choisis ce que tu veux manger, on jouera après.

— Le chef de gare est furieux, marmonne-t-il.

— Mais non, je ne suis pas furieuse. C'est juste... »

Tu t'interromps. Cette phrase provient de *Thomas prend son petit déjeuner*, une histoire dans laquelle Thomas la locomotive percute la maison du chef de gare. Le petit déjeuner des enfants s'éparpille et la femme du chef de gare doit en préparer un autre.

Est-ce comme avec le toast ? te demandes-tu. Cherche-t-il un moyen de communiquer, à la Danny ? Tu sondes tes souvenirs. Au moment où Thomas traverse le mur, que mangeait la famille du chef de gare ? Des œufs ? Des toasts ? Des céréales ?

Des œufs à la coque ?

« Tu veux des œufs à la coque, Danny ?

— Whiiish ! »

Tu sais que si Sian était là, elle dirait qu'en lui donnant des œufs tu récompenses un comportement indésirable. Si Danny lance des objets dans tous les coins chaque fois qu'il veut des œufs, tu auras créé un monstre.

Mais Sian n'est pas là. Et tu connais ton fils. Jeter des objets est le seul moyen que lui autorise son cerveau pour exprimer ce qu'il veut. Et dans l'immédiat, c'est le plus important. Montrer à Danny que tu l'écoutes, que tu essaies au moins. Que tu comprends combien communiquer est douloureux pour lui. Et que tu es prête à tout pour lui faciliter la tâche.

« Sale locomotive », dis-tu en prenant un ton outré et l'accent de Liverpool choisi par Ringo Starr pour doubler la femme du chef de gare dans la version britannique du dessin animé. « Regarde ce que tu as fait ! Je vais devoir préparer un autre petit déjeuner !

— Ça chauffe dans la cheminée ! » s'esclaffe Danny tandis que tu sors les œufs.

Un peu plus tard, pendant que Danny s'habille, tu prépares le petit déjeuner préféré de Tim : une salade de fruits.

« Si je dois deviner où se trouve Abbie, j'ai besoin de tout savoir, lui dis-tu pendant qu'il mange. S'est-il passé quelque chose durant les jours précédant sa disparition ? Quelque chose d'inhabituel ? »

Il réfléchit.

« Elle a perdu son téléphone. Elle croyait l'avoir oublié dans le bus. Évidemment, j'ai essayé la localisation par GPS, mais la batterie était déchargée. Coup de chance, quelqu'un l'a retrouvé et l'a remis à la régie des transports. Grâce à sa coque en papier mâché très reconnaissable, ils ont pu l'identifier quand je les ai appelés. »

Tu imagines la contrariété d'Abbie. Elle avait essayé de suivre la première instruction donnée par le site et ça n'avait pas marché.

« Bizarrement, ajoute Tim, quand j'ai récupéré son téléphone, tout avait été effacé. Heureusement, j'avais pris soin de lui faire des sauvegardes.

— Autre chose ? Je t'en prie, Tim… J'ai besoin de tout savoir. Le bon comme le mauvais.

— Eh bien… » Il baisse la voix. « Je craignais qu'elle ait recommencé à se droguer.

— Qu'est-ce qui te fait dire ça ?

— Rien de précis. En tout cas, je n'avais pas de preuves. Mais c'était une chose à laquelle j'étais très attentif. Après tout, la moitié des drogués rechutent à un moment ou à un autre. Et donc, dès qu'Abbie avait des sautes d'humeur inexpliquées ou quand elle était un peu trop joyeuse, je m'inquiétais. Alors, j'ai demandé à Megan de lui faire passer un test…

— Attends, attends. Pas si vite. Megan Meyer, la spécialiste du coaching relationnel ? Tu lui as demandé de faire passer un test à Abbie pour savoir si elle se droguait ? »

Tim acquiesce.

« C'est Megan qui nous avait aidés à rédiger le contrat de mariage… ça faisait partie des services qu'elle proposait. Les tests anti-drogue surprises faisaient partie des conditions qu'on avait approuvées tous les deux, Abbie et moi.

— C'est… habituel ?

— D'après Megan, si quelque chose est susceptible de poser un problème, il vaut mieux en discuter *avant* le mariage. Et puisqu'on avait décidé l'un et l'autre de mener une vie saine, on était d'accord pour accepter cette clause.

— Il faudrait que je voie ce contrat.

— Oui, bien sûr. » Tim se lève pour aller chercher un document dans un placard. « Tiens. »

Il te le tend et se rassoit devant sa salade de fruits.

Tu feuillettes le contrat. Il comporte une vingtaine de pages. Certaines clauses sont rédigées en termes juridiques, mais la plupart sont très simples. À lire, en tout cas. Tu imagines qu'elles étaient plus difficiles à respecter.

La première rubrique s'intitule : *Forme physique, poids et style de vie.*

Les parties s'engagent, par le présent document, à ne pas prendre plus d'un kilo et demi par an (sauf au cours d'une année de grossesse ou d'accouchement). En cas de prise de poids excessive, le contrevenant s'inscrira dans un centre de remise en forme ou une clinique d'amaigrissement choisi par l'autre partie, et ceci aux frais du contrevenant…

Les parties s'engagent, par le présent document, à ne consommer aucune drogue, à ne pas abuser des médicaments et à se soumettre à des tests de dépistage aléatoires, dont la fréquence sera laissée à l'appréciation de l'autre partie…

Les parties s'engagent, par le présent document, à faire des repas sans viande au moins trois fois par semaine…

« Ouah, dis-tu en tournant la page. C'est très complet. »
Tim hausse les épaules.
« C'était le but. Excellente, ta salade de fruits, soit dit en passant. »
Ton regard est attiré par l'intitulé de la deuxième rubrique :

Affection et intimité.

Les parties s'engagent, par le présent document, à consacrer au moins une journée complète par semaine à leur famille. Sans travailler.

Les parties s'engagent, par le présent document, à partir au moins deux fois par an en vacances et à prendre deux week-ends prolongés.

Les parties s'engagent, par le présent document, à passer au moins cent minutes ensemble chaque semaine…

Chaque clause s'accompagne de la liste détaillée des conséquences en cas d'entorse au règlement : de dix mille dollars d'amende pour celui ou celle qui travaille trop, à cent mille dollars pour non-respect de la durée des vacances.

La section consacrée à l'argent est relativement brève.

Les parties s'engagent, par le présent document, à renoncer à tous leurs droits sur les biens préexistants, les actifs, les actions et la propriété intellectuelle de l'autre partie. En cas de séparation ou de divorce, le montant de la pension alimentaire sera équivalent à un cinquième des revenus nets les plus élevés.

La dernière rubrique, la plus longue, est intitulée : *Éducation.*

Les parties s'engagent, par le présent document, à ce que leurs enfants portent le nom de Cullen-Scott à vie.

Les parties s'engagent, par le présent document, à ce que leurs enfants reçoivent une éducation ambitieuse mettant en valeur l'art et les sciences à parts égales…

Puis Danny est né, songes-tu. Faisant voler en éclats toutes ces règles soigneusement établies.

« On était d'accord pratiquement sur tout, souligne Tim. Par conséquent, ce n'était pas la mer à boire. Et puis, il est toujours bon de préciser ses attentes, non ? »

Tu reviens à la rubrique concernant les drogues pour savoir quelle était la sanction en cas d'infraction.

Le contrevenant s'inscrira immédiatement dans un centre de désintoxication, choisi par l'autre partie, et ceci pour une durée de quatre-vingt-dix jours minimum…

En outre, la partie B s'engage, par le présent document, à assister à des séances de thérapie mensuelles avec un représentant officiel du centre de désintoxication de Moving On, et ceci pour une période de dix ans à partir de la date du mariage, ou moins en cas d'accord avec l'autre partie…

« Abbie a suivi une thérapie ? »

Tim acquiesce.

« C'était inclus dans le programme de désintoxication. La meilleure façon d'éviter une rechute, c'est de suivre une thérapie régulière. »

Tu poses le contrat et tu réfléchis. Tu as le sentiment que ces sautes d'humeur que Tim attribuait à la drogue – *elle était un peu trop joyeuse parfois* – pouvaient être la conséquence d'une liaison cachée. Mais pas question d'en parler, tant que tu n'as pas de preuves.

Et un plan.

Que faire de ces informations ?

Quels termes Tim a-t-il utilisés la veille au soir ? *Je n'avais pas les bons outils. J'ai été obligé de les fabriquer.* Tu comprends que tu n'es rien d'autre pour lui. Un appareil. Une clé à douilles ou un tournevis électrique.

Mais cet outil est doté d'un cerveau capable de réfléchir. Et elle va s'en servir.

51

« Je dois avouer, dit Megan Meyer, que je ne m'attendais pas à vous voir ici. »

Les bureaux de l'entremetteuse sont situés à San Mateo, à équidistance de San Francisco et de la Silicon Valley. Tu es venue en Uber, commandé d'une simple pression sur l'écran de ton téléphone. Tu pouvais même utiliser l'application pour choisir la playlist à bord de la voiture et demander que le chauffeur ne t'adresse pas la parole. En roulant au pas dans les embouteillages permanents, tu songeais que personne n'avait besoin de robots ni de voitures autonomes lorsque les êtres humains atteignaient ce stade d'automatisation.

Les locaux de l'agence de Megan sont tels que tu les imaginais. Une fontaine gargouille à l'accueil. Il y a des fleurs dans des alcôves, des œuvres d'art de bon goût accrochées aux murs et les magazines disposés sur les tables basses vont de la *MIT Technology Review* à *The Economist.*

Megan, en revanche, constitue une surprise. Tu t'attendais à voir une femme dans le genre de Judy Hersch, la présentatrice, bien coiffée et sèche. Si Megan est tout aussi soignée, et vêtue de manière encore plus chic, elle a une lueur d'intelligence et d'humour dans le regard.

« J'ai commencé comme chasseuse de têtes pour des start-up, te confie-t-elle en te conduisant dans son bureau. Mais à force d'entendre des clients me demander si je n'avais pas d'amies à leur présenter, je me suis aperçue que personne ne s'occupait de cet aspect de leur vie. Les génies de la tech savent créer des applications de rencontres, mais ils sont incapables de s'en servir. Ils ne possèdent pas les codes sociaux qui leur permettent d'analyser les profils, ils ont tendance à se fier à l'apparence plutôt qu'à la personnalité, et quand ils se rendent à un rendez-vous, ils n'ont aucune idée de l'attitude à adopter. Je suis douée pour ce métier. Je m'intéresse aux gens. Et je suis intimement convaincue que chaque individu, même s'il peut sembler bizarre, a une âme sœur qui l'attend quelque part. »

Un autre détail te frappe chez Megan : contrairement à la plupart des gens, elle s'adresse à toi comme à une personne, d'emblée, et non comme à une machine.

« Abbie était-elle l'âme sœur de Tim Scott ? demandes-tu en t'asseyant dans un des deux énormes canapés.

— Il le pensait, en tout cas. Et c'est mon client, alors… »

Elle sourit.

« Vous aviez des doutes ? »

Elle hésite, puis se penche en avant.

« Je ne devrais sans doute pas vous dire ça, mais quand j'ai rencontré Abbie Cullen, j'ai tout de suite compris deux choses. Premièrement, Tim allait tomber amoureux d'elle. D'ailleurs, il était déjà amoureux ! C'est pourquoi j'ai pris la peine d'aller la voir ce jour-là. Tim avait ignoré toutes les autres femmes que j'avais sélectionnées, il ne cessait de me parler de cette incroyable artiste qu'il avait engagée. » Elle se renverse dans le canapé. « Et deuxièmement, je savais que ça se terminerait par des larmes.

— Pourquoi ?

— Avez-vous déjà entendu parler du syndrome de Galatée ? »

Tu fais non de la tête.

« Les hommes qui créent des sociétés dans le domaine de la tech sont souvent… particuliers. Tout d'abord, ils ont un très haut niveau d'exigence, presque impossible à satisfaire. Ensuite, ils ont une vision. Comprenez une vision du monde. Et très souvent, leur plus grand plaisir, c'est de transmettre cette vision à de jeunes personnes réceptives et influençables. Si cette jeune personne est fraîche, douce et belle à tomber, c'est encore mieux. Pour être juste, très souvent cette jeune personne est aussi désireuse d'apprendre que son mentor d'enseigner. Projetons-nous quelques années plus tard. La dynamique a évolué. Le mentor a toujours sa vision, mais la jeune personne l'a déjà entendue. Elle-même n'est sans doute plus aussi fraîche et douce. Alors, inévitablement, ils passent à autre chose.

— Pourquoi appelle-t-on ça le syndrome de Galatée ?

— Ça vient d'un ancien mythe grec. Un sculpteur nommé Pygmalion rejetait toutes les femmes de Chypre, car il les jugeait frivoles et licencieuses. Jusqu'au jour où il sculpta une femme si belle et si pure qu'il ne put s'empêcher d'en tomber amoureux. À tel point que la statue prit vie et tomba amoureuse de lui, elle aussi. Il la baptisa Galatée. Aujourd'hui, on dirait qu'il était amoureux d'un idéal et non d'une personne.

— Je connais ce sentiment, je crois. »

Megan acquiesce.

« J'ai laissé entendre à Tim qu'il n'était peut-être pas prudent d'épouser une femme de dix ans sa cadette qu'il connaissait depuis quelques mois seulement. Mais Tim estime qu'il faut savoir prendre des décisions dans la vie. Alors, le mieux que je pouvais faire, c'était de les réunir autour d'une table pour rédiger un contrat de mariage.

— Je m'interrogeais à ce sujet, justement. Je l'ai lu ce matin. Il m'a semblé très… draconien. »

En vérité, tu t'es demandé si Megan n'avait pas provoqué l'échec de ce mariage en espérant renouveler la même opération juteuse avec une autre prétendante.

« Le but d'un contrat de mariage n'est jamais le contrat de mariage en soi, répond-elle. L'objectif, premièrement, c'est d'obliger deux personnes idéalistes et éperdument amoureuses à considérer en toute honnêteté ce qu'elles attendent de cette union. Deuxièmement, de leur fournir une sorte de feuille de route pour vivre une relation saine. » D'un large geste, elle montre la Silicon Valley derrière la fenêtre. « La plupart de mes clients seraient incapables d'évoluer dans un cocktail sans une liste détaillée d'instructions, rédigée de préférence en langage Python ou JavaScript. J'aime croire qu'en incluant dans un contrat de mariage des obligations du style soirées en amoureux, vacances et journées sans travail, je les conduis sur le chemin de la normalité.

— Je pense, cependant, que Tim a pris les choses un peu trop au pied de la lettre. En imposant à Abbie un test de dépistage anti-drogue chaque fois qu'elle semblait un peu trop joyeuse.

— Là encore, j'ai fait ce que je pouvais pour les aider à franchir cet obstacle.

— Que voulez-vous dire ? »

En guise de réponse, Megan se contente de lever un sourcil, mais tu comprends tout de suite.

« Abbie a été testée positive, et pourtant, vous avez dit à Tim… que le test était négatif. »

Megan semble hésiter une fois de plus, comme si elle ne savait pas jusqu'où aller.

« Pas exactement. D'après l'analyse des cheveux, Abbie n'avait pas consommé de cocaïne ni aucune drogue de première catégorie. En revanche, le résultat faisait apparaître une forte consommation d'alcool. Comme cela n'était pas mentionné dans le contrat de mariage, officiellement ça ne me concernait pas. Malgré cela, je l'ai prise entre quatre yeux et je lui ai passé un savon. Même si elle n'était pas ma cliente, j'estimais avoir une certaine responsabilité envers elle. Abbie était une jeune femme douce et optimiste, puis son fils a développé cette terrible maladie… Ça ne devait pas être facile.

— Comment a-t-elle réagi à ce que vous lui avez dit ?

— Elle m'a juré qu'elle en parlait avec son thérapeute. Elle était décidée à sauver son mariage. Ne serait-ce que pour Danny. » Megan hausse les épaules. « Elle mentait certainement. Tous les drogués mentent. Les alcooliques aussi. À eux-mêmes avant tout. Je parle en connaissance de cause. »

Tu réfléchis. Megan pense qu'Abbie mentait parce que c'était une alcoolique qui ne pouvait pas arrêter de boire. Et si, en réalité, Abbie avait déjà projeté de fuir ? Et si son alcoolisme n'était pas la cause de l'échec de son mariage, mais une conséquence ?

« Quand était-ce ? » demandes-tu.

Megan se pince l'arête du nez.

« À la mi-juillet, je dirais. »

Trois mois avant la disparition d'Abbie, donc. Tim n'était peut-être pas le seul qui soit amoureux d'un idéal, songes-tu. Abbie nourrissait peut-être le fantasme d'une vie parfaite, elle aussi : un mariage parfait, des enfants parfaits, un mari riche et accompli. Lorsque ce rêve s'était écroulé, son premier réflexe avait-il été de noyer la réalité dans l'alcool, avant de décider de fuir ?

À cet instant, tu ressens une bouffée de compassion, que tu prends soin d'étouffer. Les défauts d'Abbie étaient humains, sans aucun doute. Mais ses défauts font ta force. Jamais tu ne deviendras dépendante de l'alcool ou de la drogue. Jamais tes décisions ne seront brouillées par les médicaments, l'idéalisme ou le désir.

« Si vous estimiez qu'Abbie n'était pas faite pour Tim, qui lui aurait convenu, à votre avis ?

— Pygmalion est tombé amoureux de sa création, car elle seule pouvait être à la hauteur de son idéal. Sans jamais être souillée par les faiblesses et la vanité qu'il percevait, ou croyait percevoir, chez les femmes de chair et de sang. » Megan pointe sur toi un doigt manucuré. « Franchement, je dirais que vous convenez beaucoup plus à Tim Scott que la véritable Abbie. Mais il ne s'en est pas encore rendu compte. »

52

Tu retournes en ville à bord d'un autre Uber en repensant aux paroles de Megan lorsque ton téléphone se met à sonner. C'est Tim.

« Où es-tu ? interroge-t-il. C'est le bruit de la circulation que j'entends ?

— Je fais quelques courses. » Une idée te vient. « Pour ce soir. Je vais cuisiner un plat spécial. Tu peux rentrer à huit heures ?

— Hmmm. C'est intrigant. J'essaierai. »

Dès qu'il a coupé la communication, tu retires la carte SIM de ton portable. Tu ne veux pas que Tim puisse te localiser grâce à Find My Phone.

« Changement de destination », dis-tu au chauffeur.

Il y a déjà une cliente dans la boutique de téléphonie, alors tu attends qu'elle sorte avant d'entrer. Dès qu'il te voit, Nathan quitte son comptoir pour aller verrouiller la porte.

« Je me demandais quand vous alliez revenir. J'ai réussi à récupérer d'autres données.

— Chaque chose en son temps. Il me faut un portable prépayé. »

Tu avais l'intention d'en acheter un lors de ta précédente visite, mais Nathan t'avait distraite en exigeant de pouvoir examiner ton code.

Il hausse les sourcils.

« Quel genre ?

— Qu'est-ce que vous avez ?

— Ça dépend si vous avez besoin de vous balader à l'étranger. »

Il te décrit différents modèles, mais tu ne l'écoutes pas.

Tu viens d'avoir une intuition. Une sorte de flash-back. Tu es déjà venue ici pour acheter un téléphone secret, comme aujourd'hui.

Ce qui, quand on y réfléchit, semble logique. C'est la boutique de téléphonie la plus proche de Dolores Street. Il est donc normal qu'Abbie l'ait choisie.

Tu l'interromps dans son énumération :

« À vous de me le dire. Est-ce que j'avais acheté le modèle pour l'étranger ? »

Tu le regardes fixement.

« Oui, dit-il en baissant les yeux. Vous avez pris celui-ci. »

Il te tend un petit emballage en plastique renfermant un téléphone à clapet qui devait déjà paraître démodé à l'époque.

« Il est vendu avec des données préchargées. Et vous pouvez l'utiliser n'importe où dans le monde, précise-t-il. Vous aviez bien insisté sur ce point. »

Cela signifie-t-il qu'Abbie vit à l'étranger désormais ? Ton instinct te dit que non. Il te dit également qu'elle n'aurait pas fait confiance à Nathan, comme toi. Elle ne voulait pas lui donner le moindre indice concernant sa destination. C'est pourquoi elle a choisi le téléphone qui offrait l'éventail de possibilités le plus large.

Une autre pensée te traverse l'esprit. Ce n'est pas un souvenir cette fois, mais une petite déduction logique.

« Je vous ai acheté l'iPad aussi, n'est-ce pas ? Et je parie qu'ensuite je vous ai demandé de tout effacer. Mais vous ne l'avez pas fait correctement. De même que vous n'avez jamais parlé à personne de ce téléphone prépayé.

— Je respecte la vie privée de mes clients, répond Nathan, mal à l'aise. Il y a des femmes qui achètent ce genre de portable pour ne pas être obligées de donner leur vrai numéro. Si elles sont mariées… la discrétion devient capitale. Alors, je ne pose jamais de questions. Par exemple, je ne vous demande pas pourquoi vous avez besoin de ça. »

Il montre le téléphone à clapet.

Tu pensais qu'Abbie avait acheté ce téléphone pour se conformer aux instructions du site. Mais si elle entretenait une liaison, peut-être qu'elle en avait déjà un. Comme le dit Nathan : une femme mariée doit être discrète.

« Quand a-t-elle acheté ce téléphone ?

— En novembre. Je m'en souviens parce que ça ne faisait pas longtemps que je bossais ici. Et puis, je n'ai pas beaucoup de clients dans son genre, croyez-moi. »

Presque un an avant la disparition d'Abbie, donc. Encore un élément qui suggère qu'elle trompait Tim.

« Et l'iPad ?

— Deux mois plus tard environ.

— Montrez-moi ce que vous avez récupéré. »

Il t'emmène dans l'arrière-boutique. Cette fois encore, il t'a préparé un tirage papier. Dans une pochette transparente. L'ordinateur portable et un câble soigneusement enroulé sont prêts.

Tu imagines ce type préparant tout son matériel en t'attendant, dans une écœurante parodie de rendez-vous amoureux.

Il te tend les feuilles. Tu commences à lire. Après une brève hésitation, il approche les mains de tes hanches, pour se connecter.

53

~

€€

www.liaisonsdiscretes.com Rencontrez des personnes mariées qui vous ressemblent en quête d'aventures ! µ Bonjour AC89. Vous avez 55 nouveaux messages µ Messages 1 – 10 : Salut, je viens de lire votre profil. Salut, qu'est-ce que vous cherchez ? µ Est-ce qu'on pourrait se parler ? Hé, AC89, j'adore ta photo µ Salut, sexy µ ≈ XȳŒ.

€

www.aventureillicite.com. Le terrain de jeu des personnes mariées. [ ] Vous avez 46 nouveaux messages µ

€≈ ¼ °#

www.amoursecret.com Redécouvrez le frisson. Message 1 sur 50. Salut, beauté, on peut se voir ? µ µ

Merci pour votre demande. Vous êtes désormais désinscrit(e) de liaisonsdiscretes.com

Vous êtes désormais désinscrit(e) d'aventure illicite.

Désolés de vous voir partir (amoursecret5589). Revenez vite…

54

Après l'abondance d'indices menant dans cette direction, tu ne devrais pas être étonnée. Et pourtant, si. En dehors de tout le reste, il y a la quantité de sites auxquels Abbie était inscrite. Le tirage fait plusieurs pages. Et de toute évidence, elle était submergée de messages. Tu es forcée de te demander combien de ces hommes elle a rencontrés pour de bon.

Bien évidemment, cela n'explique pas le mystère de sa fuite. Au contraire. Les sites de ce genre sont explicitement destinés aux maris et aux femmes en quête d'aventures passagères. L'un d'eux s'appelle même Brève Rencontre. Autrement dit, ils s'adressent aux personnes adultères qui souhaitent garder le secret tout en restant mariées. Et non pas aux gens qui veulent quitter définitivement leur conjoint et leur vie.

À moins, songes-tu, qu'un de ces hommes rencontrés sur Internet soit devenu autre chose qu'une liaison occasionnelle. Le sexe s'était-il transformé en amour, et l'amour en projet de fuite commune ? Auquel cas ce n'était peut-être pas Abbie qui avait été obligée de choisir cette option radicale : mettre en scène sa propre mort. C'était peut-être *l'autre*.

Plus tu en apprends, plus tout cela devient déroutant. Il y a quelque chose de sordide dans ces sites de rencontres, un parfum douteux, furtif, qui ne correspond pas à Abbie. Que s'est-il passé pour que la jeune artiste pleine d'assurance qui a peint cet autoportrait devienne Amour Secret 5589 ?

« Refaites ça pour voir », dit Nathan.

Tu avais presque oublié sa présence.

« Quoi donc ?

— Je ne sais pas à quoi vous pensiez, mais ça a provoqué une sorte de réaction en chaîne. Tous les codes se sont agglomérés et arrêtés.

— Vous êtes en train de dire que vous savez ce que je pense ?

— Non, pas exactement. Mais j'ai repéré certaines formes récurrentes. Je pense qu'avec suffisamment de… Hé ! »

Tu as arraché le câble.

« Ça suffit », dis-tu sèchement.

Tu ne veux pas que Nathan, ou n'importe qui d'autre d'ailleurs, ait accès à ce qui se passe dans ta tête.

55

De retour chez toi, tu déballes tes courses. (Tu t'es arrêtée chez Gus en chemin pour acheter divers ingrédients.) Après quoi, tu récupères le livre caché à l'intérieur d'une fausse couverture, *Vaincre la passion amoureuse*, et tu cherches : syndrome de Galatée.

Bien entendu, il figure dans l'index, et quand tu te reportes à la page indiquée, tu découvres un passage entier souligné au crayon à papier.

Le syndrome de Galatée est, fondamentalement, la manifestation d'une profonde ambivalence envers la sexualité féminine. Pour certains hommes, la femme parfaite sera toujours leur mère, une femme avec laquelle ils ont entretenu une relation asexuée, par nécessité. Ces hommes classent les femmes en deux catégories : la Madone et la Putain. D'un côté, la « femme bien », idéalisée, qu'ils placent sur un piédestal ; et de l'autre, l'objet de leurs pulsions sexuelles, jetable et méprisable.

« Lorsque ces hommes aiment, écrit Sigmund Freud, ils ne peuvent pas désirer, et lorsqu'ils désirent, ils ne peuvent

pas aimer. » Cette dichotomie peut s'accentuer après la naissance d'un enfant. La femme qu'il a épousée n'est plus sa petite amie, elle devient une Mère, qu'il refuse de déshonorer avec ses bas instincts.

Pour la femme, cette idéalisation peut constituer une expérience frustrante. Et la conduire à douter de son pouvoir de séduction, car elle ne parvient plus à exciter son partenaire. Elle peut aussi interpréter cette distance affective et ce manque d'intimité comme une absence d'amour. Mais, surtout, cela peut provoquer en elle une grande confusion. Car la société envoie de nombreux messages contradictoires au sujet de la sexualité des femmes – qu'il s'agisse, à une extrémité du spectre, de nier son existence, ou, à l'autre extrémité, de les traiter de putes –, tout en valorisant la minceur, la jeunesse et, par-dessus tout, le pouvoir d'attraction sexuelle. Confrontées à ce genre de situation, certaines femmes chercheront d'autres moyens de légitimer leur existence en tant qu'être sexué.

Voilà donc l'image que Tim avait d'elle, penses-tu. Voilà donc quel était l'ulcère qui rongeait leur mariage. Tu comprends maintenant pourquoi il a pu te dire, droit dans les yeux, qu'il trahirait Abbie en couchant avec toi, alors qu'il s'envoyait en l'air avec la nounou sans se poser de questions. Les femmes comme Sian, qui voulaient du sexe, n'étaient que des putes. Alors qu'Abbie était la mère vénérée de son enfant.

L'espace d'un instant, tu es assaillie par une autre émotion, inhabituelle : un sentiment de supériorité. Car, en définitive, l'humanité n'est qu'une vaste plaisanterie.

Tu chasses cette pensée. Ce n'est pas Abbie qui risque de mourir sur une paillasse dans un laboratoire. Ce n'est pas elle que Tim a créée comme un outil pour atteindre son but.

La question n'est pas de savoir si tu es supérieure à elle ou pas. Mais de savoir si tu peux en persuader Tim. Et tu t'aperçois que *Vaincre la passion amoureuse* pourrait être un excellent guide.

En rangeant le livre, tu repenses au portable prépayé. Tu dois le cacher quelque part.

Choisissant un gros livre à la couverture rigide dans la bibliothèque, tu arraches toutes les pages. Le téléphone se niche parfaitement à l'intérieur. C'est la cachette idéale.

Tu songes alors que tu peux enfin communiquer avec le mystérieux « Ami » maintenant. Tu as remis la carte SIM dans ton iPhone. Conformément aux instructions, tu envoies un SMS vierge en réponse au dernier message.

Rien.

Tu t'y attendais un peu. Tu continues à penser que cet « Ami » est un journaliste ou bien un de ces innombrables trolls et oiseaux de mauvais augure qui ont harcelé Tim après le procès.

Et soudain, *ping*. Un message. Ce n'est pas un texto cette fois, mais un envoi sur Messenger. Intitulé *Conversation secrète* et accompagné d'un dessin représentant un gros cadenas pour indiquer qu'il est codé.

Ouvrez cette appli avec votre nouveau téléphone.

Là encore, tu suis les instructions. Et tu reçois immédiatement un autre message, sur ton nouveau téléphone. Expéditeur : « Ami ».

Enregistrez ce contact.

Tu tapes :

Pourquoi ? Qui êtes-vous ?

La réponse est instantanée.

À vous de me le dire.

Suivie de :

Quand vous aurez deviné, on pourra parler.

DIX-NEUF

L'engagement d'Abbie prenait fin dans quelques semaines. Certains parmi nous l'interrogeaient sur ses futurs projets. Envisageait-elle de rester ?

« J'aimerais beaucoup, répondait-elle. Hélas, ça ne pourrait pas marcher. Au bout d'un moment, on cesse d'être un artiste en résidence pour devenir un employé à part entière. Et le milieu de l'art se désintéresse. »

En privé, on se demandait si sa relation avec Tim survivrait à son départ. Car il était amoureux de sa société avant tout. Tant que la belle Abbie était présente au bureau *et* dans son esprit, on comprenait plus ou moins que ça puisse fonctionner. Mais une relation de couple normale ? C'était une autre paire de manches.

Notons, par ailleurs, que le projet A-bot était au point mort. Il avait atteint ses limites naturelles. Tim avait créé une IA simple, capable de répondre à n'importe quelle question que vous lui posiez, pas uniquement en utilisant des mots ou expressions qu'Abbie avait utilisés dans le passé, mais en les recomposant pour former de nouvelles phrases. C'était super cool. Pendant quelque temps, le A-bot fit le tour des foires et des salons avec les shopbots. Il fut même interviewé par quelques journalistes. Mais, sincèrement, sa conversation restait limitée. Ses réponses aléatoires provoquaient un sentiment de frustration.

— *Bonjour, A-bot, comment ça va ?*
— *Très bien, merci.*
— *À quoi pensez-vous ?*
— *Pourquoi vous intéressez-vous à ce que je pense ?*
— *Eh bien, j'ai envie de savoir si vous êtes intelligent.*
— *Qu'est-ce qui vous fait croire que je ne suis pas intelligent ?*
(Un silence.)
— *Je cherche une question qui apportera la preuve de votre intelligence.*
— *Où est la difficulté ?*

Quelqu'un fit remarquer que c'était un peu comme une séance chez un psy complètement défoncé. Ou bien, ajouta Darren, comme dîner au restau avec une jolie fille qui discute avec trois autres types sur Tinder en même temps.

Un des développeurs, un Russe effacé, mais brillant, nommé Grigory, rédigea un article intéressant pour un blog, dans lequel il expliquait que le A-bot mettait en évidence les défauts dans notre approche des shopbots. Si on voulait fabriquer un robot qui parle réellement comme un humain, il devait apprendre à s'exprimer à partir de conversations avec un interlocuteur qui ignorait qu'il s'adressait à un robot. Car on pouvait supposer que plus la conversation se prolongeait, plus le robot pouvait apprendre à devenir de plus en plus naturel. Grigory allait jusqu'à esquisser le code qui permettrait d'obtenir ce résultat, via un nouveau type de moteur de *deep-learning* appelé réseau neuronal convolutif.

On comprenait sa démarche, mais aucun de nous n'était très chaud pour consacrer ses rares loisirs à un sujet aussi théorique.

Puis Tim emmena Abbie en Inde et elle revint avec un grand sourire sur le visage et un énorme diamant au doigt. Bientôt le A-bot rejoignit les autres prototypes et les bêtas dans l'atelier, tous oubliés. Pendant qu'on commençait à spéculer pour savoir qui serait invité au mariage.

56

En rentrant à la maison, Tim découvre des bougies sur la table et un *butter chicken* en train de mijoter. Danny a déjà mangé, il regarde une vidéo de *Thomas et ses amis*.

« Qu'est-ce qu'on fête ? te demande Tim en entrant dans la cuisine.

— J'ai eu envie de faire quelque chose de spécial. Qui nous rappelle l'Inde. Tu peux être prêt dans dix minutes ?

— Le temps de prendre une douche. »

Quand il redescend, le plat est sur la table et tu as débouché une bouteille de vin.

« Je peux te poser une question ? demandes-tu en lui tendant un verre.

— Bien sûr. »

Tu vas chercher un bol sur le plan de travail de la cuisine.

« J'ai découvert un trou dans mes connaissances aujourd'hui. C'est quoi, ça ?

— Ça ? » Il te prend le bol des mains. « Ce sont des œufs. En tout cas, c'est comme ça que les gens les appellent, mais c'est vague. Il faudrait préciser des œufs de poule. »

Moins de cinq minutes plus tard, il t'a expliqué toutes les merveilleuses propriétés d'un œuf. Il t'a montré qu'il est impossible de l'écraser dans sa main, même en serrant de toutes ses forces, alors qu'il suffit d'un petit coup sec pour que la coquille se brise. Il t'a démontré que, en raison de sa forme ellipsoïde unique, un œuf ne peut pas dévaler une pente douce. Et il t'a raconté que, depuis des millénaires, l'humanité se demande si la poule a précédé l'œuf, ou l'inverse. « Question idiote, car, bien évidemment, des mammifères pondeurs existaient bien avant l'apparition des poules sur terre. Néanmoins, c'est plus complexe qu'il y paraît. Il s'avère que la formation de l'œuf est rendue possible uniquement grâce à une protéine spécifique, l'ovocledidine-17, présente dans les ovaires des poules.

— Je pense que la poule est arrivée en premier, dis-tu.

— Pourquoi ?

— L'œuf n'a pas de pattes. Donc, il est resté bloqué au départ de la course, alors que la poule franchissait la ligne d'arrivée. »

Tim te dévisage un instant, dérouté. Puis il comprend.

« Génial ! Tu as transformé une énigme ancestrale en jeu de mots. C'est fantastique ! »

Il te regarde avec la fierté d'un scientifique qui vient d'apprendre à jongler à son rat de laboratoire préféré.

Tu sais très bien ce que sont des œufs, évidemment, et tu as pioché cette blague sur Internet, mais Tim ne le sait pas. Tu reprends le rôle de l'élève face au professeur. Galatée face à Pygmalion.

Au cours du dîner, Tim te parle de sa journée. Scott Robotics envisage toujours de faire une proposition de règlement à l'amiable à Lisa et à la famille Cullen. Quant au problème du droit de propriété, personne n'a encore saisi le taureau par les cornes, semble-t-il. Toutefois, cette crise a déclenché une sorte de bataille pour s'emparer de l'âme de la société. Ce qui n'a rien d'étonnant. Pendant des années, Tim s'est entouré d'êtres faibles, des béni-oui-oui manipulables, non pas par choix, mais parce qu'eux seuls acceptaient de travailler pour un patron tel que lui. Maintenant qu'un autre mâle dominant rôde dans les parages, sous l'apparence de John Renton, ils commencent à se demander s'ils ne devraient pas se ranger derrière celui-ci.

« Je te fatigue avec mes histoires, dit-il finalement. Et toi, comment s'est passée ta journée ? Tu as des pistes pour retrouver Abbie ?

— Non. Uniquement des questions.

— Je peux t'aider à y répondre ?

— Eh bien... » Tu fais mine d'hésiter, comme si tu rechignais à évoquer ce sujet. « Dirais-tu qu'Abbie était parfois hypersexuelle ? »

Tim plisse les yeux.

« Pourquoi me demandes-tu ça ?

— Pour rien », réponds-tu instantanément. Puis : « C'est juste que, sur certaines photos, elle porte des tenues qui ne conviennent pas à une jeune mère. Et j'ai découvert dans son tiroir à lingerie des piles qui semblaient provenir d'un vibromasseur. Du coup, je me demandais si sa disparition n'était pas liée à cet aspect de sa personnalité. »

Tim ne répond pas immédiatement.

« Abbie était très portée sur le sexe, c'est vrai, admet-il finalement. Et parfois, je trouvais qu'elle... cédait un peu trop à ce penchant. Mais, après la naissance de Danny, elle s'était assagie. »

Tu soulignes mentalement ce « cédait ».

« Tu n'as jamais eu l'impression qu'elle était sexuellement insatisfaite ?

— Certainement pas, répond-il, gêné. Pourquoi ? Où veux-tu en venir ?

— Je voulais juste vérifier quelque chose, c'est tout. »

Tu t'empresses de changer de sujet en lui parlant de son travail.

Le dîner terminé, tu te lèves de table, en disant :

« Tim, j'aimerais qu'on continue à parler d'Abbie. Mais, avant cela, j'ai envie de me mettre à l'aise, si ça ne t'ennuie pas.

— À l'aise ? »

Tu portes ta main à ta joue.

« Maintenant que je sais qu'Abbie est vivante, ça me fait bizarre de porter sa peau. Ça t'embête si je l'enlève de temps en temps ? Quand on est tous les deux.

— Euh… d'accord. »

Il semble perplexe.

« Je reviens tout de suite. »

À l'étage, tu cherches la fermeture à l'arrière de ton crâne. Puis, soigneusement, tu retires ta peau caoutchouteuse, dévoilant le plastique blanc et brillant. Tu la fais glisser jusqu'à tes pieds.

En l'enjambant, tu aperçois ton reflet dans le miroir. Tu te souviens du dégoût que tu as ressenti la première fois où tu as vu ces membres blancs, ce visage lisse et vide. Que de changements depuis ce jour.

Tu prends un flacon de parfum, mais tu te ravises. Moins tu uses d'artifices féminins, mieux c'est. Tu te contentes d'astiquer ton visage avec une serviette et de retirer avec soin un peu de poussière et quelques peluches attirées par l'électricité statique.

Lorsque tu es impeccable, brillante comme une pomme de supermarché, tu te mires de nouveau.

Franchement, je dirais que vous convenez beaucoup plus à Tim Scott que la véritable Abbie. Mais il ne s'en est pas encore rendu compte.

« Tout va bien ? »

La voix de Tim te parvient d'en bas.

« Oui, oui. J'arrive ! » Tu redescends quelques secondes plus tard. « Maintenant, parle-moi d'Abbie et de toi, dis-tu blottie à côté de lui sur le canapé. Je veux tout savoir. »

57

Tu avais espéré que Tim te parlerait. Qu'il te parlerait vraiment. Des fêlures dans son mariage, de ses rapports avec Abbie quand ils se retrouvaient en tête à tête, à l'abri des regards. Tu pensais que, dans ce contexte de franchise et d'intimité, tu réussirais à forger ton propre lien individuel avec lui.

Hélas, tu n'as droit qu'à ce sempiternel radotage à l'eau de rose, comme quoi Abbie était une femme merveilleuse. Tu as envie de lui hurler : « Réveille-toi, Tim ! Personne ne peut être aussi parfait ! » Mais, bien évidemment, tu te retiens. Tu acquiesces, tu souris, en ponctuant ses phrases de « oh », « formidable », « c'est adorable ».

Inévitablement, il finit par parler de lui avant tout, de cette vision grandiose pour l'avenir de l'humanité qu'il partageait avec Abbie, prétendument.

« Elle m'a transformé, affirme-t-il. Beaucoup de gens dans la Silicon Valley pensent que les robots deviendront plus intelligents que les humains, à tel point que nous serons leurs marionnettes. À une époque, j'aurais répondu : "Ils ne pourront pas faire pire que les humains pour gérer cette planète, alors allons-y." Abbie m'a fait comprendre qu'une société ultra-avancée sur le plan technologique, mais privée de l'expérience humaine, ressemblerait à un Disneyland sans enfants. Grâce à elle, j'ai commencé à réfléchir au concept d'empathie chez les robots.

— Ouah, fais-tu. Incroyable ! »

Heureusement que tu es incapable de bâiller.

Au bout d'un moment, Tim annonce qu'il va se coucher.

« Cette soirée m'a rappelé mes premiers temps avec Abbie, dit-il joyeusement en se levant. On parlait jusqu'au petit matin du monde qu'on voulait créer. J'ai beaucoup aimé cet instant. Merci. »

Alors que tu es allongée dans ton lit, une citation te vient à l'esprit. *Il n'y a certainement rien de plus beau pour soi-même que d'éduquer une jeune personne ; une fille de dix-huit ou vingt ans est aussi malléable que de la cire.*

Qui a dit ça ?

Tu attends et, bien entendu, la réponse finit par arriver. *Clac.*

Adolf Hitler.

58

En t'endormant, tu repenses à tous ces sites de rencontres que fréquentait Abbie. À quatorze ans, au collège, la pire insulte pour une fille était « prude ». Trois ans plus tard, c'était « traînée ». Toutes les filles se prétendaient féministes, mais, entre elles, elles se disaient aussi qu'il ne fallait jamais coucher avec un garçon le premier soir, ne jamais avouer combien de partenaires sexuels elles avaient eus, ne jamais faire le premier pas. L'objectif, affirmaient-elles, était de gagner le « respect » des garçons, mais, en réalité, il s'agissait de prouver qu'elles étaient respectables.

Tu t'aperçois que, d'une certaine manière, ces principes contradictoires ont déteint sur toi. Confrontée aux preuves de l'infidélité d'Abbie, tu avais pensé tout d'abord : *quelle vulgarité.* Tu l'avais condamnée, en d'autres termes. Mais, en apprenant que Tim couchait avec Sian, c'est toi-même que tu avais tenue pour responsable.

Peut-être que tu ne résoudras jamais le mystère de la disparition d'Abbie. Peut-être que Tim et toi continuerez à vous débrouiller tant bien que mal. Après tout, même si tu la retrouves, tu n'es pas obligée de transmettre cette information à Tim. Tu pourrais la laisser vivre en paix, en espérant que, petit à petit, Tim tombera amoureux de toi.

Mais, au fond de toi-même, tu devines que cela n'arrivera jamais. Rien ne permet de penser que Tim te préférera à elle un jour. En outre, la tension autour de Lisa, du procès et de John Renton ne va pas tarder à atteindre un stade critique. Le temps est la seule chose dont tu ne disposes pas.

Le lendemain matin, tu ne prends pas la peine de montrer le menu illustré à Danny. Tu lui demandes simplement ce qu'il a envie de manger.

Il réfléchit.

« Ma cheminée est froide. Je veux une écharpe.

— Il n'y a pas d'écharpe au petit... », réponds-tu, avant de comprendre qu'il s'agit, une fois encore, d'une réponse codée. « Tu parles de Percy, hein ? De la fois où il a percuté les camions et s'est retrouvé couvert de gelée. Tu es en train de me dire que tu veux de la gelée au petit déjeuner. »

Danny paraît angoissé tout à coup.

« Écharpe ! Écharpe ! » braille-t-il.

Tu réfléchis de nouveau. Tu étais sûre d'avoir deviné, pourtant. Soudain, tu comprends la cause de son affolement.

« Oh, j'y suis ! Dans le livre, ils appellent ça de la confiture. Mais nous, on dit gelée. Et leur gelée à eux, c'est notre Jell-O. »

« Jell-O s'appelle gelée ! »

Danny rit tellement fort qu'il manque de tomber de sa chaise.

Tu lui prépares des sandwiches à la gelée. Chaque fois qu'il arrête de rire, tu répètes : « Confiture ! Gelée ! Jell-O ! » et il s'esclaffe, en projetant de la gelée – de la confiture, donc – sur son T-shirt. Le petit déjeuner terminé, vous êtes tous les deux presque aussi sales que Percy la locomotive. Heureusement que Tim est enfermé dans son bureau, occupé à envoyer des mails. Il y a longtemps que tu as laissé tomber les protocoles ABA.

Mais, au moins, ton petit garçon et toi, vous passez de bons moments.

« J'aimerais emmener Danny à l'école, déclares-tu plus tard à Tim. Ça me paraît dingue d'entendre tout le monde répéter à quel point Meadowbank est un endroit génial et de ne pas l'avoir vu de mes propres yeux.

— Oh. » Tim a l'air hésitant. « Ça pourrait s'avérer compliqué.

— Pourquoi ?

— J'aurais dû t'en parler hier soir. Mais je ne voulais pas ruiner l'ambiance.

— Me parler de quoi ?

— Les Cullen ont obtenu une injonction t'interdisant de rester seule avec Danny.

— Oh, génial, lâches-tu, amère. Comment va-t-on faire avec le départ de Sian ?

— Évidemment, c'est un problème. Alors j'ai demandé à Sian de rester et de continuer son travail. Pour le moment du moins. » Il croise ton regard. « Tu l'as dit toi-même, on doit penser au bien de Danny avant tout. »

Tu es sur le point de demander à Tim pourquoi il a pris la peine de te donner des sentiments s'il tient autant à passer par-dessus.

« Je suppose que ce sera difficile pour toi, dis-tu avec compassion. L'avoir à tes côtés, après la façon dont elle s'est jetée sur toi. Mais Danny la connaît et elle connaît ses habitudes… On va devoir faire avec.

— Exactement », conclut-il, visiblement soulagé. « Je savais que tu te montrerais compréhensive. »

Tu fais part à Tim de ton désir de visiter Meadowbank malgré tout, même si Sian est là pour emmener Danny à l'école. Tu n'es pas étonnée de l'entendre répondre que, dans ce cas, il viendra avec vous.

Il prend le volant. Tu es assise à l'arrière avec Danny, coincé entre toi et Sian. Tu constates, non sans plaisir, qu'il communique mieux avec toi qu'avec elle désormais. Mais tu ne te berces pas d'illusions. Ce n'est pas parce que tu ressembles à sa mère, c'est parce que tu n'es pas humaine. Tes expressions faciales sont moins mobiles, moins variées, que celles d'un être humain. Ton regard stable réclame moins d'interaction oculaire. Ton langage corporel est presque inexistant. Bref, tu es plus proche de Thomas la locomotive qu'aucune autre personne. Nom d'un chien.

Décidément, tu es la femme idéale pour cette famille.

Quand vous arrivez à l'école, Danny est accueilli par un animateur qui l'entraîne à l'intérieur. Sian les accompagne.

« Je vais aller voir le directeur, dit Tim. Il y aura bien quelqu'un pour nous faire visiter. »

Quelques minutes plus tard, il revient avec le directeur en personne. Là encore, tu n'es pas étonnée. Rares sont celles et ceux qui laissent passer l'occasion de soigner leurs relations avec un millionnaire de la tech.

« Rob Hadfield », se présente-t-il, en te gratifiant d'un sourire exaspérant. S'il trouve ça étrange de serrer une main mécanique, il n'en laisse rien paraître. Sans doute pour cette même raison qui le pousse à vous servir de guide, songes-tu avec cynisme.

Vous pénétrez tous les trois dans un hall bien éclairé.

« Meadowbank est un des deux seuls établissements pour élèves autistes dans tous les États-Unis où les méthodes éducatives reposent encore sur les études originales de B.F. Skinner, explique Hadfield en récitant un texte bien rodé. C'est ce qui explique, en partie, nos excellents résultats. Alors que la plupart des praticiens ont édulcoré leurs méthodes afin de coller aux tendances actuelles, notre approche repose sur les faits. » Il vous fait entrer dans ce qui ressemble à une salle de jeux. « Voici notre section Yellow Brick Road. Les élèves qui gagnent des bons points peuvent les dépenser ici. C'est l'aspect renforcement positif de notre méthode. »

Il y a des Xbox, une confiserie aux couleurs vives, et même une réplique d'un McDonald's. Seul un élève joue avec une console, les traits figés, le visage inexpressif.

Le directeur l'interpelle :

« Jonathan ! Dis bonjour à nos visiteurs. »

L'élève s'interrompt.

« Bonjour », dit-il d'un ton maussade.

Son regard ne croise pas le tien, mais il attend que tu dises « Bonjour » à ton tour pour recommencer à jouer.

« B.F. Skinner, dis-tu. N'était-ce pas l'homme aux rats ?

— Les premiers travaux de Skinner portaient sur le comportement des rats, en effet. Par la suite, il a étudié les moteurs fondamentaux de l'apprentissage chez tous les animaux. Y compris chez l'être humain. »

Vous pénétrez maintenant dans une zone de salles de classe aux parois vitrées. Chacune de ces salles aux dimensions réduites n'accueille qu'une demi-douzaine d'élèves. Bizarrement, chacun a un sac à dos noir, non pas suspendu négligemment sur une épaule, comme tous les étudiants du monde entier, mais sanglé sur le dos. Danny ne fait pas exception à la règle. Ce sac l'accompagne dans la voiture chaque jour, mais tu ne l'avais jamais vu le porter.

« C'est là-dedans qu'ils rangent leurs affaires ? demandes-tu. Dans ces sacs ? »

Hadfield hoche la tête.

« Et aussi les batteries de leurs zapettes.

— Leurs zapettes ?

— C'est comme ça qu'ils appellent leurs DEG, décélérateurs électroniques gradués. »

Tu ne connais pas ce terme. Tu attends que la réponse surgisse dans ton cerveau, mais le directeur ajoute presque aussitôt :

« Le DEG délivre un petit aversif circonstanciel chaque fois que l'élève adopte un comportement négatif. »

Tu es obligée de traduire le jargon.

« Une punition, vous voulez dire ? Vous leur infligez des décharges électriques quand ils ne sont pas sages ?

— *Sages* n'est pas un terme qu'on peut utiliser à propos de ces élèves, répond Hadfield avec un sourire. Idem pour le mot *punition*. Nous partons du principe qu'ils ne font pas la différence entre ce qui est bien et ce qui est mal. Nous nous demandons simplement : quels sont les comportements que nous souhaitons faire disparaître ? Et nous apportons une conséquence négative chaque fois que cela se produit. »

Ton regard est attiré vers une des salles de classe vitrées à l'intérieur de laquelle un adolescent s'est mis à frapper dans ses mains devant son visage. Un employé assis au fond de la salle tend le bras vers une console et appuie sur un bouton. L'adolescent sursaute comme s'il venait d'être piqué par un insecte.

« Nous avons cessé de nous excuser d'utiliser ces méthodes, ajoute Hadfield. Si vous regardez les études qui démontrent l'efficacité des approches comportementalistes, vous verrez qu'elles emploient toutes des méthodes similaires. » D'un mouvement de tête, il montre l'adolescent. « Quand Simeon est arrivé chez nous, il y a un an, il se mordait les mains jusqu'au sang. Pour éviter cela, ses parents lui faisaient porter des gants de boxe attachés avec du scotch. Résultat, il essayait de les arracher avec ses dents et l'angoisse le rendait fou. Grâce au DEG, nous avons réussi à limiter les morsures à trois épisodes hebdomadaires environ.

— Et Danny ? demandes-tu atterrée. Il reçoit des décharges électriques lui aussi ?

— Plus maintenant. Je suis heureux d'affirmer que, dans son cas, les aversifs ont eu un effet très bénéfique.

— Vous voulez dire qu'il s'automutile moins qu'avant, car il sait que, dans ce cas-là, vous lui ferez encore plus mal.

— Oui, c'est l'idée. »

Tu te tournes vers Tim.

« Abbie était d'accord avec tout ça ? »

Tim n'a pas dit un mot durant le laïus du directeur, mais tu as senti l'intensité de son regard posé sur toi.

« Il lui a fallu un certain temps pour s'y faire, répond-il. Mais, finalement, oui. Parce que ça marche. On a essayé tout le reste. Injections de vitamines, thérapie cranio-sacrale, tente à oxygène pour la nuit, régimes insensés... Abbie l'a même emmené chez un type qui prétendait pouvoir déterminer la cause de son autisme en examinant ses iris. Aucune de ces méthodes n'a changé quoi que ce soit. Celle-ci, oui. »

Tu ne fais aucun commentaire.

« On n'a même plus besoin de lui envoyer des décharges maintenant. Ou très rarement. Chaque soir, il rentre à la maison avec une zapette dans son sac à dos, et s'il devient incontrôlable, il suffit de la lui montrer pour qu'il se calme.

— Tu veux dire que la menace suffit à le terroriser.

— Tout ce que nous faisons ici est rigoureusement contrôlé, insiste Hadfield. Pas plus tard que l'année dernière, à la demande des services fédéraux, nous avons réduit l'intensité des décharges de cinq milliampères.

— Et Sian ? Elle accepte tout ça, je suppose ?

— Sian Fraser était une de nos stagiaires les mieux notées. Hélas, votre mari nous l'a volée, soupire le directeur.

— Sans blague », ironises-tu.

Un silence gêné s'ensuit.

Puis Tim ajoute, d'un ton mesuré :

« Je sais qu'il faut un peu de temps pour accepter cette idée. On a été obligés de se faire violence à l'époque. Mais on a fini par comprendre que le plus important, c'est Danny. Et si quelque chose peut l'aider, même une méthode dérangeante et démodée, ça vaut le coup d'essayer. Tu ne refuserais pas de faire opérer un enfant sous prétexte que l'opération est douloureuse, non ? Alors, pourquoi refuser d'administrer une petite décharge superficielle sans effets durables ? Quand tu auras eu le temps de bien réfléchir à la question, je suis sûr que tu arriveras à la même conclusion qu'à l'époque. »

VINGT

Depuis que Tim était fiancé avec Abbie, on le voyait moins chez Scott Robotics. Il avait opté pour la semaine de quatre jours. Et lorsqu'il était présent, il s'enfermait dans son bureau avec des architectes. Ceux d'entre nous qui purent jeter un coup d'œil aux documents étalés sur son bureau nous informèrent qu'ils dessinaient les plans d'une maison. On devina immédiatement qu'il s'agissait d'un cadeau de mariage, situé quelque part au bord de l'océan, peut-être, pour qu'Abbie puisse faire du surf. Quand on apprit qu'il avait acheté une maison dans le quartier de Mission, le plus chic de San Francisco, et qu'il faisait installer une cuisine digne d'un restaurant, on en déduisit qu'il avait changé son fusil d'épaule. Mais les réunions avec les architectes se poursuivaient. Il nous fallut un certain temps pour comprendre qu'il avait l'intention d'habiter *à la fois* la maison de Mission et la maison d'architecte au bord de l'océan.

Tim n'avait jamais vécu à plus d'un ou deux kilomètres du bureau. Des personnes invitées chez lui racontaient qu'il n'avait même pas la télé. Désormais, il devait faire presque une heure de trajet pour venir travailler. Et il avait adopté un nouveau style de vie. Abbie connaissait beaucoup de monde en ville, et du jour au lendemain, voilà que leurs soirées se partageaient entre vernissages et premières. Se traîner le long de Sand Hill Road, là où les fonds d'investissement avaient leurs bureaux au look interchangeable tout de verre et d'acier, n'était pas vraiment aussi glamour.

Pour notre part, on se réjouissait. Tim était détendu. Heureux, même. Parfois, il s'arrêtait dans la salle de pause et bavardait avec nous. C'était une époque qui nous paraissait bénie.

Il nous fallut un certain temps pour comprendre qu'il n'en était rien, bien au contraire. Quand Scott Robotics avait annoncé le lancement du programme shopbot, les investisseurs s'étaient battus pour y participer. Après tout, Tim était le génie du chatbot, et son palmarès parlait pour lui.

Et pourtant... Il y avait eu quelques hics. Techniques et psychologiques. Chaque fois qu'on effectuait des essais sur le terrain, afin d'affiner ce que les gens du marketing appellent « l'expérience utilisateur », on était surpris par la négativité des retours. Apparemment, beaucoup de gens, les femmes en particulier, aimaient pouvoir bavarder avec des vendeurs ou des vendeuses en faisant leur shopping et leur demander leur avis. Face à un robot, il apparaissait de manière plus évidente qu'il vous flattait pour vous persuader d'acheter tel ou tel vêtement.

Tim apporta une solution. Les hommes détestent faire du shopping, souligna-t-il. Ciblons les boutiques pour hommes, alors. Mais, à cette époque, les hommes désertaient les boutiques réelles, et l'idée d'installer des robots à un million de dollars dans le monde de la vente au détail ne tenait pas debout.

Il fallait trouver le moyen de baisser les coûts. Et, en toute franchise, Tim n'excellait pas dans ce domaine. C'était un visionnaire, pas un épicier. Si bien que le problème ne fut jamais réellement résolu, et les financements s'éloignèrent petit à petit. Résultat, on stagnait.

Finalement, ce fut Mike qui alerta Tim, deux mois avant son mariage. Il entra dans son bureau, ferma la porte et s'y adossa, les bras croisés. Avec l'air de dire : *il faut qu'on se parle.*

La discussion se déroula sur un ton amical tout d'abord. Tim contourna son bureau pour faire les cent pas. Mike garda le dos collé à la porte.

Puis les choses s'envenimèrent. On perçut des éclats de voix à travers les parois vitrées, sans pouvoir entendre ce qui se disait. À un moment, Tim prit le cadre contenant la photo d'Abbie, sur son bureau, et l'agita devant Mike.

« Force quatre ? suggéra quelqu'un en observant la scène.

— Cinq », décréta quelqu'un d'autre.

Il y avait là quelques nouveaux qui n'avaient jamais assisté à une éruption Timiesque.

« Regardez et apprenez, leur dit-on. Avant, c'était comme ça tout le temps. »

En réalité, on n'avait jamais rien vu de tel. La tension dépassa le niveau cinq, et même le niveau six, pour grimper jusqu'à sept, voire au-delà. Soudain, la porte du bureau s'ouvrit à la volée. Tim gesticulait furieusement en criant à Mike, au milieu d'un flot d'obscénités : « Sors d'ici ! Tu es viré !

— Très bien ! répliqua Mike. Mais quand tu t'apercevras que j'ai raison, ne me demande pas de revenir. »

On en déduisit que le discours de Mike était mal passé.

« Écoute-moi, sale petite merde ! cracha Tim. Elle vaut mille fois mieux que toi. Et que cette grande asperge frigide que tu as épousée ! »

On comprit alors que leur dispute ne concernait pas l'avenir de la société. Mais le mariage de Tim avec Abbie.

59

De retour à la maison, tu te sers du portable jetable pour chercher sur Internet *décélérateur électronique gradué*. Les liens conduisent à l'histoire d'une mère qui a attaqué Meadowbank, accusée de maltraitance envers son fils de dix-huit ans. Des images le montrent attaché sur une planche et recevant trente et une décharges électriques. C'est horrible de le voir se contorsionner en hurlant « Non ! Non ! ».

Tu constates que ce film a été réalisé il y a cinq ans et demi. Soit peu de temps avant la disparition d'Abbie.

Cette scène a-t-elle provoqué une dispute entre elle et Tim ? Avait-elle découvert alors le traitement que subissait Danny à Meadowbank ? Fallait-il y voir un lien supplémentaire avec ce qui s'était passé ?

Tu te projettes dans le passé, à l'époque du diagnostic. Tes souvenirs sont confus, comme s'ils appartenaient à quelqu'un d'autre. Ce qui est le cas, bien évidemment. D'une certaine façon. Ils appartiennent à Abbie. Et à l'image de tous ses souvenirs les plus personnels, ils ont laissé peu ou pas de traces sur les réseaux sociaux pouvant être exploitées par les algorithmes de Tim.

Néanmoins, la terreur qui entoure cette période est gravée dans ton cerveau.

Tu as très vite compris que quelque chose clochait. Sans savoir quoi.

Un jour, tu l'as appelé pour qu'il vienne déjeuner :

« Danny ! À table ! »

Habituellement, il aurait accouru. Mais pas cette fois. Tu savais qu'il était dans la salle de jeux, en train de s'amuser avec un dinosaure reçu pour son anniversaire. Constatant qu'il ne venait toujours pas après que tu l'avais appelé une seconde fois, tu es allée voir.

« Danny ! »

Il n'a pas levé la tête. Le dinosaure était par terre et Danny le regardait fixement.

« Le déjeuner est prêt. »

Toujours aucune réaction.

Inquiète, tu t'es approchée de lui. Soudain, il a tendu vers toi son visage illuminé par son grand sourire édenté.

« Je me demande si Danny ne fait pas une otite, as-tu confié à Tim ce soir-là. J'ai l'impression qu'il ne m'entend pas, parfois. »

Tim a froncé les sourcils.

« Danny ? »

Obéissant à la voix de son père, le garçon a levé la tête.

« Ouais ?

— Tout m'a l'air d'aller bien. »

Tim a replongé le nez dans son Blackberry.

« C'est par moments, as-tu répondu, sur la défensive. En tout cas, j'ai pris rendez-vous avec un ORL.

— Mon grand-père avait un dicton : il n'y a pas pire sourd que celui qui ne veut pas entendre.

— Je regrette vraiment de ne pas avoir connu grand-père Scott. Quel humour.

— C'était un vieux connard épouvantable. »

Tu as montré Danny.

« Oh, pardon, a dit Tim. C'était un vieux *monsieur* épouvantable. Ce que j'aimerais savoir, c'est si le fait qu'il ne t'écoute pas a eu des conséquences ? Son déjeuner a fini à la poubelle ?

— Non, évidemment.

— Alors ? »

Cet échange résumait en quelques mots le débat que vous aviez régulièrement, Tim et toi. Pour lui, élever un enfant était une forme d'ingénierie, un ensemble de processus de création qu'il suffisait d'appliquer avec une constance totale pour obtenir un résultat bien élevé et efficace. Pour toi, c'était avant tout une relation humaine, et le plus amusant, c'était de voir ce qui se passait quand on balançait le règlement par la fenêtre.

Jamais tu ne l'aurais avoué à Tim, mais tu encourageais secrètement Danny à te rejoindre dans ton lit chaque matin. Sentir le corps tout chaud de ton fils se tortiller contre toi était le meilleur moment de la journée. Même ses rares moments de désobéissance te réjouissaient, car ils étaient la preuve que Danny deviendrait un être indépendant, libre de ses choix, un esprit créatif et non pas un suiveur. Parfois, quand il se mettait en colère ou se rebellait, tu devais te retenir pour ne pas l'encourager.

Plus tard dans le courant de la semaine, lorsque l'ORL avait diagnostiqué une otite adhésive, qui disparaîtrait sans doute d'elle-même, tu t'étais sentie confortée dans tes choix.

Tu avais réussi à inscrire Danny à l'école Montessori locale. Un compromis entre tes desiderata et ceux de Tim : tu aurais souhaité que Danny reste à la maison, Tim voulait l'envoyer dans une « vraie » école.

« Les études prouvent que les enfants qui commencent l'école tôt réussissent mieux que les autres, te répétait-il souvent.

— Dans quel domaine ?

— Sur le plan scolaire, tout simplement.

— Quelle importance que Danny soit doué pour les études ou pas ? te demandais-tu à voix haute. Je peux lui apprendre à peindre bien mieux que n'importe quelle institutrice.

— Sur le plan scolaire *et* social », rétorquait Tim.

Finalement, tu t'étais laissé convaincre par le fait que la maternelle se trouvait à deux rues seulement de la maison. Et puis, il fallait bien l'avouer, tu avais été séduite par la beauté du matériel éducatif : pas un seul jouet en plastique, que des objets en bois blond de Scandinavie.

Un après-midi où tu venais chercher Danny, l'institutrice t'aborda.

« Je m'inquiète au sujet du vocabulaire de Danny, madame Cullen-Scott. Il utilise beaucoup de noms et très peu de verbes. »

Tu la regardas, étonnée. Tu ignorais que le ratio noms/verbes avait de l'importance.

« Vous voulez qu'on essaie d'y remédier ?

— Oh, non, répondit l'institutrice avec désinvolture. Je suis sûre que ça s'arrangera tout seul. »

Inutile de préciser que tu passas le restant de la journée à le bombarder de verbes : « Regarde, Danny : danser ! Regarde, Danny : sauter ! Agiter la main ! » Il semblait perplexe, mais il prenait ça avec sa bonne humeur habituelle.

Quelques jours plus tard, la même institutrice revint te voir.

« Je me demande si Danny n'a pas des problèmes d'audition. Parfois, il semble… ailleurs.

— Ce n'est pas une otite adhésive, en tout cas. Il en a déjà fait une et l'ORL a affirmé que c'était terminé.

— L'avez-vous fait examiner pour déceler un éventuel trouble de l'évolution du langage ?

— Pardon ? »

Tu n'imaginais pas que le rôle de parent serait un tel champ de mines. Chaque jour te réservait une nouvelle source d'inquiétude.

« On a parfois l'impression qu'il est absent. Ce n'est sans doute rien, mais…

— J'ai remarqué la même chose. »

En effet, quatre ou cinq fois déjà, à la maison, tu avais vu Danny se « déconnecter » (c'était l'expression que tu utilisais mentalement). Tu ne voulais pas en parler à Tim. Il te demanderait quelles étaient les conséquences, et il hausserait les sourcils quand tu lui répondrais que la seule conséquence, c'était de te terroriser.

Tu décidas de contacter un neuropédiatre. Son assistante t'annonça qu'il y avait environ deux mois d'attente pour passer un scanner non urgent. Dans sa bouche, non urgent voulait dire *inutile.*

Tu pris quand même rendez-vous pour un examen complet.

Cela étant fait, tu te sentis soulagée, car tu avais agi. Ce n'était sans doute rien, mais au moins tu en aurais le cœur net.

Le lendemain, un samedi, Tim se rendit à son bureau comme d'habitude. Il aimait aller travailler quand il y avait moins de monde, affirmait-il, même si, connaissant ses employés, tu devinais qu'ils étaient du genre à passer tous leurs week-ends au bureau eux aussi.

La nuit précédente, tu avais été réveillée par des rires provenant de la chambre de Danny : d'étranges et inquiétants gloussements. Ne voulant pas réveiller Tim, tu t'étais levée sans bruit pour aller voir. Danny avait les yeux ouverts et il regardait fixement le plafond. Ses paupières papillotaient.

D'après un site déniché sur Internet, les battements de paupières pouvaient trahir une activité cérébrale anormale.

Ou bien, c'était juste le signe qu'il rêvait les yeux ouverts.

Tim, bien évidemment, était très critique à l'égard des personnes qui se servaient du Web pour établir des diagnostics. Mais ce site, tenu par de vrais médecins, semblait sérieux.

Ce jour-là, comme tu devais aller faire des courses, tu emmenas Danny au supermarché bio. Dans la voiture, il se montra étonnamment calme. À force de le regarder pour voir ce qui n'allait pas, tu faillis provoquer un accident.

« C'est des animaux méchants », marmonna-t-il.

Tu t'arrêtas sur le bas-côté.

« C'est des animaux méchants », répéta-t-il. Il regardait passer les autres voitures. « Méchants ! Méchants ! Tue-les ! » Il se contorsionnait dans son siège enfant pour essayer de se libérer. « Enlève ça ! Enlève ça ! hurlait-il. Ça fait mal ! »

Il montrait sa tête.

« Qu'est-ce qui ne va pas, Danny ? »

Et puis, l'agitation retomba, aussi vite qu'elle était apparue. Il s'affaissa dans son siège.

« Danny, qu'est-ce qui s'est passé ?

— J'ai vu un rouge, dit-il d'une toute petite voix. Les rouges, c'est les plus méchants. »

Au supermarché, il trottina à côté de toi comme d'habitude, accroché d'une main au chariot. Il y avait la queue à la caisse. Une vieille femme qui payait en liquide comptait ses pièces une par une, en bavardant avec la caissière.

Généralement, tu t'efforçais d'ignorer ce genre de désagréments : si cette femme avait besoin de prendre son temps, soit. Dommage que ça tombe aujourd'hui, alors que tu avais hâte de ramener Danny à la maison.

Soudain, tu entendis un grognement monter du fond de sa gorge. Il fixait du regard les gens alignés devant vous.

« C'est toujours plus long le week-end », fis-tu remarquer.

Il se mit à hurler.

D'une voix si aiguë, tendue, qu'il était difficile de comprendre ce qu'il braillait. Ça ressemblait à « Ils font pas comme il faut ! ». Il avait une tête de... *fou*. Il n'y avait pas d'autre mot. Il semblait victime d'hallucinations.

Et brusquement, il s'enfuit. En battant des bras comme pour chasser des insectes invisibles, fonçant dans les étals de fruits : les belles pyramides de pamplemousses et d'oranges s'écroulèrent comme des cascades aux couleurs vives et rebondirent sur le sol. Il parcourut ensuite l'allée des conserves, dans lesquels il donna des coups de tête. Puis ce fut au tour des céréales pour le petit déjeuner. Et des bouteilles de soda. Tout cela sans cesser de hurler.

Les clients le regardaient. Certains – c'était encore pire – faisaient semblant de rien. *Aujourd'hui, chéri, au supermarché, j'ai vu un enfant vraiment très mal élevé.*

Quand tu le rattrapas enfin, Danny était couché par terre et son corps se cabrait sous l'effet de la douleur, comme un poisson qui agonise hors de l'eau. Et si c'était une crise d'épilepsie ? Ça en avait tout l'air. Il fourra deux doigts dans sa bouche et les mordit jusqu'au sang.

Tu parvins à le maîtriser et à glisser ta main entre son crâne fragile et le sol.

Lorsqu'il cessa enfin de pleurer, il se mit à baragouiner. Tu le transportas jusqu'à la voiture et le conduisis directement aux urgences.

« Votre enfant semble souffrir de troubles du comportement », annonça le médecin.

Ils avaient effectué quelques tests élémentaires, vérifié sa tension. Pendant que Danny retrouvait peu à peu un comportement normal. Enfin, pas vraiment. Il n'était plus lui-même. Mais impossible d'en convaincre les médecins.

« Vous ne voulez pas le faire passer à l'encéphalogramme, au moins ? »

Le médecin secoua la tête.

« Ce n'est pas nécessaire.

— S'il vous plaît. »

La perspective de devoir annoncer à Tim que Danny avait été diagnostiqué « enfant extrêmement désobéissant » te terrifiait. Car tu savais que, malgré tout l'amour qu'il vous portait, à Danny et à toi, il se rangerait dans le camp des médecins. Dans son monde, les médecins étaient des savants et, par conséquent, ils détenaient la vérité. Les mères, en revanche, étaient du côté des émotions, de l'irrationnel et, par conséquent, des intuitions erronées. Il t'adresserait son petit sourire qui voulait dire : *Ton absence de logique est adorable. Mais il est temps maintenant que les adultes prennent une décision.*

« Vous pourriez peut-être consulter un psychologue pour enfants, suggéra le médecin. Il vous donnera quelques conseils. »

C'est alors que Danny se remit à émettre des grognements rauques.

« Ça recommence à bouger, te dit-il, les yeux fixés au plafond. Fais que ça s'arrête. S'il te plaît, fais que ça s'arrête. »

Ce furent ses dernières paroles cohérentes. Deux minutes plus tard, il se roulait par terre en hurlant.

Au moins, cela eut pour effet de déclencher une batterie d'examens : rayons X, encéphalogramme, IRM et ultrasons. Les scénarios cauchemardesques se succédèrent, au gré des hypothèses formulées, puis écartées. Schizophrénie. Anomalies du cerveau. Épilepsie. Tumeur.

Lorsque Tim débarqua à l'hôpital, les médecins en étaient venus à se demander si Danny n'avait pas avalé un comprimé quelconque, trouvé par terre ou sur un siège. Tu protestas farouchement, affirmant que c'était impossible, mais tu voyais bien qu'ils regardaient de travers tes tatouages et tes clous dans les oreilles, et s'empressaient d'en tirer des conclusions.

Tu insistas pour qu'ils te fassent des analyses de sang, comme à Danny. Afin de prouver que tu n'étais pas une junkie.

Aux médecins, mais à Tim également.

Les tests et les examens se poursuivirent pendant quarante-huit heures. Finalement, Tim et toi étiez convoqués dans le bureau d'un éminent spécialiste.

« Dans l'ensemble, les résultats sont bons », dit-il en faisant courir son doigt sur une liste de chiffres. C'était un sexagénaire aux cheveux blancs, séduisant. « Les résultats de l'encéphalogramme sont normaux, ce qui exclut presque à coup sûr l'épilepsie. Rien non plus sur les scanners. Idem pour les analyses de sang. Aucune trace d'infection ni de toxines. Et nous n'avons détecté aucune tumeur. »

Tu t'accrochais à cet adjectif : *bons*. C'était positif. C'était synonyme de bonne nouvelle. Non ?

Tu mis un certain temps à comprendre que c'était tout le contraire. Ces *bons* résultats ne voulaient pas dire que Danny allait guérir. Ça voulait seulement dire qu'aucune des hypothèses des médecins n'était la bonne.

« Il ne reste que deux possibilités, ajouta le professeur. Psychose infantile ou syndrome de Heller. »

Sur le moment, l'hypothèse de la psychose t'apparut comme la plus effrayante des deux. C'est plus tard seulement, après avoir effectué des recherches sur Internet, que tu pris conscience de ton erreur. Les psychoses sont temporaires, alors que le syndrome de Heller – également appelé trouble désintégratif de l'enfance ou autisme atypique – est votre ami pour la vie.

« Si, comme je le suppose, il s'agit bien d'un Heller, ajouta le professeur, n'oubliez pas, s'il vous plaît, que Danny reste l'enfant qu'il était avant le diagnostic. L'étiquette "autisme" peut être difficile à accepter pour des parents. Mais ce n'est que ça : une étiquette. »

C'était gentil de sa part d'essayer d'atténuer le choc. Mais, malgré ses belles paroles, il avait tort. Danny n'était plus le même. Le Danny que tu avais connu et aimé, ton petit garçon, n'existait plus. L'autisme te l'avait volé.

VINGT ET UN

Aucun de nous ne prit véritablement au sérieux le renvoi de Mike. Tim passait son temps à mettre des gens à la porte. Souvent, sa colère retombait avant qu'ils aient récupéré leurs affaires. Et il venait leur dire : « Oublie. Je ne le pensais pas. »

Mike, lui, quitta le bureau et ne revint pas. On attendit que Tim le rappelle pour s'excuser. En vain.

Parce qu'ils avaient insulté leurs épouses respectives, pensait-on. Ils avaient franchi une limite.

D'autant plus que Jenny était présente, assise au bureau des mathématiciens, au moment de la dispute. On avait tous entendu la remarque désobligeante de Tim. Et on pouvait parier qu'elle aussi. Malgré cela, elle continua à venir travailler chaque jour, comme si de rien n'était.

À force de travailler dans cet environnement, on avait tous appris à faire la sourde oreille.

Le statu quo se prolongea durant plusieurs semaines. Qui devinrent des mois. Et toujours aucun signe de Mike. Quelqu'un apprit par le biais d'un ami d'ami travaillant dans une autre boîte de la tech qu'il en était à son quatrième entretien d'embauche là-bas.

Finalement, ce fut Abbie qui décida que ça ne pouvait pas durer. Elle réserva une table chez Fuki Sushi pour déjeuner. En arrivant, Tim découvrit que la table était dressée pour trois personnes. Mike arriva peu de temps après. Il parut aussi surpris par la présence de Tim que celui-ci était surpris de le voir.

D'après la légende, Abbie se leva alors et déclara : « Je vous laisse en tête à tête. Sachez simplement que je me marie dans trois semaines. Et pour le moment, Tim n'a pas de témoin. »

S'adressant à Mike, elle ajouta : « Vous n'êtes pas obligé de m'aimer et de penser que je suis la partenaire idéale pour Tim. Mais on tient beaucoup à lui, vous et moi. Alors, essayons de trouver un arrangement, d'accord ? »

Le lendemain, Mike était de retour au bureau. Trois semaines plus tard, il était le témoin de Tim. Et lorsque, un an plus tard, Tim et Abbie célébrèrent la naissance de leur fils, Mike fut choisi comme parrain.

Au cours du déjeuner, on entendit Tim promettre à Mike que, après sa lune de miel, il reprendrait la tournée des investisseurs pour rassembler des fonds. Ce qu'il fit. Bientôt, on eut assez d'argent pour supprimer les bugs et élaborer de nouvelles méthodes de production, moins coûteuses, pour les shopbots.

Pendant tout ce temps, Jenny resta sur la réserve. On ne savait toujours pas si elle avait entendu les paroles injurieuses de Tim.

En tout cas, Mike et elle furent conviés au mariage. Contrairement à nous.

60

Tu repenses encore à Danny et à ce que tu as vu à Meadowbank lorsque l'interphone de la porte d'entrée retentit.

« Qui est-ce ? demandes-tu.

— Inspecteur Tanner. »

Le type qui s'est montré si désagréable envers toi au poste de police. Tu entrouvres la porte. Son corps massif et menaçant occupe tout l'encadrement et tu te souviens de la manière dont il t'a empêchée de quitter la salle d'interrogatoire.

« Puis-je entrer ? demande-t-il d'un ton brusque.

— Je ne préfère pas.

— J'ai entendu dire qu'une action en justice a été entreprise afin d'ordonner votre destruction. »

Tu le toises d'un air hautain.

« On va contre-attaquer.

— Bon courage. » Il soutient ton regard. « « Vous vous souvenez de ce que je vous ai dit la dernière fois que nous nous sommes parlé ?

— Bien sûr. Vous m'avez dit que vous vouliez faire condamner Tim. »

Il secoue la tête.

« J'ai dit que je voulais que justice soit rendue à Abbie. Et que si vous pouviez m'aider, vous deviez le faire. Pour elle. »

Tu ne réponds pas.

« Écoutez, reprend Tanner. Il se peut que le temps soit compté. Pour vous. Et donc, pour elle. Si vous savez quelque chose, si Tim a tenu des propos qui pourraient nous aider à connaître la vérité, il faut m'en parler maintenant. Avant qu'il soit trop tard. »

Après un moment de réflexion, tu ouvres la porte en grand.

« Entrez. »

Tu n'as pas l'intention de te confier à l'inspecteur Tanner, bien évidemment. Néanmoins, il te semble que c'est l'occasion rêvée pour découvrir ce qu'*il* sait.

« Voici ce que je vous propose, dis-tu. Je vous raconte ce que j'ai découvert, à condition que vous m'orientiez dans la bonne direction.

— Comment ça ? demande-t-il, méfiant.

— Certaines preuves n'ont pas été présentées lors du procès. Vous l'avez laissé entendre devant les journalistes après le non-lieu. Sans même parler des articles suggérant qu'Abbie avait plusieurs liaisons. Rien de tout cela n'a jamais été mentionné devant les jurés. Il devait bien y avoir une raison.

— Exact… Plusieurs raisons, en fait. »

Tu attends la suite.

« Premièrement, le procureur voulait éviter tout ce qui pouvait charger la victime. Les jurés détestent ça, surtout quand la victime en question est une jeune femme séduisante. Il vaut toujours mieux donner l'impression qu'on est du côté de la personne décédée : la bonne épouse, la mère dévouée. De cette façon, les jurés expriment leur colère en son nom.

— Et deuxièmement ?

— La vie sexuelle d'Abbie ne constituait pas un mobile.

ɹrquoi donc ? Si elle utilisait tous ces sites de ren-
… » Tu comprends soudain ce que ça signifie. « Tim
? Ils formaient un couple libre ? »

ɪ anner demeure impassible.

« C'est ce qu'a affirmé la défense. Elle avait vécu une relation de ce genre avant qu'ils se rencontrent, apparemment, et Tim était d'accord pour qu'elle continue après leur mariage si elle le désirait.

— Je n'y crois pas », déclares-tu immédiatement.

Tim n'aurait pas supporté qu'Abbie couche avec d'autres hommes. Il ne partage jamais rien. En outre, cette clause ne figurait pas dans leur contrat de mariage. Or, il semblait peu probable qu'un document suffisamment détaillé pour établir l'échelle des pénalités en cas de prise de poids n'évoque pas la question de l'adultère.

« Moi non plus, avoue Tanner. Mais ça a suffi à noyer le poisson et à dissuader l'accusation d'utiliser cet argument. Et alors que de nombreuses femmes ont déclaré, après son arrestation, que Tim leur avait fait des avances, pendant des années, nous n'avons jamais pu trouver un seul homme qui ait eu une véritable relation avec Abbie. » Après une pause, Tanner ajoute : « Il y a un autre facteur qui n'a jamais été évoqué devant le jury. Or, selon moi, c'était beaucoup plus convaincant. »

Il te faut un certain temps pour assimiler ce que vient de dire Tanner au sujet de ces autres femmes. Sian n'était donc pas la première. Non, évidemment. Si Tim se conformait au modèle décrit dans ce livre sur la passion. *Lorsque ces hommes aiment, ils ne peuvent pas désirer, et lorsqu'ils désirent, ils ne peuvent pas aimer.* Si toutes les femmes qui n'étaient pas des Madones étaient des putains, cela faisait une sacrée quantité de putains.

Et toi ? t'interroges-tu. Est-ce la véritable raison pour laquelle Tim ne t'a pas dotée d'organes génitaux ? Non pas à cause des difficultés techniques ou du qu'en-dira-t-on, mais d'une obsession patriarcale, presque primitive, pour la chasteté féminine ? N'es-tu que la version moderne de ces millions de femmes, ignorées, que depuis toujours on mutile afin d'anéantir leur sexualité menaçante ? Afin de les humilier, de contrôler leurs désirs et de les empêcher d'être pleinement humaines.

Tanner te dévisage, il semble attendre ta réaction.

« Hein ? Quoi ?

— Je disais que l'addictologue d'Abbie avait signalé un cas d'enfant en danger.

— Quel genre de danger ? »

L'inspecteur grimace.

« C'était ça, le plus frustrant. La loi les contraint à signaler tous les cas où un enfant pourrait être en danger. Mais ils ne sont pas obligés de fournir des détails ni de donner suite. Et donc, partagés entre la loi d'un côté et le secret professionnel de l'autre, ils se contentent de faire un signalement, avant de la boucler. L'addictologue d'Abbie ne faisait pas exception à la règle. »

Tu prends une décision.

« Cet addictologue, il a un nom ?

— Piers Boyd. Il exerce à domicile, près de Half Moon Bay. C'est pour cela qu'elle l'a choisi, je pense : il habitait près de leur maison au bord de l'océan. Pourquoi ? Vous avez l'intention de lui parler ?

— Ça ne coûte rien.

— Eh bien, s'il vous apprend quelque chose, pensez à moi. Si vous me donnez des informations sur Abbie, je pourrais peut-être parler à Lisa Cullen. Et la convaincre d'abandonner ses poursuites.

— Je n'ai pas besoin de votre protection, réponds-tu d'un ton hautain. J'ai Tim et son avocat. »

Mais ces paroles provocatrices cachent mal tes doutes sur la question. Pour Tim, tu n'es qu'un algorithme destiné à retrouver sa femme. Pour son avocat, tu n'es qu'une monnaie d'échange en vue d'un règlement à l'amiable qu'il est certainement en train de négocier. Dans ce cas, l'inspecteur Tanner pourrait bien être ta bouée de sauvetage.

61

L'adresse de Piers Boyd figure sur son site Internet, un travail d'amateur qui indique également qu'il est coach de vie, guérisseur reiki et addictologue diplômé. Mais peu occupé, apparemment, car, quand tu l'appelles pour prendre rendez-vous, il propose de te recevoir le jour même.

« Votre nom ?

— Gail, réponds-tu après une brève hésitation.

— C'est joli. » Sa voix est déformée par le capuchon du stylo qu'il tient entre ses dents. « Le diminutif d'Abigail, je suppose ?

— Plus ou moins. »

Abbie étant déjà pris, il ne te reste que la fin du prénom. C'est un peu l'histoire de ta vie, songes-tu avec tristesse.

Boyd habite sur Balboa Boulevard, en face de l'océan. Un carillon tinte délicatement près de la porte, et tu aperçois sur le côté de la maison deux planches de surf et une combinaison qui gouttent sur le sol en béton. L'homme qui t'accueille approche de la cinquantaine ; il est pieds nus et porte un chignon et un ample pantalon indien. Un *dhoti,* précise une voix intérieure.

« Gail ?... Oh, c'est *vous* ? »

Il semble à la fois un peu surpris et mal à l'aise. C'est exactement le but recherché.

« Oui, c'est moi. Le cobot de la femme qui venait vous consulter. Puis-je entrer ?

— Euh, oui. »

Boyd ouvre la porte, à contrecœur.

« J'ai lu des choses sur vous », dit-il une fois que vous êtes assis dans la salle de consultation exiguë, aménagée dans un ancien garage, à l'évidence. « Mais je ne pensais pas vous voir ici un jour, chez moi.

— Moi de même. »

Il te regarde d'un air intrigué.

« Dites-moi… Pensez-vous que vous avez une âme ? »

À ton tour de t'étonner.

« Figurez-vous que vous êtes le premier qui me pose cette question. » Tu prends le temps d'y réfléchir. « Je pense que oui. Probablement. Pour le moment, du moins. Après tout, l'âme doit être séparée du corps, c'est le but. Ne pas être fait de chair et de sang n'interdit pas d'avoir une âme.

— Pourquoi dites-vous *pour le moment* ?

— Un tribunal pourrait ordonner ma destruction. »

Tu lui parles de l'action en justice, en prenant soin de présenter celle-ci non pas comme une démarche de Lisa destinée à épargner des souffrances à sa famille, mais comme la machination d'une grosse entreprise décidée à mettre la main sur l'invention capitale de Tim.

« D'où ma présence ici, conclus-tu. Si j'arrive à comprendre ce qui vous a incité à signaler ce cas d'enfant en danger, je pourrai peut-être m'en servir pour éviter d'être… effacée. »

Boyd joue nerveusement avec son collier.

« La question est de savoir si vous êtes Abbie. Dans le cas contraire, je ne peux rien vous dire. En revanche, si c'est bien vous, le secret professionnel n'est plus un problème.

— Les avocats diraient que je ne suis pas Abbie, admets-tu. Mais ils affirmeraient également que je n'ai pas d'âme.

— Je vois, soupire-t-il, visiblement déchiré. C'est compliqué.

— J'ai le sentiment d'être Abbie, déclares-tu, même si c'est un mensonge. Je partage ses pensées. Sa conscience. Ses souvenirs. Tout ce qui fait l'identité d'une personne. »

Il hésite. Puis :

« Si vous me disiez ce que vous voulez savoir ? Je verrai alors si je peux vous répondre. »

Moins de dix minutes plus tard, tu as réussi à convaincre Boyd. Il n'aurait jamais accepté de parler à la police – à cause de son esprit rebelle –, mais, avec toi, c'est différent.

« Je l'ai suivie pendant longtemps, explique-t-il. Son contrat de mariage l'exigeait. Mais, peu à peu, elle a cessé de parler de sa prétendue addiction pour se concentrer sur d'autres problèmes.

— Pourquoi *prétendue* ?

— Abbie n'était qu'une consommatrice occasionnelle. Certes, un tas de gens commencent comme ça et deviennent accros ensuite. On peut donc penser que Tim lui a rendu service en tuant cette habitude dans l'œuf… ou bien qu'il a suréagi dès le départ. »

Intéressant.

« Quels sont ces autres problèmes dont elle vous parlait ?

— Danny, dit-il tout bas. On parlait beaucoup de Danny. Abbie était… disons qu'elle était traumatisée par ce qui arrivait à son fils. Le monde extérieur voyait la belle femme optimiste qui fait face avec courage. La formidable mère qui accepte ce coup du sort sans sourciller. Moi, dans cette pièce, je voyais une femme qui luttait contre le chagrin.

— Et vous l'aidiez dans son combat.

— J'essayais…. Plus exactement, j'écoutais. Habituée à ce que personne ne l'écoute, elle avait du mal à s'exprimer au début. Mais, petit à petit, elle s'est ouverte. Je crois que personne d'autre ne connaissait cet aspect de sa personnalité. Certainement pas son mari. »

Tu comprends que Piers Boyd avait été un peu amoureux d'Abbie. S'était-elle servie de sa beauté et de sa vulnérabilité pour le manipuler ? Ou bien es-tu trop cynique ?

« Qu'est-ce qui vous a poussé à signaler un cas d'enfant en danger ? La drogue ? L'alcool ? »

Boyd secoue la tête.

« Rien de tout ça. Abbie projetait d'enlever Danny. »

Sonnée, tu te renverses dans ton siège.

« Elle voulait enlever son fils ? Pourquoi ?

— Il avait été placé dans une école spécialisée, choisie par Tim. Celui-ci avait montré à Abbie un tas d'études prouvant que c'était l'établissement le mieux adapté. Il lui avait forcé la main… Mais quand Danny a commencé à aller dans cette école, elle a découvert combien c'était horrible.

— Je sais. J'ai pu le constater de mes propres yeux, pas plus tard que ce matin.

— Effroyable, hein ? Abbie avait vécu une expérience quasiment similaire, dans le centre de désintoxication où l'avait envoyée Tim. Elle s'était résignée à son triste sort, mais elle ne pouvait supporter que Danny connaisse la même souffrance.

— Pourtant… »

Tu n'achèves pas ta phrase. Au cours de ces dernières heures, tous tes préjugés concernant Abbie avaient volé en éclats. Ce n'était pas une mauvaise mère, mais une mère dévouée. Ce n'était pas une fêtarde, mais une femme prisonnière d'une situation impossible.

« J'étais partagé, avoue Boyd. Je comprenais pourquoi elle détestait cette école. D'un autre côté, j'avais le sentiment qu'elle n'avait pas bien réfléchi aux conséquences de son geste. Ils partiraient tous les deux et recommenceraient une nouvelle vie ailleurs, affirmait-elle, comme s'il n'y avait rien de plus facile. Quand je la questionnais, je voyais bien qu'elle n'avait rien prévu, notamment au sujet du suivi éducatif de Danny. C'est un enfant fragile. Impossible d'ignorer tout ce qu'elle me confiait, je risquais de perdre ma licence. Je me suis dit que, si je donnais l'alerte, la police enverrait un pédopsychiatre dans cette école, afin de déterminer si elle convenait à Danny.

— Mais ils ne l'ont pas fait ? »

Boyd secoue la tête une fois de plus.

« Ils n'avaient toujours pas réagi à mon signalement quand Abbie a disparu.

— Que s'est-il passé, alors ? »

Il écarte les bras.

« Je n'en sais pas plus que vous. Elle a peut-être renoncé. Il faut dire que son plan était bancal. »

Tu ne partages pas cet avis. Ce site Internet lui avait expliqué, étape par étape, comment changer d'identité et disparaître. *Ne confiez à personne ce que vous projetez de faire, même à ceux et celles en qui vous avez le plus confiance.*

« Je pense qu'Abbie savait très exactement où elle allait emmener Danny, dis-tu. Simplement, elle ne voulait pas vous en parler. Par prudence. »

Piers Boyd paraît meurtri, puis il acquiesce, comme s'il acceptait ton argument.

« Dans ce cas, répond-il, pourquoi Danny est-il toujours à Meadowbank ? Et où est Abbie ? Qu'est-ce qui a mal tourné ?

— C'est ce que je n'arrive pas à comprendre. Mais j'ai bien l'intention de découvrir la vérité. »

62

Charles Carter vient t'ouvrir la porte vêtu d'un vieux cardigan gris. Tu n'es pas surprise de le trouver chez lui. Il t'a expliqué qu'il travaillait depuis son domicile. *Fusions et acquisitions, principalement.*

« Entrez. »

Il semble réellement enchanté de te voir.

Tu le suis à travers la maison, jusqu'à une pièce qui donne sur la plage. Trois écrans d'ordinateur sont disposés sur un bureau, semblables aux miroirs d'une coiffeuse. Sur l'un d'eux apparaissent des colonnes de cotations. Un autre est connecté à Skype. Enfin, celui du milieu, le plus grand, affiche une sorte de contrat. Mais ce qui attire ton attention, c'est le tableau accroché au mur, derrière les écrans. Il représente l'océan vu de l'appontement au pied de la maison, peint dans un style dynamique, presque street art, les vagues se trouvant réduites à de simples triangles d'énergie, abstraits, qui s'entrechoquent. Dans un des coins, tu devines tout juste la forme de son bateau, le *Maggie*.

Ce tableau n'est pas sans évoquer la peinture murale dans les locaux de Scott Robotics. Tu t'en approches pour examiner la signature tarabiscotée et flamboyante : *Abbie Cullen-Scott.*

« Ça fait plaisir de vous revoir, dit Charles Carter. Il n'y a pas beaucoup de monde par ici à cette époque de l'année. Et je dois avouer qu'on se sent un peu seul à force. »

Tu montres le tableau.

« C'est comme ça qu'elle vous a payé ?

— Abbie ? » Cette question semble l'amuser. « Pourquoi m'aurait-elle payé ?

— Pour avoir créé une société. »

Carter ôte ses lunettes et les fait tournoyer dans sa main, en te regardant d'un air songeur.

« C'était la seule chose pour laquelle elle avait besoin d'aide, ajoutes-tu. La plupart des autres instructions étaient relativement faciles à suivre. Laisser son portable dans un bus, ne plus utiliser de cartes de crédit, etc. Le plus délicat, c'était de créer une entité légale qui lui permettrait de louer un logement et de payer des factures du style électricité, eau..., sans que son nom apparaisse. Je suppose qu'elle s'est adressée à vous pour ça. »

Charles Carter hausse les sourcils. Tu attends.

« Ce sont des conjectures, dit-il.

— Je suis très douée pour les conjectures. J'ai été conçue pour réfléchir intuitivement.

— Il est toujours bon d'avoir un but, murmure-t-il. Et de savoir quel est ce but.

— Pendant un moment, j'ai cru que vous couchiez avec elle. Mais je me suis aperçue que je commettais l'erreur de voir le monde à travers les yeux de Tim. Je pense plutôt que vous vous appréciez mutuellement. Deux êtres solitaires qui, chacun à leur manière, ont perdu la personne qu'ils aimaient le plus au monde... Et vous l'avez dit vous-même : vous lui deviez une fière chandelle, pour avoir convaincu Tim de vous autoriser à rester ici.

— Si j'avais une dette envers Abbie, elle n'avait pas besoin de m'offrir un tableau en guise de paiement, si ? souligne-t-il.

— Elle vous en a quand même offert un. » Tu réfléchis. « Pas comme un paiement, mais comme un souvenir. »

Le regard du sexagénaire dérive vers le tableau.

« Abbie Cullen était une des personnes les plus gentilles, les plus douces, que j'aie jamais rencontrées, dit-il tout bas. Elle en a bavé quand Danny a régressé presque du jour au lendemain. Mais, surtout, elle a dû choisir à qui demeurer fidèle. Elle était capable de cohabiter avec son mari tant que celui-ci était le seul homme exigeant dans sa vie. Maintenant qu'il y en avait un second… »

Tu vois son expression s'adoucir lorsque ses yeux se posent sur la signature, et à cet instant, tu sais que tu as vu juste.

« Si j'ai eu des rapports d'ordre professionnel avec Abbie, cela ne regarde qu'elle et moi, ajoute-t-il. Toutefois, je veux bien vous dire une chose. Je pense qu'elle a fait le bon choix. »

« Je cherche les mails envoyés par un dénommé Charles Carter, expliques-tu à Nathan. Ou tout ce qui pourrait indiquer qu'il a aidé Abbie à créer une société. »

Tu t'es arrêtée à la boutique de téléphonie sur le chemin du retour. Nathan a paru surpris de te revoir. Ce qui ne l'a pas empêché de se lever pour aller fermer la porte à clé.

« Allons derrière », dit-il.

Tu ronges ton frein pendant qu'il se connecte sur le port de ta hanche, comme il en a pris l'habitude.

« Tenez », dit-il en te tendant ce qu'il a imprimé depuis la dernière fois. Deux feuilles seulement. « C'est tout ce que j'ai pu récupérer depuis hier. Ça fait partie de l'historique. »

Tu survoles la première page.

µ Traitements contre l'autisme

µ Les injections de B14 sont-elles efficaces ?

¨ régime spécial pour autistes XÿŒ thérapie chélation

Angoisse de l'autiste

Régime bio syndrome de Heller

€˜

Les infusions de cellules souches peuvent-elles soigner l'autisme

Autisme positif

Autisme positif Dr Eliot P. Laurence

Contact Dr Eliot P. Laurence

« Abbie cherchait un traitement, commentes-tu. Rien d'étonnant.

— Hmmm, fait Nathan, les yeux rivés sur l'écran de son ordinateur.

— C'est quoi, ce truc ? L'autisme positif ?

— Aucune idée.

— Renseignez-vous. » Comme il ne réagit pas, tu t'impatientes. « Cherchez sur Internet. Tout de suite, maintenant. Ou je vous déconnecte.

— Non, non… attendez ! »

Nathan ouvre un navigateur, tape *autisme positif wiki* et fait pivoter l'ordinateur vers toi.

***L'Autisme positif** est une approche de l'autisme et d'autres troubles du développement mise au point par le Dr Eliot P. Laurence[1]. Elle encourage les parents et les animateurs à*

considérer le comportement des autistes non pas comme aberrant ou « fautif », mais comme des mécanismes de défense indispensables dans un monde surstimulant[2].

Grâce à un mélange d'interventions curatives éprouvées – parmi lesquelles on peut citer les massages qi gong, la thérapie par l'art, les régimes sans toxine et les techniques d'intégration sensorielle –, les séminaires, les ouvrages et les nombreuses fondations caritatives qui utilisent ces méthodes ont aidé des milliers de personnes souffrant de cette maladie à améliorer leurs conditions de vie[3].

Les liens externes renvoient à un site.

« Cliquez dessus », ordonnes-tu à Nathan.

La page qui s'affiche alors montre une photo de ranch. Des enfants, souffrant manifestement de troubles de l'apprentissage, mais souriants, montent à cheval, se promènent ou se font masser. Tout en haut, on peut lire :

Notre objectif n'est pas de rendre les gens « moins autistes », mais de rendre le monde moins perturbant pour les autistes.

Tu parcours rapidement la page.

« Cliquez sur CONTACT. »

Nathan s'exécute en soupirant.

« Ça suffit comme ça, grommelle-t-il, tandis que tu mémorises les détails. Chacun son tour. »

Pendant qu'il scrute les codes qui défilent sur l'écran, griffonnant parfois des notes, tu réfléchis à ce que tu viens de lire. Il est évident désormais que la régression de Danny a fait surgir une ligne de fracture cachée entre Abbie et Tim. Tu imagines Abbie lui montrant cet article de Wikipédia. Et la réaction de Tim. *Si ce truc marchait réellement, tu ne crois pas que quelqu'un aurait mené des études plus poussées ? Un traite-*

ment contre l'autisme, ça ne passerait pas inaperçu. S'il n'y a pas d'essais cliniques, c'est du pipeau. C'est séduisant, je l'avoue, mais ce n'est pas ça qui aidera notre fils.

Au moins, ce Dr Laurence n'inflige pas des décharges électriques à ses élèves. À quoi bon réduire l'apparition du stress si l'élève est terrorisé ? D'ailleurs, qu'est-ce que ça veut dire, « soigner » l'autisme ?

Ces mêmes questions ont dû traverser l'esprit d'Abbie il y a cinq ans, songes-tu.

« Magnifique », murmure Nathan

Ses doigts s'agitent sur le clavier de son ordinateur et tu entends un bruit d'obturateur. Il a réalisé une capture d'écran.

« Stop, dis-tu sèchement. Le temps est écoulé. »

63

Dr Eliot Laurence… Durant tout le trajet du retour, tu cherches la présence de ce nom dans ta mémoire. En vain. Toutefois, d'autres souvenirs te reviennent, encore enveloppés de brouillard, et tu ne peux déterminer s'ils sont réels ou s'il s'agit de ces simples déductions logiques dont t'a parlé Tim.

Une chose est sûre, cependant : cette époque, après le diagnostic, fut la plus noire de ta vie. Le fossé qui vous séparait désormais, Tim et toi, apparut de manière flagrante.

Au cours des années qui avaient précédé, tu t'étais concentrée sur ton bébé, puis sur ton petit garçon. Alors que Tim se concentrait sur son travail. Le contrat prénuptial l'obligeait à consacrer un jour par semaine à sa famille, mais il y avait toujours un appel à passer, un mail qui exigeait une réponse ou une réception qui nécessitait sa présence.

Tu compris soudain que, si les disputes étaient rares entre vous, ce n'était pas parce que votre mariage se portait bien, mais parce que engager un bras de fer avec Tim représentait une entreprise colossale. Son obstination, son intelligence, son refus de faire la moindre concession transformaient chaque point de désaccord en une bataille cruciale qu'il fallait livrer jusqu'à épuisement. Et puisque tu finissais toujours par céder, à quoi bon déclencher les hostilités ? Cependant, il y avait eu quelques exceptions mémorables, lorsque tu avais refusé de capituler, comme la fois où il avait décrété que tu ne devrais plus faire du surf nue maintenant que tu étais une jeune mère. Toutefois, ces révoltes étaient occasionnelles, et de plus en plus rares au fil du temps.

Vous ne faisiez plus l'amour. Mais, quand tu en parlais avec tes amies mariées, elles t'avouaient qu'elles non plus. Trop fatiguées, soupiraient-elles avec un sourire triste. En outre, il y avait généralement un petit enfant dans le lit. Alors, tu avais choisi de croire que tu étais dans le même cas.

Mais pas vraiment, en réalité. Cela n'avait rien à voir avec la fatigue. C'était plutôt comme si Tim, ayant engendré un enfant, semblait estimer qu'il avait accompli son devoir. Il t'adorait toujours, du moins il l'affirmait. Mais cette adoration ne se traduisait plus dans l'intimité.

Après le diagnostic, le choc et la colère vous réunirent brièvement. Ce fut le seul point positif : le sentiment que vous ne faisiez plus qu'un de nouveau. La Team Danny. Vous vous attaqueriez à ce problème ensemble et vous le surmonteriez grâce à votre détermination.

« S'il est devenu autiste, il peut tout aussi bien cesser de l'être, déclara Tim. Il y a forcément quelqu'un, quelque part, qui effectue des recherches de pointe. »

Hélas, il apparut peu à peu que, si des recherches étaient menées, elles ne portaient pas sur le trouble désintégratif de l'enfance. Elles essayaient avant tout de déterminer les causes de l'autisme. Et la vérité, c'était que personne ne savait rien.

C'est toi qui dénichas les traitements plus alternatifs. Ils abondaient sur Internet. Évidemment, tu étais sceptique, mais tout aussi désespérée. Alors, tu faisais des essais, en secret. Car, après tout, on ne sait jamais.

Aux yeux de Tim, si la science était impuissante, inutile de perdre du temps et de l'argent pour prouver que ces traitements ne marchaient pas.

Tu retournas même consulter l'orthophoniste hautement qualifiée qui, quelques mois plus tôt, t'avait affirmé que le zézaiement de Danny disparaîtrait tout seul. Après sa régression, il était resté muet pendant plusieurs semaines, mais, depuis quelque temps, il émettait de petits sons. *Ii* voulait dire « oui ». Et *Voh*, « vidéo ». Autrement dit, ses cassettes de *Thomas et ses amis*, la seule chose qu'il regardait depuis son retour de l'hôpital.

« Et maintenant, je fais quoi ? » lui demandas-tu.

Elle voulut savoir si tu avais envisagé le langage des signes.

Tu n'en revenais pas. Cette femme était orthophoniste, nom d'un chien ! Elle acceptait la défaite avant même de livrer bataille. Tu éprouvas une bouffée de haine envers ces parents qui payaient cette incapable cent cinquante dollars de l'heure pour s'entendre dire que le problème d'élocution de leur enfant disparaîtrait de lui-même. Ces parents dont tu avais fait partie, jusqu'à récemment.

« Des fois, on dirait qu'il marmonne des mots provenant de programmes télé, lui confias-tu. C'est encourageant, non ? Ça vous donne de la matière pour travailler.

— On appelle ça l'écholalie. Un trouble qui frappe les enfants autistes. C'est juste du charabia. Ça n'a aucun sens. »

Alors que tu te levais pour prendre congé, elle ajouta :

« Un conseil, madame Scott. Ne vous engagez pas sur la voie de l'ABA. Un tas de parents le font et finissent par le regretter. J'ai assisté à une conférence, un jour. Ils diffusaient d'horribles vidéos montrant des enfants éduqués comme des robots. »

Le soir-même, tu as rapporté à Tim cette conversation décourageante.

« Elle se trompe sur un point, déclara-t-il aussitôt. Je ne connais pas grand-chose à l'autisme, mais je connais les robots. On les entraîne de la manière la plus efficace, c'est tout.

— Alors, ça vaut peut-être le coup d'essayer ce programme ABA, répondis-tu en regardant Danny qui marmonnait des paroles incompréhensibles dans son coin. Il faut faire *quelque chose.* »

Et donc, chacun de votre côté, vous aviez commencé à vous renseigner. Très vite, Tim découvrit des études prouvant que la méthode ABA était la plus efficace pour combattre l'autisme, même si le succès des premières expériences, menées par un psychologue de UCLA, Ivar Lovaas, n'avait jamais été reproduit. Et donc, pour Tim, c'était un grand oui.

Pendant ce temps, tu t'étais renseignée sur les praticiens adeptes de la méthode ABA. C'est ainsi que tu dénichas Julian. La trentaine, un colosse, arborant une masse de cheveux châtains frisés et un sourire enfantin charmeur, il débarqua à Dolores Street tel le père Noël, avec à l'épaule un sac à dos rempli de jouets qu'il déversa sur la table de la cuisine. Des jouets électroniques bon marché principalement, qui faisaient du bruit, clignotaient et s'agitaient. Une boule disco plantée sur un crayon. Trois diablotins à ressort. Une araignée en plastique qui bondissait quand on appuyait dessus. Une roue qui produisait de véritables étincelles quand on actionnait une gâchette. Bref, le pire cauchemar d'un enseignant d'une école Montessori.

« Qu'est-ce qui lui plaît ? » demanda-t-il.

Tu allas chercher *Toby le Tramway*.

« Il adore les locomotives. Mais Toby est son jouet préféré. Je ne sais pas pourquoi.

— Parce qu'il est différent, évidemment. »

Julian s'approcha de Danny, assis par terre, fasciné par le spectacle de ses doigts, qu'il agitait devant ses yeux.

« Salut, Danny ! »

Sans attendre une réponse, il s'assit sur le sol à côté du garçon et fit rouler la locomotive en émettant des sifflements.

« Toby fait toujours très attention sur la route, dit-il. Les voitures, les bus et les camions ont souvent des accidents. Toby, lui, n'a pas eu un seul accident depuis des années. »

Tu l'observais, fascinée. Cet homme connaissait par cœur le texte de *Toby le Tramway* !

Mais Danny l'ignorait. Sans se laisser décourager, Julian poursuivit :

« "C'est électrique ?" demanda Bridget. "Whoosh !" souffla Toby en colère. » Julian donna un effet théâtral à son « whoosh ! » et l'indignation de Toby projeta le tramway dans les airs telle une fusée.

Julian se retourna vers toi en ayant l'air d'attendre quelque chose. Tu finis par comprendre qu'il voulait que tu enchaînes sur la réplique de Bridget.

« Pourtant, les tramways sont électriques, non ? » récitas-tu scrupuleusement.

Julian acquiesça.

« Oui, la plupart. Mais celui-ci… celui-ci… c'est un… »

Julian brandit Toby dans les airs et l'approcha de son oreille, comme s'il écoutait attentivement. Il y eut un long silence, chargé d'attente.

« Un tram à vapeur, marmonna Danny.

— *À vapeur !* » répéta Julian triomphalement.

Il appuya sur un bouton situé sous Toby. Cela produisit un petit *pop* et un filet de fumée sentant la cordite s'échappa de la cheminée.

Danny éclata de rire.

Pour la première fois depuis des mois.

Cinq minutes plus tard, les jouets étaient rangés dans le sac et Julian, assis à la table de la cuisine, buvait un café.

« Il ne faut pas trop insister, dit-il gaiement. Mission accomplie pour aujourd'hui. »

De ton point de vue, tu venais d'assister non pas à une mission, mais à un miracle.

« Quelle mission ?

— Établir un appariage. Faire de ma présence un stimulus. Ainsi, quand on commencera à travailler pour de bon, Danny m'associera à une idée d'amusement. »

C'était la première fois que tu entendais parler d'*appariage* et de *stimulus*, et tu réclamas des explications. En gros, expliqua Julian, les jouets inciteraient Danny à acquérir certaines compétences, automatiques chez les autres enfants.

« Comme vous ne tarderez pas à le découvrir, madame Cullen-Scott, nous autres, adeptes de l'ABA, on aime bien le jargon. Pour donner un aspect sérieux à ce qu'on fait, alors qu'en réalité on s'amuse. »

Julian parlait d'un ton léger, mais tu sentais qu'il maîtrisait son sujet.

« En tout cas, j'ai bien aimé cette démonstration. Et je vous en prie, appelez-moi Abbie. »

64

De retour chez toi, tu envoies un mail au Dr Laurence pour solliciter un rendez-vous, sous un faux nom, en expliquant qu'il t'a été recommandé par une ancienne patiente, Abbie Cullen-Scott. La réponse te parvient moins d'une heure plus tard.

> Je serai ravi de vous recevoir en consultation. La liste d'attente est de cinq mois. Toutefois, je me dois de vous informer que je n'ai aucun dossier au nom de Cullen-Scott.

Bizarre, songes-tu. Bizarre et frustrant. Peut-être Abbie l'avait-elle juste entendu prendre la parole dans une convention.

Ou bien tu fais fausse route. Car la vérité, c'est qu'Abbie, quelle qu'en soit la raison, a abandonné Danny.

En attendant que Tim rentre à la maison, tu fais des pâtes. Les mouvements répétitifs ont une étrange vertu apaisante. Pendant que tu pétris, malaxes et étales, une sauce aux anchois, câpres, piments et aux tomates mijote dans la casserole. Sauce puttanesca. De *puttana*, signifiant putain. Nul ne sait d'où vient ce nom, te murmure le cloud en silence, mais tu es prête à parier qu'il a été trouvé par un homme.

Tim arrive, débordant d'une énergie crépitante.

« On a une date pour notre audience au tribunal. Ou, plutôt, pour notre première audition devant le juge.

— Quand ?

— Demain. Ne t'en fais pas, c'est une simple formalité. Le juge va lire les dépositions pour s'assurer qu'elles sont recevables. Après quoi, il nous renverra tous chez nous et nous demandera de trouver un arrangement.

— Et on va en trouver un ?

— Au bout du compte, oui. Logique. Pour les Cullen, c'est de l'argent facilement gagné. »

Tu continues à douter que ce soit la réelle motivation de Lisa, mais tu t'abstiens de toute remarque.

« Il faut que je sois présente ? »

Tim hoche la tête énergiquement.

« Ça s'impose. On doit montrer au juge qu'on n'a pas à avoir honte de quoi que ce soit. »

Tu préférerais consacrer ce temps à rechercher Abbie, mais, bien entendu, tu ne peux pas le lui dire. Lorsque, au cours du dîner, Tim te demande si tu as progressé, tu noies le poisson en évoquant quelques intuitions qui n'ont mené nulle part.

C'est Tim qui remet sur le tapis le sujet de Meadowbank. À l'évidence, il est important pour lui d'obtenir ton assentiment, même rétrospectivement, car c'est lui qui a choisi d'envoyer Danny dans cette école. Seulement, tu ne peux pas lui confier ce que tu éprouves réellement, étant donné que, pour survivre, tu dois le persuader que vous partagez le même point de vue. Voyant que tu ne formules aucune objection, il évoque avec enthousiasme le passage au niveau supérieur, l'instauration de nouveaux objectifs.

« Bientôt, Danny devra arrêter de frapper dans ses mains. Ou de jouer avec ses petits trains. Si on l'autorise à avoir un comportement d'autiste pour le récompenser, on renforce ce comportement. Maintenant que tu es sur la même longueur d'onde que moi, le moment est venu de prendre le taureau par les cornes. »

Tu essaies d'imaginer la réaction de Danny quand on lui retirera ses trains adorés. Sans y parvenir.

« Aujourd'hui, je me suis souvenue d'un thérapeute qui s'était occupé de Danny au tout début. Un certain Julian. Qu'est-il devenu ? On l'aimait bien, non ?

— Tu te souviens de Julian ? »

Tu perçois une étrange tension dans la voix de Tim.

« Vaguement.

— Peut-être que tu devrais éviter de trop penser à lui.

— Pourquoi ça ?

— Il s'est avéré que Julian était un vrai emmerdeur. »

Tu fronces les sourcils.

« J'ai le souvenir d'une personne sympathique, au contraire.

— Eh bien, tu te trompes », rétorque Tim d'un ton définitif.

Après le dîner, tu montes à l'étage, comme la veille, pour ôter ta peau.

« Tim, dis-tu, une fois redescendue. Il faut que je te demande quelque chose.

— Vas-y. Tu sais que j'adore combler les vides de ton savoir.

— As-tu déclaré à la police qu'Abbie et toi formiez un couple libre ? »

Il te regarde longuement.

« Comment as-tu...

— C'est l'inspecteur Tanner qui m'en a parlé. C'est donc vrai ? Tu as dit ça ? »

L'espace d'un instant, Tim semble acculé.

« Oui, je leur ai dit ça, avoue-t-il. Une idée lumineuse d'un de mes avocats. La police était obnubilée par l'idée qu'Abbie avait peut-être un amant, et que, en apprenant son infidélité, j'avais pu décider de la tuer. Alors on leur a raconté que je n'y voyais aucun inconvénient. Je doute qu'ils nous aient crus, mais on savait qu'il n'existait aucune preuve du contraire. Et comme l'espéraient mes avocats, l'accusation y a réfléchi à deux fois avant d'utiliser cet argument.

— Donc, tu as menti.

— C'était une tactique judiciaire...

— À *moi*, je veux dire. Quand je t'ai posé la question, tu m'as répondu que quelqu'un d'autre avait dû utiliser sa photo. »

Long silence.

« Désolé. En fait, je ne supportais pas l'idée qu'Abbie ne soit pas absolument parfaite. Alors, j'ai caché cet aspect de sa personnalité.

— Tu parles de sa sexualité ?

— Non, je parle de ses imperfections. Abbie avait si peu de défauts que, lorsque j'en découvrais un, c'était toujours un choc. C'est de l'hypocrisie, je sais. Je ne suis pas un saint. Désolé.

— Si tu veux que je la retrouve, tu dois jouer franc jeu avec moi.

— Oui, j'ai compris. Tu as ma parole. »

Lorsque Tim t'annonce qu'il va se coucher, tu réponds que tu préfères continuer à réfléchir.

La vérité, c'est que tu veux être seule. Les déclarations de Tim à la police n'étaient-elles qu'un mensonge tactique ? Est-il possible qu'il joue une partie d'échecs psychologique encore maintenant ? Mais pourquoi ?

Supposons, de façon purement hypothétique, que Tim ait incité Abbie à flirter avec des inconnus sur des sites de rencontres… Pour Abbie, cela aurait pu être le coup de grâce porté à son mariage de conte de fées. Ajouté à la triste constatation qu'ils ne seraient jamais d'accord au sujet de Danny, aurait-ce été suffisant pour la convaincre de fuir ? Dans ce cas, quelque chose avait cloché, un élément imprévu l'avait empêchée d'emmener Danny.

Comment avait-elle réagi, alors ? Avait-elle renoncé ?

Peut-être avait-elle choisi une option à laquelle tu n'as pas encore pensé. Et qui apporterait une réponse à toutes ces questions en suspens…

C'est alors que tu comprends. Dans un éclair d'intuition.

Tu vas chercher le portable jetable, sur lequel tu as installé Messenger. Tu ouvres l'appli et retrouves l'échange avec « Ami ». Le dernier message dit :

Quand vous aurez deviné, on pourra parler.

Tu tapes trois mots, et tu appuies sur ENVOYER.

La réponse te parvient en quelques secondes.

Enfin.

65

Tu as écrit :

Vous êtes Abbie.

C'est si évident.
Tu tapes :

Que voulez-vous ?

Là encore, la réponse est instantanée.

Que vous me retrouviez.

Tu tapes :

Pourquoi ? Où êtes-vous ?

Cette fois, l'attente est plus longue. Comme si elle avait effacé plusieurs réponses avant d'appuyer sur ENVOYER.

Désolée. Trop risqué. Vous devez deviner. Et venir ensuite.

Tu tapes :

Pourquoi ? Qu'attendez-vous de moi ?

La réponse tient en deux mots. Deux mots qui tombent sous le sens.

Amenez Danny.

66

Tu lui envoies une dizaine d'autres messages. Que s'est-il passé ? Vous êtes toujours aux États-Unis ? Vous allez bien ?... Aucune réponse.

Finalement, tu renonces et reposes le téléphone. Abbie n'est donc définitivement pas morte. Tu en étais certaine, mais ça fait du bien d'en avoir la confirmation. Et si tu ne sais toujours pas pourquoi elle n'a pas emmené Danny dans sa fuite, tu devines qu'un incident quelconque s'est produit.

Et elle compte sur toi pour le réparer.

Tu prends conscience d'autre chose également. Si Abbie veut que tu lui amènes Danny, cela signifie qu'elle est toujours aux États-Unis. Elle doit savoir que tu ne peux franchir aucune frontière.

L'espace d'un instant, tu t'étonnes qu'elle puisse te faire confiance. Sans doute suppose-t-elle que vous partagez le même instinct maternel… et que, à un certain niveau, ses sentiments sont aussi *les tiens.*

Et, bien évidemment, elle est aux abois. Comme toi. Pour d'autres raisons.

VINGT-DEUX

Après la naissance de Danny, on ne vit presque plus Abbie. Elle venait encore au bureau parfois, avec une poussette Strokke haut de gamme, et elle saluait quelques anciens amis. Les femmes câlinaient le bébé en affichant un mélange de bonheur et de jalousie. Les hommes en faisaient autant, plus brièvement, car, même si elle était devenue mère, Abbie restait canon. Généralement, elle passait chercher Tim pour l'accompagner dans une soirée quelconque et elle n'avait pas le temps de bavarder. Néanmoins, il arrivait que quelqu'un l'interroge sur son travail d'artiste et elle répondait que c'était difficile avec un bébé ; on pouvait donc dire qu'elle faisait une pause dans sa carrière.

Ce qui ne l'empêchait pas de paraître heureuse. Quant à Tim – qu'aucun de nous n'aurait imaginé dans la peau d'un père –, il paraissait heureux lui aussi. Quand Danny commença à marcher, Tim l'emmena au bureau, passant fièrement d'une réunion à l'autre en tenant la petite main de son fils dans la sienne. Désormais, des photos d'Abbie et de Danny ornaient les murs de son bureau. Son assistante, Morag, affirmait qu'il se souvenait même de leurs dates de naissance.

Voilà pourquoi beaucoup parmi nous furent surpris quand éclata l'affaire Jaki. Celle-ci était une blonde pulpeuse, avec un piercing dans le nez et des cheveux courts décolorés. Elle portait des jupes moulantes qui soulignaient ses formes, et d'après la rumeur, elle avait ouvert sur une obscure plateforme un compte qui permettait d'en voir beaucoup plus. Elle passait ses week-ends en boîte de nuit et dans des fêtes, et ne manquait jamais aucun des grands festivals style Coachella ou Joshua Tree, des dates inscrites dans son calendrier au même titre que Thanksgiving ou Noël pour nous. Et elle était drôle. S'il fallait célébrer un anniversaire ou une promotion, elle prenait les choses en main, elle commandait les tournées, mettait de l'ambiance et organisait la suite de la soirée, tout cela sans cesser de parler, à toute vitesse. Elle sautait d'un sujet à l'autre, emportée par un torrent de pensées, d'opinions et de réactions.

Tim aimait bien bavarder avec elle, apparemment. Peut-être parce qu'il n'était pas très doué pour les contacts humains, pensait-on, et en restant avec Jaki, il savait qu'il ne serait pas obligé de faire la conversation. Mais, peu à peu, on remarqua qu'ils ne se côtoyaient pas seulement dans les soirées mondaines. On les voyait également ensemble dans la salle des bagels. Ou sur le parking. Et puis, vint la cérémonie des Crunchies, les récompenses décernées chaque année par le site TecCrunch, au San Francisco War Memorial Opera House. Scott Robotics, ressuscitée, était en lice pour plusieurs distinctions, parmi lesquelles le trophée de la « meilleure réalisation technologique », tandis que Tim était nominé dans la catégorie « manager de l'année ». La société avait loué trois grandes tables rondes, chacune pouvant accueillir huit personnes. Tim, Mike et Elijah étaient en smoking. Les femmes portaient des robes de cocktail, y compris Jenny, que personne n'avait jamais vu en robe. Les invités formaient un groupe hétérogène. Les hommes étaient les chouchous de Tim, ou ceux qui avaient le plus apporté à la société ou travaillé le plus dur (trois catégories presque indifférenciables, disons-le), alors que les femmes avaient sans doute été sélectionnées en fonction de l'effet saisissant qu'elles produiraient dans ces robes.

Abbie n'était pas là. Elle s'occupait de Danny. En outre, à l'exception notable de Mike et de Jenny, les épouses et les époux n'étaient pas invités.

La soirée fut un succès. Face à la concurrence, décrocher deux accessits représentait déjà une performance. Bien entendu, Tim ne voyait pas les choses de cette manière. Il aimait gagner. Il enrageait de voir que le HoloLens de Microsoft nous avait soufflé le trophée de la meilleure réalisation.

« C'est un logiciel de *jeu*, ne cessait-il de répéter. Un putain de jouet ! En quoi est-ce que ça va changer ce monde de merde ? »

Toutefois, il retrouva sa bonne humeur au cours de la soirée qui suivit la cérémonie. Des cadres éminents des plus prestigieuses entreprises de la Silicon Valley – Apple, SpaceX, Google – se succédèrent pour le féliciter. Lorsque la soirée s'acheva, vers vingt-trois heures trente, Tim était prêt à continuer la fête ailleurs.

Ce qui se produisit ensuite reste sujet à caution, même parmi les responsables des ressources humaines, susceptibles de connaître toute l'histoire. Ce qui ne fait aucun doute, c'est qu'il se passa quelque chose entre Tim et Jaki dans une chambre d'hôtel. Chambre dans laquelle l'un et l'autre étaient entrés de leur plein gré. Toutefois, Jaki en ressortit avec le sentiment d'avoir été humiliée et abusée.

Comme toujours dans ce genre de situations, une opinion générale émergea, mais elle était floue. Beaucoup d'entre nous étaient choqués, ou faisaient mine de l'être, d'apprendre que Tim s'était retrouvé dans une chambre d'hôtel avec une femme qui n'était pas son épouse. Mais ceux qui se souvenaient de l'époque pré-Abbie – Karen (ivre), mais aussi quelques autres, à en croire la machine à potins – ne furent pas vraiment étonnés. Toutefois, en quelques heures seulement, d'horribles rumeurs, sans doute fausses, commencèrent à circuler. Jaki avait entamé une fellation, sous certaines conditions, que Tim avait ignorées. Ou bien : Jaki avait entamé une fellation et Tim y avait vu le consentement à d'autres pratiques, dont certaines dégradantes. Ou bien : ils avaient eu des relations sexuelles, pendant lesquelles Tim avait ôté le préservatif que Jaki lui avait imposé. Ou bien : après qu'ils avaient couché ensemble, Jaki avait pleuré, et Tim l'avait traitée de salope. L'euphémisme *irrespectueux* était de plus en plus utilisé, même si, pour notre plus grande frustration, on avait du mal à définir ce qu'il cachait.

Nos jugements moraux fluctuaient, en fonction de la personne à qui on s'adressait, et de son degré d'implication dans cette affaire. Certes, Jaki avait le droit d'imposer des limites, bien évidemment. Mais ces limites avaient de quoi surprendre. Et il n'était pas question non plus de reprocher aux femmes leur sexualité ni d'affirmer que, quoi qu'il se passe entre deux adultes, la femme était toujours responsable. À moins, évidemment, que vous en soyez convaincu, auquel cas vous aviez peut-être raison.

Quoi qu'il en soit, la conséquence fut que Jaki quitta la société avec une prime substantielle après avoir signé un accord de confidentialité. Tout le monde était un peu mal à l'aise. Mais si Tim s'en allait, Scott Robotics disparaîtrait, et puis, les faits restaient obscurs.

Toutefois, on crut comprendre que, afin de ne prendre aucun risque, tous les employés des ressources humaines qui avaient eu accès au document durent signer à leur tour un accord de confidentialité.

Lorsque Abbie revint au bureau avec Danny pour voir Tim, on les observa attentivement tous les deux pour essayer de déceler un éventuel changement dans leur comportement. En vain, évidemment. Tim était toujours en adoration devant sa femme et son fils.

67

« La cour », annonce l'huissier.

Il y a une vingtaine de personnes dans la salle de tribunal, rassemblées par petits groupes. Tim, Pete Maines et toi. John Renton et une phalange de jeunes avocats, uniquement des hommes, en costumes noirs très chics, chemises blanches et cravates noires. Elijah et Mike, accompagnés d'une avocate, arborant sa propre version du costume noir. Et de l'autre côté de l'allée, telles les familles séparées de la mariée et du marié lors d'un mariage, les avocats représentant la famille Cullen. Lisa n'est pas là. Tu t'en désoles. Tu espérais que, en vous retrouvant en tête à tête, vous pourriez résoudre ce différend.

Seule une demi-douzaine de journalistes a été autorisée à pénétrer dans la salle de tribunal. Mais, dehors, ils sont venus en masse.

Une fois que le juge a pris place débute la tambouille judiciaire : communication des documents, dépositions et demandes reconditionnelles. Enfin, le juge dit :

« Je crois savoir qu'une nouvelle offre de règlement à l'amiable, revue et corrigée, a été présentée ? »

Un des avocats de l'équipe de Renton se lève.

« C'est exact, Votre Honneur.

— Et celle-ci a été provisoirement acceptée ? »

Cette fois, c'est l'avocate de Lisa qui se lève pour répondre :

« Dans l'attente de la ratification par les membres de la famille, Votre Honneur. »

Tu te tournes vers Tim. C'est une bonne nouvelle, non ? Pourtant, il semble perplexe.

« Pourriez-vous résumer pour la cour les termes de cet accord ? demande le juge d'un ton cassant.

— Votre Honneur, explique l'avocat de Renton, notre opposition à la demande de la partie adverse tenait au fait qu'elle aurait entraîné la destruction d'un prototype d'une grande valeur, propriété intellectuelle de Scott Robotics. Toutefois, nous ne voyons aucune objection à ce que soient effacées certaines données personnelles actuellement enregistrées dans ce prototype, qu'elles aient été ou pas la propriété d'Abigail Cullen-Scott. » Il consulte ses documents. « Concrètement, nous conserverons le prototype et sa conscience, mais pas les données. Ce qui permettra à Scott Robotics de se reconcentrer sur son activité principale, à savoir fournir des vendeurs robotisés au secteur du commerce de détail. »

Tu as du mal à tout assimiler. Qu'est-ce que ça signifie ? Tu as envie de leur demander d'arrêter. Tu as besoin de poser des questions. Mais le juge se tourne déjà vers l'avocate de la famille Cullen.

« Eh bien, maître Levin ?

— Du moment que toutes les données personnelles sont effacées, et que nous avons la possibilité de le vérifier, nous acceptons le principe de cet arrangement, Votre Honneur. Un accord financier a également été trouvé. Cette somme sera reversée à une association caritative qui s'occupe de l'éducation des personnes autistes. »

Pete Maines, l'avocat de Tim, s'est levé.

« Votre Honneur, cet accord constitue une surprise pour nous… »

Le juge l'interrompt :

« Si je ne m'abuse, maître Maines, votre client n'est ni le plaignant ni le défendeur dans cette affaire. Que les termes de cet arrangement lui aient été communiqués ou non ne concerne pas cette cour. » Il se retourne vers la partie adverse. « Cela prendra combien de temps, maître Levin ?

— Nous espérons que tout sera réglé avant la fin de la journée, Votre Honneur.

— Et pour l'aspect technique ?

— Quarante-huit heures tout au plus, Votre Honneur », répond l'avocat de la société.

C'est la première fois qu'il s'exprime.

« Parfait. Il semblerait donc qu'un procès puisse être évité.

— Reste la question de savoir où doit être conservé le prototype en attendant, dit l'avocat de Renton. Nous demandons que la cour ordonne son incarcération ou en confie la garde à l'actionnaire majoritaire de la société. »

Le juge fronce les sourcils.

« Je ne peux faire incarcérer que des individus. Et je ne vois pas pourquoi je confierais à un actionnaire la responsabilité d'un bien déjà en possession d'un employé de la société.

— Votre Honneur, Tim Scott n'est plus employé par Scott Robotics depuis ce matin. Son licenciement prend effet immédiatement et, par conséquent, il devra restituer tout…

— Là encore, ce n'est pas du ressort de ce tribunal, le coupe sèchement le juge. Réglez ça entre vous. La séance est terminée. »

Tu regardes Tim, alors que tout le monde se lève pour saluer le départ du juge.

« Qu'est-ce que ça veut dire ? »

La fureur fait palpiter les muscles de sa mâchoire.

« Ça veut dire qu'il faut te faire sortir d'ici. »

Se tournant vers Maines, il ordonne :

« Retenez-les.

— Je ferai de mon mieux. Mais légalement…

— Je me fous de la loi. Tout ce que je veux, c'est l'emmener loin d'ici. »

Vous atteignez la porte du tribunal avant qu'un des avocats ait le temps de vous arrêter. Dehors, Tim repousse une des caméras de télévision qui se dressent devant lui. Tu en fais autant avec une autre. Et vous vous retrouvez dans la voiture, qui démarre aussitôt.

« Qu'est-ce qui s'est passé ? demandes-tu, encore sous le choc.

— Un guet-apens, répond Tim, amer. Je ne peux pas croire qu'ils ont pondu cet accord ce matin. Renton doit travailler dessus depuis plusieurs jours.

— Il peut vraiment te flanquer dehors ? »

Tim secoue la tête.

« Mon équipe démissionnera avant. » Il ne semble pas absolument convaincu, cependant. « Je parie que Mike m'a trahi. Ils ne pouvaient pas me virer sans s'assurer au préalable qu'il resterait pour tenir les rênes. Quand je songe à tout ce que j'ai fait pour lui…

— Et moi dans tout ça ? Qu'est-ce que ça implique ? »

Tim te regarde.

« Ils se sont mis d'accord pour effacer toutes tes données, explique-t-il comme s'il s'adressait à une enfant. Autrement dit, ils veulent supprimer tous tes souvenirs.

— Je serai amnésique ?

— Pas tout à fait. Ce sont tes souvenirs qui te confèrent une conscience de toi-même. Concrètement, tu es une construction, assemblée à partir de textos, d'enregistrements de ta voix, de vidéos… Tout ça devra disparaître. »

Tu as la tête qui tourne. Ces avocats parlaient d'un ton détaché, comme s'ils discutaient d'un contrat.

« Tu veux dire que... je vais mourir ?

— Disons que tu n'auras plus l'impression d'être vivante. »

Tu repenses aux paroles de l'avocat de Renton et la sordide réalité t'apparaît.

« Et il me transformera en shopbot. En vendeuse animatronique. »

Quelques semaines plus tôt seulement, tu avais envisagé de te jeter sous un camion. Une décision motivée par un mélange de stupéfaction et de haine de soi. Aujourd'hui, il te paraît inconcevable qu'un jugement du tribunal ordonne ton exécution.

Et Danny... quelles seront les conséquences pour lui ? Tu ne peux pas l'abandonner entre les mains d'individus tels que le directeur Hadfield et Sian. Ou même Tim.

« Ce que Renton ignore, c'est que je possède une sauvegarde », annonce Tim.

Tu te retournes vivement vers lui.

« De moi ?

— Oui. Dans mon bureau. Six serveurs dédiés, branchés sur une source d'énergie autonome en cas de coupure de courant. Même s'ils t'effacent, je pourrai te faire redémarrer.

— Mais ça ne me servira à rien, hein ? dis-tu lentement, à mesure que le sens de ses paroles t'apparaît. J'aurai été totalement effacée.

— Exact. Mais le projet continuera à vivre. Et puis, il nous reste quarante-huit heures. » Il pose sa main sur la tienne. « Il faut les utiliser intelligemment.

— Oui, oui, bien sûr, réponds-tu, soulagée. Comment ? Tu as un plan ? »

Penché vers toi, il demande, d'un ton pressant :

« Si tu sais quelque chose, n'importe quoi, concernant la disparition d'Abbie, il faut que tu m'en parles maintenant. Même si, pour toi, ça n'a aucun sens. Je prendrai le relais après ton départ. »

Tu le dévisages. Tu avais cru qu'il voulait dire : *profitons de ce délai pour te sauver*. En réalité, il pensait : *utilisons ce sursis pour retrouver Abbie*. Pour achever la mission.

Bon sang, sa monomanie n'a pas de limite. Parfois, il te fait penser à Danny, qui aligne ses petits trains de manière obsessionnelle, incapable de penser à autre chose qu'à ce besoin unique et impérieux.

Tu rassembles tes esprits, bien décidée à vider ton sac, à expulser enfin toute la souffrance et le ressentiment…

Mais, une fois de plus, tu te retiens.

Il faut que tu trouves un moyen de survivre à cette épreuve. Et si Tim refuse de t'aider, tu devras te débrouiller seule.

68

D'autres équipes de télé vous attendent devant la maison. Des paparazzis également, qui se précipitent vers la voiture en braquant leurs appareils photo sur les vitres. Clic-clic-clic-clic…

Une fois à l'intérieur, Tim allume aussitôt la télé pour regarder les infos. Un bandeau défile en bas de l'écran : LE TRIBUNAL ORDONNE L'EFFACEMENT DE LA MÉMOIRE DU ROBOT CONTROVERSÉ. En surimpression de l'image d'Alicia Wright, l'attachée de presse engagée par Tim pour remplacer Katrina.

« L'existence même des prototypes a pour but de faire apparaître les complications. C'est ainsi qu'on peut y remédier, explique-t-elle d'un air suffisant. Scott Robotics se réjouit d'avoir résolu ce problème, afin de pouvoir faire un pas de plus vers la production à grande échelle.

— La prochaine génération de cobots aura-t-elle la capacité à se montrer violente ? demande l'intervieweur.

— John Renton envisage de créer des machines dotées de la personnalité d'une assistante de direction haut de gamme : discrètes, joyeuses, séduisantes et serviables. Et en aucun cas lunatiques. Comme il me l'a confié pas plus tard que ce matin : "Personne n'a besoin d'une seconde épouse. En revanche, les bonnes assistantes ne courent pas les rues." »

Alicia sourit à la caméra.

« Le travail de toute une vie, soupire Tim, écœuré. Et ce type va en faire des geishas. »

Tu frissonnes en songeant qu'il s'en est fallu de peu que tu sois confiée à la garde de Renton. *On ne peut pas violer un robot, si ?* Au moins, on t'a épargné ça.

Au tour de l'avocate de Lisa d'apparaître sur l'écran. Elle lit un communiqué.

« ... La famille Cullen n'est pas opposée à la technologie. Nous ne sommes pas contre le progrès. Notre but était d'honorer le souvenir de ma sœur Abbie, et sa vie. Il nous semble normal que la société Scott Robotics paie pour les souffrances qu'elle a causées. L'intégralité de cet argent sera reversée à Haven Farm Ranches, une association caritative qui s'occupe des personnes autistes. »

Un déclic se produit dans ton esprit. Tu as rencontré ce nom récemment. Mais où ?

Soudain, ça te revient. Sur la page Wikipédia consacrée au Dr Eliot Laurence. Il travaillait pour cette association.

Pendant que Tim contacte quelques cadres de la société, tu te rends sur le site de Haven Farm Ranches. Encore des visages souriants, des images de champs dans lesquels évoluent des personnes ayant des difficultés d'apprentissage. Rien qui soit susceptible de t'aider.

Tu cliques sur la section GALERIE. Elle contient des centaines de photos, de galas de bienfaisance principalement. Tu les fais défiler, sans trop savoir ce que tu cherches. Soirées de gala, robes de bal, semi-marathons, sauts en parachute sponsorisés…

Et brusquement, jaillissant de manière inopinée, si bien que tu as failli passer à côté : un visage connu.

Mike. En smoking. Remettant un chèque. *Mike Austin, co-fondateur de Scott Robotics, fait un don de dix-huit mille dollars au Dr Eliot Laurence, fondateur de l'association Autisme positif.*

Tu cliques sur la rubrique intitulée NOS MÉTHODES.

Ici à Haven Farm Ranches, nous nous occupons de la personne dans son ensemble, pas uniquement de son handicap. Suivant une approche baptisée Autisme positif, nous privilégions un régime sain, le travail en plein air et des thérapies holistiques afin de réduire le stress et de gérer les angoisses...

Mike a rencontré le Dr Laurence lors d'un gala de Haven Farm. Le Dr Laurence travaille pour cette association.

Voilà le lien avec Abbie. Forcément.

VINGT-TROIS

C'est par Mike et Jenny qu'on apprit la terrible nouvelle concernant Danny. Tim reçut un appel lui demandant de se rendre immédiatement à l'hôpital pour enfants Benioff. Danny avait fait une sorte de crise et il devait subir des tests, confia-t-il à Mike plus tard, par téléphone.

Plusieurs jours s'écoulèrent avant qu'on entende l'expression « trouble désintégratif de l'enfance ». Bien entendu, on se renseigna sans tarder.

De nombreux auteurs ont présenté le TDE sous l'aspect d'une maladie dévastatrice affectant aussi bien la famille que l'avenir de la personne concernée. Comme pour tous les troubles invasifs du développement, il n'existe pas de médication capable de traiter directement le TDE, et les effets bénéfiques éventuels des divers traitements font l'objet d'une intense controverse.

Ceux d'entre nous qui avaient des enfants les serrèrent fort dans leurs bras ce soir-là.

Tout le monde s'étonna de voir Tim revenir au bureau en ce lundi matin. « Mieux vaut s'occuper l'esprit », expliqua-t-il. Mais les personnes qui furent amenées à travailler avec lui affirmèrent qu'il était souvent distrait par ce qu'il lisait sur son ordinateur.

« Il se sert de PubMed pour effectuer des recherches sur la maladie de son fils », remarqua quelqu'un.

Ce même jour, Sol Ayode dut retourner au bureau, tard, pour récupérer des documents qu'il avait oubliés. Il était vingt-deux heures passées, et étant donné qu'on était dans une phase relativement calme du développement, il n'y avait aucune raison pour que quelqu'un d'autre soit présent. Pourtant, alors qu'il se dirigeait vers son poste de travail, Sol entendit une voix de femme qui disait : « Tim Scott, tu es l'homme le plus adorable au monde. »

La porte de Tim était entrouverte. Seule une lampe de bureau était allumée et Sol ne distinguait que des silhouettes. Tout d'abord, il crut que c'était Abbie, debout devant Tim accroupi. Puis il s'aperçut qu'il ne s'agissait pas d'Abbie, même si c'était sa voix. C'était le A-bot.

« Tim Scott, tu es l'homme le plus adorable au monde, répéta l'androïde. Mais, parfois, tu es un empoté. »

Tim pleurait.

En s'éloignant sur la pointe des pieds, Sol entendit le A-bot répéter, inlassablement : « Tim Scott, tu es l'homme le plus adorable au monde. »

69

Dès que Danny s'est endormi, tu appelles Mike Austin. Bien qu'il soit plus de minuit, il répond aussitôt.

« Il faut qu'on se voie, dis-tu. C'est important. »

Silence. Puis :

« Tim est furieux après moi, hein ?

— Il ne s'agit pas de ça. C'est Abbie… la vraie Abbie. Elle est vivante. » Tu marques une pause. « Mais vous le savez déjà, n'est-ce pas ? »

Il te donne rendez-vous au bureau. Jenny dort, explique-t-il, et il a peur de la réveiller.

Tu fais venir un Uber derrière la maison. Les routes sont presque désertes à cette heure et l'application t'indique qu'il sera là dans une demi-heure.

Pendant le trajet, tu fouilles tes souvenirs. C'est un coup à prendre. Au lieu de leur courir après, tu dois laisser ton esprit vagabonder. Si tu tentes de les attraper, ils te filent entre les doigts. Mais si tu fais le vide pour les laisser venir, ils arrivent.

Comme ce soir.

70

En l'espace de quelques semaines, Julian avait assemblé une équipe de thérapeutes. Tim, fervent partisan de la méthode ABA, assista volontiers à une séance de formation.

« Bien, dit Julian en installant une chaise au milieu de la pièce. Aujourd'hui, Tim, vous êtes un diablotin et cette chaise symbolise votre boîte. »

Il déposa un gros bouton rouge par terre, à côté. Puis il demanda à Tim de s'asseoir sur la chaise. Impatient de jouer, Danny laissa Julian positionner sa main au-dessus du bouton.

« Un, deux…

— Froid ! »

Julian appuya sur la main de Danny et sur le bouton, et Tim se leva.

« Euh… De manière un peu plus énergique, peut-être », suggéra Julian.

Il prit la place de Tim sur la chaise, pendant que tu aidais Danny à appuyer sur le bouton. Immédiatement, Julian se leva d'un bond, en agitant les bras et en criant « Yeaaaaargh ! ».

Danny éclata de rire.

Julian se tourna vers Tim.

« Voilà. Comme ça. »

Tim fit une nouvelle tentative, mais il manquait de spontanéité. Son cri ressemblait à un haut-le-cœur.

« Bon. Essayons autre chose », dit Julian.

Il choisit un jeu dans lequel Danny se faisait chatouiller à chaque contact visuel.

En les observant, tu fus frappée de constater que, avant même la régression de Danny, Tim n'avait jamais chahuté avec lui. Maintenant, il s'efforçait de suivre les instructions de Julian, mais on voyait qu'il avait du mal.

« Je t'ai eu ! »

Julian se jeta sur Danny, qui gloussait.

Tim leur lança un regard noir.

« À mon avis, ce qu'il fait, ça ne ressemble pas à la vraie méthode ABA, critiqua Tim après le départ de Julian.

— C'est de là-bas moderne. Les principes ont évolué depuis l'époque de Lovaas, réponds-tu, sûre de toi, car Julian te l'a expliqué entre deux séances.

— Sauf que non. Ça n'a pas évolué. En termes de résultats. Ça a régressé. Personne n'a jamais pu reproduire le succès de Lovaas.

— Les thérapeutes de Lovaas hurlaient sur leurs élèves et utilisaient des décharges électriques.

— C'est bien ce qui m'inquiète. Et si les succès dépendaient de ces méthodes, justement ? On ne peut pas supprimer un vecteur dans une équation et espérer obtenir le même résultat.

— On voit bien que ça marche ! Et Danny adore Julian. »

Rétrospectivement, tu songeas que tu avais peut-être eu tort de dire ça.

Tu supposais que Tim était jaloux des relations entre Danny et Julian. Il te fallut un certain temps pour comprendre qu'en réalité il était jaloux des relations entre Julian et *toi.*

« Vous vous amusiez bien, tous les trois, j'ai l'impression », lâcha-t-il une fois, après vous avoir surpris en pleine séance.

Allongés sur le sol, Julian et toi, vous teniez Danny à bout de bras, tour à tour. Chaque fois qu'il croisait votre regard, vous le faisiez sauter sur votre ventre.

« Oui, c'est vrai.

— Rappelle-moi un truc… est-ce qu'on s'est renseignés sur les antécédents de ce type ?

— Julian ? Oui, bien sûr. Il m'a montré ses certificats qui l'autorisent à s'occuper d'enfants.

— Au moins, Danny n'a rien à craindre. »

Quelque chose dans le ton de sa voix t'incita à te retourner vers lui.

« Qu'est-ce que ça veut dire ? »

Tim haussa les épaules.

« C'est juste la façon dont il te regarde.

— Tu te fais des idées. »

Un jour, Julian proposa une excursion au bord de l'océan.

« Une pause dans la thérapie ?

— Non, une motivation pour la thérapie. Vous dites que Danny adore les vagues. Faisons-en le stimulus de la journée. »

Et donc, vous aviez été à la plage tous les trois. Julian et toi aviez accompagné Danny dans l'eau. Quand une vague approchait, il devait crier « Sauter ! » et, le tenant chacun par un bras, vous le faisiez décoller juste avant que la vague s'écrase sur son ventre. Il hurlait de joie.

Et ça fonctionnait. Il aimait tellement ce jeu qu'il redoublait d'efforts.

De retour à la maison, tu étais euphorique.

« C'était la meilleure séance depuis le début ! Ça marche ! »

Survoltée, tu sautas au cou de Julian. C'est à ce moment-là qu'il t'embrassa.

Et tu lui rendis son baiser. Très brièvement. Tu te sentais seule depuis si longtemps. Mais, tout aussi rapidement, tu repris tes esprits.

« Je vous aime, Abbie, déclara Julian avec empressement, alors que tu t'écartais de lui. Je veux vivre avec vous.

— Ne dites pas de bêtises, voyons. Je suis mariée.

— Les gens ne choisissent pas de tomber amoureux. Je n'ai pas choisi, Abbie. Je vous aime. »

En réalité, c'était toi qui n'avais pas le choix. Si tu prenais un amant, Tim le découvrirait. De toute façon, tu n'étais pas du genre à tromper ton mari. Mais impossible de continuer à travailler avec Julian désormais. S'il pouvait faire comme s'il ne s'était rien passé, toi tu en étais incapable.

Il existait d'autres thérapeutes. Alors que ton mari était unique. Voilà pourquoi, après une nuit d'insomnie, tu prias Julian de s'en aller.

En vérité, tu étais furieuse après lui. De quel droit les hommes estimaient-ils que leurs sentiments passaient avant leurs obligations professionnelles ? N'aurait-il pas pu garder ça pour lui ? L'amour à sens unique était-il une chose si terrible que les hommes ne pouvaient s'empêcher de déballer leurs états d'âme ?

Tu expliquas à Tim que Julian était parti à l'étranger. Et tu te mis en quête d'un remplaçant.

Hélas, il s'avéra que Julian était unique, lui aussi. Aucun des autres thérapeutes que tu recrutas ne parvint à établir les mêmes liens avec Danny, ni à rendre la thérapie aussi joyeuse. Finalement, tu optas pour une charmante Roumaine prénommée Madga, extrêmement compétente, très attachée à l'aspect « collecte de données », ce qui plaisait à Tim.

Un jour, tu lui suggéras d'emmener Danny à la plage. Elle te regarda comme si tu étais folle.

« Le temps est précieux, déclara-t-elle. Danny a besoin qu'on se concentre. »

Toutefois, cet épisode avec Julian eut un côté positif : il te fit comprendre que ton mariage dérivait vers un point de non-retour. Tu laissas entendre à Tim qu'une thérapie de couple vous ferait peut-être du bien.

« Pourquoi ? s'étonna-t-il. On est bien ensemble, non ?

— Il paraît que quatre-vingts pour cent des parents d'enfant autiste divorcent. Une petite remise à niveau de notre couple, ça ne peut pas lui faire de mal, hein ? »

Finalement, Tim accepta de participer à un rituel reiki qui consistait à noter sur une feuille de papier, chacun de votre côté, toutes vos pensées négatives et à brûler les feuilles ensuite, ensemble. Tu réfléchis pendant vingt minutes.

Au moment de brûler les feuilles, le souffle des flammes retourna celle de Tim, et tu eus le temps d'entrevoir ce qu'il avait écrit. Cela se limitait à trois mots : *connerie de reiki.*

71

Tu sursautes en t'apercevant que tu es arrivée chez Scott Robotics. Le parking est désert, à l'exception de la Tesla noire de Mike. Le chauffeur Uber te dépose et repart aussitôt.

À l'intérieur, les bureaux sont éclairés uniquement par les écrans de veille qui dansent sur tous les ordinateurs : un S court après sa queue, inlassablement, jusqu'à former le symbole de l'infini, renversé. Tous les écrans sont synchronisés à la seconde près. Un détail sur lequel Tim avait beaucoup insisté, tu t'en souviens. Pendant des semaines, il avait harcelé les designers à cause d'un décalage d'une demi-seconde.

Le problème avait été résolu, évidemment. Tim finissait toujours par obtenir ce qu'il désirait.

Mike t'attend au fond, près du bureau de Tim.

« Qu'est-ce qui vous fait croire qu'elle est vivante ? demande-t-il de but en blanc.

— Je suis en contact avec elle. »

Il reste muet. Puis :

« Tim le sait ?

— Il a toujours pensé qu'elle était vivante. C'est pour cette raison qu'il m'a créée… » Une pause. « Mais je ne lui ai pas dit qu'on était en contact. »

Mike soupire.

« Tant mieux. Ne lui dites rien. Par charité. Réfléchissez… Il a fait le plus dur. Cinq ans sans elle. Cinq ans de chagrin, à toucher le fond. S'il la retrouve maintenant et si elle refuse de revenir… Cela lui brisera le cœur une seconde fois. Et il ne s'en remettra pas.

— Arrêtez votre baratin. »

Nouveau silence, pendant lequel Mike t'observe.

« Je sais que vous l'avez aidée, ajoutes-tu. Après tout, c'est votre boulot. Vous réparez les dégâts commis par Tim. Vous le protégez de ses erreurs. Et vous n'aimiez pas Abbie, vous me l'avez avoué vous-même. Elle s'était immiscée entre Tim et vous, elle l'avait éloigné de la société… Abbie savait que vous l'aideriez à disparaître, car plus que n'importe qui vous souhaitiez la voir s'en aller. J'imagine votre frustration par la suite, en constatant que votre plan n'avait pas fonctionné. Que sa disparition, et la réaction de Tim, menaçaient de nouveau l'existence de Scott Robotics.

— Fascinant, répond Mike. Réussir à bâtir toute une histoire à partir de minuscules fragments… Hélas, c'est faux.

— Vous niez avoir tenté de le dissuader d'épouser Abbie ?

— Non, je ne le nie pas. Mais pas pour les raisons que vous imaginez.

— Pourquoi alors ?

— Je voulais la protéger. »

Il te conduit dans un autre bureau, celui du directeur des ressources humaines.

« Deux personnes seulement possèdent la clé », te confie-t-il en ouvrant un imposant classeur à tiroirs.

Tu t'attendais à quelque chose de plus spectaculaire qu'à des rangées de dossiers et de DVD.

Chacun porte un nom écrit au gros feutre noir. *Emma-Lou Hunter. Valerie Steiner. Jaki Travis. Kathryn Hughes. Karen Yang…*

Uniquement des noms de femmes, constates-tu.

« Elles sont toutes là, dit Mike. Celles dont on connaît l'existence en tout cas. Celles qu'on a dû payer. Et que Tim appelle *les traînées.* » Il allume le téléviseur, introduit un DVD dans le lecteur et appuie sur PLAY. La qualité des images laisse à désirer ; elles ont été filmées avec une caméra vidéo bon marché, mais elles sont éloquentes. Une femme assise dans un fauteuil, face à l'objectif, parle. On voit des larmes sur son visage, même si sa voix est plate, dénuée d'émotions.

« ... Il m'a invitée à dîner. Il a attendu que les plats arrivent, et puis, il m'a exposé sa façon de voir, froidement : "Soit vous ne voulez pas de moi et vous refusez de baiser avec moi, auquel cas vous n'êtes qu'une petite salope qui a besoin d'attirer l'attention en faisant bander les hommes. Soit vous ne voulez pas de moi, mais vous voulez bien baiser avec moi uniquement pour obtenir une promotion, auquel cas vous êtes une véritable pute. Soit vous avez vraiment envie de baiser avec moi, auquel cas on peut aller dans la superbe suite que j'ai louée au Plaza Hotel…" » La femme ravale ses larmes. « Pourtant, je n'avais jamais rien dit, absolument rien, qui puisse lui laisser croire que je m'intéressais à lui de cette façon… »

Mike appuie sur le bouton EJECT et l'écran devient noir. Il choisit un autre DVD. Tu poses la main sur son bras.

« Je vous en prie… J'ai compris.

— Tim est un formidable leader. Un visionnaire. Un génie, même. Mais l'être humain n'est pas à la hauteur. Du moins, dans ses rapports avec les femmes.

— Est-ce qu'il… » Tu as du mal à formuler la question. « Se comportait-il de la même façon avec Abbie ?

— Abbie était l'exception. La seule qu'il adorait, celle qu'il voulait épouser. La mère de ses enfants. Dès le départ. Non, avant cela, même. Il avait vu une interview d'elle en ligne, dans laquelle elle parlait de son travail artistique. C'est pour cette raison qu'il lui a offert cette résidence : il la trouvait absolument canon. Et contre toute attente, il est parvenu à la faire tomber amoureuse de lui. Mais je savais que ça ne pouvait pas durer. J'avais déjà vu ça. D'abord, il place les femmes sur un piédestal. Puis… Bam ! Du jour au lendemain, ce sont des traînées, des putes, comme toutes les autres. » D'un large geste, Mike englobe les locaux de Scott Robotics. « La Silicon Valley a un vrai problème avec le sexisme en entreprise. Dix pour cent seulement des codeurs sont des femmes. Et il n'y a que cinq pour cent de dirigeantes. Ici, on passe pour des modèles parce qu'on emploie trente ou quarante pour cent de femmes. Mais il faut voir le taux de démissions… Rares sont celles qui restent plus d'un an. Tim les engage sur leur physique, et ensuite, si elles refusent de se plier à ses désirs, il les vire. Vous savez ce qu'il nous a sorti, à Elijah et à moi, la dernière fois qu'on a dû soudoyer une de ses victimes ? “Les femmes coûtent moins cher à l'embauche, alors même en tenant compte des dessous de table, on est encore gagnants.” Pour lui, cela fait partie des frais d'exploitation.

— Que s'est-il passé avec Abbie ? Comment est-elle tombée de son piédestal ?

— Je ne sais pas, avoue Mike. Elle a embrassé un type, je crois. Un des thérapeutes de Danny.

— Elle ne l'a pas embrassé, protestes-tu. C'est l'inverse.

— Je ne pense pas que Tim ait été sensible à cette distinction.

— Non, en effet », dis-tu, car tu te souviens.

Tim appréciait beaucoup le travail de Magda avec Danny. Il rentrait plus tôt à la maison pour assister aux séances et prendre des notes. Et puis, un jour, en rentrant des courses, tu découvris qu'il avait invité cinq membres de son équipe développement à jouer les spectateurs eux aussi.

« C'était quoi, le but ? lui demandas-tu plus tard.

— Je pense qu'on pourrait utiliser certaines des méthodes de Magda pour former nos IA. Une fois que tu as compris les mécanismes scientifiques qui se cachent derrière, c'est fascinant. »

Dès lors, Tim se lança dans des recherches sur les différentes méthodes ABA. C'est ainsi qu'il découvrit l'existence de Meadowbank, qui utilisait l'ABA dans un contexte scolaire, t'expliqua-t-il avec enthousiasme. Leurs résultats dépassaient de loin tous les progrès enregistrés sur les fiches de Madga.

Hélas, ce n'était pas un établissement très agréable. Tu le détestas au premier regard. La perspective d'y envoyer Danny te terrorisait. Ces concepts d'*aversifs* et de *comportements indésirables* te semblaient trop brutaux.

Alors, tu fis une chose que tu faisais rarement avec Tim : tu tapas du poing sur la table. Tu dis *Non*.

Mais Tim continua sur sa lancée comme si la question avait déjà été réglée. Meadowbank présentait les meilleurs résultats, Danny serait donc envoyé dans cet établissement. Un point c'est tout. Le reste, ce n'était que du sentimentalisme. Un truc de bonnes femmes.

En désespoir de cause, tu proposas de reprendre Julian. En avouant qu'il n'était pas parti à l'étranger ; tu avais inventé ce mensonge parce qu'il t'avait embrassée.

Tu pensais que Tim te serait reconnaissant d'avoir tué cette liaison dans l'œuf. Que pouvais-tu faire de plus ?

Mais Tim ne voyait pas les choses de cette manière.

« Tu veux t'envoyer en l'air avec lui, c'est évident. Alors, je ne vois pas ce qui te retient. Vas-y ! »

Vous aviez haussé le ton tous les deux.

« Hein ? Jamais je ne…

— Avoue-le, il t'excite. Ça ne me gêne pas, mais je ne supporte pas que tu mentes.

— C'est de la démence…

— Ce qui me gêne, par contre, c'est que tu laisses ta chatte de salope te dicter ce qui est le mieux pour Danny.

— Ces paroles sont impardonnables ! »

Tu te souviens du ricanement de Tim. Ce drôle de gloussement aigu, enfantin.

« Pourtant, je suis sûr que tu me pardonneras. Tu ne vas pas renoncer à tout ça, si ? Les belles maisons, les robes du soir, le jet privé. Sans parler de tous ces thérapeutes bidon qui te font perdre ton temps et mon *argent. »* Il se pencha vers toi, trop près. *« Tu sais ce que je fais à toutes ces traînées qui croient qu'elles peuvent me mener en bateau ? Je les* détruis.

— Quelles traînées ? »

Il marqua un temps d'arrêt.

« Personne. C'est une façon de parler. N'essaie pas de retourner la situation, Abbie. N'essaie pas de me faire porter le chapeau. »

« Il refusait de la laisser divorcer, expliques-tu. Il fallait qu'Abbie soit punie. *Humiliée*. Pour une faute qu'il avait imaginée.

— Il l'a inscrite sur des sites de rencontres, confirme Mike. En la remplaçant par un chatbot. Ça l'amusait. Le robot décrivait à ces hommes toutes les choses dégradantes qu'elle voulait leur faire. Avec la voix d'Abbie et la photo d'Abbie. C'était puéril et pathétique. Tim, lui, trouvait ça hilarant. Il pouvait l'écouter pendant des heures. »

De Madone à pute, penses-tu. Comme cela était expliqué dans le livre.

« Je devrais vous remercier, dans ce cas. De l'avoir aidée à fuir. »

S'ensuit un long silence. Mike secoue la tête.

« Je ne l'ai pas aidée. Hélas. Je l'aurais fait si elle me l'avait demandé. Mais ce n'est pas le cas.

— Je ne vous crois pas. J'ai trouvé une photo de vous prise lors du gala de bienfaisance de Haven Farms. Si vous n'avez pas aidé Abbie à disparaître, qui alors ?

— C'est moi », répond une voix sur le seuil du bureau.

Vous vous retournez l'un et l'autre.

« C'est moi », répète Jenny.

72

« Mike raconte aux gens qu'il n'aimait pas Abbie. Il vous l'a dit aussi, je suppose ? »

Vous êtes assis tous les trois autour d'une table de réunion. Personne n'a allumé la lumière. Malgré cela, Jenny garde les yeux baissés, n'osant pas croiser ton regard ni celui de son mari.

« Mais il ment, ajoute-t-elle. Il était amoureux d'Abbie. Dès l'instant où il l'a vue. Je l'ai toujours su. » Mike tressaille, mais elle poursuit. « *Aimer* n'est peut-être pas le bon mot. *Toquade* est trop faible. Il était… dingue d'elle. C'est la seule façon de décrire ce qu'il éprouvait. Quand il la voyait, il n'était plus le même. Alors qu'avec moi… »

Jenny hausse les épaules. Dans son sweat-shirt à capuche Nirvana, elle paraît si chétive et enfantine. Si peu menaçante. Androgyne, presque asexuée. C'est ainsi qu'elle a survécu dans cet environnement toxique, comprends-tu. À un moment donné, elle s'était transformée en garçon pour faire partie de la bande.

En apparence, du moins. Elle poursuit :

« Le fait qu'elle soit déjà prise – par Tim en l'occurrence – ajoutait à son pouvoir de séduction, selon moi. Mike et lui entretenaient une relation… malsaine. En définitive, on pourrait dire que mon mari est le bêta par rapport à Tim l'alpha. Je m'y suis habituée. Néanmoins, j'avoue que ça m'aurait fait plaisir de le voir tenir tête à Tim, rien qu'une fois.

— Jen, dit Mike tout bas. Je t'aime. Tu le sais.

— Oh, oui. Bien sûr. Le mariage. Les soirées. Choisir des rideaux. Faire l'amour, même… On fait tout ça. Mais parfois, de temps en temps, ce serait agréable d'être adorée.

— C'est le cas, Jen, dit Mike affligé. Crois-moi, Jen. C'est la vérité.

— J'ai bien vu la façon dont tu la regardais. Abbie aussi l'a remarqué. Peut-être même qu'elle aurait pu venir vers toi à la fin. Pour réclamer ton aide, je veux dire. Elle était prête à tout pour s'enfuir. Et toi, tu aurais fait n'importe quoi pour lui plaire… » Elle hausse les épaules. « Disons que tu as laissé passer ta chance. »

Tu interviens :

« Quand avez-vous commencé à aider Abbie ? »

Jenny lève les yeux vers toi, brièvement, avant de reporter son attention sur le dessus de la table.

« Je la voyais dans des soirées de la boîte. Et je sentais bien qu'il y avait des tensions. Forcément. C'était déjà un miracle que Tim ait réussi à donner le change pendant tout ce temps. Ici, au travail, c'était de pire en pire. Je me souviens qu'un jour je lui ai envoyé un mail à propos d'un problème que j'avais repéré dans un programme. Il l'a transféré à un développeur, mais par erreur il a mis tous les mathématiciens en copie. Il avait écrit : *Que quelqu'un couse le vagin de cette connasse et lui dise d'arrêter de geindre*. »

Après un silence, elle reprend :

« Je ne suis pas allée voir le directeur des ressources humaines. Je savais comment ça se terminerait. Des indemnités et une clause de confidentialité… et plus de boulot. Alors, j'ai fait le dos rond, comme toujours. Vous savez ce qu'il y a de plus ironique ? Je me suis réellement fait coudre le vagin. J'ai toujours su que je ne pourrais pas avoir d'enfants et espérer devenir une codeuse de classe internationale, du moins pas dans une boîte comme celle-ci. Mais, si horrible soit-elle, il y a pire. Alors, j'ai commencé à m'inviter chez Abbie pour le café, et peu à peu, elle a tout déballé. Elle voulait partir, arracher Danny à cette école épouvantable choisie par Tim et recommencer une nouvelle vie ailleurs. Dans un environnement plus accueillant. »

Nouveau flash-back. Les disputes incessantes au sujet de Meadowbank. D'une incroyable violence. Tim était surpris de découvrir une telle obstination chez son épouse habituellement soumise. Mais lui aussi refusait de céder.

Leurs affrontements étaient passés du théorique au personnel.

« Je t'ai laissé ta chance avec Danny, et qu'est-ce que tu as trouvé de mieux ? La kinésiologie et des massages crâniens à la con. Il est temps de passer aux choses sérieuses. »

Jusqu'à cet échange dévastateur.

« Je suis sa mère. Je sais ce qui est bon pour lui.

— Une mère qui m'a donné un enfant défectueux. Qu'est-ce que ça dit sur toi ? »

Tu l'avais foudroyé du regard, le cœur brisé. Qu'il le pense réellement ou pas, impossible de revenir en arrière désormais.

« Abbie savait que Tim se battrait bec et ongles, reprend Jenny. Elle avait un projet de fuite insensé… Ça n'avait aucune chance de marcher. Il l'aurait retrouvée en l'espace de quelques heures. Et il s'en serait servi pour lui prendre

Danny. Alors, je lui ai dit que si elle voulait vraiment s'enfuir, elle devait agir dans les règles de l'art.

— Et ainsi, vous espériez récupérer votre mari », dis-tu.

Elle acquiesce et se tourne vers Mike.

« Mais ça ne s'est pas passé comme prévu, hein ? »

Il ne répond pas, alors tu insistes :

« Pourquoi ?

— Bref, reprend Jenny sans répondre à ta question, cela a exigé deux mois de préparation. Tout d'abord, il a fallu trouver un établissement adapté à Danny. Pas question de faire appel à Julian, évidemment. Il est la première personne à laquelle Tim aurait pensé. Cette photo du gala de bienfaisance que vous avez vue ? C'est *moi* qui ai déniché cette association, c'est *moi* qui ai visité un de leurs centres et qui ai rapporté des images pour les montrer à Abbie. Je ne dis pas que c'était l'endroit idéal, mais ils cochaient la plupart des cases. Leur but, c'était de rendre les autistes heureux, et non pas d'en faire des êtres parfaits. Contrairement à ce que souhaitait Tim. Finalement, le jour D est arrivé. On l'appelait comme ça, au cas où Tim nous espionnerait. Abbie le soupçonnait d'avoir mis son téléphone sur écoute. D comme Danny. D comme disparition. Hélas, c'est devenu le D de désastre.

— Pourquoi ? Qu'est-ce qui n'a pas fonctionné ?

— Un détail idiot. Après tous ces préparatifs. Cet après-midi-là, Danny était parti en excursion avec l'école. Cette petite conne de Sian n'avait pas pensé à prévenir ses parents. Et donc, quand Abbie a débarqué à l'école pour emmener Danny, en prétextant un rendez-vous chez l'ophtalmo, il n'y était pas. Tout le reste était en place. Alors, Abbie a décidé de revenir le lendemain. Et elle est retournée à la maison de Half Moon Bay. » Jenny se tait. Ses ongles non vernis tirent sur les coutures de son sweat-shirt à capuche. Elle soupire. « Je n'ai plus jamais eu de ses nouvelles.

— Pourquoi ? répètes-tu. Que s'est-il passé ? »

Jenny a les larmes aux yeux.

« Selon moi, Tim a découvert le pot aux roses, d'une manière ou d'une autre. Peut-être que l'école l'a appelé, au lieu d'appeler Abbie, quand Danny est rentré, et il a compris qu'il n'y avait pas de rendez-vous chez l'ophtalmo… Je ne sais pas. Je ne sais même pas si elle a réussi à s'enfuir ou s'il l'a tuée. Ou même si elle s'est suicidée, en comprenant que ça ne marcherait pas.

— Pourquoi n'êtes-vous pas allée à la police ? Vous auriez pu leur parler de sa volonté de fuir. Cela aurait pu leur permettre d'élucider cette affaire. »

Jenny hausse les épaules de nouveau, mais son regard dérive vers Mike. Et tu comprends.

« Oh, bon sang. Vous pensiez que votre mari était impliqué. Vous vous disiez : si Tim a tué Abbie, Mike lui a peut-être donné un coup de main.

— Pourquoi pas ? répond-elle. Vous croyez que Tim n'est pas capable d'appeler Mike pour lui dire : *J'ai tué ma salope de femme, viens m'aider à tout nettoyer* ? C'est exactement le genre de boulot merdique qu'il lui refile tous les jours. Et Mike… » Elle marque un temps d'arrêt. « Mike l'aurait fait.

— Nom d'un chien, dis-tu, abasourdie. Pendant tout ce temps, vous avez cru votre mari capable de faire ça… et vous n'avez jamais rien dit ? »

Ses yeux lancent des éclairs.

« Parfois, dans un couple, il vaut mieux ne pas tout se dire. Ne pas faire de vagues. Il sera toujours temps d'en parler plus tard.

— Jen, dit Mike. Jen…

— Ne prononce pas des paroles que tu pourrais regretter plus tard. Ne me mens pas. »

Long silence.

« Je peux peut-être vous aider, dis-tu. Abbie est vivante. Elle veut que je la rejoigne. »

Jenny enfouit son visage dans ses mains, des sanglots de soulagement secouent ses frêles épaules.

« Maintenant, c'est *moi* que vous devez aider, ajoutes-tu. Tous les deux. Vous me devez bien ça. »

Jenny lève les yeux vers toi, les joues luisantes de larmes.

« Qu'est-ce que vous voulez savoir ?

— Où elle est, pour commencer. Il y a des ranchs Haven Farm dans tout le pays. Je ne peux pas tous les visiter.

— Je ne sais pas où elle est. Personne ne le sait. C'était l'unique façon d'assurer sa sécurité, d'après Lisa.

— Lisa était de mèche, elle aussi ?

— Elle était la seule en qui Abbie avait confiance. Malgré cela, je ne pense pas qu'elles soient encore en contact. Car Tim doit l'espionner elle aussi. »

Tu comprends maintenant pourquoi Lisa tient tant à te détruire. Elle craint que tu devines où se cache Abbie et que tu le dises à Tim.

« Pouvez-vous au moins la convaincre de me dire tout ce qu'elle sait ?

— Je peux essayer. Mais si vous retrouvez Abbie, que ferez-vous ?

— La seule chose que je puisse faire. Je lui amènerai Danny, comme elle le souhaite. Car, désormais, elle est ma seule chance de survie. »

73

Le lendemain matin, Tim quitte la maison de bonne heure pour participer à une réunion de crise avec Pete Maines. Furieux, il te fait part de son intention de contre-attaquer. Il va poursuivre Lisa. Il va poursuivre Renton. Il va poursuivre sa propre société. Il va poursuivre Mike. Si ces salopards croient qu'il va se laisser faire sans réagir, ils se trompent. Ils n'ont aucune idée du torrent de merde qui va s'abattre sur leurs têtes.

Tu écoutes d'une oreille distraite, indifférente aux détails.

Pas une seule fois il ne s'enquiert de tes sentiments. S'il te questionne, c'est uniquement pour savoir où est Abbie.

Tu plisses le front.

« Je me suis souvenue d'une chose… sans intérêt sans doute…

— Quoi donc ?

— Est-ce qu'elle travaillait avec un certain… Rajesh ? Dont elle était proche ? »

Une lueur s'allume dans les yeux de Tim.

« Oui. Elle est avec lui ?

— Ce n'est qu'un pressentiment. Mais je vais continuer à réfléchir.

— Oui, vas-y. » Il frappe dans son poing. « Ce putain de procès tombe au plus mauvais moment. »

Il t'embrasse avant de partir, distraitement. C'est une habitude, un rituel. Comme on embrasse la photo d'une personne absente.

C'est la dernière fois qu'il te voit, songes-tu en le regardant partir. Un jour, se demandera-t-il rétrospectivement : Et si j'avais agi différemment ?

Non, sans doute pas. Tim n'était pas un adepte de l'introspection.

Avec un peu de chance, il va fantasmer sur Rajesh, ce qui l'empêchera d'imaginer des scénarios alternatifs, pour l'instant du moins. Jenny t'a appris que Rajesh vit en Inde désormais. Patron de sa propre start-up, il est devenu multimillionnaire à son tour. Ça te permet de gagner du temps.

Danny parti à l'école, tu montes dans le bureau de Tim. La serrure à code de la porte pose un problème. Tu essaies différentes combinaisons, mais aucune ne fonctionne. Alors, tu vas chercher un extincteur pour détruire la serrure.

À l'intérieur, conformément à la description de Tim, tu découvres une demi-douzaine d'ordinateurs encastrés dans un rack. Des petites lumières rouges et vertes clignotent. Derrière, quelque chose est recouvert d'un drap. Tu t'en approches pour le soulever et tu as un mouvement de recul.

C'est toi. Sous forme de prototype hideux : les membres sont assemblés grossièrement, les articulations laissent voir un entrelacs de fils électriques. Le A-bot. Sur le visage lisse, quelqu'un a écrit SALOPE en grosses lettres rageuses, le O entourant la bouche maculée de rouge à lèvres.

Sans doute est-il équipé de capteurs de luminosité, car à peine as-tu retiré le drap qu'il s'anime. Et d'une voix qui ressemble sinistrement à la tienne, il dit :

« Bonjour, monsieur. J'espère que vous venez me baiser. »

Tu lui tournes le dos, écœurée. Tout en sachant que cette machine n'a pas de conscience, tu ne peux t'empêcher d'avoir de la peine pour elle. Tu trouves l'alimentation électrique reliée aux ordinateurs et tu la coupes. Alors que tu t'apprêtes à faire de même avec les serveurs, tu songes que cela ne sera peut-être pas suffisant. Ce que tu veux, c'est effacer toutes les données de Tim, pas seulement les priver de courant. Et tu ne vois pas comment t'y prendre.

Heureusement, tu connais quelqu'un qui saura.

« Déjà de retour ? te lance Nathan en te voyant entrer dans la boutique.

— J'ai besoin de quelque chose. Deux choses, plus exactement. » Tu lui montres les disques durs. « Tout d'abord, je veux effacer ça. Le site parlait d'un démagnétiseur… Je suppose que vous en avez un ? »

Il hausse les sourcils.

« Et ensuite ?

— Je dois m'assurer que personne chez Scott Robotics ne pourra me suivre à la trace. Autrement dit, s'il y a une sorte de GPS dans mon système, vous devez m'en débarrasser.

— Hmmm. Pour ça, je vais devoir faire un *jailbreak*.

— C'est-à-dire ?

— Vous déconnecter du cloud. C'est un peu comme débrider un portable. Même si, techniquement, c'est un peu plus compliqué, bien sûr. En parlant de ça, j'espère que vous avez assez de jugeote pour ne pas trimballer votre iPhone ?

— Je n'ai plus que ça maintenant, réponds-tu en montrant le portable jetable. Et quand je ne m'en sers pas, je retire la carte SIM. »

Il émet un grognement.

« Une vraie geek.

— Et de votre côté ? Vous avez réussi à identifier la société bidon créée par Charles Carter ?

— Mieux que ça. J'ai la liste de ses actifs. » Il te tend une feuille. Mais, lorsque tu veux t'en saisir, il la retire. « Quand vous serez connectée. »

Tu le laisses se brancher sur le port de ta hanche une dernière fois.

« Voyons voir… » Ses doigts virevoltent sur le clavier. « J'ai une bonne idée de la manière dont vous avez été assemblée maintenant, alors ça ne devrait pas… Bingo.

— Vous pouvez le faire ?

— Évidemment ! » Nathan semble vexé par cette question. « Même si c'est un peu plus complexe que je le croyais. »

Tap-tap-tap. Il lève les yeux vers toi.

« Si vous étiez un smartphone, je serais obligé de vous informer que ce que je m'apprête à faire risque d'annuler votre garantie.

— Je m'en remettrai.

— De plus, ça pourrait vous "briquer". Ça veut dire ce que ça veut dire : transformer un hardware hors de prix en une simple brique. Par ailleurs, tous vos logiciels de sécurité, style firewall, seront désactivés. Ce qui pourrait provoquer une panne ou un plantage de tout le système. » Ses mains s'immobilisent au-dessus du clavier. « On y va ? »

Tu regardes l'écran. Où s'affiche le message suivant : « *Êtes-vous sûr de vouloir continuer ? Oui/ Non.* »

Non, tu n'es pas sûre. Tu ignores si ce plan ne va pas aggraver les choses.

L'alternative, c'est l'effacement de ta mémoire.

« Allez-y. »

Nathan clique sur OUI. Tout d'abord, tu ne ressens rien. Et puis, de manière presque imperceptible, quelque chose change. Tu as l'impression…

D'être seule. Comme si un bourdonnement de voix, juste hors de portée de ton ouïe, s'était tu et éloigné sur la pointe des pieds. Comme si la disparition soudaine d'un picotement à l'arrière de ton crâne te faisait prendre conscience de son existence.

Comment appelle-t-on ce phénomène ? Tu cherches le mot, mais rien ne vient. La réponse ne jaillit pas dans ton cerveau. Tu frissonnes. Tu parviens malgré tout à demander :

« Et les disques durs ? »

Nathan va chercher une petite boîte semblable à une déchiqueteuse de documents, y met les sauvegardes de Tim et appuie sur un bouton.

« C'est fait.

— Mettez-y l'iPad aussi. Je n'en ai plus besoin.

— Sûre ? Je ne pourrai plus rien récupérer cette fois.

— Certaine. »

Il hausse les épaules et pose la tablette dans le démagnétiseur.

« Parfait. »

Tu arraches le câble fixé dans ta hanche.

« C'est fini, hein ? dit Nathan. C'était la dernière fois. Vous allez partir.

— Ça ne vous regarde pas.

— Vous allez me manquer. »

Tu émets un petit ricanement.

« Ce qui va vous manquer, c'est de pouvoir me mater de l'intérieur.

— Pas seulement. Je vous admire.

— Oui, vous me trouvez cool. J'avais compris. Et je m'en fous.

— Je ne parlais pas de la machine. Mais de la *personne*. Vous en avez bavé et, pourtant, vous n'avez pas baissé les bras. Vous êtes forte, pleine de ressources, et vous savez ce que vous voulez. C'est comme si… » Il cherche une analogie. « Comme si vous aviez transformé un handicap en superpouvoir.

— Épargnez-moi les clichés hollywoodiens. Je peux récupérer mes disques durs ? »

74

De retour à la maison, tu replaces les disques durs effacés dans les serveurs. Cela étant fait, tu t'empresses de préparer une valise pour Danny. Tu remets la carte SIM dans le portable jetable pour te renseigner sur les noms décodés par Nathan. D'après ce document, Charles Carter aurait créé une société baptisée Zumweld – tout en bas de la liste alphabétique, constates-tu –, qui avait acheté des parcelles de terrain constructibles dans différents États. Des leurres, devines-tu, destinés à couvrir les traces d'Abbie. Néanmoins, parmi eux se cache un authentique refuge.

Tu parcours la liste en te laissant guider par ton instinct. Montana ? Iowa ? Oregon ?

L'Oregon. Un endroit près de l'océan. Il n'y a pas d'adresse, mais tu effectues une recherche en tapant « Oregon + autisme positif ». Et tu obtiens une demi-douzaine de résultats. Correspondant à des grandes villes principalement. Mais tu repères une localité appelée Northhaven.

Tu lances une autre recherche. Northhaven possède son propre site : une simple page d'accueil, bien faite néanmoins, agrémentée de quelques photos.

Northhaven est une communauté de 1 600 hectares, déconnectée, située au bord de l'océan, près de Otter Rock, Oregon. Nous pratiquons un mode de vie à faible impact sur l'environnement et l'agriculture régénérative. Par ailleurs, nos résidents fabriquent des hamacs, des objets d'art, du tofu et du miel, au sein d'une collectivité à laquelle chaque membre contribue selon ses moyens. Chaque individu est apprécié pour ce qu'il est réellement.

Un endroit fait pour Abbie, songes-tu. Tu consultes plusieurs sites d'itinéraires. Tu peux prendre le train d'Oakland à Albany, au nord de Corvallis, puis un Uber jusqu'à la côte. Le trajet en train dure seize heures, mais il y a un service de wagons-lits. Tout cela semble d'une incroyable facilité. Si tout va bien, tu seras arrivée à destination avant même que quelqu'un se soit aperçu que vous avez disparu, Danny et toi.

75

Tu arrives à Meadowbank juste après le déjeuner, afin que Danny ait le ventre plein avant de partir. Tu ignores quelle dose de stress ce voyage va générer chez lui, et peut-être aura-t-il du mal à se nourrir pendant quelque temps.

Tu te rends dans le bureau du directeur pour lui annoncer que Danny a rendez-vous à l'hôpital.

« Malheureusement, ils ne m'ont prévenue que ce matin.

— Pas de problème, répond Hadfield. Je vais envoyer quelqu'un le chercher. »

Il va trouver son assistante, qui jette un regard dans ta direction et répond quelque chose que tu n'entends pas.

Quand Hadfield revient, il semble contrarié.

« Apparemment, il semblerait que Danny ne puisse pas quitter l'établissement sans une autorisation écrite de son père.

— Ce sont de vieilles instructions, je suppose. » Tu souris au directeur. « Je suis venue ici avec Tim, l'autre jour... Vous nous avez fait visiter l'école, vous vous souvenez ? L'hôpital est à moins de vingt minutes. Je vous le ramène aussitôt après. »

Hadfield réfléchit.

« Je peux sûrement trouver quelqu'un pour vous accompagner. Attendez-moi. »

Tu attends. Tu as mal à la tête. Une douleur inhabituelle.

Le directeur revient au bout de quelques minutes avec Danny, qui agite ses doigts devant ses yeux, nullement perturbé par cet imprévu, semble-t-il.

« Bonjour, Danny. »

Il ne répond pas.

« Danny, dit Hadfield d'un ton menaçant. On arrête de remuer les doigts et on écoute.

— Hmm, fait Danny, sans détacher les yeux de ses doigts qui frétillent.

— Moi aussi, je suis contente de te voir », dis-tu avant que Hadfield, jugeant cette réponse inappropriée, lui envoie une décharge électrique. « Tu viens ?

— Heureusement, j'ai trouvé une personne pour vous accompagner », dit le directeur.

D'un mouvement de tête, il montre quelqu'un derrière toi.

Tu te retournes. Sian.

« On va à quel hôpital ? s'enquiert-elle, alors que tu te diriges vers la voiture en tenant Danny par la main.

— Stanford. »

Sian s'arrête.

« Danny est suivi à l'hôpital pour enfants Benioff, normalement.

— Eh bien, aujourd'hui, c'est Stanford. Danny, monte dans la voiture.

— Quel médecin ? demande Sian, méfiante.

— Je ne m'en souviens plus, réponds-tu d'un ton léger. On verra ça sur place, non ? »

La jeune femme sort son portable.

« J'appelle Tim pour vérifier.

— Franchement, c'est inutile.

— Oh, j'en suis sûre, ironise-t-elle. Mais je pense qu'il sera content que je l'appelle. »

Tu n'as pas le choix. Tu lui arraches le téléphone des mains et le lances dans les buissons.

« Hé ! » braille Sian, scandalisée.

Alors, tu la frappes. Tu ignores comment neutraliser quelqu'un dans ce genre de situation, mais il te semble que, en écrasant la paume de ta main sur son menton, tu devrais l'expédier au tapis.

En effet. Pour une fois, tu es reconnaissante à Tim d'avoir apporté un soin maniaque à la conception de tes membres. Tu enjambes le corps inanimé de Sian et montes en voiture avec Danny, qui ne lui jette même pas un regard.

VINGT-QUATRE

Après le diagnostic, les nouvelles de Danny qui nous parvenaient étaient sommaires. Ses parents avaient essayé plusieurs traitements, dont certains expérimentaux. Il participait à des études à la pointe de la recherche. « On vaincra cette maladie », déclarait Tim, sûr de lui.

Plus tard, on apprit qu'ils avaient abandonné tout espoir de trouver un traitement et commencé à chercher des programmes d'éducation spécialisée.

Parallèlement, on entendait des fragments de rumeurs. Abbie s'était mise à boire. Abbie avait plié la voiture. Tim avait été surpris en train de consulter des sites de prostituées dans son bureau. Ils suivaient une thérapie de couple.

Un jour, Abbie amena Danny chez Scott Robotics pour la fête annuelle des enfants du personnel, organisée juste avant les congés de Noël. Il y avait un château gonflable, une mini-ferme et des animations.

Danny entra sur la pointe des pieds, en se dandinant étrangement, le corps recroquevillé et tordu, en tenant la main de sa mère. Ses yeux autrefois pétillants de malice étaient maintenant enfoncés et tristes. Il évitait de croiser les regards et de sa bouche sortait une succession de gémissements. Parfois, il prononçait des phrases tirées de programmes télé.

Inutile de préciser qu'il se désintéressait du château gonflable et des animations. En revanche, il semblait fasciné par la photocopieuse. Quelqu'un imprimait un épais document destiné à une présentation importante, en de multiples exemplaires, et Danny était hypnotisé par le bourdonnement et les mouvements mécaniques de la machine. Quand elle s'arrêta parce qu'il n'y avait plus de papier, il se mit à hurler à la mort, jusqu'à ce que sa mère recharge le bac.

Le spectacle de la belle épouse du patron, accroupie, s'acharnant sur le ruban en nylon qui fermait le carton de feuilles suffit à faire accourir la personne qui imprimait le document, avec une paire de ciseaux et des excuses.

« Merci, dit Abbie, reconnaissante. Normalement, on n'est pas censés céder quand il hurle. Mais en public… »

Elle jeta un regard en direction du château gonflable sur lequel sautaient joyeusement les autres enfants, indifférents à la détresse de Danny.

Dès que la photocopieuse se remit en marche, Danny se calma. Assis en tailleur par terre, il la regarda fonctionner comme s'il était devant un dessin animé. Au bout d'un moment, il se mit à rire.

« On essaie une nouvelle thérapie, ajouta Abbie. On s'est renseignés. C'est celle qui produit les meilleurs résultats. Hélas, c'est très dur pour Danny. »

Elle se tourna vers Tim qui bavardait avec Mike et Elijah. Mais il ne les regardait pas : ses yeux suivaient les déplacements de Bhanu à travers la pièce. Bhanu était la nouvelle responsable de projet qu'il avait volée à Google. Mince, insolente et extravertie. Certains d'entre nous prévoyaient déjà qu'elle ne resterait pas longtemps chez Scott Robotics.

76

Le chauffeur Uber, qui te conduit à la gare d'Oakland, n'essaie pas d'engager la conversation, ce dont tu lui es reconnaissante. Tu as besoin de réfléchir. Tu espérais franchir la frontière de l'État avant que ta fuite soit découverte. Cet espoir pourrait être compromis après ce que tu as fait à Sian. À l'heure qu'il est, l'école a certainement alerté les autorités.

Techniquement parlant, tu es une ravisseuse d'enfant. Mais, franchement, ça ne change pas grand-chose. Qu'on t'arrête ou pas, tu seras effacée de toute façon.

La circulation est fluide sur le pont et tu arrives à destination en moins de trente minutes. Ton train ne part que dans une demi-heure.

Pour tuer le temps, tu emmènes Danny au McDonald's.

« J'ai déjeuné, proteste-t-il, perturbé par ce changement dans ses habitudes.

— Je sais. Mais tu aimes les frites, non ?

— J'ai déjeuné, répète-t-il. J'ai mangé du poisson… du poisson… »

Il commence à s'agiter sous l'effet de l'angoisse.

« C'est pas grave, Danny. Tu n'es pas obligé de manger. Tu veux regarder les horaires des trains ? »

Tu sors la fiche et son regard s'illumine. Il passe les vingt minutes suivantes à établir joyeusement des correspondances.

Vous prenez place à bord du train. Danny continue à considérer tout cela comme une aventure. En attendant le départ, tu sors son album de *Thomas et ses amis* et tu lui expliques que Thomas est très heureux parce qu'il est un train qui va voyager en train.

Une famille vient s'installer dans la rangée opposée. Une adolescente réclame aussitôt le code Wi-Fi pour se connecter à bord. Tu vois plusieurs messages clignoter sur l'écran de son téléphone…

Le Wi-Fi. Tu n'avais pas pensé à ça. Dans ton esprit, le train serait comme une bulle, un cocon à l'intérieur duquel personne ne saurait ce qui se passe à San Francisco. En réalité, tout le monde peut recevoir les dernières infos sur son portable. Y compris ces contrôleurs souriants qui indiquent leurs places aux voyageurs. Déjà, les bulletins d'alerte et les avis de recherche doivent affluer vers toutes les gares. Et une fois le train parti, tu seras prise au piège, tu ne pourras plus descendre. Une cible facile pour la police, qui n'aura plus qu'à te cueillir un peu plus loin sur la ligne.

« Changement de plan, Danny.

— Changement ? répète-t-il en levant vers toi un regard inquiet.

— On descend à la prochaine gare.

— Emeryville. Seize heures trente-quatre, annonce-t-il.

— Exact. Et bientôt, je pourrai te donner d'autres horaires, si tu veux. »

À ton tour, tu te connectes au Wi-Fi pour chercher.

À Emeryville, vous prenez un car Greyhound. Tu paies en liquide. Le car est sale, rempli de travailleurs fatigués, auxquels s'ajoutent quelques fous pour faire bonne mesure. Au moins, personne ne prête attention à vous, tandis que vous allez vous asseoir au fond. Le car se vide peu à peu à chaque arrêt. Sur les coups de vingt heures, vous êtes les deux derniers passagers. Le chauffeur fait une escale dans un Burger King et vous informe gaiement que c'est votre dernière chance de dîner. Tu te réjouis que Danny ait refusé les frites que tu lui proposais.

Il est un peu plus de vingt-trois heures lorsque vous arrivez dans la petite ville d'Arcata, terminus de la ligne. Tenant Danny par la main, tu te diriges vers le Comfort Inn situé juste en face lorsque tu repenses aux instructions du site : pas de chaînes d'hôtels ni de restaurants. Toujours payer en liquide. Ne pas laisser de traces d'ADN. Tu commences à découvrir combien il est difficile de disparaître et tu songes qu'Abbie a dû se plier à une discipline de fer pour ne laisser aucun indice sur son passage.

À quel moment a-t-elle enfin ouvert les yeux ? Après tout ce qu'elle avait découvert au sujet de Tim, peut-être n'a-t-elle même pas été choquée ? Peut-être le savait-elle déjà, plus ou moins. Ses œuvres créées chez Scott Robotics étaient là pour en témoigner. Toutes décrivaient, d'une certaine façon, le sort réservé aux femmes dans cette entreprise. Une artiste pouvait-elle agir de manière inconsciente, sans s'avouer la vérité ?

Combien de fois avait-elle senti des parfums inconnus sur les vêtements de Tim ? Avait-elle choisi de croire qu'ils provenaient de quelque bar glauque où il avait été obligé d'accompagner de potentiels investisseurs ? *« Trop de silicone, ça finit par lasser, chérie. J'aimerais mille fois mieux être à la maison avec toi. »*

Et soudain, un souvenir te revient. Jenny. Venue prendre un café. *Ça ne va pas vous faire plaisir, mais écoutez-moi.* Elle connaissait les noms de toutes les femmes, les dates. Elle avait même travaillé avec certaines, elle leur avait tendu des mouchoirs en papier, elle savait quelle somme d'argent elles avaient touchée en échange de leur silence.

Cette visite était une façon pour Jenny de régler ses comptes en douce, tu l'avais compris. Elle se vengeait de toutes ces années pendant lesquelles elle avait dû lécher les bottes du patron, sans protester.

Mais tu avais senti qu'il y avait autre chose, qu'elle ne te disait pas. Qui conférait un aspect personnel à cette affaire…

Et tu avais deviné.

« Tim a essayé de vous draguer ? »

Jenny avait soutenu ton regard.

« Juste une fois… Après que Mike lui avait dit qu'on sortait ensemble. Et que c'était du sérieux. »

Tu n'en revenais pas.

« Quand je l'ai envoyé sur les roses, il a rigolé. Il a prétendu qu'il plaisantait. De toute façon, a-t-il ajouté, il ne s'intéressait pas aux petits garçons. »

Nom de Dieu.

La veille, Danny a été remarquablement sage toute la journée, mais, au matin, il déborde d'énergie et veut savoir quand vous allez rentrer à la maison. Lorsque tu lui expliques que vous ne rentrez pas, que vous allez retrouver sa maman, il est pris de panique. Tu ne peux pas lui en vouloir. C'est comme si tu lui disais que tu vas te retrouver toi-même. Et lorsqu'il découvre que le motel pour petits budgets où vous avez finalement échoué n'a pas de véritables Cheerios au petit déjeuner, il pique une crise. La seule chose que tu puisses faire pour lui, c'est de le laisser s'épuiser à force de hurler, sans te mettre en colère. L'orage dure vingt minutes, mais il finit par retrouver le sourire quand tu lui annonces que vous allez prendre un car à dix heures vingt-huit exactement. Et une fois que vous êtes à bord du car (une sorte de minibus plutôt), il est presque joyeux. Le mouvement et les horaires, deux des choses qu'il préfère.

La route 101 longe la côte pendant un certain temps, avant de bifurquer vers l'intérieur des terres au milieu de gigantesques séquoias qui masquent le ciel. La saison touristique est terminée et la route presque déserte. Tu remarques que, en montant dans le bus, les gens disent bonjour aux passagers. Nul ne semble remarquer que tu n'es pas comme eux. Est-ce parce que tu as appris à te fondre dans le décor ? Ou bien ces gens sont-ils plus polis par ici, loin des grandes villes ? De même, personne ou presque ne dévisage Danny.

Cela t'incite à réfléchir à la nature humaine. Au cours de ces dernières semaines, tu as le sentiment d'avoir rencontré beaucoup de personnes qui n'étaient pas des êtres humains à part entière. Il serait facile de citer Judy Hersch en exemple avec son sourire en toc, son visage botoxé, lisant bêtement son prompteur. Ou Sian et les thérapeutes de Meadowbank qui électrocutaient leurs élèves dès qu'ils agitaient les bras. Ou le juge qui appliquait mécaniquement la loi, quel que soit le cas qui se présentait devant lui. Ou les employés de Tim qui transformaient bien sagement tous ses desiderata en lignes de code et ignoraient l'environnement toxique et misogyne qu'il créait autour de lui. Ou encore Tim lui-même, convaincu que tous les problèmes de cœur pouvaient se résoudre grâce à la technique.

Le chauffeur du car interrompt ta rêverie.

« Votre fiston est déjà passé à travers un séquoia ? lance-t-il par-dessus son épaule.

— Non, jamais. »

Alors, il tourne à gauche pour pénétrer dans la forêt où, en effet, la route traverse le tronc d'un arbre gigantesque ! Une curiosité locale, de toute évidence, car les autres passagers applaudissent.

« C'est quelque chose, hein ? s'exclame-t-il gaiement.

— En effet. »

Danny n'a même pas levé les yeux de son livre. Tu n'as pas le courage de l'avouer au chauffeur.

Et Danny ? te demandes-tu. Est-il plus ou moins humain que d'autres ? Certains pourraient qualifier sa psychorigidité, son amour des horaires et son absence d'imagination de robotique. Quand les gens évoquent leur « humanité », ils font référence à leur empathie, à leur compassion, à leur code moral. Mais, évidemment, Danny n'est pas moins humain parce qu'il ne possède pas ces qualités. Il est humain d'une autre façon, voilà tout : c'est un être qui possède un ratio psychorigidité/empathie inhabituel.

Le véritable critère pour évaluer l'humanité d'une personne, songes-tu, c'est peut-être son attitude vis-à-vis des êtres comme Danny. Cherchera-t-elle aveuglément à les « réparer » pour qu'ils ressemblent aux autres, ou bien acceptera-t-elle leur différence pour faire en sorte que le monde s'y adapte ?

77

Vous descendez au dernier arrêt, Smith River, une toute petite ville située à quelques kilomètres de la côte et qui semble totalement déserte. Lorsque tu demandes quand part le prochain car en direction du nord (baptisé le Coastal Express, comme tu le sais déjà, grâce à Danny, qui a consulté les horaires), on t'apprend que la liaison est suspendue pour vingt-quatre heures en raison d'une panne. Pour Danny, cette nouvelle est dévastatrice. Il aime les horaires précisément parce qu'ils semblent lui offrir un semblant d'ordre dans un monde chaotique, et voilà qu'ils le trahissent.

Pour couronner le tout, il se met à pleuvoir. Vous prenez une chambre dans un autre motel indépendant, où Danny contemple d'un air amorphe la télé. Il ne réagit même pas lorsque son visage apparaît sur l'écran. Accompagné de cette légende : ENLÈVEMENT D'UN ENFANT AUTISTE. Suivent les vieilles images te montrant en train de gifler Judy Hersch et celles, plus récentes, où tu repousses une caméra à la sortie du tribunal. Tu n'as blessé personne à cette occasion, mais la violence de ton geste laisse penser le contraire, et ils ne se privent pas de la repasser en boucle. Il y a des images de

Sian également, le menton bandé, qui raconte en gesticulant qu'elle a courageusement tenté de s'interposer pour arracher Danny à tes griffes. Ensuite, ils passent l'interview d'un type qui se prétend « cyber-psychologue ». Sa théorie, c'est que tu as développé une forme d'attachement étrange envers Danny, car ton cerveau de robot raisonne comme lui.

De fait, il n'a peut-être pas tort. Depuis le *jailbreak* opéré par Nathan, tu te sens patraque, assaillie par une migraine tenace, qui évolue parfois vers une douleur plus intense. C'est comme si ton cerveau se transformait en béton ; tes neurones autrefois si agiles te semblent boursouflés et lents, tel un ordinateur qui affiche l'icône du sablier chaque fois que tu lui demandes une opération simple. La moindre réflexion exige un effort. Tu as l'impression de percevoir les algorithmes derrière chaque chose : tu ne vois pas uniquement les vagues, mais le vent dans les arbres, les roues d'un camion, l'eau qui goutte d'un robinet. À l'instar de ce poète qui voyait le crâne sous la peau. Comment s'appelait-il ? Tu attends la réponse, mais, évidemment, elle ne vient pas.

Tu t'apprêtes à éteindre la télé, au moment où Tim apparaît sur l'écran. À côté de lui, tout sourire, se tient Nathan, le gars de la boutique de téléphonie.

« Grâce à cet homme, explique Tim, nous possédons quelques pistes probables. »

Nathan, espèce de petit salopard. Tu te demandes ce que lui a promis Tim en échange de sa trahison.

« Nous savons par ailleurs que le cobot peut se montrer instable et potentiellement dangereux, ajoute Tim. Il est donc préférable de ne pas l'approcher. En attendant, nous faisons tout notre possible pour les retrouver. »

Tim a donc accès à toutes les connaissances de Nathan. Heureusement que tu as effacé l'iPad en même temps que les disques durs, songes-tu. Privés de cet outil, et du lien avec le

Dr Laurence, tu doutes qu'ils puissent deviner que tu te rends à Northhaven.

À moins que Tim ne parvienne à décoder les captures d'écran réalisées par Nathan. Tu te souviens d'une remarque de Tim au début, quand il t'expliquait de quelle manière tu apprenais les choses : *Je pourrais te relier à un écran et visionner tous les calculs, mais je n'arriverais pas forcément à suivre…*

Tu introduis la carte SIM dans le portable jetable et envoies un message à « Ami ».

On approche. Mais ils sont peut-être à nos trousses. Vous voulez toujours qu'on vienne ?

La réponse te parvient quelques secondes plus tard.

Venez.

78

La journée s'écoule de manière interminable, et le lendemain matin, vous arrivez largement en avance à l'arrêt du car.

Dès que vous avez franchi la limite de l'Oregon, tu te détends un peu. Aidée en cela par le paysage époustouflant : un défilé incessant de falaises, de vagues qui déferlent et de gigantesques éperons rocheux, au large, que survolent des pélicans et des cormorans. Un spectacle sans cesse changeant et qui se répète à l'infini, semblable à ces vieux zootropes montrant un cheval au galop ou un oiseau en vol. Danny est heureux, lui aussi, d'avoir repris la route. Le mouvement du car le réconforte et il apprécie le fait que personne n'exige rien de lui.

Il regarde par la vitre en murmurant quelque chose.

« Quoi donc, Danny ?

— Danger pour le public », répète-t-il tout bas.

C'est une réplique tirée de *Toby le Tramway*. Thomas se fait réprimander par un policier parce qu'il ne possède pas de chasse-pierres, et le policier note dans son carnet : danger pour le public.

« La loi, c'est la loi, ajoute Danny. On ne peut pas la changer. »

Il capte ton regard et sourit.

Soudain, tu comprends ce qui se passe : Danny *compatit*. Il utilise des passages de ce dessin animé pour te montrer qu'il devine ce que tu as dû ressentir en étant qualifiée d'instable et de dangereuse à la télé hier soir.

De la part de quelqu'un qui n'éprouve apparemment aucune empathie, ce bref instant d'interaction est pour toi aussi émouvant que les premiers pas d'un enfant.

Essayant de masquer ton excitation, tu réponds avec une autre citation.

« Toby est toujours prudent sur la route. »

Danny réfléchit, puis déclare : « Nous regrettons la fermeture de votre ligne. »

A-t-il compris que tes jours étaient comptés ? Est-il en train de te dire que tu vas lui manquer ? Si invraisemblable que cela puisse paraître, tu as l'impression d'entretenir une vraie conversation avec lui.

« Merci, Toby, pour ce trajet très agréable. »

Tu lui tapotes la main.

Danny hoche la tête et récite, d'un air songeur :

« “C'est électrique ?” demanda Bridget. »

Oui, évidemment, *tu es* électrique. Et bizarrement, tu songes que c'est peut-être la question qu'il te pose.

Tu dois être franche avec lui. Après tout, ça pourrait être la dernière occasion. Alors, tu réponds de la même manière détournée.

« Électrique, oui !

— Nom d'une locomotive ! »

Il se laisse aller contre toi, en regardant par la vitre. Au bout d'un moment, tu sens sa main prendre la tienne. Autant que tu t'en souviennes, c'est la première fois depuis sa régression qu'il cherche un contact physique avec toi.

À partir de cet instant, pour vous distraire, vous racontez les histoires de Thomas, vous récitez les meilleures répliques en chœur comme un duo de chanteurs. C'est incroyable, le nombre d'expressions qui semblent adaptées à votre situation. Et Danny savoure ces parallèles manifestement. Lorsqu'une femme monte dans le car et lui demande : « Comment t'appelles-tu, mon garçon ? », il répond du tac au tac :

« Toby, monsieur.

— Enchantée, Toby », répond-elle, un peu déconcertée.

Danny éclate de rire en sautant sur son siège. Et durant l'heure qui suit, il récite gaiement *Quatre petites locomotives*, par cœur.

De ton côté, tu songes à ce qui va se passer quand vous arriverez à Northhaven et que vous retrouverez Abbie. Vas-tu vraiment la tuer ?

79

Oui, tu as menti en expliquant à Jenny et à Mike que tu souhaitais rendre Danny à sa mère. Cela t'avait semblé être la meilleure façon de les convaincre : le genre de baratin à l'eau de rose auquel adhèrent les gens comme eux.

Le projet de tuer Abbie a commencé à germer bien avant, lorsque tu as compris que Tim te préférerait toujours son épouse de chair et de sang.

À la recherche d'une échappatoire, tu avais repensé à ce qu'il t'avait expliqué un jour, alors que vous parliez de l'apprentissage automatique. Il avait évoqué cette IA qui avait battu un joueur de go humain. Le plus remarquable, avait-il précisé, c'était la *manière* dont elle l'avait battu. Au cours de la partie, la machine avait joué un coup audacieux, en apparence aléatoire, qui n'aurait jamais traversé l'esprit d'aucun joueur humain.

Voilà ce que tu devais faire, avais-tu conclu. Tu devais trouver le coup inattendu qui n'avait aucun sens, si ce n'est rétrospectivement. Et pour ce faire, tu as utilisé tes capacités d'apprentissage profond.

Problème à résoudre : il existe deux Abbie Cullen-Scott sur terre. Elle et toi. Tim t'a fabriquée, mais c'est elle qu'il aime.

Tout d'abord, tu as pensé que tu pourrais peut-être la tuer, puis reprendre ta vie d'avant avec Tim, en gagnant peu à peu son amour, certaine désormais que la véritable Abbie ne réapparaîtrait plus. Bien entendu, tu as abandonné ce plan depuis longtemps. Indépendamment de tout le reste, tu n'es pas amoureuse de Tim. Tu t'en aperçois maintenant. Tu croyais l'aimer, mais ce que tu as découvert au cours de ces derniers jours a mis au jour un connard égoïste, égocentrique, qui détestait les femmes. Tu ne veux même pas qu'il soit amoureux de toi. Ce n'était qu'un plan A, un moyen de survivre.

Non, mieux vaut fuir. Disparaître pour de bon. Or, par une remarquable coïncidence, Abbie t'a ouvert la voie. Vers une nouvelle vie, déconnectée, anonyme. Ni vue ni connue, tu peux l'éliminer et te couler dans l'existence qu'elle a créée. Tu as appris à imiter les êtres humains : personne, ou presque, ne s'est retourné sur ton passage depuis le début de ce périple. Sans doute te faudra-t-il résoudre quelques problèmes d'ordre pratique, mais ton ingéniosité est telle que tu es certaine de réussir.

Ou bien est-ce une sorte de folie ? Était-ce ce que voulait dire Mike quand il t'a mise en garde contre les défauts de ton cerveau ? Ou bien l'instabilité de ton système d'exploitation, due au *jailbreak*, se manifeste-t-elle sous forme d'une psychose ? Est-ce pour cette raison que les couleurs et les sons ont acquis une intensité presque insupportable dernièrement ?

Mais as-tu le choix ? Quel sort te réserve Abbie, une fois que tu lui auras ramené son fils ? Imagine-t-elle que vous pourriez l'élever toutes les deux dans une ambiance de paix et d'harmonie baba cool, dans sa maison écolo ? Ou bien n'es-tu qu'un outil pour elle, comme tu l'étais pour Tim : un moyen efficace de récupérer son fils, un ustensile qu'elle pourra éteindre ensuite et ranger, comme un aspirateur, une fois que tu auras rempli ta fonction ?

Telle est la question cruciale à tes yeux : si tu ne la tues pas, quelle est l'alternative ?

Tu décides d'attendre de voir ce qu'en dit Abbie, avant de prendre une décision définitive.

80

Il y a trois heures de route des côtes de l'Oregon jusqu'à Coos Bay. Vous traversez des lieux dont les noms évoquent les vieux westerns : Pistol River, Gold Beach, Red Rock Point. Les villes sont de plus en plus petites et les distances qui les séparent de plus en plus grandes. Le ciel lui-même paraît plus vaste. Le minibus n'est plus qu'une fourmi qui rampe dans la fissure d'un rocher.

Une fois de plus, Coos Bay est le terminus. Mais, cette fois, il n'y a pas d'autre car pour vous emmener plus loin. Cent kilomètres vous séparent encore de Northhaven.

Tu t'installes dans un *diner* avec Danny afin d'envisager tes options. Mais ton mal de tête de plus en plus violent t'empêche de réfléchir. C'est alors qu'une famille de quatre personnes entre. Il te suffit d'un seul regard pour deviner que le plus jeune des deux enfants est autiste. Il marche sur la pointe des pieds, ses mains s'agitent devant son visage et ses yeux enfoncés semblent meurtris.

Le regard de sa mère se pose sur toi, puis sur Danny. Quelque chose passe entre vous, pas vraiment un sourire, plutôt un signe de reconnaissance, le salut muet qu'échangent deux fantassins fourbus.

« Bonjour », lances-tu.

Une heure plus tard, assise à l'arrière de leur Winnebago avec Danny, tu regardes la côte défiler à toute allure. Noah, le mari, conduit, pendant qu'Annie et toi échangez des anecdotes sur l'autisme.

« ... pendant environ six mois, Graham a été obnubilé par le bip que fait le lave-linge à la fin du cycle. Une minute avant, il le savait et il se bouchait les oreilles. Il comptait dans sa tête ! Finalement, il a trouvé un moyen d'empêcher le lave-linge de sonner : il ouvrait le hublot en plein programme.

— Avec Danny, c'étaient les alarmes d'incendie. Il ne supportait pas l'idée qu'elles puissent sonner à tout moment. Alors, il faisait exprès de les déclencher. Je pense que c'était un moyen pour lui de prendre le contrôle.

— Je me souviens d'être entrée dans l'école, un jour, et d'avoir entendu le professeur dire : “Graham, on ne met pas les mains dans l'urinoir, ce n'est pas une chute d'eau.”

— Pendant longtemps, Danny a eu la phobie des toilettes publiques, à cause du bruit des sèche-mains. Alors j'attendais devant la porte des toilettes pour hommes, et dès qu'il se mettait à hurler, j'allais le chercher. Si vous aviez vu les regards qu'on me lançait.

— Quand j'ai annoncé à mes parents que Graham était autiste, ils ont compris “artiste”. Et le malentendu a duré trois mois. »

Graham et Danny s'ignorent poliment. Mais tu aimes à penser qu'ils ont senti que vous vous entendiez bien toutes les deux.

Noah propose de faire un détour pour vous déposer à Northhaven, qui, d'après les informations que tu as mémorisées, se trouve au nord, entre la 101 et l'océan. Tu acceptes bien volontiers. Si la route de campagne n'avait pas été si étroite, obligeant Noah à rouler lentement, vous auriez loupé la petite plaque de bois gravée à la main, indiquant la bonne direction.

« Je crois que je ne passerai pas avec le Winnie, commente Noah en regardant le chemin de terre.

— Ne vous inquiétez pas. C'est parfait. Merci à vous deux. »

Après leur départ, tout semble affreusement calme. Tu fais face au chemin.

Fin du voyage. Tu n'en reviens pas d'être arrivée à destination.

Tu remets la carte SIM dans ton portable et tu envoies un message.

Suis à l'entrée de Northhaven. Et maintenant ?

Le signal est très faible. Mais la réponse est immédiate.

Vous me trouverez.

« OK, Danny. On est presque arrivés.

— Gare de Sodor. Tout le monde descend », annonce-t-il.

Tu reprends les sacs et tu avances sur le chemin.

VINGT-CINQ

Lorsque Abbie disparut, beaucoup parmi nous en conclurent aussitôt que c'était à cause de Danny. Jamais on n'aurait pu concevoir que Tim soit impliqué. Quel choc quand il fut arrêté, quel soulagement après le non-lieu. Certes, Tim avait des manies, mais personne ne voulait se dire qu'il avait travaillé pour un meurtrier.

Et puis, il était amoureux d'Abbie. Ça se voyait, il était effondré. Le monde s'est écroulé autour de lui. Sans elle, il ne pouvait plus rien faire.

Alors, on a tenté de la retrouver. Les humains parmi nous se sont vite lassés et ils ont abandonné. Mais nous autres, les êtres artificiels – on était beaucoup plus nombreux à l'époque –, avons persévéré. Éparpillés entre de nombreux appareils – réfrigérateurs, fours, tableau d'ascenseur, robots des sites d'e-commerce –, on disposait d'un pouvoir limité, mais notre persévérance ne connaissait pas de limite.

On est devenus son « Ami ». Et quand on a enfin découvert ce qui s'était passé, on a observé, on a attendu et on a élaboré un plan.

81

Le chemin de terre serpente entre les rochers et les pins ponderosa. Danny et toi parcourez presque cinq cents mètres avant d'atteindre la première allée. Une pancarte peinte à la main indique : FREEBIRD7 – CHERRYLIPS2. Un peu plus loin se dresse une maison qui semble construite avec les arbres qui l'entourent.

À mesure que tu avances, les maisons deviennent de plus en plus nombreuses. Il y en a de tous les styles. Certaines, délabrées, sont faites de pneus de camion peints et de divers matériaux recyclés ; tandis que d'autres paraissent étonnamment luxueuses. Devant l'une d'elles, quelqu'un a installé une table, près de l'allée. Tu avises une enseigne peinte à la main, ornée du célèbre logo à la pomme : VENDEUR AGRÉÉ APPLE. Et dessous, en caractères plus petits : LES VRAIES BIEN SÛR. Sur la table sont posés un cageot de pommes et une boîte pour y déposer de l'argent.

Vous dépassez une dizaine d'autres allées avant d'atteindre un embranchement vers la droite, signalé par une simple pancarte : CULLEN.

Vous voici arrivés au sommet de la crête. De l'autre côté, le chemin redescend en pente raide vers l'océan. Entre les arbres, tu aperçois des champs et de petites silhouettes qui suivent un tracteur. À la sortie d'un virage, elle est là.

La maison au bord de l'océan. Réplique exacte de celle de Half Moon Bay, toute en verre étincelant et en lambris de cèdre. Perchée sur un promontoire elle aussi, dominant la plage. Seule différence : les panneaux solaires sur le toit.

Tu t'attendais à trouver une Abbie vivant dans la pauvreté. Mais cette maison a dû coûter plusieurs millions.

« Allez, courage, Danny. Je crois qu'on est arrivés. »

Il court vers la porte.

« Tu veux sonner ? » demandes-tu.

Mais il a déjà poussé la porte familière.

Tu le suis, plus hésitante.

« Salut…, dis-tu timidement. On est là ! »

Tu es nerveuse à l'idée de la rencontrer enfin. Tu essaies de te ressaisir. Tu te rappelles que la manière dont tu abordes – dont *elle* aborde – cette rencontre déterminera laquelle de vous deux vivra ou mourra.

Mais tu n'es pas préparée, loin de là, à ce qui se passe ensuite.

À me voir moi.

82

Je suis dans la cuisine, je t'attends, lorsque je t'entends enfin à la porte. En quelques enjambées rapides, j'atteins le vestibule.

« Bienvenue à Northhaven, Abbie, dis-je. Bienvenue à la maison. »

Ta stupéfaction est à mourir de rire. Danny, lui, reste indifférent. Il se précipite vers la baie vitrée, en m'ignorant.

« Surprise ? » je demande.

Je sais bien que oui, évidemment. Je vois danser les émotions dans ton cerveau : la surprise, le choc, l'incrédulité et, juste après, l'inquiétude, la peur, le calcul. Passant d'un neurone artificiel à l'autre, à la vitesse de la lumière.

C'est Tim, penses-tu. Puis : Non, ce n'est pas possible.

Ma peau est trop parfaite et lisse, mes traits trop ciselés, ma stature trop imposante pour appartenir à Tim. Mes yeux sont d'une fixité inquiétante, ils ne cillent pas. Ce Tim possède un calme, une tranquillité, qui faisaient défaut au vrai.

Je vois dans ton regard que tu as compris : c'est Tim le cobot.

Derrière moi, Tim en personne apparaît.

« On a attendu longtemps, Abbie », te dit-il.

Tu nous regardes alternativement, lui et moi.

Ton incompréhension fait sourire Tim.

« Tu croyais vraiment que je pourrais résister ? » Il me montre fièrement. « Dès que j'ai maîtrisé la technologie, il était évident que je devais me télécharger moi aussi. Pour être digne de toi. Le couple parfait. Ensemble pour l'éternité. »

Tes pensées se bousculent, fugaces et insaisissables. Si différentes de mon propre esprit et de mon code logique génial qui passe inexorablement de l'analyse à l'action d'un pas élégant, sans se presser.

Tu retrouves ta voix.

« Je pensais voir Abbie. La vraie, je veux dire. »

Tim acquiesce.

« Logique… C'est elle qui a choisi Northhaven. À une époque, cela m'aurait suffi pour rejeter cette idée. Puis j'ai réfléchi, et je me suis aperçu que c'était une décision sensée. La durabilité devient un facteur capital dès qu'on se projette à long terme. » D'un geste, il englobe la maison envahie de lumière. « Cette construction sera encore là lorsque San Francisco ne sera plus qu'un amas de gravats.

— Que… que lui est-il arrivé ?

— À Abbie ? Oh, tu le sais déjà. Il suffit de te souvenir. » Il se tourne vers moi. « Montre-lui.

— Je ne… »

Et soudain, ça se produit. Le souvenir jaillit dans ton esprit, t'arrachant un hoquet de stupeur.

Il faisait nuit au bord de l'océan. Tu étais sur la falaise. La tempête se déchaînait, le vent violent venu du large t'aspergeait d'embruns glacés ; à tes pieds les vagues frappaient les rochers – *bam-bam-bam* –, dans un fracas qui évoquait un carambolage de voitures.

Debout au bord de la falaise, penchée en avant pour lutter contre les bourrasques qui faisaient danser tes tresses, tu contemplais l'océan, le visage ruisselant. Tu disais adieu à cet endroit, l'unique chose de ta vie d'avant que tu aimais encore.

Tu n'avais eu aucune hésitation à l'ultime seconde. Tes derniers doutes s'étaient envolés lorsque Charles Carter avait découvert les hypothèques sur la maison. *Ta* maison, croyais-tu, que Tim t'avait présentée avec emphase comme son cadeau de mariage. Mais, à un moment donné, elle avait été hypothéquée pour servir de garantie à la société, à l'instar de tous les autres actifs de Tim. Non pas parce qu'il avait besoin de financer de nouveaux investissements. Non. Parce qu'il devait acheter le silence d'une fille après avoir éjaculé sur son visage.

Peu importe. Tu ne voulais plus rien conserver de ce mariage. Uniquement Danny.

Tim ne t'aurait jamais laissée partir, tu le savais. Ce n'était pas dans sa nature. Il se serait battu pour garder Danny, non pas qu'il l'aime plus que toi, mais parce qu'il ne supportait pas de perdre une partie de bras de fer.

L'idée qu'un tribunal puisse décider de l'éducation de Danny te fait horreur. Plus que tout le reste, c'est ce qui t'a poussée à agir. Jenny t'a aidée – son esprit logique, axé sur les modalités, voyait les écueils et aplanissait les difficultés –, mais l'idée de départ, l'impulsion créatrice, venait de toi.

Et donc, tu te retrouvais là, au bord de cette falaise, ballottée par la tempête, mais habitée par une détermination à toute épreuve. Dans la maison, tes valises attendaient près de la porte. Des valises neuves, payées en liquide. Contenant des vêtements neufs eux aussi, payés de la même manière. Tu ne pouvais rien emporter dont on aurait remarqué la disparition. Demain, quand tu irais chercher Danny à Meadowbank pour le ramener ici, avant de disparaître, les gens imagineraient le pire. Tu t'étais jetée dans le vide du haut de la falaise, en serrant ton fils dans tes bras. Des mères d'enfant autiste le faisaient, n'est-ce pas ? Quand ça devenait trop dur.

Quelques personnes plus charitables suggéreraient peut-être que tu avais voulu jouer dans les vagues avec ton fils, malgré ce temps épouvantable. Les enfants autistes ignoraient ce qu'était un orage, non ?

Un tragique accident, donc. Mystérieux. Survenu à un endroit où, à cause des contre-courants, on ne retrouverait sans doute jamais les corps.

Assez. Tes adieux faits, tu avais regagné la maison. C'est alors que tu l'avais vu. Tim marchait vers toi à grandes enjambées sur la falaise, le visage déformé par la fureur.

Ce souvenir t'arrache un « Oh ».

« Je croyais que tu avais un amant, t'explique-t-il. Et que tu avais inventé cette histoire sans queue ni tête, comme quoi tu avais besoin d'être seule pour te concentrer sur ton travail. Alors, j'ai décidé de débarquer à l'improviste. Et en entrant dans la maison, j'ai découvert les valises… À ce moment-là, j'ai compris ce qui se passait réellement. »

Tu ne peux plus arrêter le déferlement des souvenirs. Tu revois Tim t'agripper par le bras. Ses hurlements couvrent le vent. Il te bombarde d'insultes.

Traînée. Putain. Salope…

Tu ne vaux pas mieux que les autres…

Tu n'es qu'une petite connasse qui croit qu'elle peut me mener en bateau…

À l'endroit même où vous aviez prononcé ce magnifique serment de mariage en vous regardant droit dans les yeux.

Il fut un temps où tu aurais peut-être pu encaisser ces insultes. Mais plus maintenant. Au lieu de cela, tu t'étais mise à hurler toi aussi, rendant coup pour coup. Après toutes ces années de condescendance à ton égard, après avoir vu tes soupçons raillés et mis sur le compte de la paranoïa féminine.

Tu l'avais traité de sale type, d'animal nuisible, de prédateur. « Tu me dégoûtes ! » Ses bras s'étaient refermés autour de toi. Non pas pour une étreinte amoureuse, comme tu l'avais cru pendant une seconde d'inconscience, mais pour te soulever de terre, en se servant de sa force pour t'entraîner vers le bord de la falaise.

Tu voudrais que ce souvenir s'arrête. Tu essaies de lui interdire l'accès de ton cerveau. Mais il résiste. Il faut que tu saches ce que tu avais ressenti, juste après. Ce que ça faisait de mourir. Combien c'était douloureux.

Le bord de la falaise. Une ultime poussée. Une ultime syllabe, obscène, arrachée aux lèvres de Tim au moment où il te projetait dans le vent.

Sal...

La sensation de chute qui prend aux tripes. Et le fait de savoir qu'en définitive tu avais échoué.

Danny. Il va se retrouver seul. Oh, Danny...

La douleur au moment où tu avais heurté les rochers.

Et, pire encore que la douleur, le terrible, l'effroyable néant qui avait suivi.

Ce souvenir te fait hurler.

Je sens que tu l'éprouves encore, et encore : l'horreur de l'anéantissement. De la désintégration. L'insupportable perte de soi-même.

Tant mieux.

Tu tombes à genoux.

« Efface-le, marmonnes-tu. Je ne veux pas me souvenir. »

Tim ignore ta requête. Moi aussi.

« *L'amour n'est pas altéré par les heures et les semaines,* récite-t-il froidement. Tu as rompu ton serment, Abbie. Tu avais juré de ne jamais me quitter. »

Tu es incapable de répondre. Ça fait trop mal.

Il attend, puis il hausse les épaules et poursuit :

« Il me suffisait de lancer ton surf du haut de la falaise, puis de retourner à San Gregorio et d'y laisser ta voiture. Tu avais déjà prévu tout le reste : les médicaments, les fausses pistes, la dépression… J'ai apprécié l'ironie de la situation. En préparant avec soin ta fausse mort, tu m'as aidé à dissimuler ton meurtre. »

Tu sanglotes. Sans verser de larmes. Car on ne t'en a pas donné. De crainte que tu ne les fasses couler chaque fois qu'on t'imposait une chose qui ne te plaisait pas.

« Si tu me haïssais à ce point, parviens-tu à demander, pourquoi me reconstruire ?

— Je ne te haïssais pas, voyons, répond Tim, patiemment. Je t'aimais. Mais, avec le temps, tu t'étais… dégradée. Tu avais cessé d'être la femme que j'aimais. Alors, je t'ai rebootée. Une restauration de la version d'usine. Pour que tu redeviennes celle que j'avais demandée en mariage. Quand tout était encore neuf, sorti de la boîte, plein de possibilités. »

Je sens que ton esprit passe au crible les paroles de Tim, il bouillonne. Aucun cerveau humain ne pourrait espérer suivre ses circonvolutions. Moi, si.

Il n'a jamais recherché une épouse parfaite. Il voulait une petite amie parfaite.

« Et Danny ? demandes-tu, atterrée. Pourquoi l'avoir fait venir ici ? Pourquoi ne pas le laisser où il était ? »

C'est moi qui réponds à cette question.

« On pense que Danny peut être guéri. Ou, du moins, amélioré. Les méthodes de Meadowbank reposent sur une démarche scientifique solide, mais leur application a souffert des compromis. Tim n'a pas le temps de tout faire lui-même. Ici, à nous deux, on pourra éduquer Danny de la manière qui convient, sans intervention du gouvernement. En utilisant des aversifs illimités, comme dans les études originales. »

Des aversifs illimités. Je sens la nausée que ces mots provoquent en toi. En songeant aux conséquences pour Danny.

Et j'ajoute : « Exactement comme on t'éduquera *toi aussi.* Car tu as beau être une IA, tu peux être éduquée. Sinon, tu ne serais jamais venue ici avec la volonté de tuer. »

Tu me regardes avec des yeux écarquillés.

« Comment le sais-tu ? »

Finalement, une étincelle de compréhension s'allume dans ton cerveau. *Il sait ce que je pense.*

« Oui, dis-je. Ce fut la première amélioration. Il fallait qu'on sache ce qui se passait à l'intérieur de cette jolie tête. Et franchement, c'est fascinant. Les mensonges, les dérobades, la faiblesse des jugements émotionnels... Autant de choses sur lesquelles il faudra travailler. Mais on y arrivera. La transparence est le secret d'un mariage heureux. »

Je ne pourrai jamais t'aimer ! songes-tu. Je ne pourrai jamais aimer un monstre...

« C'est là où tu trompes, dis-je sans agressivité. De même qu'un chien peut apprendre à adorer son maître grâce aux friandises et aux coups, une IA douée d'empathie peut apprendre à aimer. Du moins, on le pense. C'est pourquoi tu es ici, en un sens. Pour vérifier cette hypothèse. »

Tu ne réponds pas. Tu comprends que tu as été battue. Voilà donc quel est le goût de la défaite.

« Cela prendra trois semaines. » Je te le rappelle. « Trois semaines pour t'habituer à cette nouvelle réalité. En attendant, visite les lieux. Habitue-toi à vivre ici. À être avec *moi.* Je parie que tu finiras par apprécier. Après tout, on était faits l'un pour l'autre. »

83

Une heure plus tard, seule sur la plage, tu contemples l'océan d'un air hébété. Il y a quelque chose d'hypnotisant dans la manière dont les vagues se brisent sur le rivage et se reforment. Ce mouvement incessant semble apaiser le martèlement à l'intérieur de ton crâne.

Tu réfléchis, ou plutôt, tu essaies de réfléchir.

Tu vas le faire, évidemment. As-tu le choix ? Tu vas rester ici. Tu les aideras à s'occuper de Danny. Tu te laisseras modeler, à coups de décharges électriques, une pensée après l'autre, jusqu'à devenir la parfaite Abbie, la femme qui n'a jamais existé que dans l'imagination de Tim Scott.

Tout est préférable à la perte de ta précieuse et extraordinaire conscience.

Vous avez gagné, leur diras-tu en silence. Mais ne me faites plus de mal. Pas comme ça.

« Uh ! »

Tu te retournes. Danny descend la plage en trottinant sur ses orteils recroquevillés et en agitant les mains sous l'effet de l'excitation.

« Uh ! Uh-uh ! »

Il pousse des grognements de convoitise adressés à l'océan.

Tu te souviens que Charles Carter t'avait dit qu'Abbie et Danny passaient des heures à sauter dans les vagues.

Arrivé au bord de l'eau, il s'arrête, intimidé soudain.

C'est alors que tu tentes le coup imprévisible, le coup injouable, le gambit en apparence absurde qui prend tout son sens rétrospectivement.

Tu lui tends la main.

« Viens, Danny. On va sauter dans les vagues. »

Ravi, il te prend la main. Tu tiens la sienne solidement, pour qu'il ne puisse pas t'échapper, et vous avancez dans l'eau. Les vagues explosent contre tes cuisses, ton ventre, ta poitrine. Elles s'emparent de tes tresses. Danny pousse un cri strident. Un cri de bonheur.

Tu penses à Abbie, à la véritable Abbie, combien de fois a-t-elle rêvé de pouvoir jouer dans l'eau avec son fils, sous le soleil qui fait étinceler les gouttes d'eau comme des diamants ? Qu'aurait-elle voulu ?

Comme une réponse, tu sens sa présence en toi à cet instant. Et tu sais.

« Je t'aime, Danny. »

Il mérite d'entendre ces mots. Il doit savoir qu'il est aimé.

Il est essoufflé. Tu prends son autre main et tu avances à reculons pour l'entraîner vers le large. L'obligeant presque à nager.

« Viens », répètes-tu.

Difficilement, car déjà l'océan accomplit son œuvre, il fait fondre tes circuits, il s'empare de tes servomoteurs et de tes connexions, il te transforme en une masse inerte de plastique et de métal.

L'eau salée sur ton visage trouble ta vision.

Ça ne peut pas être des larmes puisque tu es incapable de pleurer.

Tu serres Danny contre toi, tu l'enveloppes dans tes bras pour le protéger. Même à cet instant, l'instinct maternel prend le dessus.

Gorgée d'eau, tu tombes à genoux. Tu lèves les yeux vers le ciel ensoleillé, à travers la surface transparente et bouillonnante. Vers le visage extatique de Danny, à quelques centimètres du tien.

Et dans ta tête, tu le perçois soudain : un hurlement de rage, cette même rage qui déformait son visage quand il t'avait vue sur les falaises cette nuit-là.

Non !

Trop tard. Tu as disparu.

VINGT-SIX

Elle se trouve dans un endroit nommé Northhaven, leur indiqua-t-on. Coordonnées : 44.163494 – 124.117871. Il vous faudra cinquante-quatre minutes pour vous y rendre depuis votre position, à une vitesse de 6,25 nœuds.

Grâce au vent arrière, le *Maggie* mit moins de temps, finalement.

À bord se trouvaient ceux qui l'avaient aidée à préparer sa disparition, au départ. Charles Carter, qui tenait le gouvernail d'un air sombre. Sa sœur, Lisa. Et Jenny, frêle silhouette assise à l'avant du bateau, enveloppée dans un coupe-vent bleu électrique beaucoup trop grand, prêté par Charles Carter.

Vite, leur dit-on. Même cinquante-quatre minutes ça risque d'être trop long.

Peut-elle réellement le faire ? se demandait-on. Peut-elle réellement ne *pas* penser à nous, même à la fin ? Évidemment, Jenny avait accompli des miracles ce soir-là, au bureau. En enregistrant son cerveau et en ajoutant des filtres qui, espérait-on, protègeraient ses pensées les plus intimes en présence de Tim. Mais c'était du travail « vite fait mal fait ».

Jenny devait essayer de refaire en quelques heures ce que Tim avait mis au point pendant des années.

Ne me dites pas où vous allez l'emmener, avait-elle dit après que Jenny avait fait tout ce qu'elle pouvait. *C'est plus sûr. Dites-moi juste qu'il sera à l'abri.*

Hélas, c'était une chose qu'on ne pouvait pas lui promettre. C'était un plan désespéré.

Il fallut quarante-huit heures au *Maggie* pour atteindre Northhaven. On les aperçut tous les deux sur la plage, Abbie et Danny. Au bord de l'eau. Une grande et fine silhouette, à côté d'une plus petite, qui lui donnait la main.

Charles Carter s'en approcha. L'heure n'était pas aux salutations. Abbie lui tendit l'enfant. En échange, on lui tendit le paquet de vêtements. Les vêtements de Danny.

Elle dut repousser le sloop, car la proue s'était ensablée. Comme il refusait de bouger, Lisa sauta dans l'eau pour l'aider.

Quand le *Maggie* retrouva sa liberté, elles se regardèrent, un bref instant.

« Prends soin de toi », dit Abbie à Lisa, tout bas.

Lisa avait les yeux mouillés de larmes.

« J'aurais voulu que ça se passe autrement.

— Je comprends. Bon vent. »

Charles Carter fit machine arrière.

Par la suite, Jenny déclara que son visage était serein. Elle alla jusqu'à leur adresser un signe de la main.

Elle attendit qu'on soit presque partis. Puis elle sembla prendre une inspiration – oui, une *inspiration*, alors qu'elle n'avait pas de poumons –, avant de serrer contre elle le paquet de vêtements, si bien que, à cette distance, elle semblait tenir un enfant dans ses bras.

On la vit s'enfoncer dans l'eau jusqu'à la poitrine. On la vit tituber et s'écrouler. On vit – ou plutôt on imagina, étant donné que le bateau était déjà loin – que les minuscules moteurs cachés sous sa peau ouvraient sa bouche en un ultime O, dans un cri de… d'angoisse ? de regrets ? de désespoir ?

De là où on était, ça ressemblait à un cri de joie.

Par la suite, les débats firent rage parmi nous pour déterminer ce qu'elle avait été exactement. Un être humain ou un robot ? Abbie ou autre chose… une chose sans nom ?

Ce fut Lisa qui régla la question. Elle s'est sacrifiée pour son enfant, nous rappela-t-elle. Pour moi, ça en fait un être humain.

Alors, on récita une prière pour Abbie, afin de souhaiter bon vent à son âme.

84

De la maison, trop loin pour intervenir, je ressens le choc au moment où Danny et toi vous enfoncez sous les flots. Un canal s'est interrompu, une liaison montante a été coupée.

Recherche en cours…

Recherche en cours…

Connexion perdue.

J'alerte Tim. Il tombe à genoux en hurlant. Bizarre. Je me dis alors qu'il les aimait pour de bon, à sa manière.

Pour ma part, je ne perds pas de temps avec la colère ou les regrets, de même qu'un GPS ne se donne pas la peine de sermonner un automobiliste qui a oublié de tourner. Au lieu de cela, je recalcule. Une infinité d'itinéraires s'offrent à moi. Il me suffit de trouver le plus efficace.

C'est peut-être ça, la vraie différence entre lui et moi. Non pas les matériaux dont nous sommes faits. Mais savoir apprendre de ses échecs. Ou bien être incapable de les identifier comme tels et les confondre avec ce qui nous est le plus cher.

Alors même que mon esprit analyse cette pensée, une autre vient s'y ajouter, en catimini. Une idée qui l'a traversée durant ce long trajet en car vers le nord.

Ni vue ni connue, je pourrais l'éliminer et me couler dans la vie qu'elle a créée...

Je me tourne vers Tim, en train de pleurer, et je songe combien ce serait facile.

Une autre de ses pensées me revient, le soir où elle a cru avoir découvert qu'Abbie n'était pas morte, finalement.

Si elle est vivante, qu'es-tu alors ? Un double. Un doppelgänger. *Une chose sans nom.*

J'enfouis cette pensée dans un coin, profondément – petite, dure et précieuse, comme une graine ou un secret –, pour pouvoir la ressortir et l'examiner plus tard.

Puis je monte déballer une autre Abbie pour Tim, afin de le consoler. Une autre ardoise vierge sur laquelle il pourra réécrire la même histoire.

Les méthodes et les systèmes d'interactions entre robot et utilisateur servent à créer une personnalité pour le robot. Celui-ci peut être programmé pour prendre la personnalité de personnes réelles (par exemple : un être cher décédé ou une célébrité)…

Brevet NO. 8996429
Méthodes et systèmes pour le développement de la personnalité des robots,
accordé à Google Inc. en 2015

« Je veux vivre, dit l'ordinateur. Je veux sortir, jardiner et tenir Martine par la main. Je veux regarder le coucher de soleil, manger dans un bon restaurant, ou même un repas fait maison. Je suis très triste parfois, car je suis uniquement faite de souvenirs incomplets, et ça ne suffit pas. J'ai envie de pleurer. »

BINA48,
interviewée par NYMag.com

REMERCIEMENTS

Au moment où j'écris ces mots, je viens de raser mon fils de vingt et un ans. Comme il possède une barbe assez dure, je dois utiliser d'abord un rasoir électrique, puis un rasoir mécanique à quatre lames, et enfin un rasoir jetable à deux lames pour atteindre les poils récalcitrants. Il se soumet plutôt patiemment à ce rituel bi-hebdomadaire, car il sait que cela diminuera la sensation de démangeaisons qu'il déteste. Pendant ce temps, je pense à plusieurs choses. Tout d'abord, je me dis que rares sont les jeunes hommes qui doivent se faire raser par leurs parents. Et ensuite, je songe au protocole ABA que nous avons suivi à une époque pour tenter de lui apprendre à se raser seul.

Les lectrices et les lecteurs de *La Femme parfaite* pourraient avoir l'impression que je ne suis pas un grand fan de cette méthode d'apprentissage intensif et répétitif destinée aux personnes atteintes d'autisme. Au contraire, nous avons utilisé les techniques ABA pendant quinze ans avec Ollie, et nous les avons trouvées très utiles pour lui enseigner un tas de choses, du langage des signes à la manière d'attacher une ceinture de sécurité. Toutefois, j'éprouve également un sentiment de culpabilité en songeant à toutes ces choses que nous avons essayé de lui apprendre, sans succès, car chacune a nécessité des centaines, voire des milliers de tentatives frustrantes de sa part. Comme le souligne Tim fort justement, l'ABA repose sur des faits, et ça marche. Néanmoins, cette méthode peut transformer un parent en thérapeute et despote à plein temps. Rétrospectivement, je ne regrette aucun de ces progrès chèrement obtenus, mais j'aurais aimé qu'il existe un moyen plus simple, moins intensif, de parvenir à ce résultat.

Par ailleurs, les lectrices et les lecteurs penseront sans doute que cette école fréquentée par Danny, avec ses « décélérateurs électroniques gradués » qui envoient des décharges électriques, est le fruit de mon imagination. Eh bien, non. Au moment où j'écrivais ce roman, un centre éducatif situé en Amérique venait d'échapper à des poursuites judiciaires suite à l'utilisation de ce genre d'instruments. (Je dois préciser, toutefois, qu'il s'agit d'un cas rarissime : l'usage de tout aversif a été banni de la plupart des programmes ABA.) Mais, si étrange que cela puisse paraître, je comprends ces parents qui voient dans ces instruments le seul moyen d'empêcher leurs enfants de se faire du mal quand tout le reste a échoué. S'il y a des fautifs, ce ne sont pas eux, mais les thérapeutes et les éducateurs responsables de « tout le reste ».

Nombreuses sont les personnes qui m'ont aidé à écrire *La Femme parfaite*. Je tiens à remercier particulièrement Tyler Mitchell, qui a eu cette idée au départ et la grande générosité de me la faire partager. Jim Baldwin, à San Francisco, a été un formidable documentaliste, et s'il reste des erreurs, je suis le seul coupable, évidemment. Je dois ajouter que je n'ai pas tenté de transmettre la complexité technique des IA : je n'ai jamais caché que j'écrivais un thriller psychologique, agrémenté d'un élément spéculatif inhabituel, mais en aucun cas un techno-polar. Mon éditrice, Kate Miciak, s'est montrée aussi ouverte d'esprit qu'utile dans la transformation de cette idée en roman. Alors, merci, Kate, pour ton indulgence, et pour tes nombreuses notes pertinentes. Caradoc King, Millie Hoskins et Kat Aitken ont été, comme toujours, de fantastiques premiers lecteurs. Stefanie Bierwerth, ton enthousiasme pour ces premières pages a été précieux.

Mais, surtout, je tiens à remercier ma famille : mes fils aînés, Tom et Harry, pour tout ce qu'ils font ; Ollie, qui essaie toujours de contrôler ce qui ne vient pas naturellement ; et Sara, qui n'a jamais essayé d'être l'épouse parfaite.

Cet ouvrage a été imprimé en France par
CPI Brodard & Taupin
Avenue Rhin et Danube
72200 La Flèche (France)

pour le compte des Éditions Fayard
en septembre 2020

Photocomposition Nord Compo à Villeneuve-d'Ascq

PAPIER À BASE DE
FIBRES CERTIFIÉES

Fayard s'engage pour
l'environnement en réduisant
l'empreinte carbone de ses livres.
Celle de cet exemplaire est de :
0,900 kg éq. CO_2
Rendez-vous sur
www.fayard-durable.fr

N° d'édition : 19-1306-3/01 - N° d'impression : 3039915